두통

두통

발행일   2026년 2월 12일

지은이   이원철
펴낸이   손형국
펴낸곳   (주)북랩

출판등록   2004. 12. 1(제2012-000051호)
주소   서울특별시 금천구 가산디지털 1로 168, 우림라이온스밸리 B동 B111호, B113~115호
홈페이지   www.book.co.kr
전화번호   (02)2026-5777   팩스   (02)3159-9637

ISBN   979-11-7598-127-0 03810 (종이책)   979-11-7598-128-7 05810 (전자책)

잘못된 책은 구입한 곳에서 교환해드립니다.
이 책은 저작권법에 따라 보호받는 저작물이므로 무단 전재와 복제를 금합니다.
본 도서는 (주)북랩이 보유한 리코 인쇄 장비 등 자체 생산 인프라를 통해 제작되었습니다.

작가 연락처 문의 ▶ ask.book.co.kr

전용 게시판에 문의를 남기시면 저자에게 직접 전달됩니다.

(주)북랩 성공출판의 파트너

북랩 홈페이지와 SNS에서 다양한 출판 솔루션을 만나 보세요!

홈페이지 book.co.kr   •   **블로그** blog.naver.com/essaybook   •   **출판문의** text@book.co.kr
카톡채널 북랩

이원철 장편소설

두통

우리는 왜
이해할 수 없는 타인을
괴물로 만드는가!

두통이라는 통증으로 드러난
불안한 사회의 민낯

북랩

어느 정도 깊이 괴로워하느냐가 인간의 위계를 결정한다.

-프리드리히 니체-

프롤로그

이는 소설의 첫 문장도, 시작도 아닌 그저 이 글을 쓰기 시작하는 제 시점의 지극히 사사로운 몇 가지 이야기이니 과감히 무시하셔도 독해에는 별 지장이 없음을 알립니다.

친절하게도 저의 부족한 글을 읽어 주시고 있는 감사한 독자여, 저는 재량껏 독자의 기대에 최대한 부응하여 여러분들을 감당할 수 없게 전율시키고, 또 머릿속을 번잡하게 만들 진실한 이야기를 전할 것임을 미리 전합니다.

그리고 이 글을 쓰는 현재에는 아직 쓰고자 하는 이야기가 끝나지 않았으므로, 제가 집필한 이 책이 출간된 이후 저의 글에 깊이 공명하신 독자들께 간청컨대 부디 출간 이후 이 소설에 포함되어 마땅한 사건들을 기록하시고 한데 모아서 책의 공개 이후의 이야기까지 다룬 완결

된 책을 독자분들께서 만들어 주시기를 바라옵니다.

또한, 포함되어 마땅한 사건들을 판단함은 오롯이 이 글의 의의와 가치를 깨우친 자만이 짊어질 수 있는 책임이며, 그것을 직접 서술하여 소설에 옮길 독자께서는 이 소설에 가장 적합하며 자연스럽고 또 가치를 드높일 수 있을 만한 방식과 문체로 서술하시기를 바라옵니다.

제 글이 널리 퍼져 읽히지 아니하여도 본래의 목적이 재물과 명예가 아니니 좌우간 소설을 완성하였다는 것만으로도 충분히 감사드릴 만합니다.

이 소설 집필의 의의가 무엇이냐 질문한다면, 원하시는 분명한 답을 하기 어렵습니다. 지금 저는 오랜 시간 동안 짜인 계획과 철저한 규율에 따라 집필한 것이 아니라 그저 어렴풋이 존재하던 저의 거의 욕망에 가까웠던 생각에 따라 충동적으로 집필했기 때문입니다.

그렇기에 이 글이 확실한 목적을 담고 있다고 보기는 어렵습니다. 황공할 만한 독자여, 그저 읽고 느낀 그 감정과 나름의 추론이 정답이요 본질입니다. 제가 이 글을 쓸 때 남몰래 특정한 목적을 담고 집필했을지도 모릅니다. 하지만 이 소설이 하나의 결론과 정답으로 귀결되는 행태를 보는 것이 불만스러워, 이를 숨겼을지도 모른다는 이야기입니다.

또 이 글에 쓰인 모든 이야기는 진실한 이야기이며 실제에서 비롯하였으니, 의심을 거두십시오, 독자여.

마치며, 지금 이 솔직한 글을 적는 제가 당장에 집필하고 있는 놀랍고도 진기한 상황과 배경은 후에 있는 대로 전부 이야기할 것이니 저를 잊지 아니하여 주소서.

목차

1

+ + +

　탄생과 인생이란 건 그 자체만으로도 가장 음울한 정취를 뿜어 대는 것. 그러나 그의 인생처럼 유달리 비극적인 방식으로는 더 이상 존재하지 않을 터이고, 그런 편이 나은 것. 그럼에도 불구하고 이 글은 우리가 살아야 할 가장 궁극적이며 피부에 와닿는 목적을 알려 주며 권태에 빠진 자들의 발걸음을, 그것이 어디로 향하든, 재촉하기도 하는 것. 그래서 이 읽기 귀찮고 번거로운 글은 마치 추락 직전에야 발견하게 되는 어느 낭떠러지의 위험 표지판처럼 우리에게 강렬하고 간절한 경고의 메시지를 전송하는 것.

　이 장광설 같은 이야기 안에 내밀하게 숨겨진 격정 그리고 그 격정 안에 감춰진 진리를 찾아낼 수만 있다면! 그렇다면 영생은 물론이고 오롯이 자신만이 점유하는 세계를 창조하는 것마저 가능할 터인데! 하지만 그 진리를 찾아내기엔 인간이란 너무 어리석고, 그렇다고 진리를 탐색하는 것을 포기하기엔 인간이란 또한 너무 나약하다. 인류는 어리석음과 지혜로움, 나약함과 강인함 사이의 어중간한 위치에 존재하기에 다들 한평생 고뇌하며 그러다 절망하고 끝끝내 권태에 빠져 슬피 우는 것이다.

두통

누군가의 일생을 이야기한다는 것은 유익할 수는 있지만 그다지 유쾌하거나 희망적인 일은 아니다. 왜냐하면 우리가 밟는 땅부터 우리를 밟는 하늘까지 모든 것은 가까이서 보면 선하고 일관된 섭리와 상식에 지배되는 것 같지만, 멀리서 보면 비참하게도 파멸과 죽음에 의해 다스려지는데, 사람들은 이런 불리한 상황 속에서마저 잠깐의 쾌락과 평안에 목매며 한평생을 살아가기 때문이다. 사람들이 살아 있는 것 자체에서 재미와 희열을 느낄 수 있다면 다들 유희를 위한 놀이 따위를 구상하고 만들어 낼 생각은 전혀 하지 않고 거대한 일개미가 되어 살아갈 것이다. 우리는 도대체 어디서부터 왜 시작되었는지도 모르는 일을 하고, 살아 있다는 것으로부터 무한히 기원하는 불안과 좌절과 비애에 경련하고, 밖에서 강제로 지워진 무거운 짐을 어깨에 메고 귀가해서는 닫힌 방 안에서 필사적으로 행복을 찾으려 거울 앞에서 미친 듯 춤도 춰 보지만, 거울 속에서는 결국 하나같이 눈을 뜨고는 보기 어려운 비극적인 몸부림에 지나지 않는다. 그래서 한 사람의 인생은 넓게 봐야 비로소 완성되어 깨달을 수 있는 권태의 결정체이자 결국 실패하여 구석에 처박힌 채 잊힌 호기로웠던 예술 작품이라는 말이다. (오오! 그 인생이 정말로 살아 숨 쉬는 한 점의 아름다운 예술 작품이 될 수 있다면!)

·········

여기 자신의 두개강 속에 벌레를 기른 사내가 있다. 이름은 L이다.

날 때부터 남다른 기행을 선보인 그는 엄마 뱃속에서 나왔을 때 울지도, 비명을 지르지도 아니하였다고 전해진다. 실제로 이후로도 L은 어떠한 격정의 맹공 속에서도 시종 눈물을 보이지 않는 비범함을 떨쳤다.

L은 외아들로 태어났다. 아무도 사치하지 않았고 도박과도 거리가 멀었지만, 그의 가정 형편은 그다지 넉넉하지 못하였다. 아버지가 급료를 제대로 받지 못했는지 L의 부모는 가끔 금전적인 문제로 다투곤 했다. 이런 일이 가정 파탄까지는 아니었지만, L이 느꼈던 아버지의 알 수 없는 패배감과 L과 L의 어머니에 대한 공격성에 어느 정도 영향을 주었던 것 같다.

L의 아버지는 한때 술고래였다. L이 학교에 입학하기 전까지 한주에 대여섯 번은 알코올에 의지하였는데 그중 한 번 정도는 정말 진탕 취하곤 했다. 언제부터 왜 아버지가 술을 즐겨 마셨는지에 대해서는 불확실하나, L이 태어난 이후 늘어난 지출로 전보다 더욱 어려워진 집안 형편이 그런 아버지의 변화에 한몫한 것은 틀림없는 듯하다. 아버지는 종종 거나하게 취한 채 집에 들어와서는 자기 아내, 곧 L의 어머니에게 고성과 폭력을 사용하곤 했다. 아버지의 화는 앞서 언급한 경제적인 문제로부터 비롯된 것일 테다. 그것이 아니라면 평소 인물 좋기로 평판이 자자했던 아버지가 그렇게도 화를 품을 만한 다른 이유를 L은 추측할 수 없었다. 가정에선 다소 무뚝뚝한 성격을 보이기도 했던 아버지

두통

였으나 그 외의 인간성에 관한 결함은 그의 체내에 알코올이 과다하게
섭취되지 않은 상태에서는 찾아볼 수가 없었는데, 당연히 취한다는 개
념을 제대로 알지도, 이해하지도 못했던 어린 L은 마치 빙의라도 된 듯
돌연히 악마로 변해 버리는 이중적인 아버지의 모습을 보며 인간에 대
해 심히 불신하고 의심하는 마음을 갖게 되었고, 이는 L의 이후 인격
형성과 삶에 꽤나 큰 영향을 미쳤다.

　출근할 때는 항상 어떤 어린아이보다 순수하며 어떠한 연기도 가식
도 없는 진실된 미소를 보여 주는 아버지가 괴물로 변하는 게 두려워
L은 이때부터 밤을 증오하고 기피하게 되었다. 밤에는 음기陰氣를 머금
은 갖가지 감정들과 이 어두운 감정들을 연료로 한 다양한 비이성과
폭력이 날뛴다. 광명이 우리를 향해 오지 않기 때문이다. 감정이라는
건, 무릇 머릿속으로 침투하기 전에는 매우 하찮고 연약하기 그지없어
가벼운 바람에도 흩어지기 마련이다. 그러나 아침이 되고 우리를 위하
여 헌신하는 이가 보낸 따사로운 사랑이 내리쬐면 모든 음기는 가라앉
는다. 그때 L은 행복했다. 그러나 이 사랑이 가고 다시 밤이 찾아오면,
우리 위의 하늘을 주재하는 이가 부재하기에 사람들은 더욱 혼란에 빠
지고 마는 거다. 그래서 L은 밤이 두려웠다. 만약 이 순환이 무너지고
밤이 끝나지 않는다면, 세상은 그대로 멸망하거나 차라리 멸망하는 편
이 나을 거라고 L은 생각하곤 했다.

그는 평소에 조금 꺼림칙할 정도로 과묵했다. 다른 아이들처럼 웃고 뛰놀며 소리치는 모습은 거의 보이지 않았다. L이 특별히 관심을 보이는 분야 또한 없었다. 고개를 한쪽으로 살짝 비틀고 하늘을 바라보며 멍하니 있는 것이 어렸을 적 거의 유일한 취미이자 버릇이었다. 이런 L의 모습에 오히려 그의 부모는 육아가 간편해질 거라고 생각해 환호했다. L이 그 '하늘'을 물끄러미 우러러보며 도대체 무슨 생각을 하였는지는 밝혀지지 않았으나, 언젠가는 분명 드러나게 되리라.

그는 유아기의 기억을 대부분 잃어버렸는데, 앞으로 소개할 이 사건은 그에게는 그나마 남아 있는 가장 생생한 어릴 적의 기억이며 동시에 아버지의 술버릇 외에 한 인간으로서의 그의 삶을 형성하는 데 가장 큰 영향을 미쳤다고 볼 수 있는 사건이다. 어떻게 보면 L의 인생 전체가 이 사건의 연장선 격이기도 하다.

유치원에는 낮잠 시간이 있었다. 그는 다른 아이들과 달리 잠을 잘 이루지 못했다. 잠이란 것은 막상 제 발로 찾아와도 사람들의 변덕스럽고 빙퉁그러진 성격 때문에 제 발로 떠나기도 하지만, 어떤 때는 돌연히 부담스러운 힘을 과시하며 찾아와 인간을 가장 무기력하고 유약한 상태로 변모하게 하고는 거드름을 피우며 떠나기도 한다. 제멋대로의 무력을 이용해 사람들이 원하든 원하지 않든 상관없이 무자비하게 휴식을 선물한다는 점에서 수면은 죽음과 비슷하다. 수면은 죽음의 체험

이고, 수면욕은 인간 심연에 숨겨진 죽음의 공포에 대한 처량한 표현이
다. 잠의 이런 특성으로 인해 L은 한평생 그리도 단잠과는 거리가 먼
생활을 하였던 게 아닌가 생각된다.

숙면으로의 힘든 여정 속에서 어떤 웃긴 상상이 L의 길을 가로막았
다. 낮잠 시간의 조용하고 왠지 긴장되는 정적을 조롱하는 듯한, 동시
에 순수하기 그지없는 실소가 L의 입에서 갑자기 터져 나온 것이다.
그 웃음의 절대적 성량 자체는 그다지 크지도 거슬릴 만하지도 않았으
나, 적요함이 외로이 군림해 다스리던 당시의 교실에서는 조금 거슬리
게 느껴졌다. 그 웃음소리에 아이들은 잠에서 깨지 않았지만, 유치원
교사는 초점 잃은 눈으로 L을 바라보며 다가왔다.

의외의 상황이 벌어졌다. 유치원 교사가 흰색 양말을 신은 발로 웃음
이 새어 나오는 그의 입을 틀어막아 버린 것이다. 교사는 평범한 체격
의 여자였기에 발이 크지도, 밟는 힘이 강력하지도 않았다. 그래도 유
아기의 아이가 버티기에는 확실히 버거운 힘과 무게였다. 이것이 실수
였는지 고의였는지는 모르겠으나, 문제는 교사의 발이 L의 입과 함께
그의 코도 같이 막아 버렸다는 것이다. 입과 코를 동시에 짓누르는 무
게에 L은 정말로 죽을 것만 같았다. 호흡이 단호히 거부당하며, 폐 속
가여운 산소들이 모조리 갇힌 채 죽음만을 기다리는 심히 암담한 상태
였다. 처음 맞닥뜨리는 이런 위험에 당연하게도 아이가 울지 않을 리가

없었다. 살인적인 중량감에 교사의 바람과는 반대로 L은 바로 조금 전의 웃음과는 비교할 수조차 없는 큰 비명을 내지르고야 말았다. L은 어떻게든 비명을 질러 대며 교사의 발을 할퀴고 꼬집었다. 그로 인해 화가 더욱 치솟은 교사는 또 다른 형태로 L을 공격했다. 교사의 오른손이 L의 목을 조른 것이다. (그녀의 오른손에는 결혼반지가 끼워져 있었다.)

내 주위에서 곤히 잠을 청하는 아이들은 정말 너무하다. 그들의 무심함이 내 죽음을 응원한다. 날 죽이기 위해 짜인 상황이다. 눈앞이 조금씩 흐려지더니 갑자기 어떤 벌레가 보이며 머리가 지끈거리기 시작한다. 머릿속 깊은 곳으로부터 아픔이 느껴진다. 그 벌레는 어떠한 형태로도 명확히 실존하지 않으나 분명히 존재한다는 어떤 확신이 이미 불안한 나의 몸을 더 떨리게 한다. 그 벌레는 성충이 아니다. 다만 벌레가 필사적으로 몸집을 불리고 있다는 걸 단박에 알 수 있다. 내가 죽음에 천천히 다가가는 것이 벌레의 탄생을 만드는 것인가. 만약 그렇다면 차라리 내가 여기서 그에게 육체를 넘겨주는 게 상책이지 않을까. 벌레가 내 안에서 탄생하고 나는 여전히 생존한다면, 시체보다 못한 삶을 살게 되겠지.

여기는 그저 죽는 자와 그를 죽이려는 자와 곧 죽는 자만이 존재할 뿐이라는 사실이 나의 머릿속을 번잡하고 찝찝하게 만든다.

나는 내 목에 느껴지는 압박감과 중량감의 퍽 밝은 앞날을 기대한다. 반대로 벌레는 나의 생존을 원하며 생장한다.

두통

시야와 정신은 명멸하고 무엇을 생각할 틈도 없다. 교사는 미소를 짓는다. 나도 따라서 웃어야 한다. 정오의 뙤약볕이 살인을 저지르는 교사의 얼굴 왼편(바른편은 어둑하다)을 비추는 지금, 자는 척하는 아이들이 퍽 긴장해 땀을 흘리는 지금, 내가 더 이상 팔을 들어 보일 힘도 사라진 지금, 벌레가 나를 선택하여 구원의 길로 이끌고 있을 지금에 웃어야 한다. 난 입꼬리를 억지로 올리고 치열이 좋지 아니하여 보기 꺼려지는 나의 치아를 부자연스럽게 드러내며 제법 괴기한 미소를 짓는다.

결혼반지는 금인가? 금이라면 순금인가? 내가 봤을 땐 값싼 반지다. 그 반지를 본 나는 불안하다. 그런데 태양이 너무 따스하게 우리를 지켜본다. 난 죽는 것보다 내 눈앞의 벌레가 더 무섭다. 태양이 이 살인의 목격자지만, 벌레가 날 죽인다면. 아니, 어쩌면 벌레가 아닐 수도 있는 그 무언가가 날 죽인다면, 그건 도대체 누가 목격자인 거지? 벌레는 나를 죽이고 있는 듯하다. 그러나 벌레의 책임은 절대 묻지 못한다. 내가 만일 기어코 살아남아서 벌레도 공범이라 고발한다면, 사람들은 내 증언을 받아들이는 것은 고사하고 도리어 날 정신병자로 몰고야 말 것이다. 벌레는 참 야비하다. 날 이리도 가혹하게 죽이려 하지만, 전혀 책임조차 지지 않고 저 하늘이 끝나는 곳까지 날아 달아날 것이기 때문이다. 내가 이 자리에서 눈을 감아 버리고 말면 아무도, 심지어 나를 죽이고 있는 이 여자도 나의 휴식에 이 벌레의 공로가 있는 줄 모르겠지. 그럼 난 억울한 자로 남을 것이다. 나의 죽음에 밝혀지지 않은 배후가 있다는 걸 아무도 모를 것이므로 더욱 억울할 것이다. 그래서 난 그를 몹시 책망하였다.

벌레는 당장에 자취를 감췄지만, 두통은 여전하다.

오오, 염려한 일이 일어난다. 결혼반지에서 비롯한 불안의 실존이다. 이 여자의 펜던트에 있는 가족사진을 보고 만 것이다. 여자와 그녀의 남편과 그녀의 아이가 있었다. 아이는 그녀를 쏙 닮아서 나를 벌벌 떨게 만든다.

내가 웃음을 짓자, 그녀는 마침내 목에서 손을 떼어 낸 뒤 손을 닦으려 화장실로 이동하는 듯하다. 소리를 내면 안 된다. 그러면 더욱 큰 압력이 내 목에 가해져 다시 벌레가 나타날 것이고(벌레의 비밀스러운 살인 수법이 가장 두렵다) 나타난 벌레는 점차 나의 숨을 끊고는 어디론가 날아갈 것이다. 교사는 검거된다. 근데 내 바로 왼편에서 잠을 청하는 듯한 아이는 눈을 똘망똘망 뜬 채 깨어 있다. 그 순수한 아이의 얼굴을 보자, 참을 수 없는 노여움이 뇌로부터 시작해 내 혈관을 타고 전신으로 이동한다. 노여움은 전신에 구석구석 스며든다. 그리하여 난 이 아이의 목을 강력하게 조른다. 아이는 고통스럽지만, 자기 눈에도 벌레가 보이게 될까 봐 신음을 자제한다. 본능적인 생존 수법이지만, 그렇기에 역겹다. 손을 놓았다. 행동을 조심해야 한다. 아직 나를 살해하려는 각본은 끝나지 않았다. (실은 영영 중단되지 못했다) 그러기에 난 오한을 느끼는 사람처럼 전신을 떨며 다음 지시문만을 기다린다.

내가 이것이 일종의 연극임을 확신하게 된 건, 이 여교사가 나를 죽이려 할 때 아무리 조용했더라도, 내가 발작하고 그녀를 공격하며 또 저항하며 낸 소리는 아이들을 충분히 깨우고도 남을 정도의 소음이었기 때문이다. 이 부자연스럽고 인공적인 상황 안에서 난 나를 향한 세상의 적의를 온몸으로 느낄 수 있었다.

L은 저항하는 것에 온 힘을 소진한 나머지 기진맥진하여 곧장 잠에

두통

빠져들었다.

　이 충격적인 경험으로부터 시작된 불안과 증오와 공포가 이후 L의 성격에 영영 깃들었다고 말해도 과언은 아니다. 그때 목에서 느껴진 압도적인 중량감을 후에 반추해 보면 도저히 교사의 체구와 맞지 아니하였다. 그녀의 육신에 어떤 악이 깃들었거나, 악이 가녀린 여성의 육신을 통해 세상에 잠입한 것이다. 그의 목에는 저주가 걸렸다.

　그는 주위에 있던 아이들이 자못 증오스러웠다. 그들은 교사와 결탁하여 L을 비극의 주인공으로 만들 각본을 짜 그 각본에 따라 행동한 것이 틀림없었다. 왜냐하면, 어린아이들 특유의 어설픈 연기의 티가 났기 때문이다. 왜 이 각본을 따랐는지는 알 수 없지만, L은 아이들이 증오스러웠다. 지금 생각해 보면 아이들은 자기 목에도 없어지지 않는 압박감이 느껴질까 봐 자는 척했던 것 같다. 문제는 남을 이해하고 용서하는 것보다 증오하며 악인으로 모는 게 훨씬 간단하다는 것이다.

　L은 자신을 죽이려 한 벌레에 대해서 본능적인 적의를 느꼈다. 벌레는 그가 사경을 헤매듯 거의 반미치광이처럼 그곳을 쏘다니고 있을 때, 돌연히 나타나서는 그의 혼란을 가중시키기만 했다.

　이후로 벌레는 L의 삶 속 일부가 되다시피 했다. 물론 그 당시의 어린 L로서는 벌레가 자기 두개강 속에 살고 있는지는 전혀 알 길이 없었다. 벌레의 거주지를 알게 된 것은 그 후의 일인데, 그것은 나중에 설명해 가도록 하겠다.

2

벌레는 L이 초등학교에 입학하고부터 모습을 자주 나타냈다. 그 형태도 뚜렷해지고, 벌레가 나타날 때 찾아오는 두통 또한 강해져만 갔다. 두개강 내에서 오는 두통이었다. 시야가 점점 흐려지고 뭉개지며 왜곡되는 듯싶더니, 어렴풋이 벌레가 나타나는 것이었다. 벌레는 검은색의 애벌레 같아 보였다. 안개가 낀 듯 흐릿한 모습이었기에 정확한 묘사는 어렵지만, 확실히 그것은 벌레의 모습이었다. L은 그 벌레가 보일 때마다 과거 유치원에서의 기억이 떠올랐다. 그는 벌레가 나타나면 얼른 눈을 감고 몸을 웅크린 뒤 숨을 죽였다. 다만 눈을 감는다고 벌레가 없어지는 것은 아니었다. 벌레야 어쨌든 L의 두개강 내에 항상 존재하기 때문이다.

벌레는 주기적으로 나타나지는 않았다. 언제는 몇 달 동안 전혀 나타나지 않기도 했고, 언제는 하루에 몇 번씩 나타나기도 했다. L은 그 괴이한 상황을 발생시키는 조건을 조사하기로 마음먹었다. 거기서 어떤 규칙성을 발견한다면 이불을 몸에 두른 채, 마치 달팽이처럼 웅크려 고통스러운 시간을 보내지 않을 수 있을지도 모른다. 두통의 강도로 말하자면, 처음에는 버틸 만한 정도로 약했지만, 시간이 지날수록 점점 강해져서 마침내 버티기 어려울 정도가 되어 버리는 것이다. 그렇다고 죽을 만큼의 큰 고통은 아니었지만, L을 성가시게 하기에는 충분한 고통이었다. 그러다 그가 학교에 입학하고 몇 달을 보내는 동안 빈도는 더욱 늘어만 갔다. L은 두통의 빈도 증가를 현명하게 이용했다. 늘어난 두통의 사례들을 모아 그 근원을 찾는 데 이용한 것이다. 그의 어린 나이를 고려한다면 예의 노력이 총명하고 지혜로운 행동이었다는 것을 인정하지 않을 수 없다.

그는 몇 달 동안 조사에 전념했다. 두통을 겪지 않고 있을 때는 마치 두통이 흥미로운 미스터리처럼 보이기도 했다. 하지만 그것은 L이 명상과 같은 내적인 침잠을 통해 두통의 근원을 파악하고 그것을 제거하거나 약화시킬 수 있을 때만 흥미로운 것이었다. 두통이 올 듯한 기미가 보일 때 아무리 마음을 진정시키고 가다듬어도 막상 두통이 느껴지기 시작하면 그 명상에 의한 진정 효과는 없어지고 달팽이처럼 몸을 웅크린 채 점점 커져만 가는 고통에 신음할 뿐이었다. 두통에 대해 막연히 파악하려 하면 할수록 두통의 강도는 거세지기만 했다. 그와 같은 시도가 오히려 화를 부르는 것인지는 명확하지 않았다. 호기롭게 두통에 대한 수사를 시작했지만, 점점 모든 것이 고달파져만 갔다. 보통 사람이라면 아마 그만두었을 것이다. 하지만 L은 그 강도의 증가를 일종의 도전으로 받아들여 부단히 두통의 근원과 본질에 대한 조사를 진행했다.

결국, L은 그 사례들을 통해 명확하지는 않지만, 어떤 규칙성을 정립하는 성과를 내게 되었다. 우선 L은 두통이, 항상 그렇지는 않지만, 학교에서 시험을 볼 때나 야단을 맞을 때, 또는 그런 일을 겪은 날에 더 빈번히 나타난다는 사실을 알아냈다.

그가 두통을 겪은 모든 순간을 횟수와 상황별로 기록하는 등의 치밀한 조사를 거친 것은 아니었다. 그렇지만 확실히 예의 경우에서 두통이 자주 나타난다는 것을 체감할 수가 있었다. 그냥 걷고 있을 때나 잠을 자기 전, 또는 사람들과 만날 때 난데없이 나타나기도 했지만, 그래도 몇몇 특정 사례들과 두통이 서로 밀접히 관련되어 있다는 가설은 신빙성이 있었다. 당시 L은 두통과 결부된 것으로 보이는 모든 사례를 엄격히 조사해서 어떤 과학적인 규칙성을 찾아내기엔 너무 어렸다.

L은 남들 앞에서 두통을 겪을 때, 그러니까 감정이 북받치며 숨이 가빠질 때, 그런 모습을 남에게 보이면 오히려 두통이 심해질 듯싶어

감정을 표출하지 않고 억지로 삼키곤 했다. 그러면 결국 해소되지 못한 감정들이 몸속 혈관을 타고 전신에 스며들어 그를 부정과 울화의 인간으로 찬찬히 개조하는 느낌이 들었다. 그러다 그 감정들이 돌연히 위치를 종잡을 수 없는 머릿속 어딘가에 침투하며 억압된 고통이 느껴지고 벌레가 불쾌한 인사를 건네는 혼란의 난무 속으로 빠져들 때 L은 어떤 행동을 보였나. 고통이 시작될 때면 L은 어떤 감정의 과다로 인해 몸이 바들바들 떨리는 것처럼 행동하며 위기를 넘겨 보기도 했다. 그러나 두통은 점점 강해져만 갔고, L은 그만 머리채를 부여잡고 광견병에 걸린 사람처럼 도대체 남들에겐 이해가 되지 않는 발작을 일으키곤 했다. 특히 이런 감정의 과다에서 개시되는 두통은 더욱 빈도도, 강도도 느는 탓에 감정이 과다해질 때면 L은 심각히 긴장하지 않을 수 없었다. 긴장하면 감정이 고조되고, 그로 인해 더 높아지는 빈도와 강도 그리고 그로 인해 더욱 고조되는 긴장. 과연 불쾌한 반복이었다. 이런 상황은 교사들 앞에서 종종 발생하곤 했는데, 어떤 교사들은 그를 미치광이라 생각하고는 더욱 호되고 매섭게 다루었지만, 또 어떤 교사들은 그가 마치 요괴에게 빙의 된 듯한 광경에 무서워 도망치기도 했다. L에게는 좌우간 궁극적으로 손해만을 끼치며 두통의 해결을 복잡하게만 할 뿐이었다.

종종 두통 때문에 생기는 L의 행동이 부모님에게 알려질 때도 있었다. 무척 난감한 경우였다. L이 두통을 겪는다는 사실이 타인들에게 어떻게 받아들여지고 또 그로 인해 어떤 반응이 돌아올지는 예측하기 어려웠지만, 적어도 긍정적인 반응은 기대하기 어렵다는 것을 본능적으로 느낄 수 있었다. 막연한 느낌이요 믿음이었지만, L에게는 과학적으로 입증된 이론처럼 여겨졌다.

교사들이 그 모습을 영상으로 남긴 것이 아니어서 교사가 설명한 행동을 L은 자신의 흥분된 감정으로 인한 충동적 발작으로 둔갑시켜 부모님의 걱정과 의심을 무마시킬 수 있었다. 부모님은 처음엔 L의 말을 믿어 줬지만, 교사들이 전하는 발작 소식이 많아지면서 자식의 정신적·정서적 상태의 심각성을 인지하게 되었다. 부모님은 종종 L이 정신과 상담을 받도록 했는데, 그럴 때면 L은 능숙한 말솜씨로 자신을 감정 조절이 조금 어려운 일반적인 아이로 진단하도록 만들었다. 결국, 아무도 알지 못하게 된 것이다. 그 아이의 몸속 가장 깊은 곳에 숨어 함께 자라나는 벌레가 그 모든 것의 원인이란 것을.

두통은 절대 제어할 수 없는 존재였다. L의 감정 과잉으로 인해 발생하는 두통은 제어할 가망이라도 있었으나 외부 요인으로 인해 발생하는 두통은 어찌할 도리가 없었다. 그는 자신이 두통을 겪고 있으며 벌레를 본다는 사실을 남에게 알리고 싶지 않았다. 타인에게 그런 사실을 고백하는 건 너무 약해 보이거나 꾀병처럼 보일 것 같아 두려웠기 때문이기도 했고, 머릿속 벌레는 본다고 말하는 건 곧 자신이 입원

두통

이 필요한 정신 이상자임을 스스로 자랑하는 것과 다를 바 없었기 때문이다. L은 두통을 느끼는 자신이 가증스럽고 추했다. 이 사실을 알린다면 사람들은 그를 한낱 벌레 따위에 공포를 느끼는 겁쟁이, 고작 두통 따위에 죽어 가는 약골로 받아들일 것이 뻔했다. 그는 왜 그렇게 생각했을까?

사람이란 본래 마음속으로 자신의 자화상을 그릴 때 과장되며 정직하지 못하게 그리는 경향이 있다. 그리고 그 자화상이 가진 비현실성으로 인해 은연중에 자신이 자화상의 주인공이 아닌 것처럼 여겨지기도 한다. 그런데 자화상은 어쨌든 자기 자신을 그린 것이다. 과장되며 초현실적으로 그려도, 괴이하고 참혹하게 그려도, 아름답고 미려하게 표현해도, 현실과 똑 닮아 자신과 구분이 어려울 정도로 정직하게 표현해도 자화상에 그려진 자신은 자기 자신인 것이다. 그래서 자화상은 끝내 그 사람 자체가 되고 만다. 그 결과가 실제와는 거리가 멀어도 어쨌든 그 육체와 영혼과 정신의 주인이 그린 자신이니까 말이다.

L이 그린 자화상은 암담했다. 그가 왜 자신을 암담하게 그렸냐 하면, 아마도 본능적으로 자신이 희극보다는 비극에 적합하다고 생각하였기 때문일 것이다. 그렇게 비극에 자신을 대입함으로써 자신을 음울하게 그리기 시작해 마침내 평소 그리던 그 모습 그대로 스스로 변화한 것이다.

　L은 자신의 두통과 벌레에 대해 사람들이 어떻게 생각하는지 질문으로 시험해 보기로 했다. 자신이 그것들에 시달리고 있다는 사실을 직접 고백한다는 건 상상도 할 수 없는 일이었다. 최대한 에둘러서, 마치 자신의 이야기가 아닌 척 넌지시 질문을 던지는 편이 낫겠다 싶었다. 사람들이 크게 신경을 쓰지 않는다면 좋겠지만, L은 본능적으로 사람들이 그리 넓은 아량을 가지고 있지 않다는 걸 알 수 있었다. 어떠한 체험이나 경험으로 인해 도출된 결과는 아니었다. 당장 그것들에 시달리는 L 또한 그의 처지를 설명하고 인정함에 당당하지 못했기 때문이었다. 자기 전, 남들이 자신의 두통과 벌레를 알게 되는 것을 상상하니 편히 잠이 오지 않았다. 찝찝한 꿈을 꾸게 될 것 같았다. 그 꿈에서 깨었을 땐 이미 땀에 뒷머리는 젖어 있고, 이른 새벽일 것이며, 침대마저 그를 버려 차가운 바닥에서 쓸쓸히 잠을 청할 수밖에 없을 것이다.

　딱히 새겨들을 가치가 없는 말을 듣기 위하여 L은 발걸음을 재촉했다. 학교에 도착하였을 때부터 예의 질문을 할 적당한 순간을 찾기 위해 온 신경을 곤두세웠다. 아무 상념도, 번민도, 거짓과 악도, 고통마저 없는 이 초등학교의 예사로운 교실 바닥에는 곧 가장 무겁고 절망적인 질문이 나뒹굴 것을 알기에, 질문을 던지기 전에 L은 자기도 이해하기 힘든 어떤 죄책감에 두 눈을 질끈 감고 말았다. 몰래 물건을 훔치려는 도둑의 심정이랄까. 내가 하려는 일은 아무도 몰라야 한다. 내가 하려는 일은 죄악이다. 하지만 내게는 희망이요 연명의 길이다. 그들이 내

두통

가 악을 범한다는 사실을 모르게 하는 것이 어쩌면 내가 베풀 수 있는 최후의 이타심일 것이다.

그날따라 아이들의 순결함, 그 특성의 소유자가 단순하고 멍청함으로써 더욱 두드러지고 막강해진 순결함은 L에게 경외심을 주기에 충분했다. 혹시라도 말실수로 질문의 까무러칠 만한 저의가 이 순수한 장소 안에 내팽개처질 때, 그것들이 고결한 것들을 제멋대로 짓밟으며 질주하는 미래를 그려 보았다. 확실히 절도였다. 귀중하며 위대한 보물에 대한 절도였다. 그것은 죄와 악, 잘못과 실수로 이루어진 절도범의 그 장갑 낀 손을 벌벌 떨게 만들고, 없던 죄책감과 조심성마저 만들어 낼 정도의 보물이었다.

쉬는 시간이 왔다. 아이들에게 어떻게 질문해야 할지 고민하느라 수업을 제대로 들을 수가 없었다. L은 곧장 아이들이 모인 곳으로 이동하여 틈 사이로 잠입했다. 재잘거리던 아이들이 마땅한 이야깃거리가 없어 돌연한 정적이 흐를 때를 기다렸다. 마침내 고대하던 정적이 찾아왔다. 모두가 이 숨이 멎을 듯한 정적을 깰 만한 흥미 거리를 찾고 있었다. 더 이상 시간을 끌 수가 없었다. L은 마치 그 자리에서 갑자기 떠오른 생각인 양 입을 열었다.

"아, 맞다. 두통이랑 벌레가 죽인 남자 이야기를 알아? 두통에 시달리고 벌레를 보면서 고통스럽게 살다가 결국엔 그것 때문에 죽었다는데. 음, 사실 나도 책에서 본 이야기야. 난 잘 몰라. 그냥, 그냥 아는지 궁금해서. 아니, 아니다. 아는지보다는 어떻게 생각하는지 궁금해서."

L은 의도와는 다르게 엉뚱한 말을 꺼내고 말았다. 실수라면 좋을 것 같다. 마지막에 가서는 거의 경찰 조사를 받는 용의자처럼 불안에 떨며 말을 더듬어 대니 수상할 만했다. 그러나 아이들은 L에게서 꺼림칙하고 부자연스러운 말투와 떨림을 미처 발견하지 못한 듯했다. 아이들의 표정에서는 전혀 의심하는 낌새가 보이지 않았다. 아이들 대부분이 구역질하는 척하거나, 역겹다, 이상하다는 둥 애석하게도 L이 예상했던 대로 부정적인 반응을 보였다. L은 더 이상 남들에게 두통과 벌레 이야기를 꺼내지 않기로 굳게 다짐했다. 분명 L은 두통으로 인한 고통과 벌레로부터 비롯된 공포심에서 그것들을 증오했지만, 어쩐지 남들이 역겨워하는 반응을 보이자 자못 마음이 아프고 미안한 마음마저 들었기 때문이다.

L은 자신이 겪는 두통을 알리지 않으려 했건만, 참을 수 없이 난무하며 그를 지배했던 무자비한 고통으로 인한 악몽에도 나오지 않은 무서운 상황이 발생하고야 말았다. L이 초등학교 3학년, 수학 시간이었다.

"오늘이 며칠이지? 18일. 18번이 나와서 칠판에 적힌 문제 설명하고 풀도록 하자."

    수학 교사는 호리호리하고 작은 체구의 남자였는데, 초점 없는 눈에 얇고 왠지 짜증 나는 목소리로 재잘재잘 말을 많이 하는 사람이었다. 학생들 사이의 평가는 거의 바닥이었다. 호의적인 의견은 여태껏 단 한 번도 없었다. 수학 교사에 대한 이런 꺼림과 못마땅함이 맹목적이면서도 의무적인 성격마저 띠게 된 데에는 나름 합리적인 이유가 존재했다. 교사의 왠지 얄밉게 찢어진 입도, 마치 누군가의 것을 강탈했거나 어떤 불가해한 유전적 오류로 주어진 듯한 이질감마저 느껴지는 하얀 피부도, 의뭉스러운 기운을 두른 작은 체구도 물론 이유가 될 수 있었지만 모두 교사를 혐오하는 데서 생기는 여러 지엽적인 것들이었다. 그를 싫어하게 만든 근본적인 이유는 바로 교사의 일그러지고 배배 꼬인 그 성격이었다. 수학 교사는 학생들을 업신여기는 태도를 감추지 않았다. 그러나 학교의 다른 교사들에게는 굉장히 굽신대는, 아주 이중적인 성격의 남자였다. 처세술에 능하여 동료들에게는 나름대로 평판이 괜찮았고 관계 또한 좋았지만, 학생들에게는 밉상으로 소문이 자자하였다. 그래도 수업 중에는 경어를 사용하고 나름의 질서와 예의를 지키는 듯한 모습을 보였지만, 적어도 주에 한 번꼴로는 수업 중에 갑작스러운 분노를 쏟아 내곤 했다.

    수업은 듣지 않고 딴생각에 골몰하고 있던 L은 자신의 번호가 불리

29

자, 순간 심장이 멎는 듯했다. 그는 눈을 내리깐 채 재판이라도 받으러 나가는 심정으로 앞으로 나갔다. 그는 타 과목도 그러했지만, 수학은 특히 부족했다. 뇌가 수학 수업을 거부하는 기분이었다. 교사에 대한 혐오가 그와 결부된 수업까지 옮아 버린 것도 한 이유일 것이다. 누가 보면 그저 수업이 지루한 나머지 듣지 않는 것처럼 보일 수도 있었다. 그것도 아예 틀린 말은 아니지만, 아무튼 그렇기에 L은 문제를 제대로 풀 수가 없었다. 칠판 앞에 선 L은 고개를 쳐들었다.

당혹스러운 일이 일어났다. 전대미문의 문제였다. 칠판에는 어떤 날개 달린 벌레가 그려져 있었다. 나비 같기도 하고, 나방 같기도 했다.

"선생님, 칠판엔 문제가 없습니다."

L은 조금 당당한 말투로 말한다. 마치 그 깐깐하고 약간 젠체하는 수학 교사의 잘못을 잡아낸 것 같은 말투이다.

L의 말에 교사는 눈이 휘둥그레지며 실망한 표정으로 무겁게 닫힌 입을 가볍게 연다.

"이건 문제가 아니라는 말이야?"

두통

교사는 교편으로 칠판을 툭툭 치며 말한다.

"네. 이건 단지 그림일 뿐이고, 제가 풀 수 있는 게 없어요."

점점 교사의 얼굴에 분노가 드러나는 듯하다. L은 잘됐다 싶은 생각에 한술 더 뜬다.

"도대체 낙서를 저에게 들이밀며 뭘 하라는 거죠? 제 생각에 이 문제라고 부를 수도 없는 걸 풀 수 있는 사람은 없을 것 같은데요."

교사는 점점 흥분하며 말한다.

"네가 멍청해서 문제를 못 푸는 걸 당연한 양 떠벌리고 있구나. 난 백날 설명해도 못 알아먹는 너 같은 애 때문에 이 직업을 가진 게 후회돼. 잘 들어. 넌 올해로 고작 열 살이고, 지금 배우고 있는 건 너무 상식적인 거라 앞으로는 가르치지도 않아. 뒤처지는 사람들을 기다려 줄 만큼 학교가 친절한 것 같냐? 세상엔 너보다 똑똑한 사람들이 셀 수 없이 많아. 근데 지금 배우는 건 앞으로 기본 중의 기본이란 말이야. 근데 정말 모르고, 배울 의지도, 지능도 없다면. 그래, 넌 고통스럽게 죽고 말 거야."
"고통스럽게 죽는다니요. 전 선생님보다 훨씬 더 편안하게 죽을 건데요."

L의 말이다.

"그렇게 생각하고 싶다면 그리 해 봐. 세상엔 너보다 똑똑한 사람들이 셀 수 없이 많고, 넌 셀 수 있을 만큼의 저학력자, 열등아, 정신병자야. 널 채용해 함께 일하며 살아갈 곳은 찾아볼 수 없단 말이지. 넌 그냥 그렇게 죽는 거야. 자기 앞가림도 못하고 살다 죽는 거야. 살아 봐, 벌레를 대가리에 처넣은 채로!"

교사는 벌레의 존재를 알고 있었다! 어렴풋이 보이는 애벌레의 형상만 알고 있었지 두개강 속에 벌레가 기거한다는 사실을 당시 전혀 모르고 있던 L은 그 말을 듣고는 교사가 어떻게 벌레를 아는지 당혹스럽고 불쾌했다. 미심쩍음의 축제다.

L은 짐짓 차분한 척하려 한다.

"그러니까, 왜 제 머리에 벌레가 산다고 생각하시나요?"

하지만 L의 목소리가 조금 떨린다.

"네가 내 말을 잘 들었다면 이런 말은 하지 않았을 거야. 네가 종종 머리를 부여잡고 아파하던 때가 있었지? 난 그런 경우를 너 말고도 많

두통

이도 봐 왔어. 그런 애들은 항상 머리에 벌레가 살았지. 그놈 때문에 네가 이렇게 멍청하고, 반항적이고, 부적응하고, 고통의 굴레에 빠져 사는 거란 말이다. 그 벌레 때문에. 너도 알잖아? 놈이 네 눈앞을 아른 거릴 때가 있지? 넌 그 벌레 때문에 죽어 갈 거야. 그것도 아주 고통스럽게. 지금부터 쭉."

여기서 도대체 어떤 뻔뻔한 말을 더 보탤 수 있겠나. 당혹감을 억지로 삼키며 한 말에 대한 교사에게 대답은 공포의 체현 그 자체였다. 교사의 말은 판결이다. 거부할 수 없는 형을 선고하는, L의 태연한 거짓말을 규탄하는, 결론적으론 L의 삶을 벗어날 수 없는 혹독한 유형지로 만들어 버리는, 판결 말이다.

교사는 벌레에 대해 잘 아는 듯싶었다. 교사는 L이 머리를 부여잡는 모습을 보고는 L과 벌레의 연관성을 확신한 것이다. 이는 그가 이런 흔치 않은 현상마저 이해할 수 있는 어떤 학식을 가지고 있다는 것인데, L로서는 그다지 달갑지 않은 일이었다.

L은 벌레가 어떤 형태로든 존재함을 믿거나 그것에 대해 천착하여 결과를 도출해 내지는 않았지만, 그 벌레가 자신과 결부되어 있다는 것을 직감적으로 느낄 수 있었다. 그 연결은 자력으로 떼어 놓을 수 없는 것이었고, 더 나아가 시간이 지나며 시나브로 결속되는 듯했다. 그

래서인지 L은 앞서 일어난 당혹스러운 사건에 더욱 번민했다. 물은 이미 엎질러졌고, 빛을 쬐어야만 알아볼 수 있는 투명하며 순수한 그 물과, 이를 흡수하지도 증발시키지도 아니하며 그저 군건히 무책임하게 자리를 지키고 있는 바닥을 L은 무시했을 뿐이다. 또 그 물의 엎질러짐을 무시하며 L은 물의 확산도 증발도 기대하지 않았고, 완전한 무의 상태와 압제로부터의 해방을 불안해하면서도 편안히 즐겼을 뿐이다. 그런데 갑작스럽게 물을 엎지른 것이 폭로되며 엎지른 본인도 바닥에 시선이 가게 된 것이고, 오랫동안 무시해 둔 막막한 문제에 한숨을 내쉬면서도 그것을 처리할 방도조차 분명하지 못한 답답한 상황에 갇히고만 것이다.

이렇기에 교사의 믿을 수 없고 무례한 행태에 질겁하면서도 지금 처한 사건의 번쇄함에 마음속 고뇌가 깊어지는 것을 알 수 있었다.

교사의 충격적인 발언을 듣고는 그가 심각한 망상에 빠져 있다고 믿으면서도, 본인만이 알고 있던 그 벌레의 존재를 교사도 알고 있다는 사실이 께름칙하여 L은 잠시 굳어 버리고 말았다. 그러나 본능적으로 알 수 있었다. 만약 벌레에 대한 교사의 발언을 똑똑히 듣고서도 가만히 있다는 것은 무언의 동의이며, 그 동의로 인해 자신의 위치가 위태로워질 것이라는 사실을. L은 잠시 지었던 무표정한 표정을 깨고 부자연스러운 폭소를 터뜨렸다. 그건 진짜 웃음이라기보단 연기의 느낌을

두통

주었다. '태연한 척'하는 역할을 맡은 배우가 '태연한 척' 연기하는 것처럼 말이다. 눈치 빠르고 총명한 아이가 교실에 없는 것이 다행이었다. 조금만 기민한 사람이라면 금방 알아챌 수 있는 태연함의 연기였기 때문이다. 폭소를 터뜨리는 L의 표정 어딘가에 확실히 불안한 기색이 스며들어 있었으며, 당황스러움과 공포가 초점 잃은 눈동자 위에서 꿈틀대고 있는 듯했다. L은 폭소를 터뜨리며 "하하! 너무 흥분했네요. 빨리 빨리 수업을 마저 하시죠. 아까는 제 잘못이었어요."라고 말하고는 자리에 가서 앉았다. 그 냉혈하고 난폭하던 교사는 왠지 L을 애처롭게 바라보며 나지막하게 한숨을 내쉬었다. 마치 죽음을 앞둔 자의 발악을 눈앞에서 본 듯한, 안타깝고 구슬픈 정취에 도취한 듯하면서도 그 밑바닥에는 악이 느껴지지 않는 순수한 한심함이 깔려 있었다. 그 이후엔 아무 일도 없었다는 듯 수업이 진행되었다.

수업이 끝나고 교사가 교실을 나가자 반 친구들이 거의 다 몰려와 정말 머리에 벌레가 사느냐고 물었다. 어떠한 악의나 나쁜 의도 없이 순수한 호기심에서 비롯된, 때 묻지 않은 질문에 어찌 답해야 할지 막막했다. 그런데 그가 받은 질문은 한마디로 명쾌하게 답할 수 없는 난해함과 불분명함을 담고 있었다. 벌레의 존재를 인정하지 않기에는 벌레를 분명히 본 적이 있으며, 벌레의 존재를 인정하기에는 자신의 지나친 상상력으로 인해 눈앞에 일시적으로 나타난(평소 L은 공상할 때가 많았기 때문에) 가상의 존재일 가능성을 완전히 배제할 수 없었기 때문이다.

완벽하게 불리하고 난감하며 끝내 무력감과 자기 존재의 하찮음마저 느낄 수밖에 없었던 이 사건에서 L은 빠져나갈 궁리를 하지 않을 수 없었다. 지금 당장 L의 안정적 생존과 밝은 미래를 위협하는 질문에 최대한 명쾌한 답을 제시하여 아이들의 의구심을 잠재워야 했다. 악의 편린은 단 한 조각도 찾아볼 수 없는 그들의 빛나는 순수함에 눈이 부시면서도 두려워하지 않을 수 없었다. 때로는 순수의 무고함과 매서운 직설에 사람이 죽기도 한다. 근데 그 질문의 답이라는 걸 생각하면 할수록 오히려 깊숙한 구덩이에 빠지는 기분이었다. 애초에 벌레의 존재는 L에게는 더더욱 풀 수 없는 난제였기에 마땅한 대답을 기대할 수는 없는 것이었다. 또한, 고의적인 것은 아니었겠지만 질문이 가진 모호성도 L이 제대로 된 대답을 하는 데 걸림돌이 되었다. 그에게 분명한 영향을 주며 당연하게 존재를 입증한 두통과는 달리 벌레는 어떤 확실한 영향도 주지 않는 모호한 존재였기에, 생각하면 할수록 파악하기 어려운 골칫덩어리였던 것이다.

어서 말해야 한다. 이대로 입을 꾹 다물고 버틴다면 난생처음 느끼는 크기의 작열감이 머리 전반에 퍼지고, 결국 아이들 앞에서 머리를 부여잡고 발작하며 흐느끼게 될 것이다. 그 벌레를 인정한다면 평생 아이들이 자신을 벌레와 동일시할 것이고, 언젠가는 실제로 거대한 벌레로 변신해 음울하게 죽어 가고야 말 것이다. L은 고심 끝에 시치미를 떼기로 했다.

"너희도 알잖아. 그 선생님은 원래 이상한 생각으로 다른 사람들을 욕하는 걸 즐긴다고. 나도 방금 그렇게 당한 거야. 선생님은 그저 내가 싫은 거지. 나를 벌레같이 싫어해서, 내 머릿속에 벌레가 산다는 멍청한 생각을 하고 만 거야. 무슨 벌레가 산다니! 그런 쓸데없는 말에 놀라지 마. 난 너희와 똑같은 사람일 뿐이야."

아이들은 L의 말에 고개를 끄덕였다.

이 상황에서 안도할 수 있었던 유일한 부분은, 교사가 그의 두통과 벌레에 대해 공공연히 언급하였고, 실제로 L은 그로 인하여 극도의 긴장 상태에 빠졌지만, 두통이 오지는 않았다는 것이었다. 아마 이 독특한 평화의 이유는, 벌레가 빛이란 게 전혀 들어오지 않는 L의 두개강 속에서 우울한 생을 보내다가 돌연히 들려온 자신의 이름에 들떠 미소 지었기 때문이었을 것이다. 아무튼, L은 다행스러웠다. 그럴듯한 변명과 거짓부렁으로 주변 아이들을 꾀어내서 그 선생님의 오해(결국, 그건 사실이었지만)에 아이들이 속는 것을 막았기 때문이다. 벌레의 존재가 밝혀지는 건 절대 상상할 수 없었다. 그는 두통과 벌레에 대한 첫 고백 이전까지는 그 단어들이 목구멍 깊숙한 곳에 잠시 머무는 것도 허용하지 않았다. 입 밖으로 튀어나오는 만일의 사태에 철저히 대비하고, 오롯이 상상 안에서만 머물게 했다. 그래서 어떤 사람이든 숨겨진 L의 어두운 사실들을 알기는 불가능에 가까웠다.

수학 교사의 독특하고도 괴상한 주장은 L이 머리를 부여잡고 고통 스러워하던 모습에서 말미암은 것이었다. L은 그 부분에 천착하였다. 앞에서 이야기한 적이 있듯이, 어쩔 수 없이 L이 학교에서 두통을 겪는 순간들이 가끔 있기는 했다. 그런 상황에서 두통의 강도가 서서히 증가할 때는 인적이 드문 장소로 신속히 숨어 버리는 것이 두통을 감추는 최선책이었다. 그런 수법을 쓸 때는 다행히도 발각되지 않았다. 지금 얘기하고 있는 초등학교 3학년 당시에는 고통이 절정에 도달하여 머리채를 부여잡거나 혼잣말과 신음 등이 튀어나오는 것을 어찌할 수가 없었다. 이러한 모습으로 인해 자기의 민낯이 모조리 드러나고 말거라는 두려움에 L은 떨지 않을 수 없었다. 하지만 두통이 너무나 돌연히 찾아올 때는 사람이 많은 교실(수업 시간은 아니었다)에서 그 저주받은 발작을 견뎌야 했던 때도 있었다. 자는 척하며 몸의 발작을 최대한 억누르고, 이성을 필사적으로 유지해 아이들에게 겨우 발각되지 않았다는 점은 L이 생각하기에도 조금은 기특한 일이었다.

L이 수학 교사가 내세운 주장의 근원을 찾기 위해 천착하여 내린 결론은 다음과 같다. 우선, L이 교실에서 두통의 난무를 참으려 몸을 웅크리고 이따금 자의적이지 않은 발작을 넌지시 내보이고 있을 때, 교사가 그를 우연히 목격한다. 이런 상태의 L을 교사가 목격은 하지만 그것이 진짜 두통이라는 물증이 없기에, 교사가 L의 두통을 정말로 보았다고 단정하기에는 무리가 있지만, 어쨌든 어떤 경로든 교사가 그런 모

두통

습을 보고 L이 두통을 겪고 있다는 걸 단박에 알아차렸다는 것이 가장 설득력 있고 합리적인 추론이었다. 그 내적인 과정은 정확히 모르겠지만, 사람들이 눈치채지 못할 수준의 발작만을 보고도 두통을 추리해 버렸다는 사실을 생각하면 한편으론 수상쩍으면서도 결국 당연한 한 가지의 믿기 힘든 진실에 도달하게 되는데, 그건 바로 교사가 두통에 대해 매우 해박한 지식을 갖고 있다는 것이다. L은 두통이란 존재가 자기에게만 있는 특유한 사건이라고 큰 의심 없이 믿고 있었지만, 이 일로 인해 지구의 공전처럼 굳건한 상식으로 L의 마음속에 자리 잡고 있던 그 믿음이 사그라들고 만 것이다. L은 혼란의 망망대해 한가운데로 표류하고 말았지만, 동시에 자신이 전혀 예상하지 못하는 반가운 일들이 벌어지고 있음을 알 수 있었다. 두통에 대한 지식은 당연히 그것을 배우는 것에서 비롯되는데, 그렇다면 두통을 어떤 기관, 학교 따위에서 가르치고 있다는 말이 아닌가? 정식으로 학교 따위에서 배우는 게 아니더라도 그 나름대로 관련 서적이나 연구를 통해 학습한 것이 아닐까? 음, 그래도 교사가 두통을 앓는 자신에 대해 그리 긍정적으로 평가하지 않는다는 점을 보면, 교사가 두통을 겪는 사람들을 돕는 자원봉사자는 아니라는 걸 미루어 짐작할 수 있었다. 그럼에도 불구하고 그는 일종의 두통의 권위자인 자신이 전혀 모르는, 두통에 관련된 움직임이 일어나고 있다는 사실이 꽤 반갑게 느껴졌다. 그것이 국가 차원의 교육이든 그 교사의 사사로운 연구든, L에게는 좌우간 예상하지 못했던 긍정적이고 희망적인 일이 아닐 수 없었다. 한 가지 문제는, 교사에게 질문하고 싶은 말들은 머릿속을 가득 채우고도 남아 몇몇 문장들이 입 밖으로 부지불식간에 새어 나갈 정도였지만, 현실적으로 그 질문들은 자신의 모자람과 그것을 넘어 진실을 숨긴 죄를 자백하는 것과 다를 바 없다는 것이었다. 만약 L이 질문을 던진다면 교사는 틀림없이 곧바로 전화기를 집어 들고 그의 두통을 가족에게 알리려 할 것이다. 주변에 두통이 알려지는 걸 끔찍이도 두려워하고 꺼리는 L의 마음이 교사에게 질문하는 것을 막았다. L은 교사에게 두통을 고백하게 되면 사람들이 자신을 조롱하리라 믿고 있었다.

병으로 인해 떨리는 내 육체를 검진할 자는 도대체 정해진 적이 있는가?

계절에 상관없이 시종 오한에 매혹된 것은 감추어야 할 일이다.

최후로 온기를 느낀 순간이 슬슬 가물가물해지는 손이며 볼이며 가슴이며 어깨이며 정수리이다.

아무도 적선하지 않는 사람에게 그 땡전 한 푼도 쉬이 건네지 않음이 그들의 불문율이요 상식이고 이치인가?

부지불식간에 한숨을 내뿜게 만드는 그들의 비인간적인 횡포에 떠는 게 나의 자랑스러운 오한이다.

이 짐승들과 유리되는 게 막막하다는 사실마저 나를 외롭게 한다.

사랑한다는 말이 고어가 되어 버린 시대는 우리의 생존을 위해 제작된 것이 아니다.

까맣게 잊히고 추억됨을 떠나 누구도 기억하지 못하는 감정들아! 부디 옛날 그대들의 우직한 마음을 가지고 방화하라! 불에 타지 않는 자들을 이 시대의 진정한 지성이라 여기고 발화되어 재로 남은 그들의 우스꽝스러운 인생을 조소로 마무리하라!

모든 날이 폭풍 전야의 예사롭지 않은 평화로운 분위기를 간직한다.

자연이라 하면 우리 하찮은 인간이 감히 그 앞에 허리를 곧게 편 자세로 서 있을 수도 없을 만큼의 막강한 힘을 가진 것이다.

해서 자연재해라는 사건도 그것이 일어남을 예측함이 무례로 이어질 수 있음은 당연지사이다. 아니, 애당초 재해를 예측해 얻는 것이 불안감, 그것으로 말미암은 아수라장과 인파의 압사가 아니면 또 무엇이 있겠는가?

숨이 점점 가빠지고 내가 보는 것들에 안개가 낌에 따라 환호성이 나를 추앙한다. 내 힘을 다한 성대가 최후로 남기고 간 이야기다.

비명을 지르게 하는 삶의 흐름에 놀라움을 감추지 못한다.

아니, 난 그래서 이의를 제기한다. 세상 어떤 멍청이가 자신과 맞지 않는 옷을 입고, 맞지 않는 신발을 신고, 맞지 않는 안경을 쓰고, 알레르기 반응이 오는 음식을 탐식하나?

나는 내가 나로 규정됨에 따라 주어지고 지워지는 저주들을 내팽개치고 달아나려는 무서운 심보가 가득한, 공인된 죄인이다.

악법에 따라 죄인이 됨에 한치 부끄럼 없고 고개는 항상 정면 아니면 태양을 응시하며 가슴은 꼿꼿하다.

이 밤이 끝나는 것을 원하지 않았다. 그리고 내일 오늘보다 한층 더 일그러진 인상의 태양과 살을 찢어 버리는 햇빛의 매서운 일격을 받아 내는 것보다 밤의 영원이 편하다.

그래서 나는 이 달빛이 떠나가는 모습에 괜한 울화를 감출 수 없었다. 울었다. 또 세상 어딘가의 사람은 내가 지는 달을 보며 사색에 잠겨 있을 때, 찾아오는 달을 반가워하며 즐김이 아닌가? 몹시 억울하다.

도망치는 무심한 휴식아! 영원한 게 없다는 건 꽤 예전부터 알았지만, 영원은 고사하고 날 기쁘게 하는 은인들은 눈 깜빡할 시간에 사라져 버리는구나!

이후 수학 선생은 L을 시종 주의 깊게 관찰하는 듯했다. 그의 머릿

두통

속을 투시하여 꿈틀대며 성장하는 벌레의 모습을 보는 듯했다. L을 관찰할 때 교사는 점차 사색에 빠지는 듯했고, 어떨 때는 눈가가 촉촉해지며 눈물을 한두 방울 흘리기도 했다. 그의 얼굴에는 애처로워하는 연민의 마음과 도대체 무엇으로 말미암은 것인지 알 수 없는 두려움과 공포가 동시에 나타나곤 했다. 하지만, 교사는 그 이후 L이 6학년일 때에 딱 한 번 학교에서 말을 건 적이 있을 뿐 그를 특별하게 대하지도 않았고, 사건과 관련된 언급도 전혀 하지 않았다. L이 아무런 행동을 하지 않아도 인간 자체에서 찾아오는 어떤 불안감이 교사를 사색에 빠지게 한 게 확실했다. 막노동하는 사람의 손에는 오랜 고생의 흔적을 고스란히 간직한 굳은살이 박이는 것처럼, L의 겉모습엔 인생의 어두운 면을 고스란히 느끼게 하는 무형의 굳은살이 단단히 박인 것이었다. 그리하여 그를 볼 때면 누구라도 괜스레 측은한 마음이 들지 않을 수 없는 것이다.

3

+ + +

어운이 남았던 교사와의 그 일 이후 두통을 느낄 때 보였던 애벌레의 형상은 번데기로 변화하였다. 거북살스러운 이변이었다. 다만 좋게 관망할 만한(정확히는 그리 해석되는) 변화가 있었다. 번데기의 형상으로 변한 후 두통의 강도가 몸소 체감될 정도로 낮아진 것은 물론, 불안한 형상이 보이는 등의 두통의 시각적 요소가 사라졌다. 점차 나아지는 병세에 L은 생기를 얻었다. 불안하고 고통스러운 생활의 종말을 고하며, 조금은 우스운 승리감에 흠뻑 젖었다. L은 마침내 벌레를 해치웠다며 득의양양하게 시간을 보냈다. 다만 이런, 마냥 좋게 보이는 변화에도 찝찝하여 후련치 못한 구석이 전혀 없었던 것은 아니다. 벌레가 죽어 가지 않고 오히려 번데기로 진화하는 듯한 모습을 보였다는 점, L이 겪던 그 특유한 두통의 빈도와 강도가 확연히 감소하고 종내에는 결국 없어졌으나, 소량의 두통(벌레가 보이거나 일상을 불가능하게 할 정도의 두통은 확실히 아니다)은 여전히 남아 있었다는 점이다. 하지만 그 작은 크기의 두통은 서술하기에 너무 사소하여 여기에 굳이 적지는 않겠다.

L은 생물에 대한 지식은 별로 없었지만, 알에서 애벌레로, 애벌레에서 번데기로, 번데기에서 성충으로의 변화쯤은 알고 있었다. 그 번데기를 죽였어야 했다.

벌레가 번데기가 되면서 두통의 상태가 안정되기 전, 두통이 친히 선물한 고난이 극에 이르렀을 때의 L은 압제자들에 너무나 매몰되어 살았다. 실제로 두통의 발현(이틀에 한두 번꼴로는 두통이 찾아왔다)과는 상관없이 L은 대부분의 하루를 자신의 원수들에 대한, 끝나지 않는 탐

두통

색전과 자신의 강박적인 불안과 관련된 망상 속에서 보내는 것이 일과처럼 되어 버린 것이다. 사실상 그토록 그를 괴롭히던 인생의 걸림돌, 장애물, 방해꾼과 다름없던 악마들이 L의 일상 곳곳에 스며들어 그와 일체가 되었다는 건 흥미로운 일이었다.

이렇듯 자기 자신을 명료하게 정의하기 좋아하는 인간의 본능은, 종종 자신을 매우 악하거나 부정적인 존재로 정의하기도 한다. 유감스러운 점은 사람이란 누구든 간단하게 설명하기가 매우 어려운 존재란 것이다. 그럼에도 불구하고 필경 기어이 자신의 초상을 그리게 되기 마련인 인간은 매우 부정확하고 편협하며 단편적인 초상에 불확실하고 불가해한 자신을 억지로 끼워 맞추려 든다. 이 결과물이 심히 보기에 적합하지 않더라도 좋다. 불완전한 본인을 어떤 개념으로 정의하는 데 성공했고, 볼 수는 있으나 통찰할 수는 없는 답답한 자신의 초상을 그려 냈다는 것에 커다란 만족감을 느끼는 것이다. 이 억센 파도에라도 몸을 맡길 수 있음에 감사하라.

이렇듯 집착에 가까운 조사로 얻게 된 좋지 않은 가설들 가운데 하나는, 사회적인 관계에 의해서도 두통이 발생한다는 것이다. 이런 상황들을 미리 예방하기 위해선 겉치레를 똑똑히 해 두어야 했다. L은 두려웠다. 심각한 두통이, 그것도 두개강 안에 불쾌한 두통이 생생하게 도사리고 있고, 또한 벌레라는 알 수 없는 존재가 자신과 수상하게 결부되어 있단 걸 다른 사람들에게 들킨다는 게 두려웠다. 그렇게 되면 L은 자신이 고립될 것이고, 그것으로부터 두통의 순환이 시작될 것임을 직감할 수 있었다. 만약 고립으로 인해 두통이 발현된다면, 고통은 지난날들의 악몽을 모두 길몽으로 여기게 할 만큼의 믿지 못할, 과거를 재평가하게 만드는 고통일 것이다. 그리하여 수학 교사에게 혼이 나며 들은 벌레에 관한 이야기를 아이들이 꺼냈을 때 거짓말로 무마한 것이었다.

왜 L은 그리도 자신의 일부가 드러나는 것을 숨기느라 급급했는가. 그것은 두통을 예방하기 위해 어쩔 수 없는 행동이었다. 사람들은 보통 자신이 벌레를 본다고 주장하는 아이가 있으면 미심쩍은 눈으로 바라보거나 멀리하게 된다. 남다르게 벌레를 좋아하는 독특한 아이들이라면 이런 아이를 반길 수는 있을 것이다. 하지만 평균적으로 보았을 때, 그런 말을 듣고 따뜻한 말이나 도움의 손길을 내밀기보다는 괴이한 그의 실체를 알고는 까무러치며 욕을 해 대는 쪽이 훨씬 흔할 것이다. 이런 일련의 희망이라곤 추호도 찾아볼 수 없는 눈물겨운 사건들 속에서 자신이 사회적으로 '벌레'와 '두통' 자체로 여겨지다가 결국 모두가 그를 경원시하게 되고, 그와의 관계 속에서 아무도 굳이 두통을 얻으려 하지 않기에 점차 자연스럽게 고립되다가 마침내 자신의 곁에 홀로 남은 어떤 알 수 없는 벌레와 독대하게 된다면 결국, 끝없는 두통 속에 갇혀 버리고 말 것이다. 심지어 그 두통은 죽음마저도 끝낼 수 없는 것이다. 그 광활하고 막막한 두통의 잔인한 늪에 빠진다면, 죽음 이후에

두통

도 자신의 시신이 두통의 진득하고 끈적한 늪으로 천천히 빠져들 것이
고, 그 늪은 말 그대로 '두통' 자체라서 편안한 죽음은 결코 아닐 것이
다. 얼마가 될지 감이 잡히지 않는, 찰나일 수도 있고 영원일 수도 있는
시간이 지나고 그 안타까운 시신이 부패하게 된다면, 시신은 두통 그
자체로 존재하게 된다. 이 굴레를 벗어나려면 번데기의 상태였던 벌레
를 죽였어야 한다.

두통이 줄어들었던 L은 점점 경계심이 풀리며 마치 자신이 오랜 원
수와 겨뤄 승리를 쟁취한 것만 같아 조금은 우스운 승리감과 자부심
에 도취하고 말았다. 자신이 특별하고 위대하며 칭송될 만한 영웅이라
도 된 양 느껴졌다. 그런데 그건 틀린 말이 아니다. 그는 선지자다.

L이 초등학교 5학년 때쯤이었다. 부모님은 TV를 시청하며 고요한
휴식을 취하고 있었다. TV에서는 자신이 벌레를 본다고 주장하는 어
떤 남자가 나와 인터뷰를 진행하고 있었다. L은 TV의 남자를 보자마
자 오래간만에 생각난 두통과 벌레에 자못 반가움을 느껴 얼른 옆자리
에 앉아 그 남자의 인터뷰에 집중했다. 남자는 때로 과장된 몸짓을 섞
어 가며 갑자기 흥분하다가는 돌연히 진정하거나 억양을 수시로 바꿔
가면서 웅변을 토했다.

"보통의 사람들이 전 질투가 느껴질 정도로 부럽다는 겁니다. 항상

47

제가 조금의 휴식과 평안을 얻을 때면, 벌레는 제 심신의 안정을 한순
간도 허용할 수 없다는 듯이 폭력적으로 다가와요. 이성적으로 행동하
고 감정의 변화를 막으려고 해도 소용이 없습니다. 그 벌레가 나타날
때면 제 머릿속의 종잡을 수 없는 어떤 구석에서 파괴적인 두통이 찾
아오는데, 이 고통에 당당히 맞선다는 가정 자체가 두려울 정도입니다.
아픔은 차치하고 거기엔 사람의 감정을 움직이는 어떤 미지의 힘이 있
는 듯합니다. 한순간에 저는 감정적이고 충동적인 성격으로 바뀝니다.
평소엔 조용한 성격의 사람도 그 두통 앞에서는 추하게 비명을 지르며
날뛰지 않을 수 없게 됩니다. 아마 성대가 없는 사람도 소리를 지르고
야 말 겁니다. 그리고 머리를 쥐어뜯고, 몸은 바들바들 떨고, 또 그 벌
레의 등장. 저는 벌레를 평시에 무서워하지 않는 사람입니다. 그럼에도
불구하고 죽일 수도, 만질 수도 없는, 도무지 정체가 무언지 상상을 거
부하는 벌레가 두통을 업은 채 저에게 다가올 땐, 아아! 세상에서 가
장 큰 공포가 느껴집니다. 무서운 공포영화를 보거나, 왠지 소름 돋는
밤거리를 혼자 걸어갈 때 느끼는 그런 공포와는 확연히 다른 공포입니
다. 고유의 공포라는 말이죠. 저에게 피할 수 없는 두통을 주는 제 인
생의 악의 근원이고, 저의 모든 고통과 괴로움의 창조자. 그가 제 눈앞
에 나타날 때면, 죽음조차 무상하고 우스운 발악으로 여기게 할 만큼
의 무력감이 저를 무너뜨려요. 이 인터뷰를 듣고 있는 여러분께서는
도저히 공감할 수 없는 이상하고 묘한 말들의 연속이었을 겁니다. 전
정말 질투가 날 지경입니다. 두통과 벌레가 없는 삶의 일상은 얼마나

두통

황홀하며 달콤할지. 저는 지금까지의 이 고통스러운 경험으로부터 깨달았습니다. 두통과 벌레로 인한 고통에 목에서 피가 나올 정도로 비명을 내지르며 죽음을 소원하는 추한 생을 보내기 위해 태어난 저는, 그러니까 저주받은 삶을 사는 저는, 제 존재의 이유가, 저의 본질이, 끝나지 않을 고통 속에서 해방만을 몽상하며, 존재하지도 않는 동아줄을 붙잡고 버티는 정신병자로 살아가기 위한 것임을 슬프게 알 수 있었습니다. 기껏해야 자기 삶의 의미란 것이 이 세상의 고통을 짊어지고 그걸 모조리 감당하는 것이라는 사람을 이해할 수 있으시겠습니까? 저의 이 고통의 굴레를 끝장낼 방안을 아시는 분은 연락 부탁드립니다. 어떤 사례라도 하겠습니다. 그러니 부디……."

이 대목에서 아버지가 갑자기 채널을 돌려 그의 인터뷰를 끝까지 듣지는 못했다.

그의 인터뷰는 감정을 고조시키기 충분했다. 자신이 해야 할 말들을 정확히 알고, 그 말들이 마치 완전한 자기 소유인 양 맘대로 구사하는 인터뷰를 보는 것만으로도 L은 자기도 모르게 숨이 가빠지고 시야가 막히며, 어지러워졌다. 또 막바지에는 거의 눈물이 나올 뻔하기도 했다. 그가 겪은 온갖 시련들이 주마등처럼 스쳐 지나갔다. 추측건대 그 남자는 두통을 꽤 장기간 겪은 듯했다. 그의 목소리에는 오래 묵어 거의 발효가 된 듯한 설움이 단어 하나하나에 깊이 배어 들어 있었다.

L은 오랜만에 생각해 보는 두통에 의외의 반가움을 느꼈다. 그 반가움에 L은 아버지에게 가볍게 말을 꺼냈다.

"아빠, 저도 사실 아까 TV에서 인터뷰하는 남자하고 완전 똑같은 두통을 겪었어요. 지금은 겪고 있지 않지만, 그때의 두통이 너무 심해 평생 기억될 만큼 비참하고 괴로웠어요. 그래서 방금 TV 속 남자 말이 공감됐어요. 아빠는 혹시 이 두통에 대해 아세요?"

그때 L의 시선은 TV로 가 있었기 때문에 아버지의 표정 변화를 관찰하지 못하였다. L은 자신의 말이 끝나고도 오륙 초 정도 대답 대신 왠지 책망이 가득 담긴 언짢은 정적만이 돌아오자 혹시나 하는 마음에 아버지 쪽으로 조심스럽게 고개를 돌렸다. 그 순간 강건하고 남성적인 이목구비를 가진 아버지의 분노인지 슬픔인지 번민인지 종잡을 수 없는 표정과 L의 시선이 마주쳤다. 그 주름 가득한 표정은, 의미는 분명하지 않았지만, 통제하기 어려운 여러 감정과 희로애락이 뒤섞인 듯한 미묘하고 복합적인 분위기를 내뿜고 있었다. L은 직감적으로 곧 좋지 않은 일이 생길 것이란 걸 느낄 수 있었다. 아버지의 마음을 당장 꿰뚫어 볼 수는 없었으나, 아버지의 마음속에서 이 집의 지붕과 땅의 세로축이 비슷해질 정도의 격동이 일고 있다는 것과 광기와 살기가 가득한 이 집안에서 오늘 밤 평안한 잠을 기대한다는 건 거의 불가능에 가깝다는 걸 쉽게 예상할 수 있었다.

순식간에 자리를 박차고 일어난 아버지는 돌 같은 주먹으로 L의 오른쪽 뺨을 가격하였다. 그렇게 시작된 아버지의 폭력은, 나중에 알았지만, L의 온몸을 시퍼렇게 멍들게 했다. L은 맞으며 고통보단 두려움을 느꼈다. 왠지 머릿속 벌레가 다시금 나타날 것만 같았기 때문이다. L은 머리를 손으로 가린 채 방어했다. 그러다가 한 가지 의문이 들었다. 벌레를 두려워하며, 벌레의 등장을 염려하면서, 왜 머리를 막았던 것일까? 그렇다. 인간의 머릿속에 사는 그것은 필수 불가결의 구성 요소라 그걸 제거할 수도 없고, 오히려 지켜야 한다. 더 정확히는 외부의 투박하고 야생적인 것들과 내면의 그것을 분리하고 보호하는 것이다. 제거하려는 자는, 필경 몇 배는 더 큰 불행의 거센 파도에 홀로 휩쓸리고 말 것이다. 그리고 그건 너무나 가냘픈 나머지 혹시라도 가해질 충격을 예방해 주어야 한다. 자력으로 내부에서 증식해 고통스러운 편이, 외부의 고통으로 인해 산산조각이 나서 뇌를 찢어발기는 편보다 비교할 수 없을 정도로 낫기 때문이다.

흠씬 얻어맞던 L은 기절한 건지 기억을 잃은 건지 모르겠지만, 좌우간 여기서 기억이 끊겨 버렸다. 곧이어 이어진 기억은 벌레의 꿈이었다. 맞은 후 잠을 자다가 꾼 건지, 기절하여 꾼 건지는 확실치 않다. 그러나 이 꿈은 그가 인생 전반에 걸쳐 꾸게 될 독특하고 난해하며 기억될 만한 가치를 지닌 꿈의 시작(그전에 잊어버린 기억이 없다고 친다면)을 알리는 것이었다.

꿈속에 나타난 장소는 대자연의 풀숲에 자리한, 조금은 뜬금없이 당당한 자태를 뽐내는, 성스러움에 압도되는 신전이었다. 신전은 현실의 어떤 웅장하고 위대한 건축물과 견주어도 손색이 없을 만큼 거대한 크기와 아름다움을 지녔다. 또한, 오로지 순수한 흰색으로만 구성되어 있었기에 마음이 자연스레 경건해지는 외형이었다. 날씨는 차분하면서 동시에 격렬함을 지닌 태양의 자식들이 대지를 아프도록 인자하게 달궈 대며 만물을 품는 듯하였다. 그 사원 한복판에 L은 오도카니 서 있었다. 사원 안에는 벌레도 있었다. 벌레는 번데기 상태였다. 그러나 그 벌레는 우리가 익히 아는 자그마한 크기가 전혀 아니었다. 그보다 수백 배는 더 거대한 크기였다. 너무 몸집이 커 한눈에 담기 어려웠다. 번데기는 청록색을 띠고 있었는데, 꺼림칙하고 이상하게도 그 외관이 너무나 미려하여 입을 쩍 벌리지 않을 수 없었다. 그러면서도 번데기 속에 존재하는 벌레가 꼭 당장은 아니더라도 언젠간 우화羽化하여 모습을 드러내 보일 것이란 믿기 싫은 사실이 너무나 두려웠다. L은 안전을 위해 번데기와 반대 방향으로 뒷걸음질을 쳤다. 하지만 벌레와 그 사이의 거리는 전혀 변동이 없었다. 하기야 사원의 규모가 사람 한 명은 하찮은 미물로 만들어 버릴 수 있는 크기이기에 어쩔 수 없었다. 그래서 이번에는 반대 방향으로 꽤 오랫동안 질주하였다. 그래도 거리엔 변화가 없었다. 그가 이동하는 방향을 따라 사원과 사원에 우거寓居하는 번데기가 함께 움직인 것이 아닌가 하는 의심마저 들 정도였다.

그런데 어느 순간, 번데기 속 무언가가 점점 부풀다가, 결국 고치가 팽팽해지는 지경에 이르며 조만간 그 안의 무언가가 번데기를 뚫고 나와 버릴 것 같은 느낌이 들었다. 다행스럽게도 번데기를 뚫고 벌레가 나오는 마땅치 않은 상황은 발생하지 않았다. 껍질은 끊임없이 팽창하며 놈의 우화를 막는 듯하였다. 그런데

두통

그 우화를 막음이 결코 선의에서 행해지는 배려가 아닐 수 있다는 사실에 돌연 온몸의 신경이 올올이 곤두서는 것 같았다. 여기서 L은 마음을 다잡고 상기했다. 그 벌레는 자신에게 못마땅하고 두려운 아픔을 주던, 용서할 가치가 없는 존재라는 사실을. 벌레로 말미암아 두통이 온다는 건 명백하지 않았으나 두통과 벌레가 결부된 존재라는 건 틀림없었고, 과거 두통이 줄어들던 때, 애벌레의 형상이 번데기로 용화하던 장면을 보았기 때문에 두통이라는 저주와 벌레의 연관성은 결코 부정할 수 없었다. 애당초 직전에 아버지에게 얻어맞게 된 이유도 이 벌레와 밀접한 관련이 있지 않은가? 잘됐다. 이참에 망할 벌레를 확 찢어 죽여 버리자! L은 생각했다. 막상 이런 당찬 마음을 먹긴 하였으나, 동시에 한편으로는 자신이 한없이 작아 보이기만 하였다. 손을 쓸 방도가 없었다. 아버지에게 맞은 건 분했다. 또 벌레가 주던 일련의 감당할 만한 가치가 없는 시련들은 이루 말할 수 없이 끔찍했고, 그를 거의 미치기 직전까지 몰아갔던 불안들의 시발점이자 궁극적으로는 인생의 기나긴 시간 낭비이기도 했다. 두통이 갈취해 간 무형의 재산의 빈자리는 가혹했지만, 그 두통을 겪은 게 꽤 오래전의 일들이라 곧장 벌레를 살해할 만한 동기가 부족했던 것이다. 그 벌레의 크기도 압도될 만큼 거대했기에 당장 어찌할 도리가 없었다. 아니, 자칫하면 위험한 결과를 초래할지도 모른다. L에겐 이런 거대한 문제들을 직시하고 어떤 용감한 시도를 할 만한 계기 자체가 부족했다. 그러나 벌레를 증오하지 않는다는 건 아니었다. 단지 그 크기가 작았다면, L은 망설임 없이 놈을 단박에 발로 밟아 죽여 버렸을 것이다.

언젠가 그 번데기에서 성충의 벌레가 튀어나오게 된다면? 하는 생각에 L은 또다시 겁을 집어먹었다. 어쩌면 이 꿈이란 것이 두려움과 혐오를 먹어야 성장할 수 있는 그가 철저히 설계하고 기획한 것은 아닐까? 그렇다면 그 작전은 대성공이다. L은 거의 땀범벅(뙤약볕의 영향이기도 했지만)이 되었고, 양손은 후들후들 떨리고 있었다. 벌레에 대한 혐오가 다시금 솟구쳤다. 오랫동안 잊고 있었던 벌레에 대한 두려움과 혐오가 다시금 모습을 드러내어 한창 두통이 진행 중일 때의 그것과 거의 흡사하게 되었다. 사무치는 공포로 인해 흘리는 땀이 결국 눈에까지 들어가 눈이 따가워지고, 몸의 구석구석이 찝찝하여 곧장 차가운 물로 육신을 씻어내고 싶은 간절한 욕구가 그를 지배했다. L은 그 벌레를 제거해야 한다고 생각했지만, 제거할 방법에 대해서는 갈피를 잡지 못했다. 그러는 사이 태양 빛이 너무나 따가워져 L은 더위를 먹고 말았다.

땀방울이 내 왼쪽 볼을 간지럽히며 내려오다가 턱에서 목으로 미끄러진 후 옷에 천천히 스며드는 불쾌함이 느껴진다. 고개를 조금 쳐든다. 평정 유지에 실패한 나는 불쌍하고 볼품없는 몸 대신에 무릎을 꿇는다. 나 자신에 대한 나의 압제요, 나 자신에 대한 나의 희생이다. 가야 할 곳과 있어야 할 곳을 망각한 건지 찾지 못한 건지, 좌우간 번지수를 잃어버린 안타까운 나의 몸을 부여잡았다. 관능적인 가치를 찾아볼 수 없는 납작한 몸과 벌써 듬성듬성 나는 털들을 만진다. 또 나는 매우 피로하고 졸린 듯하다. 땅바닥에 눕는다. 이내 나지막한 비명을 지르며 누운 자리에서 일어난다. 이 하얀 바닥에 햇빛은 반사되지 않고 나와 일체가 된 것이다. 목과 등이 타들어 가는 것 같았다. 그러나 이건 일생일대의 기회이다. 나의 근원과 직접 만날 수 있는 시간이 가진 가치는 그 무엇과도 바꿀 수 없는 귀한 것이다. 아버지의 노여움으로부터 대피한 나는 내 원수에게 마음 놓고 욕을 퍼붓고 싶다. 아니, 악은 왜 이리도 거대한 것인가! 그리고 난 왜 이리도 하찮은 것인가! 비 오듯 땀을 흘리며 형용이 불가한 무력감에 빠진 나는 허우적거리며 이리저리 주변을 살핀다. 눈여겨볼 만한 것들을 찾기 위해서다. 온통 흰 신전이

두통

지만 자세히 살펴보니 작은 무늬들이 조화롭게 새겨져 있었다. 저 멀리 있는 기둥을 끌어안고 싶은, 알 수 없는 욕구가 솟구쳤다. 또 생기가 넘치는 초록 수풀에 몸을 맡기고 누워 긴 잠을 자고 싶었다. 아주 길게 말이다. 그래서 난 뛰었다. 풀들은 꼼짝도 하지 않는다. 나를 조소하는 듯하다. 저들을 벌할 수는 없다. 이번엔 실제로 무릎을 꿇는다. 달궈지는 무릎에 좌절한다. 눈이 따갑다. 땀이 눈 속으로 침범한다. 눈은 고통에 신음한다. 눈을 질끈 감는다. 눈을 뜨면 난 집에 있기를 간구한다.

이런 불가해한 꿈을 꾸고 나서 L은 부모님이 자신을 대하는 태도가 사뭇 달라졌다는 점을 눈치챌 수 있었다. 자기 부모라고 믿기지 않을 정도로 무감각하고 매정하고 인색한 태도였다. 그리고 이런 태도는 정형화되어 변하지 않았다. 그저 부모로서 당연한 최소의 애정과 보살핌만을 주었는데, 이는 목숨의 연명 그 이상도 이하도 아니었다.

L은 부모님이 자신에게 크게 실망했다고 믿었다. L의 부모님은 L의 두통이 일시적인 현상일 뿐 그다지 심각한 문제는 아니라고 생각한 것이 틀림없었다. L이 먼저 대화를 시도하여도 부모님은 전혀 대화를 이어 나가려는 의지를 보이지 않았고, 의식주를 제공하는 것 이외엔 말 그대로 아무런 도움도 주지 않았다. 이런 상태가 며칠, 몇 주, 몇 달간 계속되니 그제야 L은 무언가 단단히 잘못되고 있음을 느꼈다. 하지만 때는 이미 늦은 듯했다. 부모님에게 그는 자식보다는 짐에 가까워졌고,

그렇게 생각하게 만든 것은 분명 벌레였다. L은 또다시 벌레를 증오하며 책망했다. 그놈이 없었다면 가족의 평안을 지킬 수 있었는데! 하지만 달리 손을 쓸 수가 없었다. 그것을 어떻게 제거해야 할지 막막했다. 전혀 수단이 없었다. 그리고 현재 직접적인 피해를 입히고 있는 것도 아니었다.

무감각해진 나머지 어떠한 감흥도 느끼지 못하는 사람은 위태롭다. 어떠한 기쁨도, 어떠한 슬픔도 느끼지 못하다가 불현듯 삶과 죽음에도 권태를 느껴 돌연히 죽어 버리는 일이 벌어질 수 있기 때문이다.

초등학교 마지막 겨울의 어느 날, 수학 교사에게서 전갈이 왔다. 점심시간에 회의실로 오라는 말이었다. 수학 교사는 과거 3학년 때 그 믿지 못할 난감한 소동을 일으킨 장본인이었는데, 보자는 이유가 벌레에 관한 것임은 쉽게 짐작할 수 있었다. 3학년을 넘기고는 그 교사와 이야기하거나 수업을 받거나 하는 등의 접점이 전혀 없었기에 벌레에 관해 이야기하는 것은 어쩌면 당연한 일이었다. 그래도 뜻밖의 당혹스러운 부름이었다.

점심시간이 되어 교사가 말한 회의실로 가는 길은 퍽 음산했다. 복도 전체가 어스름했고, 복도 끝은 유난히 어둡게 보였다. 무언가 공포스러운 존재가 숨어 있을 것 같았다. 마침내 회의실 문 앞에 섰을 때, L

두통

은 긴장하지 않을 수 없었다. 미지의 위험이 회의실 안에서 그의 목숨을 노리고 있는 기분이 들었다. 다만 그렇다고 해서 열지 않는 것도 애매했다. 회의실을 방문하지 않는다면 수학 교사가 다시 자신에 대해 끔찍하고 처리할 수 없는 소문을 퍼뜨릴 게 분명했기 때문이다. 떨리는 손으로 회의실 문을 열었다. 회의실 중앙에는 많은 의자로 둘러싸인 길고 거대한 책상 하나가 놓여 있었다. 책상의 가운데쯤에 혼자 앉은 수학 교사는 아무것도 없는 책상 위를 홀린 듯 바라보고 있었다. L은 교사의 맞은편에 앉기로 했다.

"아, 왔니?"

교사는 얼굴을 돌리지 않고 말했다. 한 가지 놀라운 점은, 말투가 예상외로 차분하고 인자했다는 것이다.

"네, 오랜만입니다."

그는 이 말을 하고 조금 후회했다. 오랜만이란 말은 마치 과거의 일을 똑똑히 기억하고 있다는 암시처럼 느껴질 듯싶었기 때문이었다.

"내가 오라는 말을 듣고 좀 긴장했지?"
"조금요."

L이 나지막이 말했다.

"너무 두려워하지 마. 몇 가지 간단한 질문이 있어서 부른 거야. 오히려 질문들을 듣고 나면 긴장이 풀리다 못해 긴장했던 자신이 우스워질지도 모를걸. 그러니 L, 넌 내 질문에 있는 그대로 답하면 돼. 할 수 있겠지?"

교사는 매우 친절하게 말했다. 다만 마지막 말에서는 살짝 진지함이 느껴졌다.

"당연하죠. 있는 그대로 말할게요."

질문에 정직하게 대답할 마음을 가지는 건 멍청한 짓이다. 딱 봐도 심각하고, 중요하며 무엇보다 치명적인 질문이라는 걸 알 수 있었기 때문이다. 어떤 사람이 대화에서 필요 이상으로 친절한 태도를 보인다는 것은 그 대화를 수단 삼아 획득해야 할 중요한 무언가가 있다는 뜻이다.

"일단 이 이야기를 시작하기 전에, 짧은 사과의 말부터 하지. 우선 점심시간에 번거롭게 이리로 불렀다는 걸 사과할게. 하지만 우리가 할 대화는 상황에 따라 매우 짧게 끝날 수도 있고 또 매우 길어질 수도 있어. 일단 난 대화가 길어질 가능성에 무게를 두고 점심시간에 널 부른 거야.

두통

우리의 대화가 짧게 끝난다 해도 큰 문제는 없고 대화를 길게 이어 갈
필요는 없어. 어쨌든 널 귀찮게 한 점에 대해선 진심으로 미안해.”

“전 괜찮아요.”

“그래. 그리고 난 네게 3년 전, 아니, 4년 전이었던가, 큰 실수를 범하
고 말았어.”

L은 과거, 교사에게 하려다 묻어둔 질문들을 떠올렸다. 당장 교사에
게 두통, 벌레에 대해서는 어떻게 알게 되었는지, 두통을 앓았다는 건
매우 중대한 일인지, 선생님은 왜 내가 그것에 시달린다고 확신했는지
등 수십 개의 오래된 질문을 퍼붓고 싶은 심정이었다. 하지만 교사에게
아무렇게나 질문을 던져서는 안 된다. 교사가 자신에게 원한을 품고,
졸업하기 전에 그의 오점들을 낱낱이 밝혀 버리려고 슬며시 유도 질문
을 던지는 것인지도 모르기 때문이다. 아니, 분명하다.

교사가 말했다.

“난 이런 실수들에 대해선 말도 꺼내고 싶지 않을 만큼 후회해. 그
때 난 너에게 예의를 지키지 못했어. 아내와의 갈등으로 그해 내내 극
심한 혼란에 빠져 있었거든. 그 때문에 네게 막말하게 된 거야. 정말
미안하구나, L.”

“아니에요. 전 선생님을 이해합니다. 그리고 용서한 지도 꽤 되었습

니다."

"정말이야? 그게 사실이라면 난 더할 나위 없이 고맙지. 그 말이 참이 아니더라도 말이야."

잠깐의 정적.

"오, 서론이 너무 길어졌어. 미안한 점이 하나 더 늘고 말았군. 내가 말을 평소에 너무 길게 하는 안 좋은 버릇이 있지. 난 너에게 질문을 하나 할 거야. 이 질문은 간단하지만, 결코, 가볍지는 않아. 거짓으로 답한다면 손해는 너에게 갈 테지. 아니, 솔직하게 말하자면, 거짓을 말하든 진실을 말하든 곧장 너에게 가는 벌이나 책임은 없어. 하지만 명백히 너를 위한 질문이라는 걸 기억해 줘. 넌 그저 있는 그대로, 아는, 기억하는, 생각하는 그대로 말해 주면 되는 거야. 할 수 있겠지?"

"솔직히 대답할게요. 그러니 어서 그 질문을 해 주세요."

L은 질문 하나에 덧붙이는 말이 끔찍이도 많은 교사의 모습에 못내 답답한 나머지 서서히 울화가 치미는 느낌이었다. 한편으로는 이 정도로 긴 서론이 필요할 만큼 중대한 질문이 뭘까 하는 생각에 마음 한구석이 불안하기도 했다. 지금은 무엇보다 그 질문이 무엇인지가 궁금하긴 했지만, 어떤 질문인지 대강 예상되는 터라 약간 지루해지는 감이

두통

없지 않았다.

"너 초등학교 3학년 때 말이야, 진짜로 두통을 겪었니?"

예상한 그대로였다. 하지만 현재 진행되는 문제에 관한 질문이 아닌, 과거 그가 겪은 것들에 대해 사실 여부를 파악하는 질문이라는 건 의외였다. 그는 시치미를 떼기로 마음먹었다. 그러나 실수하면 안 된다. 만약 말을 잘못해서 두통을 겪었다는 사실이 알려지면, 그것으로 말미암아 차마 감당할 수 없는 후폭풍이 몰려올 것이다. 교사가 L의 진실을 깨닫고 남에게 알리지 않는다 쳐도, 불쾌하며 생생하기까지 한 자신의 과거 경험들이 알려지는 건 원치 않았다. 그저 떠올리기 싫은 추억일 뿐이었다. 고민하는 시간이 길어지면 결국 들통나고 만다. 찰나의 시간 동안 재빠르게 머리를 굴려 최대한 적절한 대답을 생각해 낸 L은 이내 입을 열었다.

"두통이요? 그건 당연히 오해죠. 전 지금도 그렇지만, 옛날부터 의자에 앉아 잠을 잘 땐 손바닥으로 머리를 감싸고 자는 습관이 있어요. 이건 정말 별 이유가 없는 행동인데, 남들에겐 썩 긍정적이지도 건강하게 보이지도 않는 것 같아요. 제가 그 자세로 잠을 청하고 있으면, 몇몇 아이들은 저에게 다가와 몸이 불편하냐 묻곤 했죠. 전 평생 그런 이상한 잠버릇 때문에 오해를 달고 살았어요. 이미 굳어 버린 습관인 데

다가 최근 들어 고치려 노력하고 있지만, 뜻대로 되지 않는 것 같아요. 음, 결론적으로 말하면 선생님이 오해하신 거예요. 그리고 저도 그때 선생님께 예의 없게 말해서 죄송합니다."

L이 말하는 내내 교사는 안도하는 미소로 그를 바라보았다. 그 모습에 L은 자신의 거짓말이 완전히 사실처럼 여겨진다는 걸 파악하고는 점점 더 태연하며 거만한 말투로 말을 이어 갔다. 그의 말에 교사가 대답했다.

"휴, 다행이야. 정말 다행이야. 이렇게 귀중한 시간을 기꺼이 내주어서 고마워. 이건 그 답례야."

교사는 L에게 사탕을 쥐어 주며 그의 어깨를 쓰다듬었다. 그의 손길은 생각보다 간지러웠다.

"이만 가 봐도 돼. 만일 두통을 겪게 되면 당장 나를 찾아와. 이건 내 전화번호야."

상의 주머니에서 작은 메모지를 꺼낸 교사가 전화번호를 적어 L에게 건넸다.

"감사합니다. 전 이만 가 볼게요."

L이 조금 다급히 말했다. 그 자리에 오래 머물러서 좋을 건 없다고 생각해서다.

"그래. 잘 가거라."

교사의 말에 L은 고개를 잠깐 숙이고는 회의실 문을 나왔다. 문이 닫히자 회의실 안에서는 큰 한숨 소리가 들려왔다.

대화를 마치고 계단을 올라가는 L은 자신이 제법 긴장해 있었다는 걸 알 수 있었다. 정신을 차려 보니 심장은 빠르게 뛰고 있었고 이마에는 약간의 땀마저 나 있었다. 가까운 화장실로 뛰어가 차가운 물로 세수했다. 얼굴을 닦으며 L은 말했다.

"사람들은 왜 나를 한시도 내버려 두지 않는 거야?"

4

그는 이듬해 중학교에 입학했다.

L은 그동안 가시밭길을 걸어오느라 망가진 발에 탄식했다. 자신이 겪은 여러 믿기지 않는 일들로 타락한 내면을 숨기려 했다. 타인이 이질감을 느끼지 않고 평범하게 받아들일 수 있는 외적 성격을 구축하는 데에 성공했고, 이는 당장의 안정과 평화를 불러오는 데 도움이 되었다. 근데 정작 예의 분리로 인해 본연의 그가 얻게 된 외로움은 예상치 못한 문제였다.

L의 인생에서 가장 주목할 만한 가치를 지닌 인물은 그의 친구 P일 것이다. P는 친구로 삼기 힘들 정도로 진중하고 무뚝뚝하지는 않았지만, 어느 정도 그러하였는데, 이 부분이 L의 내면적인 부분과 맞아떨어진 것이었다. L은 P에게 전부터 눈독을 들이고 있었다. P가 가진 왠지 모를 고상하면서도 음산한 분위기와 모든 걸 꿰뚫어 보는 듯한 안경 뒤의 눈빛이 L을 매료시켰다. 그다지 활발하지는 않지만 때때로 예상치 못하게 유쾌할 때가 있고 세상만사에 초연한 태도를 보이는 사람이었다. P에게는 깊은 관계의 친구가 몇 없는 듯싶었다. 특유의 기다란

64

사지를 무기력하게 움직이며 걷는 걸음은 P를 마치 다른 세상에서 온 것이 아닐까 하는 생각마저 들게 했다.

P는 의외성이 강한 사람이었다. 조용하면서 자신만 아는 다른 차원에 사는 듯한 그가 자신과는 반대되는 것처럼 보이는 L과의 관계를 선뜻 시작했다는 것도 그를 더욱 신비롭게 했다. 아아, 사람의 외적인 피부와 옷과 장신구만이 아니라 그 비가시적인 차원마저 꿰뚫어 볼 수 있는 경탄할 만한 능력을 가진 그처럼 사물들을 볼 수만 있다면!

P와 L의 교류가 처음 시작된 사연은 다음과 같다. 그들이 중학교에 입학하고 난 뒤 2학기의 어느 국어 시간이었다. 독서를 하는 시간이었는데, L은 교사가 가져온 여러 책 중에서 어떤 책을 고를지 고민하고 있었다. 평소 L은 독서를 주로 하는 편은 아니었으나, 그날따라 오랜만에 책을 읽어 보고 싶은 욕구가 있었다. 카트에 담긴 책들을 살피던 중 L은 자기 어깨를 툭툭 건드리는 부드러운 감각에 뒤를 돌아보았다. 그 감각의 출처는 P의 손이었다. P는 난데없이 L에게 어떤 책을 건네주면서, 마치 당황했을 L의 마음과 부자연스러운 분위기를 해소하려는 듯한 미소를 지었다. 프란츠 카프카Franz Kafka의 『변신』이었다. 책을 건네준 그는 말없이 자기 자리에 앉아 책을 읽는 것이었다. 교실의 정적을 구태여 깨고 싶지 않았던 L도 말없이 자리에 앉아 책을 읽었다.

L에게 권유한 책 또한 P의 신비로움을 더하였다. 알다시피『변신』의 주인공인 그레고르 잠자Gregor Samsa는 벌레로 변하지 않는가? L은 원치 않게도 기억 속 어딘가 불안하게 묻어 두었던 벌레의 존재를 상기하게 되었다. 그러자 불안함과 고심에 육신의 기운이 갑자기 약해지는 걸 느꼈다. 도입부의 달갑지 않은 전개. 분명 그는 벌레와의 관계를 짐작했으리라. 그러나 그전에는 친분을 떠나 어떠한 교류도 없었지 않았나? L은 지금까지 주변에 공연히 이야기를 떠벌린 적도 없었다. 유일하게 과거 수학 교사와의 일이 타인에게 벌레와 그와의 관계를 짐작하게 만들 수 있는 단서였으나, P는 L과 초등학교 동문도 아니었으며, 당시 학급의 아이들은 그 일을 대수롭지 않게 넘겼기에 대부분은 그 일을 망각했을 것이다. 다만 한 가지. 과거 수학 교사가 자신만의 한심한 주장들을 늘어놓았을 때, 그의 행동을 보고 가장 내밀하며 비밀스러운 것들을 알아냈지 않았는가? 그러면 그와 같이 P 또한 L의 무의식적 행동을 몰래 음침하고도 면밀하게 관찰하였고, 관찰 결과를 토대로 L의 오래된 불안한 비밀들을 알아냈다는 말인가? 이 주장에는 무리가 있다. 당시에 L은 두통과 벌레를 완전 까마득하게 잊고 있었으며, 이따금 기억의 바다 저편에 잠든 기억들이 밀물을 타고 찾아올 때면 그저 무심하게 넘길 뿐이었다. 그러므로 그의 언행에서는 어떠한 의문도 숨겨진 저의도 찾아볼 수 없었다는 것이 맞다.

두통

어느 날 아침 그레고르 잠자는 불안한 꿈을 꾸다가 깨어나 보니 침대 속에서 흉측한 갑충으로 변해 있었다.[1]

L은 홀린 듯 소설을 단숨에 읽어 내려갔다. 대부분의 독자는 변신이 만든 잠자의 안타까운 사건과 외로움에 공감하겠지만, 반대로 L은 자신도 언젠가 돌연히 변신하여 죽게 될 것이라는 암시를 받았다.

'벌레로 변하면 어떡하지?'
'사실 난 이미 벌레가 된 게 아닐까?'

마음속 걱정들은 무겁고 심란한 불안으로 이어졌다. 알, 애벌레, 번데기. 그다음엔 성충. L이 번데기가 된 벌레를 보고 이내 두통이 멈추었을 때, 그러니까 그가 열 살 땐 벌레의 변태 과정을 정확히 알지 못했다. 그러나 시간이 지나면서 상식이 늘어난 L은 불편한 진실을 깨닫고는 까무러치지 않을 수가 없었다. 지금 벌레는 번데기 상태이며, 언젠가는, 그게 언제가 될지는 모르겠지만, 언젠가는 성충이 되고 마는 것이다! 번데기의 모습을 마지막으로 자취를 감춘 벌레는, 마냥 사라진 줄만 알았던 벌레는, 성충으로 자라고 있었던 것이다!

<hr>

1) 프란츠 카프카, 김태환 옮김, 『변신·선고 외』, 을유문화사, 2025, p.25.

'내가 보내는 지금은 미래의 외롭기 그지없는 시간을 극대화하려는 저의를 가진, 말하자면 상반되는 추억에서 전송되는 거부할 수 없는 상실감을 만들려고 주어진 게 아닐까?'

그러나 이 소설은 너무나도 위대해서 L의 예견돼 버린, 똑바로 볼 수밖에 없는 참담한 현실을 오히려 아름다운 예술의 하나로 간주하도록 만들었다. 이 괴리감이 느껴지는 차분한 문장들과 꿈 같은 분위기 아래 펼쳐지는 묘하고 억울한 사건들, 거기에 해석할 수 없도록 심어진 치밀한 은유적 장치들. L은 글이라는 형태로 지어진, 웅대하고 우아하며 굉장히 복잡한 하나의 건축물을 보고 있는 것 같았다. 위대하게 고통스럽고, 아름답도록 비통한 그 문학의 마력에 심취되며 L은 황홀경에 빠져들었다. 자기의 죽음을 암시하고 있는 꺼림칙한 글에서 자신의 근원을 발견한 그의 기분을 어찌 표현할 수 있을까? 이내 L의 머릿속은 휘몰아치는 강력한 폭풍 속에 과부하가 걸려 백지의 상태에 이르고 말았다. 도대체 이 저주받은 이야기와 저주받은 문장, 저주받은 단어들은 왜 이리도 아름다운 것인가?

수업 시간이 끝나고, 즉시 P를 찾아가지 않을 수 없었다. 떠오르는 말들은 너무 많았지만, 그것들은 언제나 그랬듯이 너무나 무거워 입 밖으로 꺼낼 수가 없었다. 나와 벌레의 연관을 어떻게 알고 이 책을 추천했냐고 물어본다면, 그 벌레와의 연관성을 알고 책을 추천했든 아니든

두통

P는 짐짓 모르는 체할 것이다. 만약 실제로 모르는 것이라면, L이 가장 숨기고 싶어 하는 벌레의 존재에 대해 고백하는 꼴이 되는 것이다. L은 가장 적절한 질문을 만들어 냈다.

"잘 읽긴 했는데, 나한테 이걸 왜 준 거야?"
"네가 읽을 게 없는 것처럼 보이길래 준 거지."

왜 준 거냔 말로 슬쩍 마음을 떠보려 했건만, P는 모른 체할 뿐이었다.

'어쩌면 내가 착각하고 있는 건가?'

L은 혼란스러웠다.

"괜찮지 않았어?"
"나쁘진 않았어."

L은 퉁명스럽게 답했다.

"나쁘진 않았다고? 거의 무아지경에 빠져 읽던데. 왜 아무렇지 않은 척하는 거야?"

돌연히 날카로운 질문이 준비되지 못한 L을 공격했다. P가 이 말을 한 의도를 전혀 짐작할 수도 없었다. 짐짓 아무렇지 않고, 전혀 동요되지 않은 척하며 한 말에 화가 났을 수도, 아니면 그저 이유가 궁금할 수도 있었다. 그는 시종일관 무표정에 가끔 묘한 미소만을 지으며 대화했기에, 그 말의 의도를 파악할 수 없었다. 차분한 척 연기한 까닭을 밝힌다는 건 자신의 가장 추하고 은밀하며 알려져선 안 될 부분을 스스로 폭로한다는 뜻이다. 대화를 피하는 게 급선무였다. L은 P의 그 살인적인 궁금증을 무마시키려 그의 눈을 피하며 천연덕스럽게 미소 지었다. 천만다행하게도 P는 L의 미소에 똑같이 미소를 지었고, 아무도 더 이상 말을 하지 않았기에 대화가 중단되며 자연스럽게 L은 위기에서 빠져나올 수 있었다.

L은 P의 비범한 면모에 경외와 흥미를 느끼지 않을 수 없었다. 그 짧은 대화에서도 L을 희롱하듯 다루는 그 앞에서는 한없이 나약해지는 자신을 발견할 수밖에 없었다. 그 진기한 아이와의 관계의 시발점이 된 책 또한 의미심장하게 생각되었다. 방과 후 집에서 『변신』이란 소설을 조사해 본 L은 그것이 퍽 고명한 소설이라는 사실을 알고 한시름 놓았지만, 그 다행스러운 사실을 알기 전 그 책은 한마디로 공포의 체현이었다. 다만 그 글의 저명함을 파악한 상태에서 되돌아보아도 오싹한 점이 없지 않았다. 이렇다 할 교류가 없는 사람에게, 구태여 딱히 총명해 보이지 않는 사람에게, L이 전부터 자신을 흥미롭게 긍정적으로 보고

있다는 걸 이미 알고 있었다는 듯 조금 뻔뻔하게 말을 걸고, 결정적으로는 L의 기억 저편에 묻혀 있으면서도 L에게 가장 치명적인 공포이며 원수인 것이 괴이하며 거북한 묘사를 빌려 등장하는 소설을 추천하였다는 점까지, P는 섬뜩한 기운을 풍기며 다가오는 사람이었다.

그 모든 괴로움의 근원이 예의 사건으로 인해 잠에서 깨지는 않았다는 점에서 L은 한시름 놓을 수 있었다. 그래도 L은 그것들이 종잡을 수 없는 날짜에 갑자기 찾아와서는 머릿속 아주 깊은 곳에서 견딜 수 없는 난잡한 고통을 선사하고, L의 삶이 L에 의한 것이 아니라 두통과 벌레에 의한 삶으로 변질되며, 사람들에게 망신과 멸시를 당하고, 벌레의 예견된 다음 성장에 노심초사하며 땀만 뻘뻘 흘리며 살게 될지 모른다는, 말 못 할 두려움을 품은 채 남은 학기를 보내고 2학년에 접어들게 되었다.

보기 좋은 단어들로 설명할 수 있는 순간들은 결코 오래 가지 못한다. 행복이라는 또 다른 형태의 불행이 있을 뿐이다. 웃음으로 둘러싸인 나날들이 훗날 얼마나 큰 상실로 되돌아오는지를 아직도 깨닫지 못한 사람들이 상당수다.

5

나는 이제부터 L의 내면으로 들어가, 그의 시점에서 이야기를 전개하고자 한
다. 자세한 사유는 나중에 밝히도록 하겠다.

지금에 와서 P의 심리를 짐작하건대, 그의 행동은 나의 가장 내밀한
부분을 알고 있었기 때문이 아니라 그의 기묘하기 그지없는 사고방식
으로 인한, 단순히 약간 섬뜩한 느낌을 주는 행동일 뿐이었으리라. 나
는 다음 해에도 P와 같은 학급으로 배정됐다. 그 독특한 아이와 따로
만나지는 않았지만, 학교에서는 긴밀한 사이를 유지했다. 그는 사실 친
한 사이여도 마음의 문을 잘 열지 않는 사람이라 그와의 관계에서 이
렇다 할 진전은 없을 것으로 생각했다.

사실 『변신』을 읽은 그날로부터 나는 두세 달 동안은 상당히 덧없고
멍청한 걱정을 하며 지냈다. 잠자처럼 잠에서 깼더니 벌레가 되어 있지
나 않을까 하는 염려에 밤을 지새우기도 했다. 비유적인 말이 아니다.
나는 그 공상에 꽤 몰입하였다. 벌레가 되는 게 가장 큰 두려움이었다.
수많은 다리, 심지어 꿈틀거리는 다리의 감각이 전부 그대로 생생하게
신경을 타고 전해지는, 가족마저 피하는 골칫거리에 지나지 않는, 그렇

두통

기에 사랑하는 사람들의 차가운 태도에 얼어 죽어 가는, 아! 만인에게 기피되는 고통이란! 내 몸에 가해지는 주먹질도 발길질도 없지만, 그러하기에 어느 때보다도 더 아리고 더 시린 내 옆구리여! 아, 다시 생각해 보면 벌레에 대한 무의식의 증오와 공포심이 내 인지할 수 없는 심리의 밑바닥에 쭉 깔려 있었다. 증오하는 존재로 변하는 건 당연한 이치이면서 동시에 평생 받아야 할 압박인가?

나는 2학년 첫 등교 때부터 심란한 권태로움을 겪게 되었다. 3월임에도 불구하고 대기는 범상치 않은 한기를 띠고 있었다. 내복에 패딩을 껴입지 않으면 정상적인 외출을 할 수 없었다. 눈은 내리지 않았다. 대신 살을 에는 칼바람에 시린 얼굴은 따갑다 못해 깨질 것 같았고, 온몸은 차갑게 얼어붙는 것 같았다. 지금껏 내가 느껴 본 추위 중에서 가장 끔찍한 추위였다. 이 겨울의 공세는 평생 끝나지 않을 것 같았다. 멀지 않은 훗날 사람이 자연사한다는 것이 사람이 얼어 죽는다는 것을 의미하게 될 것이라는 생각에 내 몸은 두 배로 더 떨렸다. 이 한랭함은 내가 교실로 입실하고 수업이 시작되었을 때도 계속되어 나를 딱 미치기 직전까지 몰아붙였다. 처음에 나는 교실에 난방이 안 되는 줄 알았다. 하지만 난방 기구가 모두 켜져 있음을 알고는 절망하였다. 지금 이 참혹한 추위가 내가 앞으로 느낄 가장 따뜻한 순간이란 말인가? 으슬으슬한 한기는 나의 피부를 뚫고 오장육부와 근육, 결국에는 관절과 뼈마저 냉각시키는 지경에 이르렀는데, 이로 인해 몸의 기능들이 점차 정지되는 것 같았다. 이내 손가락을 움직이려는데, 그 작은 동작마저 굼뜨게 되는 것이었다. 체수분마저 꽁꽁 얼어붙은 것인지, 매서운 한기에 노출된 피부가 건조하다 못해 점점 말라비틀어져 갔다. 특히 손등이 심각했다. 손가락과 손등 사이의 피부에 빨갛고 오돌토돌한 점들이 수십 개나 돋아 올라오기 시작했다. 예의 점들은 참을 수 없이 따끔거리는 고통을 선사했다. 내 표정은 일그러졌고, 손을 더 이상 잔인한 칼바람에 맡길 수 없겠다는 생각이 들었다. 나는 손을 주머니에 집어넣고 고통의 진정만을 고대했다. 주머니에 손을 넣으니 따끔한 통증이 조금이나마 줄어들어 안정을 취할 수 있었다.

나는 찢어질 듯한 피부에 신음하며 시간을 보냈다. 참을 수 없던 한기가 점차 잦아들자, 나는 안도했다. 그제야 심한 추위로 인해 안중에도 없었던 교실의 상황이 눈에 들어왔다. 교실의 분위기는 한기 때문인지 사뭇 조용해져 있었다. 하지만 교실은 지나치게 차분했다. 교탁을 앞에 두고 서 있는 여성만이 이 장소에서 유일하게 말을 할 수 있는 사람인 듯했다. 그 여성이 어떤 말을 하는지 아무도 관심이 없는 것처럼 보였다. 전부 다른 차원의, 혹은 자신만이 볼 수 있는 무언가에 사로잡혀 있는 것 같았다. 그러나 조용함을 넘어 아이들은 전혀 생기가 없었다. P야 원래 그랬지만, 아무튼 그도 생기가 없었다. 사람들의 표정은 몽땅 무표정이었다. 어떤 아이들은 죽은 사람보다 더 생기가 없었는데, 그들을 시체 옆에 눕혀 놓는다면 아마도 시체가 다시 일어나 걸을 수 있을 것만 같았다. 나는 죽은 것보다 못한 자들의 쉼터에서 몰래 미소를 띠어 보았다. 내가 여기에서 가장 행복한 사람이었다. 이번에는 몰래 슬픈 표정을 지었다. 하지만 난 여전히 가장 행복한 사람이었다.

난 갑자기 이 정적을 깨고 싶은 강렬한 열의를 느꼈다. 내 내면은 이 정적에 몸을 맡기고 간만에 휴식을 취했지만, 지금의 나는 정적을 반기지 않는 마음이 더 컸다. 정적은 편안하기야 했지만, 교실은 너무도 조용해 오싹해지면서 소름마저 돋았다. 주목을 받고자 하는 마음은 딱히 없었지만, 이 견고한 성을 부수고 싶다는 욕망은 이미 걷잡을 수 없이 커져 있었다. 난 "으흠!" 하는 헛기침 소리를 냈다. 그 소리는 예상보다 컸고 악의적인 고의성이 묻어 있었다. 나는 심히 당혹스러웠다. 자못 크긴 했지만, 그다지 주목할 만한 음량도 특별함도 없는 소리였다. 하지만 내가 잠깐 헛기침을 하자 거의 모두(P는 나를 보면서 살짝 웃고 만다)가 나를 기묘하면서도 무감각한 눈빛으로 쳐다보는 것이었다. 내게 쏟아지는 아이들의 수많은 눈빛의 세례에서 나는 겨울이 시작된 지 얼마 되지 않았지만, 벌써 꽁꽁 냉각된 그들을 한눈에 파악할 수 있었다.

난 그들의 눈동자에서 세상의 모든 당연한 흐름과 괴리되고 믿음들을 부정하는 차가운 심리를 읽어 내고는 거의 까무러치고 말았다. 이 심리를 어떻게 읽었는지, 그리고 그 심리가 자세히 무엇인지는 알 수 없다. 그러나 난 문명의, 사회의, 인류의 당연하고 마땅한 사실들이 지금 부정당하고, 또 바뀌고 있다는 것을 술술 알아차렸다. 이 감정은 당장은 가시적인 영역이 아니다. 마치 우리의 지구가 더 이상 자전하지 않는 것 같았고, 뜨거운 태양은 영영 식어 버린 것 같았고, 충성스러운 달은 다른 행성의 위성이 된 것만 같았다. 오늘따라 세상 모든 것에 의해 받은 왠지 모를 회의감과 괴리감이 내가 앞으로 보낼 가장 추운 날들에 대해 비관적인 생각을 하게 만들 때, 다행히 수업이 끝나 버렸다. 나는 이 어디서 오는 것인지 종잡을 수 없는 괴리감의 근원을 찾으려 했다. 발로 바닥을 쾅 차며 자리에서 일어났는데, 다른 아이들이 나를 쳐다보는지 아니면 무시하는지는 나의 관심사가 아니었다. 돌연하게 생겨난 만물의 괴리감은 그저 일종의 착각일 가능성도 있었으나, 어떻게든 이것의 근원을 찾고 싶다는 충동이 나를 이끌었다. 나는 곧장 교실 문을 열고 복도로 나갔다. 복도로 나간 나는 정처 없이 걸었다. 아는 아이들과 종종 마주쳤고, 나에게 말을 걸기도 했지만 그들과 사사로운 대화를 나누려 외출한 것이 아니었기에 간단히 목례만 하고 지나갔다. 그러나 그들의 눈동자엔 악, 냉혈, 무자비가 숨어 있었다. 심지어 온몸의 생기마저 사라진 걷는 시체처럼 보였다. 나는 복도를 천천히 한 바퀴 돌아 다시 교실로 돌아왔다. 괴리감의 근원(그건 당시의 나에게는 왠지 실존하는 가시적인 존재일 듯싶었지만)을 찾아내지는 못하였다. 오히려 괴리감의 크기만 증폭되고 확실히 존재한다고 여겼던 괴리감의 근원을 발견하지 못해 혼란만 가중됐다. 공연한 시간 낭비를 한 것이라는 생각에 조금 후회하며 교실로 들어갔다. 교실에는 많은 아이가, 목적은 다

두통

르겠지만 방금 나처럼 복도로 나가 인원이 대강 반 정도로 줄어 있었고, P는 반 친구들과 담소를 나누고 있었다. 사실 P와 같이 있던 아이들도 나와 아는 사이였기에 자연스럽게 그 대화에 끼려고 하였으나, P는 교실로 들어오는 나를 보자 먼저 반가운 표정으로 다가왔다. 난 그의 친절한 미소에 맞는 이야기를 나눌 만큼 가벼운 기분이 아니었다.

"표정이 왜 그래? 뭔 일이라도 있어?"

P는 나의 정색한 얼굴을 보고 걱정보다는 유쾌함이 묻어나오는 말투로 말을 건넸다.

"별일 없어. 그냥 이 망할 추위에 얼굴마저 얼어 버려서 표정이 제대로 지어지지 않을 뿐이야. 수업이 막 시작됐을 때는 거의 동사할 뻔했지."

P는 자리에 앉으며 말했다.

"아니, 그 정도로 추웠다고?"

난 지극히 비현실적인 말을 천연덕스럽게 하는 그를 보고 익살이라고 착각했다.

"아니. 너한테 추위를 느끼지 못하냐고 묻는 게 더 적절하겠는데."

"사람마다 느끼는 추위가 다를 수도 있는 거 아닌가. 난 춥기야 했지만 참을 수 있었는데. 오히려 한기가 잠잠해질 땐, 계속 돌아가는 온풍기 덕에 목에 땀이 나기도 했어. 땀방울은 차가운 바깥공기를 만나 금방 냉각되어 마치 이슬처럼 내 몸 위를 이리저리 굴러다녔지. 간지럽지만 꽤 재미있는 일이야."

"그건 물론 네가 추위를 덜 느끼는 사람이라서 일어나는 상황이기도 하지."

난 그가 이 살인적인 기후의 예찬론자인 것 같아 심히 못마땅했다.

"아, 그렇지. 맞는 말이네. 그러나 네가 오늘을 더욱 춥게 느끼는 이유는 어쩌면 네가 오늘 날씨를 혐오하기 때문일지도 몰라. 또, 내가 추위를 덜 타는 체질로 태어난 것이 아니라 겨울을 사랑해서 추위와 친해진 것일지도 모르지."

그는 자신의 말이나 행동을 변호하고, 모호한 말들로 남을 은근히 공격하는 습관이 있었다. 한마디로 자신의 패배를 인정하지 않는다는 것이다. 난 그의 애매하고 또 그렇기에 훨씬 질긴 고집에 체념한 투로 말했다.

두통

"그래, 난 겨울이 싫다. 여름도 싫어. 그런데 여름보다는 겨울이 좀 더 좋아. 정확히 말하자면 여름보단 훨씬 낫지. 여름과 겨울을 비교한다면 겨울은 낙원이라는 말이야. 겨울엔 땀도 나지 않고, 땀을 낸다고 해서 몸이 축축해지는 등 찝찝한 경우도 사실상 없어. 네 말대로 꽤 재미있는 경험이기도 하지. 벌레(무심결에 강조하고 말았다) 같은 것들도 모습을 감추고 말이야. 몇몇 끈질긴 놈들은 살아남겠지만 전처럼 설치며 귀찮게 굴진 않아. 어떻게 보자면 겨울은 죽은 계절이기도 하지. 나뭇가지는 친구들을 잃고는 외로이 눈을 맞고 있고, 세상에는 초록색을 찾아볼 수 없고, 거리는 평균적으로 조용해지고, 생물들은 휴식을 취하며 자취를 감추거나 아예 죽어 버리기도 해. 그러나 난 살아 있는 것들의 빽빽하고 번잡한 축제와 휴식 없이 공연되는 자연의 오케스트라보다는 죽은 것들의 품에서 단잠을 자는 편이 나아. 애당초 난 더움보단 추움을 더 선호하기도 하지. 생각해 보면 추위는 편안하지 않아? 동물들도 겨울잠을 청하고 말이야. 오, 이렇게 생각하니 난 참 겨울을 좋아하네. 하지만 지금의 겨울, 말하자면 이 끝나지 않을 겨울을 겪을 때는 난 이 계절을 마구 욕하면서 얼어붙은 것들에게 침을 뱉고 욕지거리를 해 대며 다닐지도 몰라. 겨울은 퍽 고요하고 아름다운 분위기를 주지만, 이 정도로 추워야 할 이유는 없잖아? 도대체 겨울은 갑자기 왜 나를 얼려 죽이려는 거야?"

"그래도 넌 이 겨울을 즐겨 두어야 해. 절대 즐기지 못하겠다면, 대관절 겨울이 오면 그 계절과의 동행마저 혐오스러워 외출을 자제할 정도라면, 이 고통을 최대한 느껴 두란 말이야. 관절마저 얼어붙어 움직이기가 버거운 느낌, 입술의 수분이 모조리 빼앗겨 고통스러운 느낌, 칼바람이 너의 얼굴을 찢는 듯한 느낌을 기억해야 해. 왜냐하면, 그래야 넌 추운 고통에 익숙해져 버틸 능력이 생기고, 그 추위를 기억하기 때문에 이후의 봄을 비로소 따스하게 보낼 수 있기 때문이지. 겨울과 봄은 배타적인 관계처럼 보여도 서로가 서로를 꼭 안고 있다는 거 알아? 요컨대 넌 겨울을 혐오하면서도 겨울의 고통을 생생하게 기억하는 이율배반적이고 모순적인 태도를 지녀야만 한다는 말이 되겠네."

"넌 정말 개같게 긍정적이야."

P는 이 말을 듣고 껄껄 웃어 댔는데, 그 모습이 괜스레 유쾌하여 나도 같이 웃었다. 난 그저 P 특유의, 좋게 말하면 긍정적이고 나쁘게 말하면 고집스러운 성격을 보여 준다고 생각했던 그 말이 조금 색다르게 느껴졌다. 내가 오늘의 날씨를 혐오하기 때문에 추위에 고통받는다는 것 말이다. 그저 공연한 고집이라 생각하기엔, 퍽 심오한 말인 것 같았다. 그와 대화할 때면 마냥 답답하다. 반박하기가 어렵거나, 반박한다 해도 제 얼굴에 먹칠하는 꼴이 되어 버리는 날카로운 말들을 내뱉는다. 심지어 그는 어떤 말에도 초연하고 침착하여, 내가 성이 나도 그것을 밖으로 표출해 내기가 꺼려진다. 또한, 보통의 사람들이 할 법한 평균적이고 보편적인 대답을 하는 게 꽤 드문 사람이기도 하여 대화 중에는 신선함이 느껴지기도 한다. 현학적이지는 않지만 이해가 어렵고, 간단한

말도 복잡한 어휘로 내뱉는데, 이를 대화 중에는 잘 깨닫지 못한다. 그 대화의 진의는 보통 자기 전에 밝혀진다. 오늘의 하루를 무의식적으로 되새김질하다 보면, 그가 꼭꼭 숨겨 놓은 의미들이 점차 밝혀지는 것이다. 아마 홀로 잠자리에 드는 나의 심리는 그와 비슷하여 이해가 잘 되는 것일지도 모르겠다. 그 꼭꼭 숨겨진 의미를 밝혀내고 나면, 비밀스러운 P의 내면세계가 한층 더 명확해지는 동시에 모순적이게도 더욱 신비로워지는 것이다. 하지만 막상 대화할 때면, 그런 비밀스러운 문장들이 공연하고 쓸데없이 느껴지는 게 한편으로는 당황스럽다.

"아, 그래도 너의 주장들은 충분히 일리가 있는 것도 같네."

그가 깊이 궁리하어 뱉은 말들을 무심코 모욕한 것이 아닌가 싶어 약간 미안한 마음이 들었다. 난 말을 이었다.

"겨울이 있어야 따스한 봄이 온다. 이런 말 아닌가? 난 봄을 좋아하지. 겨울을 겪어야만 봄이 온다면, 그렇다면 난 기꺼이 겨울을 사랑, 하는 건 어려워도 노력은 할 수 있겠어."

"내 말을 긍정적으로 해석해 준 부분은 감격스럽지만, 정확하진 않았어. 겨울이 없어도 봄은 와. 심지어 봄은 전보다 더 길겠지. 너같이 봄을 겨울보다 선호하는 사람들에게는 겨울이 없는 편이 나을 수도 있다는 거야. 만약 진짜로 겨울이 사라진다면, 세상은 생명의 냄새로 뒤

덮이고, 우린 괜스레 크리스마스에 외롭지 않아도 되고, 농산물의 재배와 수확은 중단되지 않아 아사자들은 급격히 줄어들고, 대자연은 영생에 달떠 한데 모여 기쁨의 춤을 추는 진풍경이 매일매일 벌어지고 말아. 그러나 실제로 겨울이 사라지고 만물이 생기를 얻는다손 치더라도, 나머지의 계절들에는 어떤 표현할 수 없고, 입 밖으로 꺼낼 수도 없는 심각한 외로움과 지루함, 이지러진 달을 볼 때처럼 묘한 갑갑함이 깃들고 말 테지!"

장황하고 난해한 문장들을 겨우 이해하고 공감마저 해 줬건만, P는 또다시 특유의 답답하고 반박도 어려운, 뜬구름을 잡는 듯한 말들을 내뱉었다. 난 여기서 조금 화가 났다. 대화가 어떤 방식으로든 원활하게 흘러가지 못하고 계속 거부당하는 듯싶었다. 하지만 여기서 화를 내 버리면 내가 옹졸하고 타인에게 박한 사람처럼 보일 성싶어 티를 내지 않고 꾹 참아 냈다. 계속 고개를 끄덕이며 어떻게든 그의 말을 수긍하려 애썼다. 물론 내가 이 자리에서 화를 낸다고 해도(실은 가끔 그의 태도에 화를 내기도 했다) P는 세상만사에 초연한 성품을 가진 사람이어서 아무리 분노해도 전혀 감응하지 않을 게 뻔하지만. 이런 생각을 하다 보니 P는 괴리감이 느껴지지 않았다. 세계는 우람찬 쓰나미가 한번 휩쓸고 지나갔는데, 그는 부동의 자세를 유지한 채 제 힘을 자랑하고 있었다. 난 방금만큼은 아니지만 지금도 다소 느껴지는 묘한 괴리감의 정체도 P가 밝힐 수 있을 것 같다는 믿음이 생겼다. 그가 만약 그 정체

두통

를 안다손 치더라도 직관적이지 못한 배배 꼬인 문장들을 내놓아 나를 혼란스럽게 하겠지만, 언젠가 잠들기 직전, 그의 말을 떠올려 해석할 가능성을 배제하지 않았다.

"계절 이야기는 좀 나중에 하고, 내가 지금 가지고 있는 고민, 이라고 해야 하는지. 무튼 내 얘기를 좀 들어 줄 수 있을까?"

"물론."

"난 저번 수업 시간에 한 번 장난을 쳤지. 얼어붙은 시간을 깨부수기 위해서. 가볍게 헛기침을 했어. 하지만 나의 예상보단 조금 큰 소리가 났지 뭐야? 남들의 이목을 집중시킬 만한 건 전혀 아니었지만, 꽤 많은 애들이 헛기침에 놀라 날 쳐다봤지. 혹시 너도 들었어?"

"들었지. 그 소리는 분명히 작은 소리였고 놀랄 만한 이유는 없었지만, 헛기침은 마치 귀 바로 옆에서 들리는 듯한 느낌이었어. 사람들은 그 부분에서 놀란 게 아닐까 싶은데."

"아아, 이런 사유라면 납득이 되는군. 아무튼, 이게 중요한 게 아니라, 난 아이들의 눈빛에서 어떤 괴리감을 전송받았어. 방대한 것에 대한 괴리감. 애들의 얼굴이나 신체 따위가 변해 받은 게 아니야. 나의 세상(오늘따라 이 단어가 자주 등장하는 기분인데), 또 사회, 그러니까 보이지 않고 그러면서도 감당할 수 없을 만큼의 무게감과 규모를 가진 그 무언가의 격동. 예의 격동도 보통 일이 아닌 듯해. 우리의 지구가 더 이상 돌지 않는, 혹은 돌지 않으려 작정한 거야. 난 이 괴리감의 근원(그건 꼭 실존할 것만 같았지)을 찾으려 이번 쉬는 시간에 급히 복도로 나갔어. 하지만 난 오히려 평범히 살아가는 사람들만 보고 말았지. 그러나 그들은 전부 괴리감을 뿜어 대고, 눈동자에선 이상한 세상이 반사되어 보였어. 지금은 이 불가사의한 감정이 나아졌지만, 넌 이런 괴리감의 정체에 대해서 알아?"

"안타깝게도 난 너의 마음에 공감하거나 유용한 조언을 주기는 어려워. 제대로 이해가 되지 못했기 때문인데, 이건 너의 어휘력을 지적하는 게 아니라 네가 설명한 개념이 너무 생소하고 어렵기 때문이야. 네가 받은 괴리감은 아마 계절의 변화를 뼈저리게 느끼며 생긴 계절적인 감정일지도 모르겠네. 다만, 난 이건 확신하지. 네가 어떻게 생각하든 지구는 평생 돌 거야. 절대 멈출 일이 없어. 너에게 이 부분은 안심하라 단언할 수 있어."

타당한 말이었다. 지구는 멸망할지언정, 절대 정지되진 않을 것이다.

말똥하고 무해한 눈동자 밑에 지옥이 깔린 참상에 난 말을 잃어버렸다. 대다수는 그리하였다. 2학년 개학식에서 이 학교는 나의 무의식적 원리와 믿음을 보란 듯 조소하며 처부쉈다. 그렇다고 해서 그들에게 당신들은 왜 지옥을 보고 있냐고, 왜 당신들은 죽은 채 사느냐고 묻는 것도 부적절했다. 타인들이 이리 공포스럽고 괴이한 모습으로 보이는 상태는 그다지 떳떳하지 않고, 부끄러워야 마땅할 일이다. 아니, 그 천

두통

하의 P마저 괴리감을 이해하지 못하는데, 오직 나에게만 국한된 용태가 아닌가? 만약에 내가 그자들에게 곧장 예의 질문들을 던진다고 가정하겠다. 과연 만족스러운 답변을 기대할 수 있을까? 단연코 아니다. 왜냐하면, 부적응자 같은 물음에 좋은 말로 대처할 수 있는 현자가 세상에 흔치 않기 때문이다. 사실 그 이전에, 답변자들은 자신들이 예의 질문과 같은 상태라는 걸 알 리 없다. 애초에 기술했듯이 P도 괴리감을 느끼지도, 제대로 이해하지도 못했다. 혹여나 나와 똑같은 용태를 겪고 있는 인간이 있어도, 그걸 입 밖으로 꺼내긴 나와 마찬가지로 어려울 것이다. 세상에 대한 괴리감을 입 밖으로 꺼낸다는 것은, 만물을 상대로 무모한 싸움을 거는 것과 마찬가지다. 사실 만물이 먼저 요상한 변화로 나의 감정을 자극한 것이지만, 의문을 제기하면 그자들은 분노에 차기 때문이다.

돌연히 생겨난 이 감정은 나의 책임이지 않을까? 이렇게도 생각했다. 이쪽이 더 마음 편하고 안심되는 가설이었다. 왜냐하면 나의 변화는 어쨌든 개인적인 문제고, 나는 바뀐 나로 살아가거나, 과거 내가 두통에서 벗어나기 위해 훈련을 감행한 것처럼 나를 또다시 바꾸는 방법 또한 존재하기 때문이다. 하지만 나를 제외한 거의 모든 것에서 일어난 변화는 내가 갈라파고스화Galapagos Syndrome된다는 걱정으로, 격동하는 세상이 나에게 저지르는 폭력들에서 나오는 아픔으로, 나를 환영하지 않는 모임에 참석한 것처럼 묘한 불안감과 내가 언제라도 퇴장

당할 수 있다는 초조감으로 날 괴롭히기 때문이다. 난 마음 편하게 부적응자를 그것도 반갑게 맞이하는 것이다.

그러나 심리가 이리 흘러가니, 마치 진정한 나의 모습을 찾은 듯한 기분이 드는 건 어째서인가? 내면적 L과 외면적 L도 아닌, 거의 모든 것에 의구심과 회의감을 표하고 격동에서 동떨어진 모습. 그리고 종내에는 별수 없이 자신을 책망하는 L의 모습에서 퍽 동질감(자신에게 동질감이란 단어를 사용하기에 다소 부자연스러운 감이 없지 않지만, 난 아직도 '나'와 비슷한 '나'를 찾지 못했기에)이 찾아온다.

난 이 복잡미묘한 괴리감으로 인해 내가 지금껏 믿은 것들이 날 죽이려 한다는 걸 깨달았다. 난 내가 믿고 사랑한 것들에게 살해당하지 않기 위해 괴리감이 느껴지는 것들을 피해 도망 다녔다. 난 매일매일 도망만 다녔고, 그 도망길은 험난하고 위험했다. 어떤 날에는 잠에 들기 전 침대 위에서 도망을 치다가 낙상할 뻔하기도 했다. 다음날에는 도망을 치다가 트럭이 쌩쌩 달리는 차도 한복판으로 달려 나갈 뻔도 하였다. 또 그다음 날에는 너무 맹렬히 도망을 친 나머지 우주로 일순간에 팅겨 날아가고 말았다. 난 지구가 정지해 있길 은근히 바랐다. 그러나 지구는 보란 듯이 돌고 있었다. 난 그제야 도망질을 영영 중단하기로 마음먹고선 생각했다. 사랑하고 신뢰하는 것에게 죽임을 당하는 건 얼마나 감사하고 또 영광스러운 일인가! 저주하는 것들에게 죽는

두통

이들이 미래에도, 지금도, 역사에도 너무나 많다! 난 사랑하는 그대들의 손으로 질식사할 것이다!

다만 난 거부할 수 없는 배신감을 느끼기도 한다. 그 배신감은 모순적인 감정이라는 사실을 깨닫고는 이내 배신감을 느낀 것에 대해 사죄했다. 왜냐하면, 난 그들이 날 끝끝내 죽어 버릴 것을 명명백백히 알면서도 그들의 품 안에서 살았던 것이다. 난 죽임을 당할 걸 구태여 생각하거나 꺼내지는 않았지만, 그들의 잔인성을 충분히 알고 있었다.

난 인생을 살아오며 배신을 당한 적이 전혀 없다. 남들을 믿지 않기 때문이 아니라, 그들을 있는 그대로 받아들이고 인정하였기 때문이다. 이런 막연한 생각을 해 대며 막상 나의 닫힌 방을 탈출할 생각이 없다. 방문을 당당하게 열고서 볼 방 밖은 처참할 거란 사실은 아무리 용기를 불어넣어도 두렵다. 방을 나가도 괴리한 실태에 고독은 되레 가중될 것이다. 영생에 천착한 진시황을 어리석다 비웃으면서도 영생하는 존재를 찾아 방을 나선 자를 어찌 비난할 수 있겠는가. 영생하는 것을 찾았을 땐 난 괴리감을 몽땅 잊어버리고, 마치 그 존재를 맹렬한 태풍 속에서 꿋꿋한 나무 한 그루를 보는 심정으로 기특한 시선을 보낸다. 아쉽게도 영생이란 없기에 방문을 닫고 만다. 대자연마저 신뢰를 잃어 외출을 삼갔다.

그러나 내가 사랑하는 것에게 죽으려면 날 죽이는 것을 사랑하는 것이 급선무이지 않겠는가? 그들에게 괴리감을 느꼈을 때는 난 이미 그들에 대한 사랑과 신뢰 따위를 모조리 잃어버린 게 아닌가? 아니, 이리 생각하니 퍽 억울하다. 그렇다면 내가 원하는 바인 사랑하는 것에게 죽임당할 방법이 있을까? 그러기 위해선 아픔을 사랑해야 하는데, 이건 불가능하진 않지만 나에게 오는 아픔이 사랑스러운 구석이 전혀 없기에 심히 고단한 일이다. 나에게 찾아오는 고통을 이겨 내기 위해서 난 내 두 손으로 목을 조르는데, 이건 묘하게 중독적이고 발랄한 구석마저 있다. 난 다른 사람(나를 죽일 사람들까지)들도 예의 행동을 불규칙적이지만 꾸준히 행하고 있음을 깊이 신뢰하고 또 한편으론 기원한다. 만약 실제로 그러하다면 난 날 죽일 사람들에 대해 조금의 애정을 느낄 수 있다.

평생을 쫓기면서 살아온 나는 탄생으로 말미암아 수배를 당한 것인데 실은 나를 잡으려는 자들도 전부 수배자다. 끝없이 서로가 서로를 쫓는다. 사실 쫓는 이유도 없는 게 아이러니해 실소가 터져 나온다. 당연하게 잡히지 않으려 하지만 난 종종 검거된다면 어떤 일이 벌어질지에 대해 굉장한 호기심을 느낀다. 검거 후의 일은 미지다. 관습적으로 체포되어 법의 심판을 받는 일은 전혀 벌어지지 않을 거라고 장담한다. 분명 아무도 예상치 못한 달콤한 진리와 해방이 용기를 내 검거된 자에게 주어질 터인데! 끝없을 것만 같던 불안의 품속에는 해방이 있기를!

두통

이 가공할 사건은 결국 발생하고 말았다. 우선 당시의 내 정신 상태는 괴이했다. 종종 아무런 사유 없이 막연하면서도 막강한 힘을 가진 불안에 지배됐는데, 그것은 나에게 그 상상만으로 땀을 흘리게 해 주었다. 고통은 분명 두통의 부재로부터 말미암았다. 그런데 왜 고통이 그 주체의 부재로부터 탄생하는 건가에 의혹을 제기한다면, 일단 인간의 격정과 무아경은(그게 어떤 방식이든) 대개 무에서 날뛴다는 사실을 인지하여야 한다. 실은 인간이라는 존재는 본인들도 비웃을 만큼 어리석어서, 긍정적인 것이든 부정적인 것이든 좌우간 소유하는 상태에서는 절대로 그 소유하는 것에 대해 깊이 천착하지 못하고, 몇몇 특이한 경우에는 심지어 인지하지도 못하는 게 태반이다. 그러다가 소유하는 것이 언젠가 떠나가고 무의 상태가 된다면, 그제야 진정한 공포가 개시된다. 과거, 그들이 손에 쥐고 있었던 것들이 이젠 손으로 잡을 수도 없이 커지고는 가장 비관적인 모습으로 변화하여 그들을 겁준다. 그러나 과거 쥐었던 게 행복이라면 다행이다. 과거에는 내가 소유하기라도 했던 두통이라는 것이 이젠 손쓸 수 없이 거대해지고, 그것이 가진 무력이 당최 가늠조차 어려울 정도라는 건 날 벌벌 떨게 만들기에 충분했다. 그리고 사실 모든 체험은 단발적이 아니다. 단 한 번의 체험이더라도, 일하는 것을 멈추지 못하는 무의식이라는 작자가 계속해서 그 체험을 복기하고, 때론 다시 설계하며, 심지어는 과거의 체험을 반복하게 만든다. 우리가 겪고 들은 사건들과 감정들은 이로 인해서 절대로 끝나지 않는 여운을 남기는데, 그 여운이라는 건 보통은 찝찝하고 불

+++5+++

쾌하여 문제가 된다. 그저 생각하기도 꺼려지는 나쁜 추억으로 넘겨야만 할 기억들이 마치 계속되는 듯 생생히 살아 숨 쉬면서 비관적인 미래를 그리게 하고, 동시에 무기력을 같이 선물해 그 비관적으로 본 미래에 대한 대책을 세울 수도 없는 것이다. 남자가 사랑하는 여인을 잃고 그제야 반성하고, 그 여인에 대한 소중함을 깨달으며 영영 헤어나지 못할 외로움에 갇히는 흔한 사연처럼, 떠난 이후에 비로소 진의를 드러내는 상황이 많다. 근데 이런 진의들은 하나같이 슬픔으로 귀결되는 감이 없지 아니하여서 괴롭다. 난 행복과 편안을 겪든, 고초를 겪든, 사랑을 겪든, 분노와 울화를 겪든, 배움과 성장을 겪든 모조리 그것들이 내 손아귀에서 빠져나간 이후에 보면 거대한 슬픔과 이유 모를 불안, 무력감으로 변화되어 있었다. 저주받은 미다스Midas의 능력이다. 만약 내가 해석해 낸 것들이 황금이라 부를 수 있다면 말이다. 아무튼 그래서 난 위와 같은 장황하며 이해가 가지 않는 이유들로 인해 두통의 부재로 되레 불안감에 잠식되었다 볼 수 있는 것이다.

이제 내가 겪은 일을 설명하도록 하겠다.

난 내가 10살이었을 당시, 돌연하고 충격적인 폭로를 단행했던 그 수학 교사를 내 기억 속 호젓한 곳에 묻어 둔 상태였다. 운이 좋게 잊고 싶은 기억을 잊어버린 것이다. 가끔 그 기억이 의식의 흐름을 따라 흘러와 나에게 간만에 모습을 드러낼 때면 확실히 찝찝한 기분이 들긴

두통

했다. 그러나 이런 어두운 기억도 빛 하나 들어오지 않는 나의 정신세계 속에서는 이 흑백을 구성하는 자그마하고 하찮은 존재일 뿐이었다.

내가 갑자기 수학 교사에 관한 이야기를 시작한 까닭은 당연하게도 앞서 말한 가공할 사건이 그와 밀접하게 관련된, 아니 그 자체였기 때문이다. 이 사건을 겪고 나서의 난 거의 다른 사람이 되어 있었고, 애당초 사건의 내용과 전개 자체가 나로선 감당되지 않을 정도의 의외성을 지닌 터라 말 그대로 가공할 경험이었다.

외출했다가 저녁이 되어 집에 돌아오는 길이었다. 그날은 눈에 띄는 일이나 감정의 기복 같은 변화가 없었고, 겨울의 추위도 왠지 꽤 잠잠해져 있었다. 그래서 집에 돌아오는 길은 혼자였지만 되레 사람들과 만나고 있을 때보다 외롭지 않았고, 희망은 밤이 깊어지고 내일이 다가옴에 따라 더욱 춤추었다. 암담한 미래는 모습을 감추었고, 격정적인 불안으로 인해 땀으로 샤워하는 일도, 손톱을 과히 물어뜯어 손가락이 피범벅 되는 일도 없었다. 세상과의 괴리는 느껴지지 않았고, 심지어는 조금은 동질감마저 느껴졌다. 사실 남들에게는 평범하기 그지없으며 너무 일상적이어서 말하기도 민망한 하루일 것이라는 걸 생각하니 조금 씁쓸하다. 다만 그때의 난 해방을 느꼈다. 만약 그 사건이 일어나지 않았다면, 내 인생을 통틀어 죽는 날을 제외하고 가장 행복하며 평안한 날이 되었을지도 모르겠다.

　그런데 내가 막 집으로의 여정을 출발하였을 때 문제가 시작됐다. 어떤 남자의 앓는 소리가 길거리에 울려 퍼진 것이다. 그 신음은 매우 처절하고 불쌍하여 듣는 이에게 걱정과 연민을 불러일으키는 특징을 지녔다. 아니, 정확히는 나에게만 그리하였다. 예의 신음이 길거리의 고요함을 일순간에 파괴하고 간절한 이의 말 못 한 사연이 응축된, 마치 한 천재 작곡가가 자신의 비애를 고스란히 담아낸 듯한 놀랍고도 애처로운 곡조가 공공연하게 연주되었을 때, 나는 마치 남의 억울함을 그냥 넘기지 않는 돈키호테[2]같이 이 불행한 자를 구하기로 마음먹었다. 그런데 조금 의아한 점은, 다른 행인들은 이 집중할 만한 신음에 어떠한 표정의 변화 하나 없이 자신의 길을 향해 계속 전진할 뿐이었다는 것이다. 아무튼 난 그 안타까운 신음의 근원지를 찾아 소리 나는 곳을 향해 무작정 걸었다. 얼마 안 가 고통에 잠긴 한 남자를 발견할 수 있었다. 그는 길 한복판에 오도카니 서서 머리를 부여잡고 고개를 숙인 채 부들부들 떨고 있었다. 시간도 늦었고, 가로등도 주위에 없던 터라 그의 얼굴을 확인하기는 어려웠다. 난 조금은 불안한 상상을 했으나 곧장 집어치웠다. 남자에게 조심스럽게 다가갔다. 어깨를 툭툭 쳐 나를 보게 만들었다. 그의 몰골은 어쩐지 눈에 익었다. 수학 교사였다.

---

2) 스페인의 소설가 미구엘 데 세르반테스(Miguel de Cervantes, 1547.9.29.~1616.4.23.)가 1605년에 출판한 소설 『돈키호테(Don Quixote』의 주인공 돈키호테를 말함.

두통

우리는 잠깐 서로 메두사라도 된 듯 두 눈이 마주치자 굳어 버렸다. 수학 교사가 날 알아봐서 몸이 굳었다는 가설은 설득력이 없다. 어떤 이를 이삼 년만 보지 못해도 사람은 기억 속에서 타인을 현실과는 상반되게 조각하면서 왜곡하고, 그로 인해 긴 시간이 흐른 후 그를 만나게 되면 대부분 제대로 알아보지 못하기 때문이다. 약 오 년 만의 만남이었기에 나 또한 크게 다르지 않았다. 내가 겪은 변화만큼은 아니어도 교사의 얼굴은 꽤 바뀌어 있었다.

두 눈이 마주치자 그의 비명은 멈추었고, 공기는 진동을 품지 않았다. 그러나 그 상황은 조용하기보단 분주하고 혼란스럽다. 아무런 언어적·비언어적 표현도 없었지만 우리는 서로 의문을 가질 만한 익숙함의 근원을 찾기 위해 어지럽게 놓인 기억들을 부스럭거리며 함께 뒤적이고 있음을 바로 알 수 있었다. 우리는 가장 고요하지만 동시에 소란스러운 정적에 갇혔다. 분명 눈앞에 있는 자가 한마디 말이라도 하면 곧장 잃어버린 것들을 되찾을 수 있을 것 같았으나, 불행하게도 그도 나와 같은 생각을 하고 있는 것 같았다. 답답한 시간이다. 찾고자 하는 것이 손을 뻗으면 닿을 정도의 거리에 있음에도 불구하고 그것을 찾지 못하고 있는 우스운 모습이기도 했다.

난 빠른 속도로 운행되는 기억의 관람차에서 아주 찰나의 시간, 그의 정체를 추정할 수 있게 하는 장면을 발견했다. 지금 이토록 깊은 고뇌에 빠진 그의 얼굴을 보다 보니 이 남자가 화내는 모습이 떠올랐는데, 바로 이 상상에서 익숙함이 느껴진 것이다. 장소는 교실, 시기는 저학년이었다.

"선생님?"

내가 그를 부르자, 어떤 문제인지도 몰랐던 그 난해한 문제가 간단하게 증명되었다.

"오! 내가 그토록 간절히 찾던 사람아! L, 나를 위해 너의 귀중한 시간을 내줄 수 있겠니?"

교사는 나를 안으며 말했는데, 적절히 시원한 밤공기보다 훨씬 더 많은 냉기를 머금은 듯한 그의 몸이 내 몸을 놀라게 해 일시적으로 경련케 했다. 또한, 그는 매우 비참해 보였다. 아첨꾼과 비겁자의 표본과 같은 그의 상판은, 그가 번민과 고초로 가득 차 있을 때 의외의 역할을 하였다. 꼴 보기 싫은 것으로는 이 나라에서 제일가는 교사의 얼굴은 마치 목숨을 구걸하는 듯 보였다. 교활한 자의 특기 중 하나인 짐짓 고단한 척하는 연기로 순진한 이들의 연민을 자아내는 행동을 부지불식간에 행하는 게 아닌가 싶었다. 난 교사가 한 부탁에 호기심이 동했다. 도대체 이 잘난 자가 무엇이 그리 고되어 비명을 질러 댔나?

두통

“양해를 구하실 건 없어요. 시간은 충분하니, 우선 편한 곳으로 가
시죠.”

“너의 친절한 마음에 감격을 금치 못하겠구나. 나의 가장 도덕적인
제자야.”

교사를 대표하는 특유의 장광설과 과하며 부담스러운 미사여구에
난 이미 질렸지만, 그의 한심한 모습을 보며 실컷 비웃기 위해 난 그가
내 손을 잡고 도무지 어디로 향하는지 알 수 없는 길을 따라 걷는 걸
마다하지 않았다. 교사는 내 손을 꽤 힘껏 잡는 듯했으나, 그의 마르고
볼품없는 체격에 맞는 허약함만이 손에 맴돌아 또다시 안타까움을 자
아냈다. 심지어는 일 분도 되지 않아 설마 힘이 소진되었는지 손에서는
예의 허약함마저 사라지고 말았다. 난 그가 암암리에 뿌려 대는 비참
함과 비극적 장치들에 전혀 조소할 수 없었다. 내가 저주하던 자가 슬
프게 흐느낄 때, 녀석을 무지하게 비웃고 때려 줄 거라고 마음먹었었는
데, 난 어쨌든 인간이기에 아예 시도조차 하지 못하고 말았다.

사실 이런 부분에서 내가 아픔을 겪을 때 조소하고 뺨을 때려 대던
그들은 인간조차 아닌 게 아닌가? 난 나에게 원한을 충분하게 산 그
들이 죽어 갈 때 선의의 위로를 건넸다. 근데 어떠한 원한도 사지 않은
내가 죽어 갈 때 왜 그들은 무자비했는가? 이런 생각이 들었다. 난 돌
연히 오래된 억울함이 울화로 변화하는 걸 느꼈다. 내 앞에 있는 건 그

저 쇠약하고 하찮은 병자일 뿐이지 않은가? 모두가 짐승이고 살인자인 이 세상에서 도덕과 사랑을 고집하여 성취하는 게 무엇이지? 제멋대로 오른손이 주먹을 쥐며 이 병자를 제압할 채비를 했다. 하지만 참아야 했다. 증오하는 것을 닮아 가고 마는 건 나의 가장 큰 두려움이었고, 필경 스스로 내 삶을 마감시킬 근거가 될 것이다. 무엇을 혐오하는지는 지엽적인 문제다. 그 혐오하는 것과 어떻게 거리를 두어야 하는지가 진짜 중요한 문제다.

내 가슴의 정중앙이 폭력적인 생각으로 뜨끈하게 달아올라 작열감이 느껴지고 숨은 어느새 탁하고 거칠어졌다. 내 주먹으로 지금 당장 만들어 낼 수 있는 최고의 희열감을 그저 상상으로 체험하고 있음에도 불구하고 난 거의 무아경에 빠져 있었다. 다행인 점은 내가 교사에게 폭력을 써 버릴 정도의 정신 상태에 도달하기 전에 교사가 먼저 제 목적지에 도달한 것이다. 교사는 초점 없는 불길한 동공을 가지고 일정하지 못한 간격으로 숨 쉬는 나를 툭툭 건드려 예의 격정에서 벗어나게 해 주었다. 이성이 돌아오고 꺼림칙할 수준의 희열감과 흥분이 가라앉자, 내 앞에는 아파트가 보였다. 아마 교사는 자신의 집으로 나를 이끌고 있는 것이리라.

"내 아끼는 제자야, 미안하게도 우리의 목적지가 내 집이라는 사실을 말하지 못했구나. 만일 네가 내 집에 들어간다는 사실이 불쾌하고 두렵다면 오지 않아도 좋다. 널 해칠 마음은 추호도 없으니 안심해도 된다지만, 선택은 너의 몫이겠지. 어떻게 하고 싶나? 네 말을 전적으로 따를 테니 편하게 얘기해도 돼."

"집으로 들어가죠. 선생님이 어떻게 절 해코지할 수 있겠습니까? 그렇지 않나요?"

난 넌지시 그를 비꼬았다. 내 말이 끝나자, 교사는 아파트 안으로 발걸음을 재촉하며 말했다.

"오오, 역시 날 믿어 주었구나. 교사직을 가진 걸 후회하지 않게 해 주는 대견함이야. 알다시피 난 누굴 공격할 사람이 아니네. 오히려 도움이 간절한 사람이지. 그래서 우연히 만난 너를 놓치지 않았던 거고. 뭐 때문에 그리도 도움이 절실했으며, 내가 당장 어떤 막막함과 불가해함에 갇혀 있는지 집에 들어가 알려 주도록 하지."

그의 집은 1층에 있었기에 우리는 신속히 안으로 들어갈 수 있었다. 내가 교사의 제안을 흔쾌히 수락하며 집 안까지 들어간 것은 스스로 되새겨 보아도 잘 이해되지 않는 부분이다. 아마 당시의 방황하며 종잡을 수 없던 정신 상태와 교사가 처한 고통에 큰 흥미를 느꼈기 때문이 아닐까 생각된다. 왜 그리도 남의 고단함에 관심을 보이고, 심지어는 교사의 집이라는 은밀하며 결국에는 해를 입지는 않았지만, 충분히

그럴 가능성이 존재하는 퍽 위험한 공간에 진입하는 지경에 이르렀을
까? 교사에 대한 신뢰에서 비롯된 결단은 아니라고 장담한다. 나 자신
이 마주한 암담한 상황을 나와 엇비슷한 운명의 인간을 제물 삼아 끝
내기 위해서, 그리고 눈대중으로 슬쩍 보아도 나보다 훨씬 처참한 몰
골과 불쌍한, 불쌍하기에 불행의 목격자들에게 되레 악과 불의로 만들
어진 가장 비도덕적인 웃음을 유발하고 마는 그를 통해 오히려 위로를
받고 싶었기에 그를 따른 게 아닌가 싶다. 좌우간 남을 위로하는 말에
는 은밀하게 남의 수명을 갉아먹어 생기를 얻으려는 의도가 숨어 있기
마련이다.

　마침내 교사의 은거지에 들어서자, 난 그의 숨이 아직 붙어 있음에
놀랐다. 거주지는 거주자 인격의 대변인이다. 정신세계의 가시화라고
칭해도 좋다. 이러기에 실력 좋은 심리 전문가들은 누군가의 집을 잠
깐만 둘러보고도 그 거주자가 어떤 성격인지, 어떤 결핍과 번민과 정신
적 문제가 있는지를 단번에 꿰뚫어 보기도 한다. 교사의 집에 들어갔
을 때, 나는 날 데려온 교사가 사실은 고독사한 망령이며, 고독사한 지
몇 달이 지나도 사람들이 찾아오지 않아 장례조차 치르지 못한 채 구
천을 맴돌기만 하다가 그 답답함에 자기의 죽음을 사람들에게 알려 못
치른 장례라도 치를 요량으로 날 여기로 불러온 줄 알았다. 사람 사는
집이라기에는 죽은 집에 가까웠다. 슬그머니 후각을 자극하는, 얼마나
숙성되었는지 모를 아득한 이불 냄새, 씻지 아니한 자의 다양한 체취

두통

를 양껏 품은 냄새 그리고 코 깊숙한 곳에서 소심하게 비강을 때리는 출처를 알 수 없는 톡 쏘는 시원함까지 온갖 냄새들이 신발을 막 벗고 집에 들어가려던 나를 대환영했다. 난 불쾌하기보다는 도리어 그 사연 깊은 냄새에 호기심이 발동했다.

"선생님의 집은 정말 매혹적이어서, 대부분 손님이 입장한 지 1분도 되지 않아 기절하고 말 겁니다. 제가 언제 이 불가사의한 마력을 가진 집을 당해 내지 못하고 기절할는지 시간을 재어 주시면 좋겠군요."
"오늘따라 넌 정말 예상치 못한 말을 하는구나, L."

우리는 신발을 벗으며 간단한 대화를 나누었다. 난 이 집이 나와 꽤 어울린다고 생각했다. 그렇기에 어서 중문을 열고 이 집 안 구석구석을 살피고 싶었다. 나는 혹여나 나의 거침없는 행동으로 인해 이 집이 소중히 품은 역겨움이 보충될까 봐 걱정하여 조심스럽게 중문을 열었다.

중문을 열자 보이는 건 거실과 안방으로 향하는 복도와 그 복도 옆에 달린 한 짝의 닫힌 문이었다. 이 이야기는 안방에서만 진행되었기에 집 내부 구조에 대해 상세한 서술은 하지 않겠다. 현관문에서부터 나를 맞이한 아주 친절한 냄새가 분명해짐은 차치하고, 집의 바닥이란 바닥에는 온통 쓰레기가 흩뿌려져 있었다. 이 세상에 존재할 수 있는 모든 종류의 쓰레기들이 이 신기한 집에 잠들어 있었다. 이 쇠약한 집이

내 하중을 이겨 내지 못하고 무너질까 봐 아주 배려하며 천천히 발을
복도로 내디뎠는데, 마치 내 발과 바닥에 풀칠을 한 것 같은 느낌이 들
었다. 너무 끈적끈적했다.

"안방으로 들어가도록 하자."

바닥이 나를 붙잡고 있을 때, 교사가 나를 재촉하며 한 말이다.

"네. 한데 선생님의 집은 저를 매우 애착하는 것 같아요."
"왜 그렇게 생각하는지는 잘 모르겠지만, 네 방문을 환영하는 건 당
연해. 여기서 쭉 앞으로 직진하면 돼, L. 그리고 너의 친절한 방문을 참
된 마음으로 감사하게 생각한다."

바닥의 끈적함과 발을 떼어 내도 달아나지 않는 찝찝한 감촉은, 나
라는 사람을 이 집에 결속시키고 결국 일부로 만들려는 계략 같았다.
나를 딱히 건전하지 않은 상태로 만들려고 발악하는 행태가 더더욱
이 장소에서 떠나기 싫게 만들었다. 교사의 집이 가진 불가해한 흥미로
움에(단언컨대, 아름다움은 전혀 아니었다) 대해 묘한 감정을 느끼며 안방에
들어섰다. 교사가 전등 스위치를 켜 날 잡아먹을 것 같던 안방의 어둠
을 용감하게 해치운 덕에 한결 맘이 편해졌다.

두통

"침대에 눕거나, 걸터앉거나, 의자에 앉거나 맘대로 해라. 먼저 이 먼 길 오느라 고생한 나의 불쌍한 육신에 생기를 불어넣어야겠구나."

이 말을 마친 교사는 책상 위에 규칙성 없이 아무렇게나 던져진 물건들을 뒤지더니 약 봉투를 찾아 열고서는 안에 있던 흰색 알약을 물도 없이 꿀꺽 소리를 내며 삼키는 것이었다. 난 그 알약의 정체에 대해 몹시 궁금하였지만, 그가 곧바로 말을 이었기에 정체에 관해 묻는 것은 뒤로 미루어야 했다.

"내가 앞으로 하고자 하는 말은 장황하며 길 수도, 혹은 생각 외로 명료하고 짧을 수도 있을 거야. 이야기의 길고 짧음은 그때그때 화자의 재량에 달렸기 때문이지. 하지만 내가 확언하는 건, 나의 말들은 화자인 나도, 청자인 너도 상당히 지치게 할 거라는 거다. 이야기 자체에서 오는 피로감이 극심할 거고, 넌 아마 적잖이 충격을 받을 거야. 이제 슬슬 너를 이토록 힘든 길을 걷게 만들며, 나의 지저분하고 누추한 은거지로 자랑스러운 제자인 너를 이끈 이유를 설명해도 되겠니?"

"네, 어서 말씀해 주세요."

"몇 년이 흘렀는지, 네가 초등학교 3학년일 때, 난 내 아내와 이혼했어. 표면상의 이유는 성격의 차이였지. 근데 이건 표면상의 이유야. 나는 내가 음침하고 이기적이고, 여기서 예시를 다 들기에 벅찰 정도로 다양한 면에서 곁에 두기 꺼려지는 사람임을 인정해. 나는 나의 정신을 바탕으로 인생을 사는 사람으로서 자부할 수 있는데, 난 결혼과는 가까워질 수 없는 사람이지. 근데 하늘이 정한 운명을 거스를 만큼 뜻밖의 힘을 가진 운이 날 저주해서 결국, 결혼이라는 함정에 빠지고 말았어. 어떤 안타까운 사람은, 사랑을 하면 안 되는 몸과 마음을 소유한 채 태어난단다, L. 여기서 몇몇 이해하지 못하는 사람들은 '결혼을 한 것에 의의를 두라'고 하면서 논점 파악에 실패함을 자랑하지. 숨을 쉬기도 버거운 현재에, 과거는 밝으면 밝을수록 짐이야. 인생을 살아가는 게 즐거운 시기라면, 사랑하는 것들과 부대끼며 함께 즐기던 과거의 기억을 재현하는 게 불가능해도 나름대로 추억하며 웃을 수 있어. 하지만 살아간다는 표현보다 연명한다는 표현을 사용함이 적절한 시기에는, 죽어도 재현할 수 없는 기억들에 갇혀. 근데 좌절의 때를 겪는다면 추억에 잠긴 웃음이 조소처럼 느껴진다고. 좋은 추억은 너를 보통 웃게 하지만, 너무 좋은 추억은 가끔 너를 울게 할 거야.

난 지금 무직이고, 일은 이 년 전인지 삼 년 전인지, 아무튼 몇 년 전에 그만뒀어. 이혼 직후 병든 내면이 더 이상 버틸 수 없었는데, 이건 거울 속 내가 벌레로 보이기 시작한 것으로 알 수 있었단다. 그래, 명백한 정신적인 병이지. 한데 그 정도가 날이 갈수록 심해져서 집에 있는 거울이란 거울은 모조리 다 깨부수고 말았어. 그러자 이젠 심지어 나의 사지가 곤충의 것으로 보이기 시작한 거야. 난 내 운명이라 생각하고 직장을 그만뒀어. 제어할 수 없을 만큼 혐오스러운 나로 삶을 영위하고 있는 불쌍하게 여길 만한 내 영혼아! 여기서 내가 자랑스러운 제자 L을 나의 더러운 집으로 불러들인 까닭이자 문제가 발생하는데, 바로 두통의 발생이야. 난 이 고통에 대해 말을 덧붙이기 꺼릴 정도로 너무나 시달렸어. 그래, 여기서 나의 장광설을 잠시 중단하고 내 제자 L에게 묻겠어. 넌 진짜 두통을 겪지 않은 게 확실하지?"

"네."

"음, 그래. 난 그 두통을 이혼 직후부터 지금까지 죽 겪고 있고, 여러 병원도 방문하여 보았지만, 끔찍한 용태는 변함이 없어. 시간에 따라 악화하기만 하는 내 고통에 대해 생각하는 것도 끔찍하지. 내가 이 시련을 끝낼 수 있는 유일한 방법이 죽음이라는, 알고 싶지 않았던 진실을 깨우친 이후로는 말이야. 아, 죄를 지을 수밖에 없는 운명으로 태어나 충실하게 죄인이 되고, 죄인이 응당 받아야 마땅할 업보를 그대로, 혹은 받아야 할 것보다 수십 배나 더 크게 받은 연민할 만한 사람아! 내가 두 눈으로 똑똑히 보았던 세상의 아름다움아! 이젠 괴로움으로 변질된 것들아!

사람들은 한순간에 떠나가 버렸지. 내가 정신적으로 꽤 심각한 상태에 처하였다는 걸 알고 말이야. 근데 나를 이렇게 만든 이혼에 대해서는 아무도 관심이 없지. 사실 난 그 이혼을 의심스러운 눈초리로 바라보는데, 그 여인이 돌연히 한 결심은 분명 내가 아닌 다른 남자로 말미암았다는 게 적절하기 때문이란다. 그래서 난 한때 같은 방과 침구를 썼던 여자를 책망하고 욕했어. 마음속으로. 하지만 세상은 바뀌지 않는다고. 네가 아무리 누군가를 폭로하려 하고 탓하려 하고 책임지게 하려고 해도 모두 쓸모없는 짓거리야! 아니, 그렇다고 행복해질 수 있을 것 같아? 우리가 진짜 희구하고, 우리에게 진짜 절실하고, 또 우리가 가장 부족한 건 행복이야. 행복 없이는 삶도 의미가 없어. 근데, 남을 욕하고 그 추악한 언어로 인해 실제로 어떤 사람이 추락한다고 하더라도 네가 행복할까? 거기서 어떤 즐거움과 편안함과 해방을 얻을 수 있지? 남을 비웃고 모함하여 얻는 건 단순 쾌락이지 결코 행복이 될 수 없어. 이걸 구분하지 못한 사람들은 자신이 행복하다고 착각하며 사자보다 못한 생을 살아가는 거지. 타인을, 그것도 나의 경우에는 무려 사랑하는 사람을 저주하며 살아가는 건 옳지 못하며 본인에게 제일 큰 독인데, 어쨌든 무례하며 더럽고 한심하며 추한 단어들과 문장들은 네가 만들고 네가 말하며 네가 듣는 것들이고, 아니, 그래서 그 사람이 작은 상처라도 입을 수 있을 것 같아? 정신을 피폐하게 만들고 어느 순간 돌아본 자기 모습에 헛구역질이 나오지 않을 수 없어. 이 세상의 이치를 깨달은 건 거의 유일하게 자랑할 만한 업적이면서도 동시에 어떤 시각에선 큰 실수지. 아니, 아무리 방에 처박힌 채 상상에 빠져 악당들을 소환하고 그들을 단죄하여도 결국 현실은 변함이 없고 점점 외로운 사람이 되고 있다는 것을 아무도 이야기해 주지 않고, 잊히고 말 기억이 되어 마땅한 사연들은 무덤에 묻힐 것을 스스로 깨달아야 하고. 아아, 이토록 나에게만 잔인한 세상아, 다른 이들에게는 부디 이렇게 무자비한 태도를 보이지 말아다오!

그래. 이혼하던 순간부터 날 끊임없이 추격하고 나와 공생하던 두통. 내가 너의 동작을 보고 무례한 착각을 범한 것도 나의 사례와 그 동작이 매우 흡사하였기 때문이었어. 아, 내 묘비에 매년 찾아와 줄 유일한 사람인 내 제자 L아, 넌 정말 두통을 겪지 않음이 확실하니?"

"네."

"음, 정말 오해라면, 오, 그래. 선생님이, 나를 선생님이라는 단어로 꾸미는 건 처음인 듯한데, 나의 아주 건강한 제자인 L에게 하고자 하는 말은, 인생은 나같이 사는 게 아니란 거야. 인생은 어떤 날개 달린 것이 가진 힘에 버거워하고 휘둘리며 사는 게 아니야. 인생은 대낮부터 아픈 머리를 부여잡고 하루를 시작하여서 다시 다음 낮이 찾아올 때까지 머리카락을 엉클어뜨리며 허무한 세월을 보내는 게 아니야. 인생은 행복을 암암리에 능력으로 치부하는 사회와 그들의 열등감에 무지한 탓에 돌팔매질당하다 기절하는 게 아니야. 인생은 남의 슬픔에 기쁨을 얻는 인간 본성에 의한 잔혹한 연극에 참여하여 조소를 받는 게 아니야. 인생은 누구보다 악을 욕하면서도 절대 악을 찾으려 혈안이 된 이들의 감옥에 갇혀 그 무자비한 손길에 얻어맞는 게 아니야. 우리는 도대체 무슨 삶을 살아야 하냐고? 난 거창한 건 바라지도 않는다, L. 아, 그렇다고 해서 네가 위인이 되지 못할 것이라는 저주는 아니야. 내 앞에 있는 이 사내아이가 후에 얼마나 큰 업적과 공로를 세워 인정받지 않을 수 없는 사람이 되리라는 걸 잘 알지. 우리는 두려워하면 안 되고, 또 우리의 삶이 잊혀도 안 되고, 우리가 사는 세상을 해석하고 관찰해야 하고, 가장 중요한 건 진리를 찾는 거야. 네가 깨우친 진실들을 글로 써서 남겨야 해.

　요즘 사람들은 너무 멍청해서, 자기네들도 모두 당하고 있는 압제에 저항하는 걸 부끄럽고 좋지 않게 여길 만한 행동이라고 굳게 믿지. 선생님이 L에게 도움이 되고 싶지만, 그러기에 선생님은 냉혹하게 이 현실을 보고할 수밖에 없구나. 사람들은 역사에 남은 여러 혁명가를 아주 위대한 화폐에 인쇄하여 넣고, 또 그 화폐보다 조금 덜 위대한 사진과 영상 안에 담고, 또 그 그림과 사진보다 꽤나 덜 위대한 글과 그림으로 표현하며, 끝끝내 보잘것없는 말로도 그렇게 하지. 하지만 혁명가의 예찬론자들은 보통 동시대를 살아가는, 그러니까 자신과 같이 폐에 산소가 드나들며 심장이 뛰고 뇌가 활동하는 이들의 혁명을 누구보다 큰 소리로 비웃는데, 이건 도대체 어떤 시각으로 보아야 좋게 볼 수 있지? 언어와 도구를 쓰는 짐승들은 울음소리를 낼 정도로 멍청한 존재는 아니지만, 울음소리를 이해할 만큼 현명한 존재도 아니어서, 보통 혼란의 회오리에 휩쓸린 채 허우적대다가 보기 좋게 죽고 말지. 우리도 그다지 이지적인 존재는 아니고, 나의 제자 L은 그럴 수 있지만 겸손함이 중요하다고 선생님은 강조하고 싶은데. 아무튼, 몇몇 진리를 깨우침에 열중하여 실제로 무언가 얻어 낸 위인들에게는 많은 우민을 계몽해야 하는 무겁고도 명예로운 의무가 부여되지. 그 의무를 위해 살아라, 내 제자야. 고통을 위해 살아라. 근데, 막상 이 멋들어진 문장들을 내뱉는 작자가 어떤 처지에 처해 있으며 얼마나 별 볼 일 없는 인간인지 네가 잘 알고 있다면 조금 어이가 없을 수도 있어. 하지만, 난 그 시도

두통

에 실패한 까닭에 더욱 널 가르칠 자격이 있는 거야.

퍼뜨리기에 적합하지 않은 내 유전자를 비관하며 너를 아들처럼 생각하게 된 것 같구나, L. 선생님은 네 귀에 피가 나도록 설명한 내 이야기들이 결실을 거두도록 너라는 사내에게 내 모든 것을 전해 주지. 아, 마지막으로, 넌 정말 아무런 것도 겪지 않았다고?"

"…… 네."

"네 말이 위증이라 해도 좋다. 모두가 응당 겪어야 할 일이야. 나름 그것들에 천착하며 얻게 된 진실은 그렇지. 해서 난 이제 견디지 못할 것 같아."

"선생님, 근데 난간에서는 좀 내려와서 얘기하는 편이 나을 것 같아요."

6

+++

내 방 안을 정처 없이 떠도는 날벌레가 찰나의 시간 동안 벽지에 붙었다가, 이내 다시 날아오르고 요번에는 책상에, 다음에는 물컵에 잠깐씩 머물며 떠도는 게 꼭 우리를 보는 것 같았다.

나도 그 뜻에 깊이 감명받아 즉시 외출하여 내키는 대로 쏘다녔는데 문득 으스스해졌다. 사실 꽤 많은 행인들은 목적지도 없이 여기저기 발이 이끄는 곳을 따라다님이 아닌가.

그렇게 다니다가 나는 몇 번씩 길가에 넘어졌다. 빙판길이 원인이다. 산책하는 행인에게 가혹한 자연의 모순적 행태이다. 넘어질 때마다 난 부자연스러울 정도로 다급하게 고개를 다양한 방향으로 돌린다.

난 오늘이 무슨 요일인지 헷갈릴 지경이다. 나에게 필요 없는 지식 이다.

이번 조사의 결과 역시 목격자는 존재했다. 그 즉시 목격자는 숨어 버린다.

아, 안 된다. 난 정처 없이 떠돌기 위해 편한 집을 이 혈관이 울긋불 긋한 발을 이용해 탈출했거늘, 추격이 외출의 목적이 되어서는 안 된 다! 말하자면, 어떤 목적도 없어야 한다!

사실 목적이 없기 위해 외출함도 외출의 이유 아닌가? 외출의 사유 를 좌우간 스스로 정했지 않나?

두통

그래, 난 외출한 이유를 이 망할 거리를 즐기기 위함도, 한심하고 위험한 타인과의 만남을 위함도, 무목적적인 감정의 이끌림도 아니라 정처 없음으로 정했다. 나의 목적은 이제 뚜렷이 존재한다. 동상을 입어 퍼렇게 된 발의 뜻을 존중하기 위해서 외출한다.

아무도 연민하지 않는다. 자초한 욕망의 벌이다.

잠과의 사이는 요새 퍽 서먹서먹하다. 그동안 제대로 취하지 못한 수면에 보상을 받아야지, 하고 생각했다. 아무리 자도 만족 못 하는, 주제넘은 욕구를 잉태한 내 육신을 탓하며 고심한다. 오늘따라 하늘은 까맣다. 달은 빛을 내기 어려운 사정이다. 소유와 베풂은 상호 보완의 본능적인 운명인 까닭이다.

하늘은 어둡다. 또 어두컴컴하다. 그리고 깜깜하다. 검다. 마지막으로 언젠가는 밝다. 기상청의 불신할 수밖에 없는 보도와는 별개로 비관적인 이들은 화창할 낮을 기대할 자유와 권리가 있다. 더 나아가 낙관적인 이들은 밝은 밤도 기대한다.

가로등 하나 없는 이 호젓한 길 위에서 의지할 수 있는 건 일출이다. 빛의 빈자리는 급하여 목 놓아 부를 만하다. 걷는 게 허용되지 않은 지금의 외출에서 해방이란 기다림이다. 그런데 우리는 모두 태양을 올려다보며 살지 않는가.

몇 년 전의 기억을 동경하는 심리는 멀리 내다보지 못하는 불가결의 특성에서 비롯된 충동이다. 욕구다. 하지 아니할 수 없다. 우리는 잡을 수 없는 것만을 갈망하며 산다. 쟁취할 수 없는 걸 바라보는 자는 평범한 사람이라고 불리고, 실패를 누구보다 잘 알면서도 손을 뻗는 자는 뭐라고 불리나? 나는 그런 사람을 돈키호테라고 부른다.

별 의미 없는 잡생각을 집어치우고 정처 없는 이 움직임을 재촉한다. 발은 나를 아파트 내부로 인도하고 있는 듯하다. 낡고 오래된 아파트는 익숙하게 새로운 분위기를 가진다. 이 적막함에서 오는 야성적 추위는 어찌 멀어질수록 더 거세지기만 하는 건가.

난 이 계단의 급격한 경사를 설계한 자의 강퍅함에 벌써 다리의 힘이 풀리고 말았다. 내 발을 위태롭게 하는 구조의 문제점이 이제야 비로소 드러난 것에 다행이라는 말을 써야 할지 애매한 심경이다.

진정 오르는 것을 위해 만들어진 것인지조차 불분명해지는 이 괴상한 부조리의 실체에 내 권태와 무상함에 의한 실의와 사색은 감당할 수 없는 크기가 되고 말았다.

두통

암흑! 누구에게는 방의 스위치를 한 번 누르면 찾아오는 것. 또 누구에게는 집의 모든 스위치를 전부 눌러야 찾아오는 것. 하지만 누구는 조그마한 불꽃이 꺼짐으로써 찾아오는 것.

아니, 이 영구 동토층이 요새 유행하고 있는 제국주의 행보로 말미암은 식민지 상태라는 것을 내가 어찌 모를까? 여전히 관여할 수 없는 종자로 좌지우지되는 국민의 생활이다. 국가 간의 점령과 예속이 아니라, 국가 내부의 점령과 예속이 평화로 여겨지는 문화에 탄식을 참기 힘들다. 아니, 그렇다 하면 과거 일상적으로 시행되던 노예제는? 제도가 실질적으로 존재하였을 땐 자국민들을, 이웃들을, 친우들을 노예로 삼았는가? 광범위한 무자비와 배급된 냉혈의 시작은 우리를 분명 지배하는 구조 형태에 의함이다.

우린 이제 숭배할 신도 없다. 보이지 않는 걸 보는 자들은, 자신이 넓게 본다고 굳게도 믿는 맹인들의 축제와 이성을 내세워 무지와 단순함을 상식화하는 직관의 신봉자들의 향연에 더 이상 가슴을 펴고 다닐 수 없다. 상습적 신의 부재에 현시대는 사랑에 괴리된다.

우린 이제 섬기는 왕도 없다. 그들을 단두대에 올리거나 폐위하고 새로운 지배자 집단을 만든 건 우리다. 책망할 자 없다.

우린 이제 진정한 자유도 없다. 신도, 왕도 없지만 우린 해방을 얻지 못했다. 허무함으로 쓰인 우리 삶에는 질투와 비난이 발생한다.

따를 자 없다. 의미도 없다. 하지만 그들은 무료하여 참을 수 없다. 지배자들은 순종과 효율의 극대화에 눈이 멀었다.

우린 돈을 모시고 능력을 따른다. 우리 시대의 이성이다.

분명 이건 내가 알던 것들과는 다르다. 괴리감이 느껴진다. 문득 찬 바람이 세차게 분다. 그나마 따스한 것은 태양이다. 태양은 아직 뜰 생각도 안 한다. 근데 태양도 결국에는 지고 마는 것이 아니냐. 다시 떠오를 때를 기다려야 하나? 사실 요즘 도는 소문이 있다. 극야極夜가 찾아온다는 이야기다. 시기는 모른다. 바람이 거칠다. 입술이 건조하다. 하늘이 꺼지는 날이 오늘이 될까? 아직 밝아질 기미가 없다. 나는 빛의 군림 없이 살 수 없다. 아쉬운 하루다. 미래를 응시한다.

길에 의한 경야經夜

남을중상모략하는자와그를모함하는자를욕하는자그리고그를폭행하는자와 주먹질의근원이되는어떤순수하기그지없는악행(카인이그러하였듯최초의악행은질 투임이틀림없다)

두통

무고의지속을차마두눈뜨고지켜볼수없는분들은실명대신때때로악법의제정을
도모하고말며법의시행은대관절선도위선도어림없다

차도에널브러진체현되어억울한내쓸쓸함아왜그리도차갑게식어있느냐너희가
누워편히휴식하는곳도처음에는분명그피부를녹일만한힘이충분하였을텐데숨
쉬는것의숨이끊어짐은상식이지만숨이없는것도언젠가마모되고쓸리고차게식
어자기나름태초의형태로돌아갈채비를하는구나

헛되고헛되니모든것이헛되도다.

중단계획조차세우지아니한것아내얘기를들어라우리가보는건실존이냐혹은꿈
이냐

아아없는것은문자의형태그대로없구나

화장하면안된다분해의앞날을알지만육체를그대로보존해라자연과한데섞인
뒤가공할우연에의해생명이되고말리라그것을부활이라일컫기도하리라
부활은무엇인가부활은마치그주인과같이산산조각난나의존재가생애동안의
오랜노역들과비상한경험사고들이화두에오름에따라부활하여어떤사람보다더
욱살아있는것과같이여겨지는좋게여길만한상태가됨이다

시침아잠깐쉬어가라힘들지아니하냐하니시침이이르되저의죄가아닙니다제작
되었을뿐인제무고를알고부디사하여주소서

만약너를집행하지아니하면해명의수단이없어진다점점미궁으로빠져들기만한
다…

산소혹은폐에문제가있다
(남들의호흡은문제없는듯하니내폐의병변탓이다)

우리의체험은궁극적으로짐이다근육에걸려야마땅할부하를연약한내애처로
운신체가감당치못하니관절과뼈라는죄없는이들이개입한다그개입을바탕으로
걸음을계속할바에야잠시앉음이낫다무너질것을빤히알면서도모래성을만듦은
멍청하다불릴가치있는가보통사람들은이해하는데에패배한것을멍청하다하는
데편협한자들의욕은지혜로운자들에게는더할나위없는명예로변모함을인지하
라의미라곤발견할수없는행위에서강렬한의미를창조하여실현하는경우가인간
으로서시도할수있는한계에가장근접한초월적또는혁명적반항이다.

경야를마친다여명의방문이실현된까닭이다.
슬슬 저마다의 하루가 시작되는 모습은 불안하다.

겨울의 일출은 기이한 신비이다. 무엇이 인간의 순수한 섬김을 이끌
수 있을까. 그건 바로 이 자연뿐이다. 재물도 권위도 순결한 감동을 선
사하지 않고, 세속에 진득하게 찌든 자들만이 불결한 섬김을 행하는
것이다.

두통

나는 높은 곳에서 불어오는 바람이 이리도 상쾌하게 내 목덜미를 간지럽히는지 몰랐다. 저 아득한 거리의 포장도로를 질주하는 몇 대의 차량이 서서히 눈에 띈다. 가로등의 절실함은 저물었다. 하늘은 더 이상 검지 않다. 남색에 근접했다. 귀에는 날쌘 바람의 흔적이 울린다. 문득 산을 타고 싶은 생각이 들었다. 산은 남색 하늘보다 검다. 하지만 시간이 늦었기 때문에 나중을 기약하였다. 내려다본 이 시각 거리에는 꽤 많은 사람들이 있다. 그 사람들이 이른 기상을 성취한 것인지 늦은 취침을 청하려는 것인지 분간할 수 없음이 흥미롭지만 생각해 볼 만한 가치는 없다.

경사를 따라 내려가기로 한다. 커피를 마실까? 아니다. 그냥 가자. 또다시 발에 몸을 맡긴다.

7

+ + +

무슨 악한 꿍꿍이를 분명 숨기고 있는 듯한 세상에 괴리감은 더욱 커졌다. 나의 체험을 반추하면 할수록 새롭게 발굴되는 꺼림칙함에 나는 어쩌면 사회는 가시 돋친 고슴도치처럼 일관된 공격성과 부조리함을 품고 있고, 심지어 그건 가시적이기도 한데 아둔한 나의 시각이 그 자명한 진실을 미처 보지 못한 게 아닐까 싶었다.

난 유치원의 기억을 떠올렸다. 누군가에게는 완공된 건물의 형태가 아닌 진행 중인 공사일 그 불쾌하고 떠날 줄 모르는 기억 말이다. 불행할 때 즐거운 기억으로 신음하고 즐거울 때 불행한 기억으로 신음하는 나에게는 그다지 감동을 주지 못하는, 이미 수없이 복습한 지난날의 굴욕이요 과오다.

불안은 익숙함을 단호하게 사양했다. 만물에 유리된 관점에서 바라보는 옛 순간은 계속되고 있었다. 그러니까, 나에게는 당장 중단되고 멈춰 있는 시간이지만 그건 분명 똑같은 방식으로 내가 아닌 다른 이들에게 행해지고 있었다. 불안의 자가 번식인가 동질성의 발견인가.

또 난 지구의 자전이 멈춤을 의심했다. 이건 어떤 불안도 개입되지 않은, 그러니까 실증과 이성의 결정체이다. 공전은? 모르겠다. 우리 거주지의 숭배 행위를 거주자의 입장으로서 존중하고 용납하기 어렵기 때문에 공전은 중단되는 편이 낫겠다는 조금 섬뜩한 생각이 뇌를 훑고 지나갔다.

자전이니 공전이니 하는 것들이 중단되는 두려운 의심에 빠져서 무

두통

엇을 이룩할 수 있을까 하는 근본적 회의감이 침투했다. 난 이 주말 밤에 왜 이리 무상한 사색에 골몰하여 있는지도 비관적인 입장이다. 잠은 고뇌로부터의 도망이다. 줄행랑을 치기로 했다.

도망. 나의 잠은 도망이다. 근데 꼭 그건 어떤 휴식과 닮아 있다.

종종 사람들은 명예로운 결투, 또 거룩하기마저 한 명예로운 죽음을 찬미한다. 인간은 모름지기 하늘의 부름을 받는다는 육체의 유감스러운 성질을 이해하여 영생의 대안으로 명예를 중요시해야 한다는 일종의 발악인 주장으로부터 출발하는데, 몇몇 사람은 격렬한 전투에서 패배한 자의 사체가 얼마나 추한 모습인지를 모르기 때문이다. 정의로운 전쟁이나 비겁한 평화 따위를 논하는 게 아니라, 죽음은 도망이 아니지만 불가해하게도 그리 여겨지고, 생존을 그 도망질로 쟁취해야 하며, 실제로 그리 여겨진다면 실리와의 진중한 대화를 하는 편이 낫다. 아니, 우리 시대에 죽음이 명예롭게 될 수 있나? 그러니까, 난 명예를 위해 절대 죽지 않는다!

수면을 시도하다가 또 귀찮고 끈질긴 생각을 부르고 말았다. 내 의식의 흐름은 도대체 어디까지 흐르는 건가. 내 개인적인 입장과 철학을 밝히려면 우선 집 밖으로 나가든가 해야 할 텐데 말이다. 그래서 잠이 도망인지 아닌지 좌우간 좋으니 우선 눈을 감았다.

더 이상 생각하지 않고 수면함.

이튿날 아침 난 집과 퍽 가까운 거리에 있는 도서관을 방문하였다. 시계도 확인하지 않고 외출했기 때문에 아직 녹지 않은 어젯밤의 눈이 뽀드득 소리를 남기며 내 신발 모양을 본뜬 흔적을 남기는 것과 하늘을 바라보기 버거울 정도로 쨍쨍한 햇빛이 눈을 공격하고, 그러면서도 전혀 따뜻하지 않은 이 기온을 바탕으로 시간을 추론할 수밖에 없었다. 사실 시간을 안다고 해서 내게 반길 만한 이득도, 모른다고 해서 좋지 못한 지장도 생기지 않는다. 난 패딩으로 인해 버틸 만한 상체와 보호받지 못해 부들부들 떨고 조금 따가워지는 하체의 감각과 눈을 밟는 소리에 정신의 소유권을 양도해서인지 머릿속 졸음의 안개가 걷히지 않은 현재를 못마땅하게 바라보며 시간이라는 개념에 대해 회의감이 들었다.

도서관에 도착하여 화장실에서 내 앞머리가 젖을 정도로 격렬하게 세수를 했다. 그리하여 졸음의 고혹적인 자태를 무시할 만큼의 정신력을 갖출 수 있었다. 카페인만 내 입안으로 들어온다면 분명 완벽한 하루를 보낼 준비를 마치게 되리라. 하지만 이는 잠시 미뤄 두기로 했고, 단 한 층을 올라가려고 엘리베이터에 탑승하는 이들을 가엾게 여기며 계단을 통해 위층으로 진입했다. 기상한 나를 도서관으로 이끈, 이렇다 할 책은 없었다. 요즘 이상李箱[3]의 글에 관심이 많은데, 책장에서 발견한다면 한번 읽어 보기로 하였다.

오늘따라 열람실은 더 적요했다. 평소라면 항상 굽은 등과 거북목에 안경을 낀 사람들이 자리를 차지하려 혈안이던 소파도 자리가 텅 비어 있었다. 난 서둘러 책장 사이로 들어갔다. 무수히 많은 책들 사이에 오도카니 서서 어떤 것을 읽을지 고민하고 있는 건 즐겁다. 어떻게 보면 나는 실제로 인쇄된 활자들을 읽는 것보다 무엇을 읽을지 표지와 제목, 소개를 면밀히 살펴보며 고르는 것에 더 관심이 있는 게 아닐까 싶다. 난 선별 과정에만 거의 십여 분 가까이 소모하고 말았다. 아닌가? 십 분은 족히 넘었을 수도 있다. 그러니까 십오 분이나 이십 분 정도를, 아니다, 십 분도 안되었을 것 같다. 한 칠팔 분 정도 걸린 것 같다. 이게 내 결론이다. 일단 시계는 보지 않기로 결정했다. 왜냐하면, 그 원 안의 초침이 분침을 맹렬하지만 하찮은 질주로 추격하고, 주시하지 않을 때 더 가속되는 분침이 시침을 굼뜨지만 꽤 신경 쓰이는 경보로 추격하고, 임의의 속도로 내일을 추격하는 시침의 늘 있기에 매우 사사롭지만, 동시에 땀을 쥐게 할 만한 경주에서 항시 상하좌우로 흔들리는 눈을 떼니 마치 날 은밀히 쫓아오던 원 안에 갇힌 바늘들과 그들이 말하던 내일로

----

3) 일제강점기에 활동한 시인, 소설가, 화가, 건축가였던 이상(李箱, 1910.9.23.~1937.4.17.)을 말함. 본명은 김해경(金海卿)이다.

부터 해방을 이룩한, 왠지 모를 뿌듯한 감정이 솟은 까닭이다.

　몇 분 정도 더 책장을 뒤적거렸으나, 나의 손을 이끌 만한 책은 찾아내지 못하였다. 손으로 턱을 만지작대며 시선을 이곳저곳으로 돌리는데, 누군가 내 왼쪽 팔을 손가락으로 툭툭 건드리는 것이었다. 예상치 못한 감촉에 그 감각의 근원을 향해 고개를 돌렸는데, 내 주변 인물들 가운데 가장 눈여겨 볼 만한 사람인 P가 평소 잘 보이지 않던 어떠한 악과 불의도 섞이지 않은 형태의 해맑은 미소를 지으며 서 있었다. 난 간만에 도서관에 방문함으로써 차지한 정적과 평화를 망치기 싫었기에 소리를 거의 내지 않고 입의 모양을 통해 그에게 인사했다. P는 인사에 대답도 없이 조금 무례한 손짓을 통해 나를 어딘가로 이끌었다. 난 별다른 생각 없이 P의 넓지는 않지만, 올바른 자세를 유지하는 등을 목적지 삼아 발걸음을 옮겼다. 우리 둘은 열람실 밖으로 향했다. 그가 말했다.

　"아침부터 무슨 일이야? 널 도서관에서 만날 줄은 또 몰랐네."
　"무슨 일이긴. 말하자면 색다른 아침을 맞이할 필요성을 느낀 거지."

　막 잠에서 깨 비몽사몽인 나를 명쾌하게 설명하는 건 무의미하고 계획되지 않은 우리 삶의 의미를 정의하려 드는 것과 같아서, 어릴 적 학교에서 종종 배부하곤 했던 장래 희망 조사지에 그저 축구선수나 대통

두통

령, 연예인이나 방송인을 적던 것과 같이 정답 없는 문제에 주어진 모범 답안을 그대로 말하고 말았다.

"봐, 아직 오전 열 시라고. 머리도 떡진 걸 보니 씻지도 않고 일어나 자마자 바로 나온 모양인데, 성실함은 그렇게 얻어지지 않는다고."
"아니, 갑자기 시간은 왜 말해? 오늘 난 시계를 단 한 번도 보지 않을 작정이었는데."

뜬금없는 부분에 신경질을 내며 그를 책망하자, P는 어처구니없다는 듯 잠깐 크게 폭소를 터뜨렸다가 이내 계단 쪽으로 이동하며 나에게 뒤돌아 손짓했다. 난 그의 엄지를 제외한 손가락들이 모두 구현된 거만함의 상징인 듯해 매우 못마땅했고, 반항의 뜻으로 굳건하게 자리를 지켰다. 하지만 그는 내가 자리를 지키고 있는 다리보다 더욱 굳건하고 한결같은 다리의 운동으로 계단을 내려가고 있었고, 그를 쫓지 않는 결정은 손실이 될 듯싶어 결국 따라 계단을 내려갈 수밖에 없었다.
그는 언동에 무게를 두지 않는 사람이다. 경망스러운 사람으로 해석되기도 하나, P의 경우에는 그 가벼움의 정도가 범상치 않아 비행의 경지에 이르렀기에 함께 자리하고 있으면 거의 비행체를 목격하는 듯 묘한 부러움과 결국 그를 우러러볼 수밖에 없는 현실에서 오는 패배감과 좌절감이 느껴질 정도이다.

P의 발은 야외로 향했다. 내 오른편에서 심한 한기를 품지는 않았지만, 앞머리의 규율을 모조리 망칠 정도로 거센 바람이 불고 있었다. 그는 도서관 인근 인적이 드문 정자로 가서 앉았다. 보아하니 나를 무례한 손짓으로 밖으로 이끈 까닭은 그저 이야기를 나누고 싶었기 때문으로 보였다. 그는 한숨을 쉬었는데, 이에 입김이 꽤 크게 뿜어져 나와 한숨을 쉬려 한 것인지, 입김을 불고 싶었던 것인지 모호하였다. 이내 그는 입을 열었다.

"너는 괜한 말을 하지 않았어. 이제야 나도 네 말에 공감할 수 있을 것 같아."

"새삼스럽게 왜 그래?"

"근원을 찾을 수 없는 괴리감. 불가지의 근원은 아마 그것이 우리가 차마 인식하고 조사할 수 있는 수준의 것이 아니기 때문일 거야. 그 괴리가 너무 거대해서, 정체가 우주적인, 혹은 그것과 비견될 만한 권능을 지닌 존재라고 생각할 수밖에 없어."

"오, 어떨 땐 내 하소연을 들은 척도 안 하더니, 이제야 좀 위기가 느껴져?"

내 말에 P는 잠깐 침묵했다. 그러다 그는 비장하며 부담이 느껴지는 격앙된 말투와 적절한 몸짓을 섞으며 대화를 이어 갔다.

두통

"생각해 봐, L. 말하자면 우리는 진실을 파헤치고 알아낼 수 있는 일종의 권력을 얻을 수 있도록 선택받은 거야. 남들이 전혀 불평하지 않는 점에서 불안을 얻는 건 결코 우리가 예민한 게 아니라 그들이 악에 단단히 잠식된 것이며, 우리가 아직은 악에게서 자유롭다는 꽤 기쁜 사실을 시사한다고. 다수일수록 단순하고 아둔해지는 인간 본성에 따라 집단의 뜻은 대개 틀리거든. 몇몇 소수의 필사적인 움직임을 이용해 세상은 연명하지. 분명 지구는 더 이상 돌지 않아. 애당초 겨울이 반복되는 점부터 미심쩍지 않을 수 없잖아? 그리고 요즘 아무리 겨울이라는 계절의 특징을 감안하더라도 낮의 길이가 체감될 정도로 짧아지는 듯한데, 이런 것들은 우리가 직관적이고 가시적인 형태로 분명하게 목도할 수 있는 게 아니지만, 확실히 우리 삶에 깊이 영향을 미쳐 개입하고 있지. 이들의 부재야. 당연하게 누리고 받아들이는 반박할 수 없는 상식의 부재. 근데 사실 세상은 상식 없이도 유지될 수 있어! 곰곰이 따져 봐. 상식이 없다고 사람들이 살아가지 못할까? 되레 상식의 부재는 많은 사람들이 반길 만한 사건이야. 왜냐하면 상식이란 필수적으로 짊어질 짐이고 책임인데, 그 무거운 것들을 유기한 채 떠날 수 있다니. 하지만 난 그 일상적인 것의 부재로 기원한 무질서에 당혹스러움을 느꼈어. 믿던 것, 당연한 것, 모두 알던 것, 고개를 돌려도 피할 수 없는 마치 태양 같은 것. 그 상식이 떠나고 찾아온 건 겉보기엔 자유일 수 있으나, 결국, 혼란이야. 지구는 돌아야 해. 상식 없는 첫 세대는 우리인데, 우리가 겪을 기댈 곳 없음에서 찾아오는 외로움과 적적함을 감당할 수 있겠어? 그래서 지구는 돌아야만 한다고."

P의 멈출 수 없는 연설이 끝에 다다를수록 내 가슴은 점점 뜨겁게 끓어올랐다. 이 똑똑한 친구는 내 손이 닿지 않는 가려운 곳을 확실하게 긁어 주어서, 통쾌한 미소를 짓지 않을 수 없었다. 난 아무도 공감하지 않던 나의 유별나고 난잡하며 증오스러운 감정을 그 친구가 거의 완벽히 이해함으로부터, 또 실은 이 친구가 내 고뇌를 똑같이 경험한 것으로 보이는 것에서 조금 부끄러운 기쁨에 휩싸였다. P는 내가 더욱 경악을 금치 못할 말을 이어 갔다.

"고민해 봤거든. 도대체 이 추적할 수 없는 규모의 사건을 설명하고 밝혀낼 수는 있을까? 증명할 수 없을 만큼 실증이 부족한 지금의 괴리감과 더욱 불분명한 그것의 근원은 뚜렷하지 못한 실체로 말미암아 나를 계속 혼란스럽게 하는데, 이를 해결하자는 당찬 결심은 꿈에도 없이 일단 그저 설명할 수 있을까? 난 우리가 짊어져야 마땅한 책임은 이 여러 가지 불안한 상징의 편린들을 직시하고 숨은 속뜻을 알아차리는 거라고 생각해. 나아가 깨달음을 바탕으로 괴리의 상태를 설명할 수 있을 만큼 그 카프카의 『성城』과 같은 것에 다가가려 노력하는 거지. 물론 그가 성을 완성치 못하고 사망함으로써 미지의 성의 정체가 규명되는 순간이 끝없이 유보되고 있는 것과 같이 우리의 근원을 알아내는 발걸음이 끝나지 않을지 몰라. 마침내 발의 분주한 움직임이 결실을 거둔다고 해도 그 발견이 해결을 나타내는 것도 아니고 말이야. 해서 우리가 당장 해야 할 건, 천문학자를 만나는 일이야. 까닭은 당연하지. 괴리감에 가장 처음 던져진 너도 우주를 의심했고, 그리고 너의 영향인지 모르겠지만 나도 괴리감에 우주적인 것을 느꼈어. 지금 세상의 흐름은 바뀌고 있어. 상식은 급격히 부정되고 폐기되는데, 또 새로운 상식이 너무 당연하게 여겨져. 아니, 나는 겨울이 해를 독점하는 점부터 눈치채야 했는데!"

난 내 앞에서 공감 가는 음모론자가 토해 내는 열변에 귀를 기울이지 않을 수 없었다. 아무래도 최근 있었던 학교 시험에서 그가 실망스러운 성적을 받아 특목고로의 입학이 단번에 좌절된 탓이리라. 아, 과연 낙제생을 위로하는 건 가능할까?

P는 이번엔 거만한 손짓 대신 내 손목을 꽤 강하게 잡고는 이동을 시작했다. 그 목적지는 분명 P 본인도 모를 테다. 그러다 점점 내 손목을 조이는 아귀힘이 잠잠해졌는데, 이는 그의 힘이 다했거나 내 손에 피가 쏠리며 느낄 고통에 미안해서가 아니라 행선지를 고민하는 과정에서 힘이 손이 아니라 머리로 이동하였기 때문이리라. P는 주변을 두리번거리다가 말했다.

"내가 저번에 지인을 거쳐서 언뜻 이름만 들었던 천문학자가 있는데, 그 사람이 사는 곳으로 가는 거야."

"천문학자라고? 내가 보기에는 사람의 집보단 병원으로 가는 편이 나을 것 같은데."

"아니, 난 공연한 짓 안 해. 네가 보기에 내 상태가 그렇다면, 내가 보기에는 네가 이 기묘한 격동에 동화되다시피 해서 분별력을 완전히 잃은 것으로 보인다고. 안 그래?"

사실 그의 주장은 흠잡을 만한 오류나 실수를 발견할 수 없을 정도로 논리적이고 현실적이었다. 어쩌면 내가 오늘 P가 날 설복시키려 침 튀기며 한 말들을 경청하지 않은 이유는 그의 말이 들을 가치가 없던 게 아니라, 평상시 잘 흥분하지 않던 그의 모습과 상반되는 새로운 면을 관찰하는 데에 재미가 들었기 때문이 아닐까 싶다. 해서 난 P의 뜻을 따라 행동해 보기로 마음먹었다.

"알았어. 너의 새로운 모습에 놀라서 그런 거니까 너무 화내지 말아, P."

진심 어린 사과에도 그는 대답도 없이 퉁명스러운 몸짓으로 터벅터벅 걷기 시작했다. 별다른 생각 없이 P를 쫓아 걷다 보니 어느덧 다 스러져 가는 어느 아파트 단지에 도착했다. 설마 이 아파트가 천문학자의 집일까 하는 염려가 생겼다. 좋지 않은 기억을 되새길 수밖에 없기도 했다. 다행히 발걸음은 그 단지에서 멈추지 않았다.

두통

"L, 나도 내 자신이 타인에게 그리 달갑고 이성적으로는 느껴지지 않는다는 걸 대강은 알고 있어. 충분히 감내할 수 있는 문제기도 해. 한데, 너의 이런 행동에는 염려되는 면이 있다는 거야. 우리는 지금 서로가 대면하고 이야기하면서 괴리감을 얻고 있어. 꼭 해결과 동조, 공감을 바라는 건 아니거든. 근데 지금 대화를 나누고 있음에도 불구하고 서로에 대해 동떨어진 듯하고, 마치 원래 알던 것과는 다른 무언가인 것 같으며, 그래서 새삼스럽고 당황스러운 감정을 느끼는 건 분명 문제가 있다고. 말하고 싶은 건, 괴리감이 너무 거대해진 탓에 우리의 대화마저 원활히 진행되지 않게 되고 있다는 거야."

난 머리를 얻어맞은 듯했다. 지금까지 겪던 문제는 예사로운 이해와 가치관의 차이에서 발생하는 소통의 장애가 아니었다. 말하자면 청각 장애인이 전혀 모르는 언어로 진행되는 고등 교육 수업을 듣는 것과 같은, 해석의 문제도 있지만, 그 이전에 소리를 듣는 단계부터 어긋나 버린 것이다. 이런 기묘한 문제들이 내가 괴리감을 느끼는 것마저 막았던 거다. 사람들은 모르는 언어를 습득하기 이전에, 자신의 달팽이관을 제대로 활용할 수 있는지를 꼬집어 보아야 한다. 난 P에게 설복돼 천문학자의 집으로 이동했으나, 집에는 그의 아내만 홀로 있었다. 아내는 우리에게 자신의 남편이 지금 인근 카페로 외출했다고 알려 주었다. 천문학자라는 사람이 당시의 나로서는 거의 폐인과 같이 그려졌는데, 예상외로 그의 부인이 말끔한 인상이었기에 그에 대한 초상이 긍정적으로 변하기도 했다.

　카페로 떠나는 도중 난 P에게 몇 가지 질문을 넌지시 던짐으로써 그 사내의 정보를 알아낼 수 있었다. 그는 대강 이십 대 중후반의 나이로, 모르는 이가 오히려 드물 만큼 유명하고 경쟁이 치열한 대학교를 졸업하였으며, 과거 P의 과외 교사였다고도 한다. 최근 TV 방송에 그가 출현했는데, 우선 그 전 다른 방송에서 그는 현재 전국적으로 은밀하고 대담하게 발생하고 있는 이성과 합리로는 설명할 수 없을 초자연적인 괴현상에 관하여 알리려고 시도했다. 그러나 해당 시도는 방송국의 단호한 반대로 인하여 좌절되었다. 방송 측의 결정은 외려 그가 드러나지 않은 또 다른 깊은 세계에 관여하고 있다는 의심(그것이 편집증에 의한 것인지 모르겠지만)을 샀으며, 결국 그는 신분을 속인 채 처음에 말했던 TV 방송에 출연한 것이다. 사내는 카메라 앞에서 실은 전혀 알지도 못하는 분야인 천문학에 해박한 사람으로 연기했다. 그는 단순히 천문학의 전문가 행세를 계획한 것이 아니라, 자신이 발견한 일종의 괴현상에 공감할 수 있는 사람을 찾으려 한 것인데, 이는 상당히 복잡하고 치밀한 논리에 따라 진행되었다. 그는 대부분의 사람이 사계절의 종말로 대표되는 괴현상들에 수상함을 느끼지 못하고 있다는 경험적인 통계를 활용하여, 방송 도중에 전화번호를 밝히며 '독특하며 입증하거나 설명하기 어려운 과학, 혹은 사회적 현상'에 관심이 있는 자라면 연락해 달라고 발언했다. P는 이미 그 사내에 의해 간파된 이들 중 하나

두통

였으며, 둘은 이미 안면이 있던 사이였기에 거리낌 없이 만나고 대화를 나눌 수 있었다. P에게서 사내와 P가 만나 나눈 대화와 결론을 소상히 듣지는 못했지만, 아마 그 둘은 북쪽에선 감청될 만한 담소를 나눴으리라. 몇 년 전까지 과외를 통해 생계를 유지하던 사내는 과거 자신의 월세를 책임져 주던 고마운 사람과 다음 만남을 기약했는데, 그 날짜가 오늘인 것이다.

　이러한 정보들을 캐내다 보니 어느새 우리는 그 속임수에 능한 남자의 아내가 알려 준 카페에 도착했다. 남자는 나의 예상과는 너무나 다른 외모의 소유자였다. 가공할 만큼 잘생기거나 눈에 띄는 외적 특징은 없었고, 왠지 그만의 고유한 이름보다는 '청년' 혹은 '그분' 같은 단어들을 이름 삼아 살아갈 것처럼 여겨지는 매우 평범한 외모였다. 그 남자를 보았을 때, 난 문득 거의 인생 처음으로 '평범한' 인간을 본 기분이었다. 평범이라는 건 사실 모순적인 낱말이 아닐까? 무엇이든 평균을 내었을 때, 보통이라면 그 평균과의 차이가 크면 클수록 드물며 신선한 느낌을 준다. 한데 사람의 인상은, 그 평균과의 차이가 없어 평균에 근접하면 근접할수록 외려 누구보다 특별하고 드문 게 아니겠나? 어쩌면 그 '평범'이라는 기준이 잘못 정해진 것인지 모르겠다. 우리는 놀라울 정도로 평범한 그 남자의 테이블로 가 앉았다. P는 청년에게 나의 이름과 간략한 소개를 마쳤고, 나 또한 그 청년과 간단히 인사했다. 그는 우리 둘이 미성년자임에도 항상 경어를 사용하였는데, 이 존중이 마치 내가 비밀스러운 조직에 소속된 듯한 감정을 느끼게 했다. 이윽고 남자는 이야기의 본론을 시작했다.

"저는 우리가 사는 이 세상과 사회에 믿을 수 없는 일이 벌어지고 있다고 확신합니다. 이 계절은 지금 2년에 가까워지는 기간 동안 사람들을 지배하고 있는데, 이건 받아들일 수 없는 일임이 당연합니다. 하지만 우리 행성의 이해할 수 없는 변덕에 의해 벌어지는 기나긴 겨울을, 진실을 알기 전의 저를 포함한 거의 모든 사람이 의심하지 않고 있습니다. 불안할 만큼 순종적으로 되어 버린 대중들의 태도는 무언가 큰 변화가 있었음을 시사하죠. 사실 현재의 이 겨울이란 것도 전에 알던 것들과는 거대한 차이점이 있다고 봅니다. 겨울이라 하기에는 미물들, 그러니까 벌레들이 조금 부담스럽게도 생생히 살아 있거든요. 또한, 마치 한 하루에 사계절이 모조리 담긴 듯한 일기의 상태, 더 직관적으로 말하자면 극심한 일교차가 일상적으로 일어나고 있고, 이런 변덕은 필경 기후의 불신을 초래하게 되는 것인데, 자연마저 신뢰할 수 없는 믿음의 부재가 공공연한 사회는 과연 존속될 수는 있으나 모두가 서로의 유리 속에서 살아갈 수밖에 없는, 파멸이 최선이 되는 일상을 보내게 되는 것입니다.

또 제가 말씀드리고자 하는 중대하고 다급한 문제들은 이것이 끝이 아닙니다. '괴리감이 느껴지지 않을 수 없는 격동'은 국가의 사회적 측면에도 개입합니다. 예를 들어, 올해에 혼인 신고가 단 한 건도 없었다

두통

는 것을 아십니까? 물론 이는 어디까지나 공식적인 자료에 한정된 것임으로 사실혼의 사례까지 포함한다면 다를 수 있고, 그 공식 자료라 하는 것이 꼭 사실이라는 보장도 없기는 하죠. 그에 반하여 이혼 소송이 일어난 횟수는 믿을 수 없을 정도로 치솟았는데, 이런 통계들은 당연하게도 출산율의 하락으로 직결된다고 할 수 있으나, 아기는 전쟁 중에도 태어난다는 말이 있지 않나요? 출산율은 감소하는 추세이지만 앞선 경우들과 같은 큰 변동은 없는 것으로 확인됩니다. 다만 이것이 반길 만한 일이라 확언하기는 어렵죠.

결혼과 출산 따위를 떠들어 댔으니 이제 죽음 애기를 안 하고 싶어도 안 할 수 없겠죠? 사망률의 증가는 아마 다들 몸소 체감했으리라 봅니다. 하지만 그 죽음의 방식에도 미심쩍은 점이 있다면 어떻게 할까요? 괴리의 시대에 발생하는 죽음들은 마치 어떤 하나의 전염성을 가진 현상으로 말미암은 게 아닐까 추론하게 될 정도로 대부분 비슷한 모습인데, 이는 사망에 이르게 하는 계기 그리고 시신의 상태, 또 그 시신을 목도하는 자가 그 목도하는 행위로써 무엇을 얻을지 결정하게 하는 시신의 처참함, 그밖에 수많은 세부적인 배경들은 각각의 사례마다 차이점을 지니고 있지만, 그 죽음은 보통 두부의 손상이 심각한 모습입니다. 이러한 이유로 사망하는 일이 그다지 특별히 여길 일은 아니긴 합니다만, 그 숫자가 급격히 늘어났다는 건 깊이 무겁게 생각해야 할 일입니다. 안타깝게도 저는 연구 과정에서 두부의 손상으로 인한 죽음에 이렇다 할 만큼의 발견을 해 내지는 못하였는데, 유일하게 그것과 결부됨을 짐작할 수 있는 개념은 '두통'입니다."

두통

난 그 단어를 듣고는 심장에 전기가 통하는 듯한 감각을 느꼈다. 두통이라는 단어를 내뱉은 사내의 얼굴에서는 익숙함이 태동하고 있었다. 난 그가 과거 TV 인터뷰 속 남자였다는 것을 기억해 냈다. 그건 반박할 수 없는 사실상의 진실인데, 기억에 의존하는 외적 동일성은 차치하고 두통이라는, 언어의 가장 깊은 곳에 숨겨진 단어를 자발적으로 머릿속 사고의 흐름 안에서 꺼내고는 헛바닥을 위에서 아래로 내리꽂으며 터뜨리듯 '두', 그리고 이번에는 입술을 동글게 해서 자못 경쾌한 메아리를 만들 듯 '통' 하는 두 음절을 발음해 사장되다시피 한 단어의 기이하고 꺼려지는 분위기를 풍길 새도 없이 갑갑한 곳에서 해방시키는 그 순간, 사내가 두통이라는 단어를 상당히 많이 발음했음을 짐작하게 하는 듯한 묘하고 설명할 수 없는 분위기와 익숙한 발음을 내보였기 때문이다. 그 짐작이 떡 줄 사람은 생각하지도 않는데 김칫국부터 마시려는 섣부름과 비슷한 결로 묶일 수 있지만, 알게 모르게 금기시된 단어와 걸맞지 않은 너무 경쾌한 발음과 그 날렵하고도 명랑한 입속 움직임의 근거를 찾다 보면 결국에는 불확실한, 그렇지만 부정할 수 없는 미지의 영역에까지 사고가 미치는 것이다. 난 그에게 많은 것을 묻고 싶었지만, 묻지 않기로 했다. 때로는 알지 않는 것이 나을 때가 있다. 해서 난 침묵하기로 한 것이다.

두통

"두통이라는 것을 명료하며 확실하게 규정하기 위하여 전 셀 수 없이 오랜 시간 동안 그것에 천착하였으나, 안타깝게도 규명 과정의 고초를 제외하여도 그 개념 자체의 난해함과 다원성에 의하여 연구하면 할수록 진실에서 멀어지는 듯한 묘한 기분마저 느껴서 여러분이 반길 만한 결과를 내놓지는 못했습니다. 모두가 쉬쉬하고 있는 두통은 마치 인위적인 제거가 시도된 현상처럼 보이며, 그런 흔적은 사회와 역사 전반에 남겨져 있음에도 불구하고 두통으로부터의 평화와 안정은 결코 이루어지지 않을 것으로 생각됩니다. 뭐, 그래도 이건 제 추론에 지나지 않습니다만."

사내는 어떤 말들을 입 밖으로 꺼내고 싶은 충동에 사로잡힌 동시에 체념한 표정으로 두통에 관한 절망적인 현실을 전했다. 그에게 어떤 상념이 있는지 공감할 수 있었다. 조금 고의적인 감이 없지는 않은 그의 절망적 발언들은 실패한 희망, 벗어나지 못한 고뇌의 상징이었다.

머릿속에서 너무 많이 곱씹은 말에는 그 상흔이 남아 버린다. 자주 반추했던 기억을 말할 때는 왠지 모를 울화와 비통, 능숙함이 스며 있고, 돌연하고 의심스럽게 강조되는 것들로 인해 상흔이 청자에게 드러나게 된다.

오히려 난 그가 속에 쌓아 둔 갑갑한 비밀들을 그만의 것으로 남겨

두었기 때문에 그의 사연을 듣지 않고도 사연에 공감할 수 있었고, 오히려 난 그가 전혀 슬픈 기색조차 보이지 않는 채 무덤덤한 태도를 유지하였기 때문에 들어 본 적 없는 그의 곡소리를 생생히 들을 수 있었다. 아, 포기된 문장들은 얼마나 훌륭한 대화 수단으로 돌아오는가! 난 폐기되어 듣지 못한 것들에 유감과 경의를 표하고 있었다. 물론 그건 내 공상에 의한 것인지도 모르겠지만.

"다음으로, 어쨌거나 저의 조사는 진행 중인 상태이므로, 여러분께 질문을 하나 드리겠습니다. '신', '종교'라는 단어를 아십니까? 한두 번 들어 본 적이 있거나 어렴풋이 알고만 있는 것 또한 포함하여 질문하는 겁니다."

나와 P는 이 질문에 고개를 가로저었다.

"다수의 사람이 하나의 개념을 망각하는 현상, 전 이를 집단 망각 현상이라 부르고 있습니다. 먼저 종교와 신을 간단히 설명하겠습니다. 종교는 신을 믿음으로써 삶의 의미를 찾고, 그것을 넘어 구원을 추구하기도 하고, 신에 기대어 고초를 견뎌 내려는 문화입니다. 여기서 말하는 신은 종교마다 다르기에 간단하게 설명하기는 어렵죠. 최대한 축약하자면, 절대적인 권능을 가진, 이 세상을 창조하고 다스리며 행운과 불행, 안식과 고통을 내어 주는 초월적인 존재입니다. 하지만 신은 평

두통

범한 우리의 눈으로는 쉽게 볼 수 없어요. 그래서 종교에 회의감을 가진 몇몇 사람들은 오롯이 그 신을 믿는 자의 간절함과 독실함에 달린 비가시적인 신의 실존 여부에 반하여, 종교가 모두 무의미하다며 비판하기도 했습니다. 종교와 신은 인간이 세상에 존재한 이후 항상 함께했다고 봐도 무방합니다. 고대인들의 기록에도 항상 빠지지 않고 등장하는 것이 종교와 신인데, 돌연하게도 이런 인간의 본능 중 하나가 제거된, 미심쩍기 그지없는 이 상황을 전 알게 된 겁니다.

그래서 저는 하나의 가설을 제기합니다. 현재 일어나는 '괴리'를 느끼게 하는 변화들은 모조리 그 신과 결부된 게 아닐까요? 보편적인 믿음의 망각으로 상식 전체의 격동이 발생하고 있다는 말입니다. 하지만 그렇다 해서 제 주장을 뒷받침할 마땅한 근거는 없습니다. 저의 조사로 발견한 종교와 신이라는 건 굉장히 강력하게 세상을 지탱하던 존재로 보이는데, 망각이 발생함으로써 모종의 이유로 인해 붕괴하는 건축물처럼 돌이킬 수 없게 망가져 가고 있는 것입니다. 꼭 제가 앞서 말했던 예시들이 아니어도 절대자의 부재로 말미암은 사회의 불안과 파괴는 상상하지 못할 규모로 일어나고 있습니다. 존재한다는 현실의 반박할 수 없는 상황에서 모두에게 공평히, 또 끊임없이 기인하는 그 맨정신으로 견디기 힘든 허무와 무력감, 불안과 공포 또 경쟁이 우리들의 심장이 뛰고 있는 한 제1차 세계 대전의 서부전선 베르됭 전투Battle of

Verdun[4]를 연상케 할 수준의 장기적이고 파멸적인 공세를 퍼붓는데, 그 이른바 소모전이라 불리는 것을 일개 병사의 입장에서 자신의 눈앞에서 썩 꺼져 버리게 만들 수 있는 제일 편리한 방법은 총구가 영원한 평화의 방향으로 향하게 두는 것임을 다들 익히 알고 있으면서도, 살기 위한 의지인지 죽기 위한 광기인지 분별 못 할 집단적 열광 속에 빠져 그러지 못하고, 유능함으로 손꼽히는 원수가 선보인 활약으로 헛된 시체를 만들지는 않았지만, 그 유능한 자는 결국 보호를 말하려다 특정한 목적을 소유한 수정주의자들에게 모함당하고 마는 결말에 이르는 것이며, 그렇기에 더욱 흔들리는 미래는 고사하고 몇몇 숭고하여야만 하는 과거마저 제 가치를 잃어 가는, 한마디로 평화의 상태에서 전쟁 영웅의 가슴을 무겁게 만든 흔적들을 모조리 무상함으로 만들고는 신질서라는 때아닌 단어로써 모든 것을 폄훼하고 들어 미래로 나아갈 힘을 잃게 하는 행태. 그런 너무한 행태가 벌어지고 있는 거죠. 아, 제

- - - - - - - - - - - - - - - - - - -

4) 제1차 세계대전 당시 1916년 2월 21일부터 12월 18일까지 총 303일간 프랑스 제3공화국과 독일제국 사이에 벌어진 전투로 무려 70만여 명의 전몰자(양측 각각 30여만 명, 한 달 평균 7만여 명 전사)가 발생했으며, 인류 전쟁사 상 가장 길고 가장 참혹한, 다시는 벌어져선 안 될 '소모전(消耗戰)의 전형'으로 꼽히는 전투이다. 1915년 말 프랑스를 점령하기로 결심하고 첫 전투지로 베르됭을 선택한 독일군은 '말려 죽이기' 전략으로, 프랑스군은 '죽을 때까지 공격하기' 전략으로 맞섰는데, 결국 이 소모전은 양국의 '영광의 상징'에 사로잡힌 '결말 없는 전쟁의 결말 없는 전투이자 불필요한 전쟁의 불필요한 전투, 승자 없는 전쟁의 승자 없는 전투'로 끝났으며 그 희생은 전투에서 '총알받이'가 된 양국 전투병들의 몫이 되고 말았다. (엘리스터 혼 지음, 조행복 옮김, 『베르됭 전투』, 교양인, 2020, 참조)

두통

말이 이해가 가지 않았나요?

신을 없애자는 건 미친 짓입니다.

제가 지금까지 거슬릴 정도로 겉도는 이야기, 그러니까 단번에 와닿지 않으며 추상적이고 그것도 입증된, 혹은 그에 준하는 설득력을 갖지도 않은 이야기들을 내놓아 마음이 좋지는 않으셨을 겁니다. 이제 전 사실 하나를 전달하겠습니다. 겨울만이 계속되는 것과 같이, 이번에는 밤이 계속될 겁니다. 곧 어둠이 우리 하늘을 지배할 거예요. 낮은 없고, 시계의 힘을 빌려도 오전과 오후를 구분할 수 없는 현실에 사람들은 미쳐 버릴 겁니다. 아니, 우리 인간은 고작 추위에도 이성을 잃고 마는데! 이 추위에 한술 더 떠 밤의 지배까지 견디라고!

장담하는데, 이 괴리감을 느끼게 하는 변화들에 동조하여 우리 주권을 팔아먹는 족속들이 서서히 등장할 겁니다. 아, 전부터 제 주장의 심각함이 점점 짙어지고 있어 카페의 다른 이들이 신고라도 할까 봐 걱정하시는 것 같은데, 지금 저 사람들은 아직 제가 무슨 말을 하는지도 모를 테니 안심하세요. 아무튼, 죄송하게도 제가 보낼 수 있는 시간이 얼마 없습니다. 새로운 질서에 대항하기 위해서 신상을 지켜야 해서, 명함은 드리기 어렵습니다. 조금 급히 마무리되는 감이 없지 않지만, 그래도 제가 전해야 마땅한 것들은 모두 알려 드렸으니 됐습니다."

말을 마친 남자는 자리에서 일어나더니 나와 P에게 악수를 청했다. 그 남자의 오른손은 모든 부분에서 내 남성성을 압도하고 있었다. 억센 손아귀에 홀린 건지, 남자와 악수를 한 후의 난 상투적인 인사로 마무리된 자리를 정신없이 빠져나왔다.

8

⁺⁺⁺

그 남자와의 놀라운 만남을 마친 후 며칠이 지나자, 견딜 수 없는 일들이 벌어지기 시작했다. 난 주로 자기 전에 예의 일들을 겪었다. 그 일들은 내 머릿속에서 일어나고 있었다.

나의 감각을 의심하게 할 정도로 차마 믿을 수 없는 곳, 그러니까 머릿속, 분명 두개강의 내부에서부터, 간지럽고, 또 균형 감각 따위를 잃게 하는 일이 벌어지고 있었다. 난 그것의 소리를 들었다.

벌레의 소리. 맞다. 기어코 그 소리가 내 머릿속에 울리기 시작한 거다. 어떤 날개의 움직임. 그 역겨운 동작이 일으키는 소리. 정확히 말하자면 날개가 어딘가 부딪치며 나는 듯한 소리. 그것이 내 두개강 안

두통

에서 들리기 시작했다. 안쪽 깊숙한 곳에서부터, 알 수 없는 위치에서 나는 소음이다. 내가 미친 건 나에게는 공공연한 비밀이 됐다. 모기나 파리와 같은, 찰나 동안 수십 번의 날갯짓을 선보이는 곤충들의 윙윙거리는 소리가 뇌를 훑는, 그러한 소음이 아닌 걸 다행으로 여겨야 할까?

　내가 위와 같은 새로운 고난을 겪은 것에 대한 한이 서린 안쓰러운 장광설을 하기 위해선, 그 발단과 전개를 시간의 흐름을 기반으로 설명하는 편이 낫겠다. 아마 P와 그의 전 스승과 나로 구성된 자리가 있던 날이 끝나고 일주일이 살짝 넘었던 때일 것이다. 그날은 엄연한 낮의 시간에도 코에서 밤의 냄새를 맡을 수 있었는데, 나는 이게 그다지 마음에 들지 않았다. 마땅치 않은 하루에 질린 나는 독특하게도 졸려서가 아니라 그 하루를 끝내기 위하여 잠자리에 들었다. 침대에 누워 있어도 의식은 달아나지 않았고, 그로 인해 내 하루는 다음 날의 새벽을 부수고 침입하여 제 영역을 넓히고만 있었다. 아마도 슬슬 달이 질 채비를 하고 있을 시간에, 날 당황하게 만든 소음이 귀를 통해서가 아니라 내 머리 안에서 울렸다. 내 머릿속에서 무언가를 긁어 대는 듯한 소리였는데, 조금의 간지러움마저 느껴지는 것이었다. 소리는 끊임없이 이어지는 마치 컴퓨터 본체의 비명 같은 게 아니라, 잠깐씩 멈추며 규칙 없이 단발적으로 들려왔는데(항상 그랬다), 거의 이삼 초 동안씩 울리는 머릿속 소리를 집중하여 듣고 있자니 점점 그 파동을 만들고 있는 근원은 나의 경험에서 비롯된 추론의 결과 날개라는 믿을 만한 가설에 도달했다. 여러분은 당시의 내가 곧장 잠에서 깨었고, 으레 그랬던 것처럼 불안감과 혼란에 잠식되어 미쳐 버렸다고 생각할 것이다. 하지만 신기하게도 '소리를 듣고 큰 반응 없이 잠에 들었다'고 내 기억은 증언하고 있다.

최초의 날갯짓 이후, 그 퍼덕임은 자제할 낌새조차 보이지 않고, 심지어 대담해지고 있다. 내가 앞서 말했던 그 움직임을 혐오하는 이유 중 가장 영향력과 설득력을 지닌 건 이것이다. 그것이 나의 집중력을 모조리 흐트러뜨려 놓아 버린다는 것이다. 아니, 당신의 머리 한가운데에서 분명 살아 있는 무언가가 내는 날갯짓 소리가 십 초가 좀 넘는 간격을 두고 몇 시간 동안 들려오고 있다고 상상해 보라. 심지어 감각을 동원하여 당신을 괴롭히는, 그런 소리가 난다고 말이다. 이 외에도 두개골로 추정되는 곳에서 전해지는 간지러움, 긁고 싶은 충동을 일으킬 정도의 간지러움이 긁을 수 없는 위치에서 찾아온다. 손으로 애꿎은 두피를 벅벅 긁어 봐도 전혀 진전이 없다. 그 손 위에 빠진 머리카락 몇 가닥이 날 조소하며 하찮게 딸려 오는 것이 유일한 결과이다.

솔직하게 말하겠다. 머릿속의 소리가 시작되고 며칠이 지난 후, 난 차라리 빨리 내 머리가 아파 오기를 바랐다. 난 벌레라는 존재가 나와 항상 붙어 다니며 의미심장한 신호를 보내고, 그걸 넘어 두통이라는 존재와 직접적으로 연관되어 있음이 확실한데, 과거에 상호 작용을 하

두통

거나 서로 영향을 주지 않고 오롯이 나의 망상이라고도 볼 수 있는 괴이한 뿌연 안개 속에서 어렴풋이 보이던 벌레가 이제는 진짜 머리 안에서 날 괴롭히고 있음에 놀랄 힘도 없이 무너지는 나였지만, 또 그러면서도 두려워하는 걸 멈추지 못하였다. 아니, 벌레가 나의 신체를 괴롭히는 지경인데, 과연 두통은 어떤 형태와 심각성을 지니고 나타날까? 난 이때 죽음과 관련된 하나의 장래 계획을 그렸다. 내가 나중에 죽는다면 꼭 머리가 부서져 죽어야지, 하고 말이다.

머리로부터의 욱신거림이 없는, 길다면 긴 시간은 마치 리더의 부재 중에 이루어지는 회의와 같았다. 큰 공백을 가진 모임은 짜증스럽게도 쉽게 끝나지도 않았다. 내 중요한 부분을 집에 깜빡 두고 외출한 것이다. 예컨대 사지四肢 말이다. 사지가 내 육체를 위해 달려오고 있는 걸 알면서도, 이를 기다리는 시간은 섭섭했다. 두통으로 입증되는 내 존재는, 또다시 두통의 시기가 드리움에 따라 기묘하게도 고통을 원하고 있다. 난 두통 안에서 비통하게 비명을 지르고 발버둥 치지만, 두통 안에 있지 않고는 미완성으로 남으며 무엇 하나 제대로 하지 못하는 사람이 되어 있었다. 내가 이런 기이한 상태에 놓인 건, 분명 벌레의 날갯짓 이후다.

벌레가 내는 소리를 타인들은 듣지 못하는 듯했다. 내가 다른 사람의 바로 옆에 있을 때 벌레가 운동을 시작해도 그들은 평화롭기만 했기 때문이다. 만약 그 소리를 타인들이 들었다면, 얼른 벌레를 쫓아내려고 귀 옆을 손으로 털었을 테다. 이러한 사실들을 연구하고 있는 난 제정신이 아니었다고 단언한다. 항시 긴장하고 있던 난 겨울에게 반항하듯 땀을 자주 흘렸고, 몇몇 이들은 그런 신체적 이상 징후로 말미암아 병을 진단하기도 했다. 누가 말을 걸거나 하면 굼뜨게, 혹은 알아듣기 어렵게도 빠르게 말하곤 했는데, 당연히 불안이 낳은 현상이다. 이 주일 정도가 지나자, 머릿속의 소음이 극심해짐에 감당할 수 없는 격정을 느끼며 머리를 쥐어뜯고, 기괴하게 흔드는 등의 행동도 보였다.

지금은 그 날갯짓이 시작된 지 거의 한 달이 다 되었다. 졸업은 마찬가지로 한 달 정도 남았다. 오늘의 아침은 새롭게 여길 만했다. 해가 뜨지 않은 탓이다.

요즘 태양의 얼굴을 볼 수 있는 시간이 줄어든 것이 체감되긴 했으나, 그저 날짜가 동지에 가까워지면서 일어나는 현상으로만 여겼기에 일이 절망적인 방향으로 나아간다는 건 꿈에도 생각하지 못했다. 예컨대 이런 식이다. 일생을 함께한 방임에도 그날따라 유난히 어두웠던 방에서 눈을 뜬 나는 등교 시간을 확인하려 시계를 보니 7시였는데, 너무 이른 시간이 아니었음에도 방 안이 어두컴컴한 것이 졸음에 의한 멍청한 착각 때문이 아니라, 여느 때 같으면 어느 정도 진행되고 있었을 창 안으로 스며드는 빛의 행진이 완전히 멈춰 있었기 때문임은 알았

두통

지만, 문장 단위의 사고가 아직 불가한, 잠에서 덜 깬 몽롱한 머리 위로 '이 시간이면 으레 밝던 방'의 일상적인 전제와 '심상치 않은 이 시간의 어둠'이라는 예사롭지 않은 정보가 동시에 격돌하자 혼란스러워진 나는 이 복잡 난해한 상황이 이해되기는커녕, 사고가 정지된 채 '오전', '오후' 같은 단어들을 마치 야훼 하느님이나 석가모니 부처님이라도 되는 양 강박적으로 되뇌며 침대에서 기어 나오며 이 현상을 어젯밤의 늦은 잠 탓이라며 대수롭지 않게 넘길 수도 없었기에, 이 재해석의 여지가 없는 명백한 참사에 비명에 가까운 한숨을 내쉬고야 만 것이다. 그래도 혹시 잠을 덜 깨서 그런가 싶어 어젯밤 늦게 먹은 라면 탓에 퉁퉁 부은 눈을 거칠게 비비며 이 '시간과 자연의 괴리'에 대해 생각에 잠겼는데, 마침 어머니가 보시던 TV에서 '7시 뉴스'라는 단어가 들리자 방 안의 어둠은 다른 불행을 끌어와도 덮을 수 없을 만큼 더욱 방을 집어삼키는 듯했으며, 그럼에도 나는 침착하게 찬물로 세수를 하고 아침 식사를 마친 뒤 등교를 위해 밖으로 나섰지만 잠은 여전히 깨지 않았는데, 뇌가 어떤 으스스하고 그럴싸한 이유로 일부러 사고를 정지시킨 것인지, 생각은 물론 언동마저 침묵한 채로 묵묵히 교실에 도착했으며, 졸음이 천근만근 잠이 되어 쏟아지자 비로소 이 난감한 어둠이 얼마나 큰 재앙을 부르는지 어렴풋이 감이 오기 시작한 것이다. 나는 어두운 창문 대신 칠판에 시선을 고정했지만, 수업을 듣지 않고 그저 멍하니 보고만 있다.

난 종이 울리는 즉시 P에게로 향했다. 난 그가 나와 같은 하늘을 보거나, 같은 하늘 아래에서 살거나, 같은 하늘을 원하지 않을 거라는 씁쓸한 진실을 잘 알고 있었지만, 나처럼 난감한 어둠 아래에는 있지 않을 것이기에 더욱 그를 원했다. 암흑과 동행하는 처지에 욕을 내뱉으며 공감하는 말보다는, 뭐 물론 비록 현실은 너무할 정도로 변함없을 테지만, '하늘은 밝은데!'라며 내 기준으로는 부정할 수 없는 가시의 영역인 천지를 한마디로 보잘것없으며 일방적인 입장에 지나지 않는 것으로 축소하는 말을 희구했다. 그래야만 했다. 난 P에게 말했다.

"간만에 하늘이 파래. 태양은 환하네?"

P가 말했다.

"장난치는 거야, L? 아침에 정부가 발표했잖아. 이젠 아침이 사라지고 그 공석을 밤이 대체한다고. 한동안은 아침은 밤이고, 밤은 더 밤이고, 태양은 달이고, 달은 더 달이라고."

벌레는 감당이 어렵겠다고 말했다.

위 서술의 의도를 밝히겠다. 바야흐로 벌레가 말을 시작하고 있었다. 전에는 두개골을 날개로 짐작할 수 있는 무언가로 긁어서 마치 병

두통

안에 벌레를 가둬 잡아 놓았을 때, 위기를 감지한 벌레가 그 병을 온몸으로 마구 긁어 대는 듯한 소리만을 내던 벌레가 말을 시작한 것이다.

적응해야 한다. 적응이 어렵다면, 절규하지 말아야 한다. 절규는 하늘을 가로질러 오기 때문이다.[5] 현대 기술 문명의 폐해인 절규는 적응과 반항 양측을 배제한다. 그러므로 우리가 할 수 있던 유일한 행동은, 닥치고 고개를 위아래로 끄덕이는 것이다. 고개를 가로젓는다고 해서 죽거나 투옥되거나 하진 않는다. 그저 고개를 계속 가로젓다 보면 언젠간 어지러움을 느끼게 되고, 소위 두통이 찾아오기 때문이다.

오, 난 비밀을 밝혀낸 걸까?

"하하, 진지하게 받아들이지 마. 음, 근데 갑자기 왜 아침이 사라진 거야?"
"나야 모르지. 봄, 여름, 가을이 사라진 때처럼 상식이 교체되는 거야. '왜 교체되냐?' 물어보면 나야 모르지. 겨울이 우리를 지배하기 시

---

5) 미국의 현존하는 소설가 토마스 핀천(Thomas Pynchon, 1937~)의 소설 『중력의 무지개 Gravity's Rainbow』(1973)의 첫 문장인 "A screaming comes across the sky"를 오마주하여 가져온 문맥이다. 여기서 절규(screaming)는 제2차 세계대전 말 유럽 어딘가에서 영국 런던을 향해 날아오는 독일군의 'V2 로켓'의 '소리'를 말한다고 한다. 현대 문명과 과학 기술, 그로 인해 언제 발발할지 모르는 전쟁과 파괴와 같은 현대의 새로운 공포를 상징하는 것으로 해석되고 있다. 2013년 '새물결' 출판사에서 번역·출판되었으나, 현재 절판된 상태이다. 책의 분량은 신국판으로 무려 1,456페이지에 달했다.

작했던 날, 누가 이건 단단히 잘못된 이변이며, 끔찍한 결과를 초래할 거라 목소리를 냈어? 목소리를 내기는커녕 전부 그것에게 묵념할 뿐이었지. 다만 그렇다 해서 문제점을 느끼지 않았다는 건 또 아니야. 여기서 일이 복잡해져. 세상 사람들이 몽땅 분별력을 잃어버린 정신병자들이라면 얼마나 우리 목적을 성취하기 쉽겠어?"

P의 명랑한 목소리는 천지를 뒤덮은 어둠을 공고히 하고 있었다. 태연하고 굳센 그의 확신에 찬 말투는 그가 내뱉는 주장들이 결코 일시의 감정에 따른 발설이 아니라, 심사숙고하여 엄선되고 잘 다듬어진 것임을 알게 했고, 이건 내게 재앙이었다. 공신력을 가진 자의 확고한 입장을 반박할 자는 없다. 나는 되레 그가 자신의 영민한 두뇌의 힘을 빌려 나의 좌절과 부정을 모조리 논파하고 비꼬아 부숴 버리길 바랐는데.

난 P를 제외한 그 누구와도 대화하길 원하지 않았다. 며칠 뒤, 길어 봤자 몇 주에서 한두 달 뒤면 전부가 적응할 테니. 선례와 구별할 수 없게도 똑같이 잠식될 테니. 『1984』의 이중사고Doublethink[6]처럼 현실

---

6) 조지 오웰(George Orwell, 1903.6.25.~1950.1.21.)의 소설 『1984』를 관통하는 개념으로 두 가지 상반된 믿음이나 사실이 서로 모순됨에도 그것을 진실로 믿어 버리는 사고방식을 말하는데, 조지 오웰이 전체주의의 현실 왜곡과 통제를 설명하기 위해 만든 일종의 신조어이다. 예를 들어, 행정기관의 이름을 '평화부'로 짓고는 전쟁을 담당하도록 하거나, '풍요부'란 이름을 내걸고는 굶주림을 담당하게 만드는 식이다. 대중은 이런 모순을 당연한 것으로 받아들이고 순종하게 된다. '이중사고'가 고도의 전체주의에서만 기능하는 통치 기술이라고는 하지만, 자유로운 민주사회에서도 대중의 여론을 통제하기 위해 사용되기도 한다.

두통

과 과거를 모독하고 있을 테니. 악과 동행하길 꺼리지 않고, 손까지 선뜻 잡고서 걸을 테니 말이다. 그 가증스럽고 만사에 몰이해하여 눈뜬 장님에 가까운, 아니, 장님과는 감히 비교할 수도 없지. 지팡이를 쥐지도 않고, 소리를 듣지도 않고, 앞과 벽을 짚어 보지도 않고, 하다못해 도움도 요청하지 않는, 일정 행동만 반복하도록 코딩된 공장의 로봇 같은 족속들! 아무런 것에도 의문을 제기하지 않으며, 궁극적으로 최대한 멍청하기 위해 심혈을 기울이며 노력하는 족속들! 지구인들의 안락사에 크게 공헌하는 악으로 가득 찬 족속들! 난 그런 음험하고 의뭉스러운 놈들과 더 이상 엮이지 않는다!

수업을 들을 때, 벌레는 나를 방해하였다. 수업이 없는 시간에도 나는 방해받았다. 그것은 자꾸 날 찝찝하고 슬픈 기분으로 만들었다. 벌레가 하는 말이 다 그런 것은 아니고 각각 결과, 영향력, 강도는 차이를 보이고는 있지만, 나를 행복하게 하지는 않았다. 내 머릿속에 무언가 살고 있다는 전제부터 긍정적인 것으로 나아가는 걸 허락하지 않는 것이다.

가출한 정신을 다잡을 때면 난 넘어지고 있었다. 혹은 넘어져 있었다. 혹은 의식을 제압당하고 있거나, 물컵을 엎질렀다. 그것도 아니라면 벽에 부딪히고, 집의 수도꼭지를 켠 채로 두거나, 전기장판을 끄지 않은 상태로 놔두거나, 종종 몇몇 죽음의 '진상'이 '파헤쳐져서' '배후'에 있는 '내'가 '드러나'거나, 물론 죽음을 만들지는 않았지만, 그것과 가장 가까이 있는(단두대에 들어갈 사람의 목은 0명도, 2명도 되지 못한다. 구멍은 하나 뚫려 있다!) 자가 나로 밝혀지고, 근데 난 고의가 아니며, 그러니까, 이런 일들이 머릿속에서 펼쳐지고 있었다는 뜻이다.

그것은 때때로 날 사색에 잠기게 하고, 자신을 탓하여 스스로를 책망하게 만드는 등의 말을 내놓았는데, 사실 그것에 휘둘리는 모습을 받아들이지 못할 수도 있다. 벌레는 그저 날 깊은 구덩이에 빠지게 하려고 겁박하였고, 구덩이에 빠진 발걸음은 내 몫이 아니냐는 말이다. 이는 내가 앞으로 할 설명을 하지 않았다면 설득력 있고 믿을 만한데, 실상은 이렇다. 어떤 말은 귀를 통해 머리 안으로 들어오고 해석되는 게 아니라, 머리 안에서 착상, 잉태되고 태어나 공식적으로 살아 숨 쉬는데, 그건 '외부에서 온 것'이 아니라 '내부에서 생긴 것'이기 때문에 아직 척화비(물론 이 결정은 최선이었다)가 박힌 땅에서 살아가고 있는 나를 좌지우지하며 완롱玩弄하는데, 내부의 쓰레기 같은 우군들은 명철한 적국의 지휘관보다 위협이 되는 존재이며 오랑캐만도 못한 족속인데, 안타깝게도 쇄국정책은 정신에도 뿌리를 둔 까닭에 질 나쁜 목소리를 쉬이 걷어 내지 못하며, 내 안에서 나고 자란 악마(그들은 개인의 이득을 원했고, 공동체의 절멸이 일어나야 비로소 쟁취할 수 있다)가 바깥의 이해할 수 없는 말을 내뱉는 걸로 알려진 자들과 손을 잡아 을사늑약, 배를 이끄는 자라고 해서 그가 이순신이 아니라 원균일 수 있다는 교훈을 역사

두통

로부터 얻지 않았기 때문에 발생하는, 마침내 내부의 적과 오랑캐들이 손잡고 날 종속시키는 통로가 마련되게 되는 일이 발생하며, 현재는 미래의 시선에서 보면 경술국치를 대기하는 중인 시기와 다름없는 것이다. 나라를 팔아먹으려는 자들은 항상 판매될 국가 내에서 태어나는 것처럼, 나의 안에서, 안에 있기에 위협적인 악이 탄생한다.

P는 기죽은 기색으로 다리를 이용해 복을 모조리 털어 내고 있는(절연 상태가 아닌 옛날 나의 부모님이 이 광경을 보았다면 한마디 했을 거다) 나를 그냥 넘기지 않았다. P가 내게 한 말들을 늘어놓기 전에, 일단 내가 가지고 있던 상념을 공개하는 게 편리하겠다. 당시는 그가 나와 가장 사상적으로 닮아 있으며, 이에 따라 꽤나 큰 동질감을 느끼고 있지만, 우스울 정도로 모순인 건 내가 그가 반역자라도 되는 양 그에게 배신감을 느끼고 있었다는 점이다. 그러니까, P는 내 신뢰를 독차지한 인물이었으며 또 내 주변 인물 중에서는 거의 유일하게 나와 편한 공감의, 아니면 이성적이고 냉철한 사회 비판적인 대화를 같이 나눌 수 있는 자였다. 이 뜻밖의 사고의 근원을 면밀히 찾다 보면 당시 나 L이 P를 그저 친우를 초월한, 일체된 관계에 놓인 자라고 은밀하게 망상하고 있었을 거란 결론이 유추된다. 그릇된 믿음은 항상 가해자 없는 배신을 끌고 온다. 마치 그가 내가 당면한 어려운 문제들을 처리해 주거나, 내가 하는 생각을 똑같이 하고 있어 서로 완벽한 사상의 일체를 이루거나 하는 걸 기대했던 것처럼.

종례를 앞두고 있을 때, P가 내게 와 말했다.

"다 별거 아냐."
"뭐가 별게 아니야?"

난 내 얘기에 속뜻이 순환되듯 끝없이 흐르고 있으며, 대화를 이어야 하는 자는 속뜻을 해명하는 걸 유보할 수 없다는 점에 주목했다.

"밤. 우리 곁에 머물고 있는 손님에 지나지 않는다는 거지."
"왜 그런 입장이야? 그리고 이대로 가면 식량 문제는 어떻게 해? 이건 전부터 의문이었는데, 도대체 쌀은 어디서 재배하고 수확하는 거지? 우린 다 굶어 죽어야겠는데."
"그거야 수입으로 해결할 수 있는 사소한 사안이지. 다른 나라에서는 해가 쨍쨍하고 여름이랑 가을이 제대로 돌아가고 있지 않겠어?"
"사실이네. 정부가 아직 재앙에 대해 실효적인 정책을 만드는 등 움직임을 보일 생각조차 없다는 것도 사실이고."
"아니, 이건 더 조사와 논의가 필요한데."
"너도 다를 바 없네."

난 그의 말을 끊었다. 그는 내 말을 다시 끊으며 말했다.

두통

"난 네 뜻에 공감하는 입장이야, L. 우선, 우리 행성은 자전축이 기운 걸 거야. 더 기울었는지, 덜 기울었는지, 그 폭은 얼마인지 난 몰라. 난 전문가가 아니기에 말을 아끼지만, 이 일은 자전축과 연관이 있는 걸로 보여. 그런데 과연 이 문제에 정부가 이렇다 할 해결책을 낼 수 있나 하면 또 아니지. 기술력의 부족에 따른 게 아니라, 그냥 손쓸 수 없는 격동이기 때문에."

"알았어. 이제 우리가 손쓸 수 없는 문제가 얼마나 보잘것없는 사안인지나 말해 봐."

P는 조금 언짢은 표정으로 말했다.

"보잘것없다는 말은 한 적이 없기는 한데, 일단, 우리는 우리가 방안을 구할 수 없는 것에 스트레스받을 필요가 없어. 우리는 어찌 됐든 적응해야 한다고. 재앙이 내일 아침에 자연스럽게 해결된 채 기쁨으로 변모해 우릴 기다리고 있을지 몰라! 내 손으로 없앨 수 없는 건 자멸만이 유일한 가능성이고, 아니, 애초에 이 당면한 문제가 물론 중대하기야 하지만 곧장 사람의 목숨을 위태롭게 하진 않고, 영원한 변화가 없듯 이 세상도 언젠가 우리가 어릴 때 알던 상태로 돌아가는 것에는 이견이 없을 텐데."

난 말을 끊는다.

"내가 비관주의자인 게 아니라, 우선 지금 넌 너무 부자연스러워. 또
새삼스럽고. 전하려는 메시지는 이해하겠는데, 공감하기는 쉽지 않네.
제대로 된, 받아들일 만한 실증이 없는 희망만 주야장천 말하고 있으
니, 원. 너답지 않아."

P의 얼굴에는 화보다 의외의 연민이 드러나 있었는데, 그것으로 내
가 무얼 얻어야 할지 의문이었다.

"좋아. 그러면 내가 널 위한 말들을 해 줄까?"

난 고개를 끄덕였다. P가 헛기침을 좀 하더니 입을 열었다.

"만물은 항상 변해. 세상에 변하지 않는 존재는 있던 적도 없고, 있
어서도 안 되고, 앞으로도 쭉 없어. 반박할 수 없는 이 명제는 더 다양
한 사실들을 시사하는데, 현재에 가장 필요한 것들이지. 예를 들어, 몇
몇 전제군주제 국가들은 공산주의 혁명이 발생해서 몇백 년간 살아 있
는 신처럼 극진하게 대우받던 왕족들의 목이 몽땅 날아가 왕가 자체가
멸망하는, 혹은 그에 준하는 괴멸적인 피해를 입은 경우가 상당하지.
소련처럼 말이야. 그런데 그 소련은 또다시 이념이 바뀌어서 이젠(논란
이 있지만) 민주주의 국가가 됐지. 이처럼 항상 변하는 거야.
아주 과거, 과학이 발달하지 않았던 때의 사람들은 태양을 비롯한

두통

행성들이 지구를 돈다고 믿고 있었고, 또 과거에는 아메리카 대륙이 인도라 믿어진 적도 있지. 우리나라는 과거 중국을 동료로, 일본을 적으로 생각하는 경향이 강하였는데, 요즘에 들어서 이 인식도 바뀌는 추세 아냐? 21세기에 유교는 종교로서의 인정도 못 받고, 오히려 극복해야 할 문화, 역사적 오점으로 남았는데, 이것들이 '상식의 규명'으로써 벌어진 변화든, '시간의 흐름'으로써 벌어진 변화든, 좌우간 항상 바뀌고 있어.

도스토예프스키[7]의 경우에도, 청년일 때에 사회주의, 자유주의 성향이 강해 관련 모임에까지 가입할 정도였는데, 그 사상도 영원하지 못하고 국수주의 성향으로 크게 기울고 말았지. 이탈리아의 무솔리니[8]도 청년기에는 사회주의, 그것도 반전주의적 성향을 지녔지만, 얼마 지나지 않아 파시즘의 시조로 변화하고 말았어.

난 '영원한 건 없다!' 하는, 시시하고 귀가 닳도록 들은 상투적인 이야기를 하면서 젠체하는 게 아니라, 한발 더 나아가 '모든 건 변화를 중단하지 않는다!'는 주장을 하고 있어. 그리고 그 변화된 상태 또한 영원

---

7) 러시아 문학의 대문호 표도르 도스토예프스키(Fyodor Dostoevsky, 1821.11.11.~1881.2.9.) 주요 작품으로는 『죄와 벌』, 『카라마조프 가의 형제들』 등이 있다.

8) 이탈리아의 군인 출신으로 정치인이자 독재자였던 베니토 무솔리니(Benito Mussolini, 1883.7.29.~1945.4.28.)를 말함. 이탈리아 왕국의 정권을 장악한 뒤 '두체(최고지도자)'에 등극하여 무려 21년을 수상으로 재임했다. 아돌프 히틀러(독일제국), 도조 히데키(일본제국)와 함께 추축국(樞軸國)을 대표하며 파시즘(Facism)의 창시자이기도 하다.

한 것이 아니고 잠시 머무는 것에 지나지 않는 거야. 지금 네 책상 위에 있는 연필도 지금 연필의 상태를 빌려서 존재하고 있는 거지, 영원한 연필이 아니고, 나도 언젠가 죽어 잘게 분해된 채 땅속, 공기 중에 흩어지게 될 운명으로서 이 살아 있는 육체를 빌려 잠시 세상에 머무는 것! 그뿐이잖아. 돌고 도는 물이 잠깐 대양에 머무는 거야. 시간이 지나면 다른 곳으로 이동하고. 거기서 또 안주하다가 여행하고. 왜 변화를 통해 나타난 고난은 변화하지 않을 거라 생각해? 상태가 바뀜이 당연한 것도 맞는데, 먼저, 안주하는 건 불가능해. 모든 것은 형태와 사유를 막론하고 안주할 수 없고, 항상 쫓기듯 움직이고, 그러며 잠시 머물고 있는 건데, 넌 이게 영원할 거라고 믿는 거지. 사람을 죽이는 사람도 사람에게 죽임을 당하기도 해. 그 죽음을 기다려."

9
+++

중학교를 졸업한 나는 날 기다리는 나날들을 피해 도망가고 싶었다. 소리는 나아지지 않았으며, 나를 괴롭히는 일을 진정시킬 수 있는 힘은 언제나 그랬듯 내게 없었다. 오롯이 시간의 소관이다. 난 매우 심한 무기력과 권태에 빠지고 있었다. 이는 나를 둘러싼 부조리한 무논리에 내가 슬슬 설복되고 있었기에 나타난 증세이리라. 그런데 수갑은 수갑이 채워진 자가 풀 수 없도록 설계되는 게 당연하지 않나? 수갑은 내부에서가 아닌 외부의 종잡을 수 없는 자비로 인하여 풀리는데, 구속된 자가 석방에 수동적일 수밖에 없는 것처럼, 억압받는 처지의 내가 내 운명이 시간의 뜻에 있음에, 그 근원을 파괴할 수 없음에 수긍해야 하는 것이 아닌가? 싶었지만, 이는 곧바로 반박되었다. 구속은 법 아래에서 그 법을 어긴 자가 처하는 것인데, 내가 지금 법적인, 혹은 꼭 법적인 영역의 잘못이 아니더라도 어떤 죄를 저질러 이 일을 겪는 게 아닌 까닭이다. 다만 반박의 과정에서, 그 반박에 찝찝한 구석을 만드는 의문점이 탄생하였다. 과연 과거의 두통과 현재 쉴 새 없이 정신을 갉아먹는 소리가 나에게만 나타나고 있는 이유는 무엇인가? 수갑을 풀 권한은 그것을 찬 자에게 주어지지 않는다. 그렇다면, 내가 수갑의 경우를 다르게 해석하여서, 괴롭게 하는 것에 시달리는 자가 그 괴로움을 만드는 존재와 상호 작용을 해 파괴할 권한이 없다면, 파괴하거나 무력화할 수는 있어도 그 존재가 본체로부터 무력화할 수 있게 설계된 게 아니라면, 실은 괴로움은 특정 죄에 대한 형벌이라고 받아들여도 될까? 아니, 그리 생각하는 쪽이 편하다. 단두대는 아직 비어 있다. 그런데 여기서 더욱 복잡해지는, 너무 복잡한 영역에 다다르게 되어서 사고를 유기하게 되는 또 하나의 의문점은, 만약 벌레가 집행인이라고 한다면, 내 죄는 무엇인가? 사실 이 의문점들은 전부 내 선에서는 알아낼 엄두조차 낼 수 없는 미지의 의혹들이라, 품고 갈 만한 가치를 지니지 못했다.

바야흐로 고입이 한 달 조금 넘게 남은 시기였다. 잠을 자려 누워 있었는데, 벌레는 조용하였으나 그 조용함은 차분함보다는 잠잠함, 침착함이 어울리는 정적이었다. 같은 뜻을 담고 있지만 다른 저의의 가능성이 내포되어 있는 예의 단어들처럼 마냥 희망을 누리기에는 수상쩍은 점이 많았다. 난 눈을 뜨고 불 꺼진 방을 살폈다. 극야로 말미암은 낯익은 어둠의 색은 깜깜하고 새까만 검정보다 밝지만, 되레 그렇기에 쓸쓸한 회색에 가까웠다.

벌레는 잠을 자는 편이 좋겠다고 말했다.

난 거부했다.

벌레는 응답이 없었다.

몸을 벽 쪽으로 돌렸다가 반대로 돌렸다가, 이번에는 천장을 향해 몸을 돌리면서 뒤척이고 있는데, 머릿속의 소리는 선명해지고 있었다. 분명 그의 몸을 이용하여 내 두개골을 긁고 있다. 소리는 두개강의 한 곳에서만 집중적으로 들리지 않고 다양한 지점에서 들리고 있었다. 말인즉슨 그가 내 머릿속을 자꾸 이동하고 있다는 거다. 전에는 이렇지 않았는데 왜 이러지? 그러고 보니 벌레의 몸집이 커진 느낌이다. 머릿속 소리의 무게를 재 볼 수는 없지만, 그 소리는 확실히 전날보다 거대해져 있었다.

머릿속에서 무언가에 공격받고 있다. 통증을 동반하지는 않았으나, '아직'이라는 단어를 포함하는 편이 나은 상황이다.

기어다니고 있다. 시끄럽게. 몸은 더 제대로 된 휴식을 간절히 희구하였으나 많은 일들이 내 안에서 반복되고 있어서 그 부탁을 들어줄 수는 없었다. 어머니는 아버지에게 아무 말도 안 하고 있었다 몇 달에 가까운 기간 동안 내가 못 들었을 수도 있지만 아버지는 어머니에게 아무 말도 안 하고 있었다 몇 달에 가까운 기간 동안 내가 못 들었을 수도 있지만 갑자기 그 둘은 서로 고함치기도 한다 들려오는 게 아닌 들린 상태로 태어난 그것들 그 포화 속에서 생존한 것들은 돈과 아들 하긴 우리 엄마 아빠는 낭비벽이 진짜 심하긴 했어 된장찌개를 못 먹은 지도 몇 년이지 난 그걸 끓일 만큼 요리 실력이 좋은 게 아니야 점점 절정에 다다르고 있다 새롭게 포화 속에서 모습을 드러낸 건 이혼 사실 집이 너무 조용하긴 했어 아닌가 그래도 거실에서 같이 있던 모습은 종종 봤는데 집에서는 이러하고 유치원에서는 교사가 내 목을 조르고 있었다 지금까지 쭉 거의 십 년이 됐지 아직도 조르고 있었다 그러는 한편 교실에서는 칠판의 문제를 푸는 것을 실패하고 있고 그 문제는 확실히 나에게 상징이었지만 이제는 쿵쿵 부딪치고 있다 그것에 문제는 모두에게 주어졌고 또 어느 정도 눈치채고 있었지 교실의 난제는 쿵 하며 두개골에 박힌다 어머니와 아버지는 고함친다 그냥 넘어갈 만한 사소함이 아니야 말하고 있었지 말하고 있었어 정말 벌레가 정규 교육 과정에 들어가 있다면 또래 전부가 알겠지 난 목이 졸리고 있었다 왜 난 현재도 풀지 못한 그 문제의 내용에 대해 섬뜩한 신호를 느끼거나 하지 않았지 아니 그 경험은 꿈이었나 꿈이라고 할 만한 고물은 아닌데 그게 아니 난 쿵 하며 두개골에 박힌다 벌레에 친숙했기 때문에 그랬던 것 같아 그는 죽고 있었다 쿵 하며 땅에 박힌다 쿵 하며 땅에 박히려고 하기도 했고 쿵 하며 두개골에 박힌다 초등학교에 들어가기도 전 내 나이를 손으로 셀 수 있었을 때는 그걸 실제로 봤으니까 오 난 눈을 감고 있는데 그게 보이네 눈을 떴다 흐려지고 묻힌다 난 심장 박동이 잠시 정지되는 듯했었다 참 오랜만이었다 언젠가 그럴 줄 알았기 때문에 무너지지는 않았다 쿵쿵 하며 두개골을 부수려 든다 어머니와 아버지는 고함치고 있고 이동하니 교사가 내 목을 졸라서 도망가니 땅에서는 쿵 소리가 난다 난 문득 이 일련의 사건들이 나에게 메시지를 전하나 싶었고 가늠할 수조차 없는 복합적이게 얽힌 일들이 전부 벌레를 구조하나 싶었고 포스트모더니즘 쿵 머리를

아! 머리에 부딪히는 동시에 평화를 깨는 조금 묵직한 그와 결부된 '감각' 그래 두통은 감각이었다 사사로운 신체의 오류가 아니라 놈이 내 머리 안에서 자꾸 발작함으로 말미암는 그래 하긴 평범한 두통과는 머리의 통증이라는 부분에서 단어의 연관성을 찾아볼 순 있다지만 세부적인 것들 그러니까 실제로 느끼는 감각은 익히 알고 있는 두통의 그것과는 다르지 그리고 그건 '감각'이고 말이야

'감각' 무의식적인 증언인 이 어휘에는 무의식으로 인해 내 사고 안에서 거론되었다는 매우 수상함이 담겨 있다 시나브로 욱신거림은 심해지고 두뇌의 영유권이 주장되는 듯하다 그 수상함은 '감각'이 느껴진다는 것 그 자체 놈의 두뇌와의 공존이 확신 머리채를 쥐어뜯다 땀은 나고 그 확신은 불안의 공장에서 무차별적으로 찍어 낸 중국산 제품 같은 감정이 아니라 감각의 증거가 따라오는 일종의 팩트 남들이 평생 느끼지

두통

못할 두통이 벌레로부터 벌레는 두개골 속에서 두통 맞아 옛날에 목이 졸린다 교사는 폭로하고 살던 부끄러워하며 그들이 한심하며 더럽고 추하게 여기던 것!

고통이 움직인다 두통이 살아 숨 쉰다 말인즉 묵직하고 매스꺼운 욱신거림의 범위가 증폭되지는 아니하고 있지만은 예의 범위가 동에 번쩍 서에 번쩍 예측할 수 없는 기민한 거동을 선보이고 그 거동을 눈으로 감상한다면 퍽 좋은 구경거리가 되겠건만 하필 나의 감상은 언제까지나 '감각'에 의존한다

고통 그것도 난잡한 고통 질서 없는 고통 앞에서 삼갈 수 없다 다른 이들이 내 이름 바로 뒤에 '삼가'라는 단어를 붙이게 되는 것을 고대하는 것뿐 나를 삼가야지 내가 삼가는 게 아니라 입에서는 한숨인지 신음인지 그 비언어의 발화자인 나도 규정하기에 어려움을 겪는 매연 같은 느낌을 주는 무언가는 내 입 밖으로 튀어나오고 있는데 그 '감각'은 확장되어 두통뿐 아니라 생생한 이물감이 '감각'에 묶이게 되며 난 이불을 푹 덮고 있었는데 땀이 흠뻑 몸을 적시고 있었다 그 둘은 그다지 관계없는 상징으로 밝혀지고 왜냐하면 난 자신을 한발 물러나서 보아도 충분히 정상이 아닌 것이다 흥분했다 땀이 나는 것이고 사실 이 두통에 미치지 않을 자 어디 있겠어 봐 고문이랑 같은 류야

고문자는 나에게 죄를 말하라고 타이르듯 말했다. 그의 말투에 담긴 석화된 위선에 신음한다.

강도는 점점 거세지고 있다. 머리채를 쥐어뜯고 있는 내 손을 때 확인한다면 까무러칠 만한 머리카락들이 뒤엉켜 있으리라. 여유가 없기 때문에 유보한다. 벽 따위의 딱딱한 물체에 부딪히거나 그런 것으로 몸을 맞는 것. 그것에는 잠깐 한 번의 번뜩임

이 있을 뿐 멍이 드는 등 쫓아오는 고통도 있지만 그건 성가시다. 두통은 끝없는 추락. 그리고 끝없기에 끝없는 추락의 끝에서 드러나게 되는 그 미지. 끝없는 미지. 그리고 끝없는 고통. 하지만 휘몰아치는. 추락하는 건, 지면에 처박히는 필연에 벌벌 떠는 행위가 아니었다! 지면에, 그 어디에도 처박히지 않으며 도착하여 머물 곳 자체가 없더라도 난 벌벌 떨기 때문이다! 추락은 양날의 검인 중력의 배신과 이성의 영역으로 여겨지던 과학, 자연의 공격, 발을 두고 서 있을 곳 없어 불안에 떠는, 그래서 벌벌 떠는 것이다!

난 추락하는 꿈을 꾸는 사람처럼 드문드문 몸을 튕기고 그건 자동적인 것이었는데 물고기가 파닥파닥 튀는 것같이 보일 것 같아 슬프게 우스웠다 신음인지 한숨인지 그래 영혼을 뿜는 행위에 적합한 날숨을 내쉬고 난 거의 악몽을 꾸는 자처럼 보일 듯하며 발을 걷어차

발을 걷어차서 이불을 퍽 때리며 소리는 꽤 크겠지 난 기억해낼 정도의 상태가 아니야 목이 또 졸리고

짜증, 고통은 짜증으로 향한다.

고문자는 내 전과를 가장 잘 아는 사람인데, 그런 그를 믿음직하다고 부를 수 있을까? 분명한 무고. (그러나 오만함을 오뇌하는 지금이다) 그것은 총도 되고 빵도 된다. 둘 다 빵! 하는 외침을 동반하는 것들.

고문자는 나에게 죄를 실토하라며 겁박한다.

두통

직책에 걸맞게 나의 얼굴은 뒤틀린다. 백스테이지에서 일어나고 있는 일에 그는 평정을 유지할 수 없을 테다. 그 숨겨진 사건들에.

나는 결국 죄를 인정하고 있었다. 그러나 일의 내막도, 공범도, 피해자도 말할 수 없다. 나의 죄는 그저 나도 모르게 내 바깥으로 방출되어 이 온 세상을 떠도는, 유령과 같은, 억제할 수 없는 죄다. 이런 시각에서 난 죄인임에 이견이 없지만 동시에 무고함을 지닌 모순적인 존재다.

그런데 과연 날 무고無辜하다고 규정할 수 있을까? 진짜 '무고'하다고 알려진 인물들은? 비폭력으로 인도의 국부 취급을 받는 간디도 아리아인 우월주의를 토대로 한 인종 차별을 일삼았고, 금욕 생활을 유지하기 위해 여성과의 동침(잠에 지나지 않았다고는 하지만)을 즐겼다는데, 근데 이런 의외의 면들을 가지고 그를 악한 자로 남게 하기에는 맘이 뒤숭숭하다.

무고는 무엇이고 죄는 무엇인가. 그 죄라는 개념이 범죄 이력의 유무에 따라 갈린다면 난 무고하다. 아니, 무고는 무엇일까. 단순 그 유무에 따라 죄가 갈린다고 하여도 무고하다고 부를 수 있을까? 예의 죄의 범위를 넓힌다고 하더라도 죄는 어디까지나 인식에 머물러 있다. 어떤 사람의 죄를 어떤 사람도, 심지어는 본인도 그것을 알아차리는 인식의 과정을 거치지 않는다면 그는 죄를 짓지 않은 거다. 죄는 정해진 언동 따위로 부여되는 단어가 아니라, 시시각각 그 형태와 방식, 구조가 천차만별로 변화하고, 그 복잡한 배경이 죄와 무죄를 결정짓는 주요한 요소라, 실제로는 퍽 중대한 죄를 지었더라도 그것이 '죄'라는 이름 아래에 포괄되거나 혹 아예 죄로 포괄될 만한 특정한 행동이 아무에게도 폭로되지 않는 등의 상황이라면 그는 죄가 없는 자가 되는 것이다.

죄는 세상 그 자체. 어떤 때에는 하늘이고, 어떤 때에는 땅이고, 사람이나 동물, 아니면 아예 무생물, 달리거나 말하거나 만지거나, 어떤 때에는 과감하게도 산다는 것 자체로도 변화하고 마는. 죄는 인식의 차이라 덧없고 또 덧없는 것.

자, 무고는 무엇인가? 난 죄를 규정하였기에 이제 무고를 규정할 차례인데, 이미 그와 상반되는 개념에 대해 천착하였기에 이번에는 간단할 듯하다. 무고는 단 하나의 상태다. 죄는 시대마다 바뀌고 있다. 예를 들어, 식민주의의 시대에는 문명인들(스스로를 그렇게 일컫는)은 비문명인들 앞에서 절대선이었고, 비문명인들은 야만적이며 문명인들(유럽인들)은 비문명인들을 폭력과 살인이 수반되어도(혹은 수반되는 것들을 목적 삼아) 점령하여 다스리며 문명을 전파하는 것이 도덕이자 선이었고, 이에 따라 그 문명화에 저항하는 것은 죄였다. 지금은 그들의 어두운 역사이지만 말이다(어두운 역사라는 표현도 꽤나 식민주의적 자기미화이자 자기기만적 표현임을 말해 두어야겠다). 그러나 무고함은 영원한 불변이요 절대다. 옛 광기의 도덕관으로 말미암은 잘못된 시선들이 무고를 못마땅하게 응시한 적은 있어도, 아무도 무고를 알아보지 못하여도 무고를 되레 죄악으로 모함하여 처형하여도 홍길동의 처지와 같이 무고를 무고라고 부르지 못하여도, 그 무고는 항상 불변이었고 결백했으며, 탄압받고 있더라도 변질되지 않았다. 죄는 변할 수 있지만, 무고는 변할 수 없다. 아메리카의 아파치부터 아프리카의 콩고족까지 무고했다. 또 누가 무고한가?

그러나 인간이 무고하다고 할 수 있을까? 아파치와 콩고족들. 그들이 무고하고 영국인들과 벨기에인들은 무고하지 않을까?

무고는 매우 복잡한 성질이다. 각각의 다른 심판 아래에서 그들은 때때로 무고하기

두통

도 하고, 전혀 그렇지 않기도 하다. 그것은 모든 형태로서 존재한다. 그러나 변화되지는 않는다.

죄를 짓지 않으려는 태도는 무의미하다! 무고를 좇아라!

그래. 본질적으로 모든 인간은 무고한 동시에 죄인이다. 이는 아마 우리보다 이미 이삼천 년 먼저 통달하고 선구한 고대 그리스의 철학자들부터, 논어로 잘 알려진 중국의 공자, 그들이 너무 옛 인물 같다면, 시대를 거슬러 현대 대중문화에서 유재석과 같은 인물들까지. 그들은 전부 죄를 짓는 동시에 무고한 사람들이다. 나 또한 그렇다. 이런 부분에서 모든 역사의 인물들을 관통하는 특성은 죄와 무고다. 인간은 죄일 수 없고, 무고일 수 없다. 그것들이 섞여 탄생하는 존재다.

위와 같은 장황한 이유들 덕분에 나는 고문자의 힐문을 회피하고 대답을 유보해 낼 수 있었다. 그래. 난 태어나서 죄를 짓고, 태어나서 무고하지. 내 탄생을 반기지 않는 자들에게 이렇게 말할 거야.

죄를 짓지 않는 자가 있을까?
만약 있다면 그를 신이라고 부르는 것일까?
그래야 하는 필요가 있는 건가?

과도한 시간 과하다 난 현재 시각을 알 수단도 필요도 없다 알아내도 잠에 들 수 없고 다음 날의 난 아무런 일정도 없기에 무수면의 정당성은 확보되었고 그러나 오후 기상의 찝찝함을 달랠 수 없다 조금의 신음

163

웅얼웅얼하는 아픔이 욱신거리고 안개가 낀 듯한 사고의 영역에는 아니고 그 안에 아니 안개보다는 염소가스에 비견될 만한 것들이 자욱한 처지 참 장황하고 끈질긴 두통 오랜만에 만난다는 생각은 자꾸 나네 앞으로를 어떻게 함께하여야 하지 고통은 안에서 시작된다 안에서 밖에서 오는 것이 아니라 어쩌면 그 모든 다른 고뇌들 외부에서는 몇 가지의 겉도는 것들이 떠돌 뿐이고 공중에 그걸 냅다 받아먹는 건 나의 내부 소화도 내부에서 그 모든 고뇌들 안에서부터

나는 울지는 않았지만 거의 우는 소리를 내고 있다. 회고하자면, 뛰쳐나오다시피 발생한 일련의 소음에 의해 내 집, 그러니까 한국 중산층 다세대 아파트의 알차고 현대 가족 문화를 잘 반영한 듯한, 하나의 독립적인 행동으로 발생하는 소리로 인해 거주자들의 이목이 쏠리고, 어쩌면 소리의 주도권 자체가 의도되지 않은 독립적인 소리를 내는 자에게 돌아가거나 하는 독특한 흐름이 일어나기도 하고, 또 설계도의 이차원적 정보로써 판단하자면 그들이 매우 단절된 듯한, 가족의 구성원들은 전부 철저히 각방을 사용하며 같은 장소에서의 생활을 꺼리지만 돈 문제로 말미암아 동거하는 자들의 집처럼 보이는 듯하면서도, 그 외로운 설계도가 실제로 전개된다면 그들은 나름 가족의 본질을 지키는 생활을 실천하기도 하는, 말하자면 현대의 가족 형태, 다수의 사람이 함께 사는 집 안에서 강박에 가까워진 개인의 사생활과 자유에 대한 보호와 몇십 년 전에는 더운 날 이웃을 향한 경계 없이 집 문을 하루 종일 열고서 내버려 두기도 했던 그 이유 모를 정이라는 것이 혼합된 그런 형이상학적인 고유의 문화 정신의 건축학적인 표현인 내 집은 새로운 국면에 봉착할 수밖에 없는 것이다.

문 앞에서 발걸음이 멈춘다. 그러나 난 발걸음이 멈추는 그 순간에

그 거동의 소리를 최초로 들었기에 자세를 안정되게 만들 수는 없었다.

　나는 방문이 열리는 것이 이리도 께름칙하고 불안한 것인지 몰랐다. 문을 굳게 닫고서 깊숙한 곳에 흩뿌려 두었던 나의 비명들, 그 비명의 이유가 되는 오늘 밤의 손님에 관한 이야기는 그 서서히, 또 대담히 열리는 방문 틈새로 모조리 새어 나가 일의 전말을 대중들에게 폭로하고 있으리라.

　방문 틈새로는 또 다른 어둠이 들어왔다. 창문을 뚫고 들어오는 달빛이 새벽이 깊어지고 있더라도 건재하였기에 조금의 빛이 있던 내 방은 밖의 완전한 어둠과 보기 좋게 혼합되어 대비할 수 없는 어둠을 만들어 내었다.

　그래, 방으로 들어온 건 아버지다. 강도나 유령이 아니라는 사실이 유감스러울 따름이다. 계속되는 밤 아래에서 어둠에 익숙해지지 않을 수 없는 두 눈은 그 희미하고 불분명한, 나에게 많은 질문을 던지는, 사람으로 추정될 뿐인 형체를 보고 곧바로 그 본질을 꿰뚫어 보았다. 아버지는 나를 묵묵히 응시하고 있는데, 난 금방 그 시선이 단순한 의미를 내포하는 게 아니라는 것을 알아내었다. 수년간 단절된 관계의 적막을 깨부수는 거대한 실망. 난 과거 스스로 행하였던 변증법 비슷한 논증으로 얻은 결론들 가운데 하나인 두통의 외형, 그러니까 내

165

가 보지 못하고 남들이 볼 수 있는 내 두통에 대한 객관적 측면, 이 측면으로 고통이란 것 앞에서 매우 몰상식하고 미성숙한 그들이 하는 생각을 반추했다. 지금의 나는 죄를 저지른 것과 같다. 죄를 저지른 것과 같은 선상에 있다는 게 아니라, 실제로 어떤 잘못을 범했다는 말이다.

벌레는 남은 세월을 말했다.

"그건 자랑거리가 아니다. 사람들이 모르도록 해야 할 것 아니야."

검은 형체에 불과한 자가 말했다. 나는 대화를 거부하고 싶지는 않았지만, 입을 열기는 싫었기에 누운 몸을 굼뜨게 일으켜 세우는 것으로 내 말 차례의 어색한 공백을 메꾸었다. 굼뜨게 일으키는 과정에서 할 수 있는 최대한 많은 움직임과 이불의 뒤척임을 만들어 정적을 없애는 것이 중요했다. 느리게, 느리게 이 과정을 해내다 보면, 답답해진 아버지는 먼저 입을 열 것이 뻔했다.

"넌 사람을 실망시키는 데 도가 텄어."

벌레가 말할 차례였다. 그것은 이후 남을 막막함을 주제로 한 장광설을 늘어놓았다.

"조만간 따로 살자."

나는 아버지가 지금 매우 피곤한 상태에 놓여 있다는 사실을 알아
낼 수 있었다. 기력 잃은 단어들은 갈 곳 없이 허공을 배회하고 있었
다. 사실 그 타박은 나에게 즉각 꽂히지도, 애당초 나에게 곧장 꽂히기
위해 한 타박도 아니라는 걸 난 알고 있었다. 듣는 역할의 나는 체력이
바닥나 있었기에, 아버지가 한 말을 언어의 형태로 알아듣고, 이후 그
언어와 내가 처한 상황 따위를 배경지식 삼아 화자의 내밀한 의도와 심
리, 내가 보여야 할 언동을 계산하는 것이 불가능했고, 그저 아버지가
한 말, 당시 나에게는 소리에 더 가까웠던 그것의 형태를 녹음하듯 기
억해 정신이 말짱해질 때 꺼내어 그제야 일의 전개와 심각성을 자세히
깨우치고 후회하는 일밖에 할 수 없었다. 사실 일의 심각성 자체는 이
미 어느 정도 확인한 상태였지만, 난 그냥 파도에 휩쓸린다는 걸 알아
차린 것에 지나지 않았다.

아버지는 입을 닫고 있었는데, 생각을 멈추지는 않았다. 입을 열 듯,
안 열 듯 모호하였는데, 이 모호함은 뜻밖에도 은근한 재미를 가져서
만약 이 장면을 친구들과 함께 영상으로 보고 있는 자가 있다면 잠시
영상을 정지하고 과연 그가 입을 열 것인가 열지 않을 것인가를 주제
로 한 간단한 내기를 진행하여도 흥미로울 듯하다는 생각이 들었다.
나는 귀에 온 신경을 집중하고 있어서, 아버지가 고함이라도 친다면 난
너무 놀라 심장이 멎어 버릴 테다.

'그래, 왜 이렇게 중심을 벗어난, 겉도는, 지엽적인 망상들만 하고 있는 거지?'

아버지는 결국 방을 나선 뒤 문을 닫고 대화를 종결시켰다.

소득은? 파멸의 재확인? 아니면 파멸 그 자체? 파멸의 가속화? 소득이라 부를 수 있을까?

언제가 되든 필연의 사건이다. 매도 먼저 맞는 놈이 낫다는 격언처럼 말이다. 또한, 그 파멸은 구차한 미화 없이도 가치를 지닌 일이기도 하다. 전환의 시작이었다.

10

†††

내심 진정한 종말을 기대하다시피 했던 나에게 뜻밖에도 고함과 욕설 없이 적요하기만 한 가정의 상황은 당황스럽기 그지없었다. 가족 내의 비가시적인 상호 작용은 분명 존재하였으나, 이렇다 할 대화는 전무하였다.

두통

집 밖의 상황도 형편없었다. 그들은 다시 적응하고 있었다. 인간은 적응의 동물이라고 하지 않나. 이 유명한 문장을 난 예전까지 인간 자신을 향한 자화자찬이라 알고 있었으나, 최근에 나는 이 문장 속에 숨어 있는 인간 자신을 향한 깊은 반성과 성찰을 잡아내었다. 인간은 뭐든지 적응한다. 유감스럽게도.

이런 내 앞에 드리운 새로운 그림자는 분명 거대한 절망의 것임을 난 똑똑히 앎에도 불구하고, 내심 그것을 즐기고 있었던 듯하다. 존재하여서 더 난감한 처지의 이 가정은 이혼으로 말미암아 보기 좋게 갈라서게 됐다.

그러나 그 결코 가볍지 않은 결정의 이유를 알 자격이 있는 사람으로서 내가 참여하는 선에서는 논의되지도, 그렇다고 해서 통보되지도 않은 사유의 미지는 상당히 무례하였고, 난 사유를 추측하는 선에서 만족해야만 했다.

또 그들이 내게 이혼의 책임을 묻거나 따지고 들거나 하는 등 직접적으로 날 책망하지 않은 건 무엇을 시사하는 것일까? 그건 그 알려지지 않은 사유와 관련 있을 것으로 강력하게 예상된다. 나에게 알릴 적절한 이유가 없거나 혹은 나에게 알리기 싫은 사유일 것인데, 적절한 이유가 없다고 해서 통보조차 전무하였던 점에 대한 의문점은 부모와 자식 사이의 접촉을 극도로 피하는 우리만의 불문율이 존재하였기에 어느 정도 설명된다. 알리기 싫은 사유? 후자의 경우가 사실이라면 아마 이혼의 이유 대부분이 내 책임일 거라고 생각했다. 그들이 가진 극에 달한 증오와 그로 인한 무시가 무언으로 이어진 것이다.

수상쩍은 부분들은 여기서 끝이 아니다. 나에게 소식을 전한 방식부터 평범하지 않았는데, 그들은 나의 방 책상 위에 포스트잇을 던져놓고 사라진 것이다. 짐들은 숨겨진 이야기가 나에게 통보되기 며칠 전부터 알게 모르게 가져갔던 듯하다. 어쩐지 집이 비어 보이던 게 허튼 착각은 아니었다는 생각에 우스운 뿌듯함이 일기도 했다. 그 종이는 한 번 읽고 당일 찢어서 버렸기 때문에 명확한 내용이 기억나지 않지만, 그 내용이라는 건 서너 줄밖에 되지 않았으며 그 무례할 정도로 짧은 내용은 대강 이러했다. 나의 부모님은 여러 감당하기 어렵고 복잡한 지극히 현실적인 문제들로 인해, 그들이 예시로 든 것에 따르면 금전 관련 문제(편지에서는 재물이 부족하였던 건지, 관련 갈등이 있었던 건지 언급하는 걸 피하고 있었다)와 나를 교육하는 것의 어려움(편지에서는 어떤 부분에서, 왜 어려움이 있었던 건지 언급하는 걸 피하고 있었다) 등을 겪다 보니 이 사단이 났다는 것이다. 그러나 그 쪽지에서는 정확히 이혼이라는 단어는 거론되지 않았고 결별이라는 말로 그 자리를 대신하였는데, 지금에 와서 생각해 보면 내가 그 이별을 '이혼'이라 단정 지은 것이 어리석게 보인다. 하지만 나의 부모님은 내가 들을 수 있는 한에서는 이렇

두통

다 할 대화를 나누지 않았고, 내가 잠들거나 외출하였을 때만 조용히, 일상 담소를 마치 입에 담는 것조차 조심스러운 기밀에 관해 이야기하 듯이 나누었는데, 때문에 당연히 이 혈연관계에 강력한 회의감을 가지 지 않을 수 없었고, 무관심과 배척이 가정 내에 팽배하다는 증거로 활 용되며 결별을 이혼으로 해석하게 된 것이므로 이는 꽤나 합리적인 추 론임을 알 수 있다.

그래, 아무튼 이제 완전한 혼자이고, 돌이킬 수도, 수정할 수도 없 는, 말하자면 이미 위에서의 결정이 끝나 전해진, 못마땅하고 미심쩍은 사항이 많아 이해하기 힘든 결정이더라도 수긍을 제외한 어떤 선택도 할 수 없는 부조리한 형태의 재난인 까닭에 눈물을 흘리기도, 발로 뛰 어 쓰러져 가는 것을 바로잡기도, 화를 내며 따지기도 애매한 처지에 놓였던 것이다.

불안하도록 적막한 곳에서 한시바삐 떠나야 했다. 매일 길을 떠돌며 이 무너져 가는 것들을 다잡아야 했다.

그런 내게 이제 혼자만의 소유가 된 집이라는 장소는 불안의 무한 한 근원이자 쓸쓸한 결과였고, 진정한 구원과 해답이 실외에 실재하리 라는 사상을 가지게 되었다. 언제까지 이렇게 방 안에 박혀서 기괴한 목소리의 삶 앞에서 갈팡질팡하며 비웃음을 살 정도의 허튼 망상만 해

대고, 당장 코앞에 도사리는 게 뭘 말하는지도 모르는 삶이나 영위하고 있을 건가? 당장 모든 문을 열자! 물론 밖은 아직도 냉혹하나, 불안을 피하는 것이 급선무인 셈이니 쫓기는 난 모름지기 추위를 헤쳐 나갈 필요가 있다.

난 당장 동네를 산책하듯 걸었다. 길거리에는 오후임에도 불구하고 사람들이 드물었다. 극야 이후 외출을 즐기지 않은 탓에 이리도 길을 걷는 자들이 줄었는지 몰랐는데, 문득 나도 오늘 전까지는 이 보도블록 위에 놓인 외로운 공백들 중 하나였을 거라는 사실을 깨닫자 왠지 마음이 참을 수 없게 아려 왔다.

시장기가 돌아 근처 편의점에서 라면을 먹었다. 원래는 식당에 가 먹으려 했는데 더 이상 내게 무한한 돈이 주어지지 않았으며, 만약 흥청망청 돈을 쓰고 다닌다면 끼니를 챙기는 것조차 보장하지 못할 것이며, 끝에 가서는 이 어둠 속에서 돈을 벌 만한 일을 구해야 한다는 것에 심한 두려움을 느껴 즉시 발걸음을 돌려 편의점으로 간 것이다. 밖에서 혼자 끼니를 때우는 것은 나에게 좀 부끄러운 일로 여겨졌으나, 길에는 다행이라 해야 할지 눈치를 볼 사람조차 전무한 지경에 이르렀기에 이는 집에서 음식을 먹는 일보다 더욱 편하게 여겨졌다. 난 라면의 김이 피어오르는 곳에 얼굴을 대고 아무 생각 없이 있었다. 그리곤 한 입 먹었는데, 맛을 보고는 난 농심의 마음이 또 바뀌었나 하고 생

두통

각했다. 너무 푹 익힌 것인지 심심한 감이 없지 않다. 겨울은 제아무리 따뜻하고 얼큰한 음식을 먹더라도 한계가 있나 보다 하고 생각했다. 그러던 중 누군가에게 쫓기는 듯한 불안감이 엄습해 왔다. 유리창을 통해 바라본 길가의 한적함 뒤에는 어떤 불안한 것이 숨어 있었다. 난 고개를 쳐들고 아득히 먼 고층 건물들을 보고 있었는데, 얼마간 그 건물 뒤에 소심하게 숨어 있는 산에서 불 같은 것이 나고 있음을 알았다. 산불이 발생해 버린 걸까? 하는 생각에 얼른 뛰쳐나가 본격적으로 그 거대한 불을 살폈다. 불은 산 전체에 퍼져 있다기보다 큰 두 개의 따로 떨어져 있는, 타오르되 마치 갇혀 있는 듯 전혀 확산하지 않고 있는, 조신한 느낌을 주는 두 개의 불이었고, 산의 정상 부근에 위치하였다. 산 꼭대기를 태우고 있는 그 두 개의 친밀한 불의 소식은 이미 소방서까지 전해져 진화를 위한 출동이 한창일 테다. 그들이 진화하고 있을 때, 난 단지 불구경을 위하여 그 두 개의 거대한 허무를 향해 이동했다.

그런데 무슨 심리인지 내 발걸음은 자발적인 이동보다는 도망에 가까운 강박적이고 부자연스러운 잰걸음이었다. 불안한 마음도 되레 그 불을 쫓아가자 안정되고 있었다. 그 산불이라는 것은 확실히 내가 살면서 본 것 중에서 손에 꼽을 만큼 불안하고 두려운 것들 가운데 하나임에 동의하나, 그 불을 향한 길을 걸을 때는 어떤 동요도 없었다는 것이다.

어차피 저 뜨거운 현장을 직관하기란, 현 위치를 따져 보았을 때 불가능한 것이었다. 마침 지루하고 심심한 참이었기에 어떤 목적을 가지고 걸어 보는 것이지, 실제로 그 불길 근처로 접근하기는 늦어 버렸던 거다.

불은 확실히 높은 곳에 있었다. 도대체 저 산 정상에서 무슨 계기로 이 일이 발생한 것인지는 조만간 뉴스에서 보게 되리라. 그것은 산꼭대기, 그것도 아무리 열심히 주위를 둘러봐도 그보다 높이 솟은 건물이나 자연물을 찾을 수 없을 정도로. 그러니까 저 불은 '신'에 가장 가까이 있는 존재라는 거지? 난 이렇게 생각했는데, 이건 정말 이렇게 내가 마음속으로 떠올린 말이라기보다 내 깊은 곳 내가 아닌 것의 발언을 내 정신이 나의 의견으로 착각한 것에 가까웠다.

난 처음 목격하는 화재의 현장에 거의 들떠 있었는데, 이런 잔인한 기분을 느끼는 내 시선으로는 여전히 건재한 도시의 고요함은 상당히 부적절하고 뜻밖의 것이었다. 하다 하다 그들은 자기네 동네에 불이 나고 있더라도 아무 감응을 느끼지 못하는 수준의 무감각에 이르러 버렸나? 이 걱정이 진짜 그들의 내면의 사고와 동일하다면, 나는 소방차의 출동을 반대하고 나설 것이다.

그 산으로의 여정은 마치 프란츠 카프카의 『성城』을 연상하게 했다.

두통

편의점을 넘어 쓰러져 가는 판자촌의 험준한 길가, 부서져 있어 발을 디디기조차 어려운 보도블록부터 돌연히 나타나는, 보이지 않는 날벌레들의 안개 같은 습격에 손사래를 치며 장렬히 패배하고, 또 잎이 없는 날카로운 나뭇가지의 내 어깨에 대한 기습을 거쳐 이 동네에서 그나마 활발한 시장으로, 시장 안에서 여러 좁고 은밀한, 오랜 주민이 아닌 이상 알기 어려운 지름길을 밟아 단숨에 LH 아파트의 품 안으로 이동하고, 밤을 머금어 회색을 띠는 주공아파트들을 옆에 끼고 걷다 보니 이제는 현대식 공동 주택, 입주자들의 요상한 허영심을 충족시켜 주려 장황한 외국어 이름을 내건, 그래도 여긴 노란 가로등과 빽빽한 창문 사이로 모습을 드러내고 있는 그 형광등, 이 둘의 존재감 덕에 사람 사는 느낌이 나는군, 하고 생각하며 정문으로 나와 걷는데 슬슬 번화한 또 다른 대단지 아파트가, 하지만 나의 여정은 그것의 변두리에서 벌어지고 있고, 같이 걸으며 사사로운 애기를 나눌 사람도, 어떤 기대되는 앞날에 대한 설렘으로 말미암은 시간이 흐르는 것에 대한 즐거움도, 생각해 볼 만한 마땅한 주제도 없는 나는 힘찬 발걸음으로 눈을 꾹 눌러 뽀드득 소리를 내며 쾌락을 챙기는데, 갑자기 내가 무엇을 위해, 무엇에 의해 이 고생을 하는지 회의감이 듦과 동시에 그 목적이 망각되는 듯하고, 도대체 지금 몇 분, 비관적으로 생각할 경우 몇 시간째 이 짓거리를 하고 있는지 종아리 근육과 발에서 의문을 가지고 있는데 내 맞은편에서 사람이 나타나 심심하던 차에 얼굴을 보려 고개를 올렸는데, 그 산과 나는 전혀 가까워지지 않고 그 편의점에서 보았던 크기를, 구도를, 형태를 무섭게도 온전하게 유지하고 있는 것이며, 가장 의미심장한 것은 그 불은 한 덩어리가 늘어 세 개가 되었다는 점인데, 이런 20세기 유럽의 부조리극에서나 나타나는 이야기의 전개는 이 행인에게 질문하게 되는 계기가 되었다.

“저기, 저 불은 언제 꺼지죠?”

“그러게 말입니다. 저도 잘은 모르겠네요.”

나는 시원찮은 답변에 그 대화를 더 이어 가기 위해 말했다.

“소방서에서는 뭘 하는지, 참.”

그 말에 행인은 웃음을 참지 못했다. 난 그의 웃음을 이해할 수 없었기 때문에 당황하여 그저 멋쩍은 미소로 행인 본인이 자신이 보였던 웃음을 해설해 주기를 기다렸다.

“아니, 농담인지 진담인지 구분이 안 되는데요.”
“소방서 얘기에 대해 말하시는 거라면, 진담입니다. 제가 요즘 세상이 어떻게 돌아가는지 잘 몰라서 말입니다.”

두통

이 해명에 행인은 미소를 멈추고 약간 진지한 말투로 말했다. 그는 내 말의 진위 여부를 조금 의심하는 듯한 눈빛이었다.

"봉화라고 아십니까?"
'아, 봉화였구나! 난 속이는 자 없이 속고 있는 우스운 처지였구나!'

그러던 찰나, 그 산의 불은 하나가 더 늘어 있었다. 이렇게 빨리 하나의 불을 더 지핀다는 것이 심상치 않게 느껴졌으나, 어쩌면 내가 고개를 들어 세 개로 늘어 있는 것을 확인했을 때보다 훨씬 전에 이미 불은 세 개로 늘어 있었을지도 모른다는 생각이 들었다.

"오, 봉화였군요. 잘 알고 있죠. 아, 이제야 모든 게 이해되네요. 감사합니다."
"아닙니다. 극야 이후로는 사람들이 밖에 잘 안 나오니 뭐, 모르고 있었을 수도 있죠. 벌써 오후 열 시네요. 혹시 저 봉화를 향해 가고 있던 길이라면, 시간이 슬슬 늦었으니, 아, 밤낮이 바뀌어 버리셨다면 어쩔 수 없지만, 아니라면 되돌아가시는 편이 좋겠습니다."

벌써 열 시가 되다니! 내 방의 시계는 오후 서너 시 사이를 가리키고 있었던 것 같은데, 벌써 그렇게 긴 시간이 지났다고!

난 그에게 간략한 감사 인사를 하고 다시 집으로 향하였다. 이 귀향길의 길이 전보다 짧기를 바라며 걸었는데, 무료함은 전혀 사라지지 않아 횡단보도의 흰 선만 밟으며 걷거나, 특정 색의 보도블록만 밟으며 걷는 등 어렸을 적 즐기던 거의 관습과 전통으로 여겨질 만한 놀이를 오랜만에 시도했는데, 그 놀이를 통해 인간의 정신이란 성장하는 듯하면서도 결국 끊임없이 회귀를 반복하는 것이 아닐까, 그러니까 정신의 성장이란 존재하지만, 일정 이상의 성장이 이루어진 정신에서 나타난 사고는 되레 과거 자신으로의 회귀를 꿈꾸고 마는 것이 아닐까, 요즘 마치 초등학교 저학년 정도 되는 어린 나이의 아이들이(그때의 나도 그러했듯이) 어른처럼 보이는 것에 뿌듯함을 느끼고, 고의로 어려운 어휘를 선보이며 짐짓 깊고 탁월한 사고를 하는 척 연기하고, 힘을 쓰는 일을 마다하지 않으며, 무엇보다도 부모님과 같은 어른의 보살핌을 뿌리치고 스스로 독립을 시도하는 것처럼 성숙하고 자주적이며 나이가 많은 사람처럼 여겨지는 것에서 쾌락에 가까운 기쁨을 얻으나, 정작 그들이 그토록 원하는, 강제로 성취되고 말 목표인 어른들은 자신의 독립성을 저주하면서 편안하고 조용히 안주하는 것에 집착하는 일련의 과정이 벌어지는 것과 같이 우리의 젊음은 미래에 대한 기대와 욕망으로 가득 차 있으나, 그 과거의 미래를 현재라고 불러야 하는 곳에 도착하면 다시 현재에 회의감을 가지면서 미래의 불확실성을 빌려 앞으로의 나날을 화려하게 포장하며 과거를 찬란하게 수정하려 들며 점차 젊음이라는 단어가 거울(비유이든 직설이든) 속 자신과 걸맞지 않게 되거나

두통

미래의 불확실성이 부정적인 방향으로 흘러가기 시작하면 과거를 수정하는 정도가 과도해지면서 회귀를 고집하게 되는, 말하자면 우리의 고향과 낙원은 곧 과거이기에 끝없는 회귀가 일어나는 게 아닐까, 하는 잡다한 상념에 사로잡혀 심심함을 달랠 수 있었다.

그 문장을 제대로 끝맺기도 전에 또 새로운 생각이 피어나는 의식의 흐름 속에서 벗어난 후에, 나는 문득 뒤를 돌아보았다. 불은 네 개로 늘어 있었다. 확실히 산불은 아니었다. 불길은 바람의 방향에 의해 때론 왼쪽으로, 때론 오른쪽으로 치우쳐지는 일이 발생하였는데, 지금은 많은 사람들의 시선을 의식한 탓인지 철저한 중립 상태를 유지하는 것으로 보인다. 불은 네 개가 되어 있었다. 불은 네 개로 늘어 있었다.

상황은 다시금 무섭게 흘러가고 있다. 집으로의 걸음을 재촉한 이후 난 어떤 사람도 본 적이 없다. 정확히는 '제대로 된' 사람을 본 적이 없다. 모든 것은 그 형체가 뚜렷하지 못하여 실제로 사람인지 사람의 겉모습을 한, 그것을 흉내 내는 존재인 건지 헷갈릴 뿐이었다.

나는 '땀'을 흘리고 있었다. 감각을 옮기니 '심장'은 진정시킬 수 없는 정도의 격렬한 박동을 보이고 있었다. 여러 가지 연관성을 찾아볼 수 없는 '생각'들은 몇 초 명멸하다 소멸하고 있는데 그 '생각'들은 수십, 아니, 수백 개에 달했기에 실명의 위험이 도사린다. 마지막으로 '머리', 그

'머리'는 파괴되고 있다.

나는 나를 쫓는 어떤 불안의 기운에 기겁하여 골목으로, 어떨 땐 건물의 뒤로 도망을 다닌다. 어느 은밀한 장소에 있든 나는 도망자의 처지였고, 그 사실은 벌레의 독점적인 발언권을 보장해 주고 있었다.

그 도망이 극에 달해 있을 때 돌아본 산의 풍경은 그 네 개의 화염으로 장식되어 있었는데, 마지막 봉화대에 불이 들어올 때를 마음속으로 상상하며 대비하고 있었는데, 그토록 두려운 공상은 또 없을 것이다. 이 세상을 지키는 단단한 결속에 점차 균열이 지고 있다. 그 균열은 저 가장 높은 산 위에 있는 봉화로 긴박하게 알려지고 있다. 사람들은 아는지 모르는지, 모르는 척을 간절히 연기하는 것인지 모르겠다.

모든 것은 저 봉화를 불태우고 있었다. 목이 졸린 때로부터, 극야가 발생한 시점에 도달할 때까지. 그리고 그 전반에 걸쳐서 빠질 수 없던 두통과 벌레, 또 수상하게 여길 만한 정도에 다다른 냉혈까지. 가시의 영역부터 비가시의 영역을 아우르는 광대한 범위의 전무후무한 격동들은 확실히 정상이 아님이 증명되었다. 만약 그 격동이 정상적이고 으레 있어야 하는 변화라면 봉화대에 불이 커지는 일은 없지 않겠는가.

뒤를 돌아보아야 할지, 무시로 일관하여야 할지는 꽤 흥미진진한 고

두통

민거리다. 내가 다섯 개로 늘어난 불을 목도한다면 그 순간부터 나는 이 천지에 깔린 잔인과 냉혹에게서 일시에 공격을 받게 되리라. 슬슬 눈에 익은 거리의 구조와 풍경의 일부가 점묘되듯 드문드문 나타나고 있고, 마침내 그 여정을 시작한 편의점에까지 도착할 수 있었다.

그러나 꼭 뒤를 돌아보지 말아야 할까? 만일 다섯 개로 늘어 있다고 치면, 내가 그 증가를 시각의 수단으로 확인하지 않을 뿐 증가했다는 사실은 불변이며, 무시로 일관한다고 해서 진짜 무시될 수 있는 변화가 아닌 것이다.

다만 증가를 내가 눈을 통해 확인하여 즉각 내 시신경에서 뇌로 끔찍한 상징이 전달되고, 그 전달은 벌레에게 거대한 직간접적 영향력을 행사하는데, 이에 대한 책임은 그저 고개를 돌렸을 뿐인 내가 오롯이 짊어지게 되는 것이고, 이 미래는 벌써 울화가 치미는 부조리인 탓에 덜컥 겁이 나는 것이다.

아파트 안으로 들어가기 직전, 나는 거의 목이 꺾이듯 휙 고개를 돌려 산을 올려다보았다. 불은 네 개였다. 나는 요즘 빈번한 안타까운 일들, 본인의 정신을 자기 스스로가 완전히 점유하지 못하고 빼앗긴 채 이리저리 휘둘리고 있는 일들에 진심 어린 한숨을 보냈다. 불은 네 개였다. 아마 저 봉화는 내일이 되면 더 높은 산을 찾아서 떠날 테다. 저 봉화는 확실히 나와 결부된 것이다. 지난날을 똑똑히 기억하는 나에게 심한 괴리감을 동반하는 현재의 수상함은 타인들이 아닌 내게 가장 도드라지게 느껴지고, 이건 내가 선택되었다는 것의 암시다. 말하자면 이 괴리감의 사건들 한가운데에는 내가 우뚝 서 있고, 그러므로 해결의 몫도 오롯이 나에게 주어졌으며, 지금은 주어진 과업을 행하기 위해 나아가는 단계라는 것이다. 이를 어찌 반박할 수 있겠는가? 앞선 모든 정황이 이 변화의 중심에 내가 있음을 알리고 있는데! 아니, 평범한 자들이라면 이 난세를 무슨 용기와 이유로 파훼破毁할 건가?

이런 생각들을 하며 집에 들어와 시계를 확인하니 시침은 새벽 한 시에 가까워지고 있었다. 충격과 비상식에 놀라는 반응을 보일 기력도 없고, 애초에 익숙해져 그만큼 놀라지도 않은 나의 마음은 상념에 사로잡혀 불필요한 '머리 아픈' 사색에 잠기기보다 침대에 눕는 편을 택했다. 잊어버린 잠과 나는 드디어 만났다.

11

+ + +

슬슬 내게 두통은 그저 고통의 한 갈래가 아니라, 재해와 같은 것으로 여겨졌다. 숨은 심하게 가빠 오는데 이 병변은 단순한 호흡의 곤란을 떠나 목에 대한 외부의 압박이고, 딱 이성을 놓아 버리기에 적합한 형식을 갖춘 두개강 속 불가사의한 고통과 그것이 진행 중일 때에 들려오는 미지의 그 외침은, 그리고 그 외침의 화자로부터 지속적으로 발생하는 노크 소리는 나를 무릎 꿇게 하기에 충분하고도 남았다.

　무한한 고독과 두통에 대한 집착 속에 갇힌 난 이런 생각을 종종 했다. 과연 그 벌레는 실재하는 것인가. 아니, 당시의 나를 진실대로 고하자면, 나는 이런 생각을 종종 했다. 그 벌레는 실재하지 않아야 한다. 벌레가 실재하지 않는다는 믿음이나 주장, 가설을 여러 논리를 기반으로 한 근거들을 바탕으로 해 입증하거나, 내면과의 변증법 비슷한 열띤 토론을 개최하여 사실 여부를 깊게 파고드는 등, 니체의 차라투스트라[9]가 행했던 산속의 고행과 비견될 수 있는 철학적인 탐구를 했다는 게 아니다. 난 벌레가 실재하지 않으며, 무너진 정신으로 말미암은 과잉 사고와 그것의 환각적 작용임이 이미 공신력 있는 조사와 여러 연구로 밝혀진 진리인 양 생각했다.

----

9) 독일의 철학자이자 작가인 프리드리히 빌헬름 니체(Friedrich Wilhelm Nietzsche, 1844.10.15.~1900.8.25.)의 철학 소설인 『Thus Spoke Zarathustra: A Book for All and None』(독일어로는 『Also sprach Zarathustra: Ein Buch für Alle und Keinen』)의 주인공. 이 주인공을 통해 니체는 영원 회귀, 신의 죽음, 초인 등의 사상을 설파하고 있다.

벌레는 그가 실재라고 말했다.

　요즘 들어 무척 늘어난 벌레의 이 사고는 멍청한 채로 굳은 각종 진리를 안에서부터 서서히 해체하고 결국 새로운 의문을 품게 했다. 만약 내 두통, 또 그 두통과 매우 수상하고 밀접한 관계를 맺는, 실재 여부를 가려내는 일의 책임이 소리에 전격적으로 맡겨진 벌레의 성가신 난동이 대충 얼굴을 찡그리고 말 정도로 그쳤더라면, 난 의문은 둘째 치고 어떤 의식조차 제대로 하지 못한 채 그대로 생을 살아갔을 거라고 생각한다. 참을 수 있는 고통은 넓은 시각에서 보면 참을 수 없는 고통보다 더욱 경계해야 마땅하다. 참을 수 없는 고통은 자동 반사의 몸부림과 회의감으로 이어져 상식을 재정립하게 하는 데에 반해, 참을 수 있는 고통은 버틸 만하다는 유일한 장점 아래에서 깨달음과 성장을 영원히 뒤로 미루게 만드는 악마의 속삭임이다. 그래서 본질적으로 참을 수 있는 고통 자체인 생존 상태에 접어든 우리는, 내 사례와 같이 참을 수 없는 고통을 겪어 보아야 한다. 나는 발작을 동반하는 수준의 괴로움이 찾아올 때 가장 높은 차원의 번민을 시도할 수 있고, 이 번민이 결국 명확한 결말도, 해결도 없이 흐지부지됨을 잘 알면서도 모든 고뇌를 일으키는 시발점인 두통, 두통이 계속되는 때에만 난 내가 최고를 거듭하며 때로는 재정립하는 인간의 제일 이상적인 모습으로 존재함을 체감했다.

두통

병원에 가기로 했다. 아침 침대에서 눈을 막 뜰 때 두통이 나와 함께 기상하였고, 그 기상은 나에게 단순히 좋지 않은 운을 시사하는 게 아니며 더 이상 팔짱 끼고 볼 수만은 없게 된 문제의 대범함을 나타내는 것이었다. 목적지를 병원으로 확정한 까닭? 왜냐하면 이건 확실히 병이기 때문이다. 내가 병원에서 진찰받음으로써 병이 되고 말 수도, 실제로 병으로 밝혀질 수도, 내가 이 현상을 병으로 규정함으로써 진실과는 관련 없이 병이 될 수도 있다. 이 무수한 가능성의 끝을 맺어야 한다. 하나의 불 꺼진 방이 건물 전체의 어스름보다 더 낫다는 거다.

도보로 십 분 조금 넘는 거리에 있는 병원은 겉보기에도 보통 공간이 아니었다. 그날따라 밤은 더욱 암담했고, 눈을 부수는 발소리를 뺀다면 인내할 수 없는 정도의 적막함만이 남고는 했기에 거의 의무적으로 발걸음을 경박하고 부주의하게 정비할 수밖에 없었다. 겨우 눈을 부수는 작업에만 집중하던 나에게 병원의 우람함과 그 형광등 빛으로 인해 환한 십자 문양은 몇 년을 기다려 만난 광명이었다. 나는 밀어 열라는 문구를 똑똑히 읽어 놓고서도 꽤 오래 꿋꿋하게 문을 당겨대다가 마침내 문을 밀어 열었다. 병원의 냄새는 숨을 들이마시기도 전에 이미 내 코안에서 살림을 차리고 있었는데, 실은 그 냄새를 맡게 된 것도 삼사 년이 된 듯해 나름의 반가움을 숨기지 못했다. 난 예방 접종을 극도로 피한 탓에 그렇게도 오랫동안 병원에 가지 않는 것이 가능했던 것 같다. 근데 내가 그렇게 장기간 이 소독약의 화학적인 향과 고무나

플라스틱 등의 의료용품에서 나는 거부감 이는 특유의 냄새를 맡지 않았다는 사실을 알아차리고 나니, 두통과 관련한 예상하지 못한, 그러니까 그것의 근원에 대한 신선한 의문이 생겼다. 두통은 피할 수 없는 재앙이 아니라, 그저 병원에 자주 방문하지 않은 내 부주의로 인한 미세한 고통의 중첩이 아닐까? 예방 접종을 피한 예전의 나처럼, 그런 내가 잔병치레가 잦았던 것처럼.

진료실 앞 모니터에 내 이름이 올라왔다. 내 앞에는 이미 몇몇 다른 이름들이 자리를 차지하고 있었다. 접수할 때 두통이라고 말을 해 놓았던 터라, 가만히 앉아 있는데도 불현듯 밀려오는 불안은 도저히 참기 어려웠다. 그곳에 있는 자들은 몽땅 두통과 나를 연관 짓고 있을 거라는, 연습하지 않은, 이질적이기 그지없는 상태에 빠진 난 숨을 퍽 거칠게 몰아쉬었다.

두통이 과연 그렇게 다급히 감출 만한 치부일까? 이 분야에서만큼은 권위 있는 지식을 갖추었다고 자부하는 나도 제대로 된 대답을 내놓지 못한다. 그 권위 있는 지식이라는 게 그냥 읽고 보고 배운 영역의 지식을 넘어서서, 한평생을 두통의 포화 속에서 보내며 몸으로 체험했건만 이런 체험에 근거한 지식으로도 답하지 못한다는 말이다. 만약에 그 두 개의 단어를 입에 담거나 심지어는 머릿속으로 떠올리는 것조차 금기시되고 있는 거라면, 전체주의 국가에서 몇 개의 성가신 어휘들을 죽어 버리는 언어 차원의 제노사이드genocide가 만연하듯, 어쨌든 개 개인의 두드러진 정체성보다 안정적인 집단 내에서 유연하게 기생(그 행패를 표현할 때, 그냥 '산다'라고만 표현하기에는 허전한 데가 있다)하는 기술이 더 각광을 받고 중요해지는 요즘, '그 단어'들로(재미를 위해 호메로스처럼 하자면)[10] 이빨의 울타리를 넘겨 날개 돋친 말을 건네는 '말함'의 미만도 초과도 아닌, 사소한 행위가 실제로 금기시되는 추세라면?

『1984』에서나 볼 법한, 조지 오웰이 보면 진노할 법한 재앙적인 언어의 퇴보가 정말 극단적인 전체주의 정부에 의해서만 자행되리라고 믿는다면 착각이다. 침묵하지 말아야 할 곳에서 숨을 죽이고, 침묵해야 할 곳에서 고함치는 게 취미의 범주에 접어든 자들이 모여 결성한 사회 역시 결집력이 전무한 전체주의 사회다. 강박적으로 타인의 눈치를 보며 어떤 집단과 사회, 공동체에 안정적으로 소속되기에 급급하지만, 그 전체주의의 자랑스러운 장점인 결집과 규합, 단결이 절실한 시기에는 구성원들이 일시에 개인 단위로 쪼개지면서 때늦은 사회적 거리 두기를 실천하고 마는. 이분법을 거부하면서도 그 두 가지의 개념의 단점만을 모조리 빼닮아 버리는 이 구역질 나는 모습의 사회는 그 개인주의의 이기심을 기반으로 삼은 단어의 생매장이 은밀히 벌어진다. 집단

---

10) 고대 그리스의 시인 호메로스의 서사시『일리아스』와『오디세이아』에서 자주 등장하는 관용구(Homeric fomula)인 에페아 프테로엔타(epea pteroenta, ἔπεα πτερόεντα), 즉 '날개 돋친 말(Winged Words)'을 빗대어 한 표현이다.

을 위해서가 아니라, 개인을 위해 집단을 탄생시키고 있는 그들에게 당최 어떤 상식과 자유를 기대해 볼 수 있겠는가? 나는 더욱 강도 높은 비판을 하고 싶었다.

(곰곰이 따지다 보니, 지금이 일제강점기의 조선과 다를 게 뭔가? 그러니까, 이 국민성이라는 것이 점점 일제강점기의 친일반민족행위자들과 같은 방식으로 변화하는 것이 아닌가? 그자들의 주장에 따르면, 개선될 수 있는 부조리와 그 모든 압제들, 또 제도적인 고역과 괴로움에 수긍하자는 거 아닌가? 이 측면에서 그들은 일제강점기의 친일반민족행위자, 꼭 친일파가 아니더라도 당시 만연한 '황국 신민 호소인'들, 정책을 만든 윗사람들의 실적을 담당하는 그 '황국 신민'들의 사고방식과 똑 닮아 있다. 안주하는 태도는 악으로 규정되지 않았고, 이후로도 악으로 여겨질 일이 없을 테다. 악의 기준은 시공간에 따라 판이하게 나타나는데, 실은 그 어떤 곳에 데려다 놓아도 안주는 악이다. 부조리와 압제는 예전에 비해 화장술이 크게 늘었을 뿐, 똑같이 자행되고 있다. 분내에 유혹되어 21세기를 이상의 실현과 같은 존재라고 미화하는데, 에너지가 보존되는 것과 같이 모습을 조금 바꾸었을 뿐 우리를 괴롭게 만드는 존재들은 불멸이며, 그저 색다른 얼굴을 가진다는 말이다. 이러한 영원한 고통의 굴레 속에서 백기를 드는 포기도, 굴레를 끊으려는 혁명도, 고통의 주권을 인정하는 사랑도 아닌 그 괴로움을 뚜렷이 인식하고 있으면서도 '굳이'로 운을 띄우는 모든 쓰레기 같은 생각 때문에 부조리를 발전시키고 마는 '안주'야말로 가장 음침하며 구역질 나는 악이다. 행동하지 않는 양심은 악의 편이다!)

어느새 나의 얼굴에서 새삼스러운 온기가 느껴졌다. 아마 이 얼굴의 달아오름은 마음속 자신과의 열띤 토론, 그 토론 과정을 지배한 열변으로 말미암은 것이리라.

그즈음 모니터 속의 여성적인 기계음이 한 글자 한 글자 또박또박 내 이름을 호명하였는데, 나는 그 이름이 마지막으로 소리의 형태로서 모습을 드러낸 게 방금 호명이 있기 전까지 얼마나 오래전에 일어난 일이었지, 하며 기억 속 쌓인 먼지를 털어 냈다. 그 쌓인 먼지의 양은, 나를 기침하게 만들 정도였다. 몇 년 전이었다면 당장 내 코에 긴 면봉을 쑤셔 넣어야 했으리라. (이 문장에 각주가 달릴 날이 오겠지?)

마냥 반가운 경험은 아니었다. 각각의 음절을 발음할 때의 간격이 거의 일 초를 넘으며 지극히 사무적인, 아니, 애당초 부름의 근원조차 사무적임을 넘어 사무에 의해 존재하는 기계가 아닌가? 나는 섭섭함을 느끼며 진찰실의 문을 열었다.

생각보다 문 안의 이미지는 평범했는데, 그것은 도를 넘은, 극단적인 평범함이었다. 페인트공의 실수인가, 방은 과도하게 희었고, 그 색상의 선택은 탁월했다. 내가 의자에 앉을 즈음에는 모든 정신적·신체적 긴장이 풀리고 있었다. 하지만 그 진정은 진실된 심신의 안정으로 진행되는 듯하지 않았고, 어떤 거부할 수 없는, 제어할 수도 없는, 조금의 변화도

줄 수조차 없는 강력한 패배가 확실시되는 전황에서 느껴지는 생존하
는 것에 대한 실의로 진행되는 안정인 듯했다. 나는 그제야 의사와 눈
을 마주쳤다. 문을 열 때부터 의자에 앉을 때까지 나는 고의로 그의
몸을 전혀 응시하지 않았기 때문이다.

"어디 아파서 오셨습니까?"

의사는 심각한 얼굴이었다.

"머리요. 두통 때문에요."

키보드는 끝없이 두드려지고 있다.

"다른 이상도 있죠?"
"그 다른 이상이 정확히 뭘 말씀하시는지…?"
"머리 안에서 감각이나 소리 같은 것이 느껴진 적 없어요?"

상황은 예상보다 순탄히 복잡해지고 있다.

"거의 매일 그럽니다. 두통이랑 관련이 있는 일인지 모르겠어요."

두통

키보드는 더욱 격하게 두드려진다.

"환자분 증상이랑 관련이 있는 건지는 저도 아직 모르겠습니다. 한 번 지금 겪는 증상 그대로 말씀해 주실래요?"

난 대략 오 분에 가까운 시간 동안 증상을 설명하였고, 그중에서도 벌레의 행패를 설명하는 데에 주력했다. 하지만 어쩔 수 없게도, 나의 평생에 걸친 그 고난을 말해 보는 것이 처음이기도 하기에 과히 횡설수설하였다. 하지만 되레 내가 횡설수설하며 제대로 된 말을 뱉지 못하였기에, 의사는 날 이해했다. 추측건대 그는 교사와 같이 이미 이 증후군의 존재 그리고 그와 관련된 여러 증상을 잘 알고 있었던 것으로 보인다. 하기야 직업부터 병을 진단하고 치료하는 직업이 아닌가. 그렇다면, 이 두통은 실제로 병 따위로 지정되어 있다는 것인가?

나의 장광설이 끝나 갈 무렵, 난 문득 의사와의 귀한 자리를 낭비하지 않고 최대한 활용해야겠다는 생각이 들었다. 난 이렇게 물었다.

"선생님께서 근무하시는 의학계에서 제가 앞서 설명했던 것과 같은 증상이 이야기되거나 화두에 오른 적이 있나요? 명확한 발현 이유 없이 꾸준히 발생하는, 정신 줄을 놓치게 할 정도의 강도를 가진 두통과 머리 안, 두개강 안으로 추정되는 곳에서, 마찬가지로 마땅한 규칙성

없이 발생하는 다양한, 살아 움직이는 벌레로 보이는 생명체가 내는 듯
한 소리 말이에요."

의사는 조금 고민하는 듯했다. 그 고민은 그가 내 물음에 대해 떠올
린 말을 입 밖으로 내뱉어도 될지에 관한 고민처럼 여겨졌는데, 이는
그가 자기가 대답할 차례가 되자 왠지 부산스럽게 주위를 둘러보며 다
리를 떠는 등 불안한 기색을 보였기 때문이다.

"예, 근데 일반적인 병처럼 다뤄지지는 않습니다. 완치나 증세 완화
를 위한 연구가 전혀 진전되지 않고 있다는 겁니다. 이런 두통이나 그
두통을 겪는 사람이 대부분 호소하는 환청이나 환시에 관한 정보도
입소문으로만 어렴풋이 들었을 뿐, 진단할 수 있는 정형화된 기준마저
마련되어 있지 않아요. 그 두통을 분석하고 연구하는 움직임 자체가
금기시되고 있다고 말하는 편이 적합하겠네요."

"연구가 금기시되고 있다는 말은 저도 공감합니다. 저도 이런 두통
을 갖고 있다는 것 자체만으로 사회에서 자주 핍박받곤 했으니까요.
그러면, 선생님께선 이 두통에 대해서 얼마나 깊이 알고 계시나요?"

"절대적인 지식은 문외한과 같습니다. 그런데 상대적으로 본다면 전
전문가가 되겠죠."

"알아내신 중요한 정보가 있습니까? 치료는 바라지도 않습니다. 다
만, 조금이라도 완화된다면 더 이상 바랄 것이 없기에 말입니다."

두통

의사는 자세를 고쳐 앉았다.

"요새 다수의 환자들을 받으며 알게 된 것은, 두통은 '모두'에게, 남녀 노소 그리고 시대와 국적에 상관없이 나타나는, 인간 구성의 필수 요소가 아닐까 하는 의심이 들 정도로 보편적인 현상이라는 겁니다."

"아니, 두통이 그렇게 모두에게 발생한다는 게 사실입니까?"

"아직 탐색 중에 있어서 장담은 못 하지만, 그렇게 보는 편이 적절합니다."

"만일 사실이라면 왜 그들이 그토록 두통을 수치스럽게 여기는 거죠?"

"지금은 21세기라고요. 이성, 과학, 합리, 실재를 따라야지요. 악착같이 두통을 인정하지 않으려는 행태가 결국 스스로 그리고 사회에 긍정적인 영향을 끼치지 않으리라는 것은 분명하지만, 시대는 항상 변화하지 않습니까? 그리고 한반도 역사에서 두통이 최초로 기록된 게 삼국 시대예요. 사실 이 두통의 기록이라는 것도 최근에 와서 삭제되고 왜곡된 흔적이 꽤 있어서, 더욱 과거, 어쩌면 고조선, 아니, 국가의 성립 이전의 인류도 두통 앞에서 안전하지 못했다고 보는 게 정설이죠. 요즘에는 계절과 밤낮의 구분도 사라졌는데, 두통을 쉬쉬하는 유행도 흘러가며 변화하는 문화에 따라 어쩔 수 없지 않겠습니까? 어떤 시각에서는 오랫동안 우리를 힘들게 한 고통들을 망각할 수 있는 기회가 될 수도 있겠죠."

"동의하기 어렵지만, 무슨 말씀인지는 이해했습니다. 한마디로, 두통과 그에 따라오는 부차적인 것들은 모두가 겪는 일상적인 고통이라는 거죠?"

"맞아요. 남아 있는 한정된 자료로는 깊은 진실을 파헤치기 어렵습니다만, 두통의 보편성을 통계적·심리적으로 입증하는 일은 현재로서도 충분히 가능합니다. 의학계에서 이를 따로 이름 붙이고 질병으로서 지정하지 않은 건."

"그러면, 벌레는 어떻습니까? 그 환각이 발생하는 이유가 대체 뭡니까?"

"환각이 아닙니다. 벌레는 실제로 존재합니다."

나는 잠시 심장이 멎는 듯했다.

"그건 또 무슨 말입니까?"

"말씀드린 그대로, 현재까지 은밀히 연구된 바에 따르면, 사람들은 전부 머릿속에 벌레가 산다는 겁니다."

의사의 믿기 어려운 말에 놀라는 감정보다, 그 말을 아무런 표정의 변화 없이 해 보이는 의사의 극에 달한 침착, 혹은 무감각의 등장에 '당연'이 부정되고 내 상식과 비상식, 이성과 비이성의 경계가 허물어지며 그 함께할 수 없는 두 가지 배타적인 명사의 이율배반적인 어우러짐,

두통

그것으로 일어나는 이질감이 선행되었다.

"살아 있는 벌레 말입니까?"

"예. 저의 경우에는 이 숨겨진 진실을 깨달은 지 꽤 돼서 놀랍지도, 거부감이 들지도 않지만, 지금 환자분과 같이 벌레의 실재 사실을 이제야 막 깨닫게 되셨다면 당연한 반응입니다. 믿지 못하는 것이 당연하죠. 벌레는 두개강 속에 삽니다. 뇌와 함께. 그것은 사고하고, 움직이는데, 전 이런 측면에서 벌레는 우리를 구성하는 엄연한 일부라는 결론에 도달했습니다. 만약에 누군가가 자신의 머릿속에 있는 벌레를 죽이려 시도하고, 그 시도가 성공하기까지 한다면, 그 위험한 의식을 거행한 자의 안전을 전혀 보장할 수 없을 뿐더러, 완전히 동일 선상에 두고 판단하기에는 적합치 않으나 그것이 낙태와 다를 바 없는 행위이며, 심한 경우 처벌까지 감수해야 한다는 겁니다. 물론 당장에는 그런 처분을 받지 않겠지만, 먼 미래에 말입니다."

"그것이 제 안에 살아 숨 쉰다는 말인가요?"

"아, 아직 깊은 영역으로 들어가기에는 일렀나 보네요. 벌레도 그렇습니다. 연구된 바를 성급하지 않고 여유롭게 일반화하자면, 인류는 항상 머릿속에 그 종이 무엇이든 벌레를 기르고 살았다는 거고, 이 역사와 통계는 '벌레의 부재'가 오히려 더욱 끔찍하고 불안하며 비정상적인 상태라는 걸 말해 줍니다. 이를 쉽게 말하면 머리에 징그러운 친구를 두고 평생을 살아가는 편이 오히려 더 정상적인 상태라는 겁니다.

195

아, 여기서 다시 강조하지만, 그것은 생명체의, 혹은 생명체와 아주 비슷한 형태로 머릿속에, 두개강에 존재합니다."

"증명이 된 경위는, 두통과의 연관성은 어떻게 되죠?"

"목격 사례는 보고된 적이 없으나 엑스레이 검사를 통해 수차례나 확인되었고, 의사 일을 시작한 후 여태껏 수많은 환자들이 이와 같은 증상을 호소하며 병원을 찾곤 했는데, 이것들을 종합하면 증명이 되지 않았다고 보는 것이 오히려 더 부적절한 견해라는 거죠."

"실제로 목격되지 못했다면, 그 존재 자체는 아직 추측에 머무르고 있는 것 아닙니까?"

의사는 잠시 침묵을 유지하다가 말했다.

"때로는 전혀 보이지 않는 것이 보이는 것보다 중요한 때가 있지 않습니까? 그저 당장 눈앞에 나타나지 않는다고 해서 없는 셈 치기에는, 우리의 눈은 세상을 담기에는 너무 작지 않나요? 이건 유럽 사람들에게도 해당하는 말이고, 아무튼. 중요한 건, 눈으로 본 사물과 현상들을 어떻게 해석하고 이용할 것이냐가 아니라, 보이지 않는 것을 어떻게 보이도록 할 것인가, 또 어떻게 그것을 직관적이고 보기 쉬운 사물보다 깊이 천착하여 보이지 않음으로써 절대 파괴될 수도, 상처 입을 수도 없는 불멸로 가공할 것인가라는 겁니다."

두통

두려워하지 말라.

"연관성을 설명하는 것에 괜한 체력을 낭비하지는 않겠습니다. 벌레
의 실거주지가 우리의 상상 속이 아니라 두개강 속 뇌와 이웃한 장소
라는 것이 파헤쳐졌는데, 당연히 그것이 두통을 유발하지 않겠습니까?
물론 간접적인 영향만을 주고 있다는 설을 무시할 수는 없지만, 아, 이
조직적으로 은폐되며 부자연스럽게 무시당하는 그 고통에 관해 이야
기하는 모든 것은 추측에 의존할 뿐임을 잊지 마세요. 그러나 이 연관
성은 환자분도 대강 유추할 수 있는 것 아닙니까?"

난 촉각 없이도 그 단단함을 알 수 있다는 의사의 말에 반박하고 싶
었는데, 이유는 없었다.

"네. 전 그저 그 연관성을 면밀하게, 또 이성과 과학에 근거해서 해
명한 것인가 하는 가벼운 의문이 든 겁니다. 그런데 말씀대로 이 이성
과 과학의 21세기와 두통, 벌레의 연구는 좀 거리가 있는 듯합니다."
"믿지 않으셔도 저야 상관없죠."
"아, 불신한다는 뜻은 아니었습니다."

그러자 의사는 웃으며 말했다.

"농담입니다. 벌레에 대해서는 너무 두려워하지 않아도 됩니다. 처방전 드릴 테니 두통은 타이레놀 복용하시고요."

벌레를 두려워하지 말라며 나를 안심시키는 의사의 말에서 나는 모자이크 처리 된 옛 기억의 편린들을 뜻하지 않게도 되찾을 수 있게 됐다. 종종 학교 수업 중 큰 벌레가 열린 창문을 넘어 교실 안으로 침투했을 때, 몇몇 특별함을 인위적으로 연출하는 충실한 남배우들을 제외한 대부분의 아이들은 혼란을, 때로는 경기를 일으키는데, 이렇게 일이 급박히 돌아갈 때마다 교사들은 아이들에게 '벌레가 너네를 더 무서워한다'며 의미 없는 말을 되뇌곤 했다. 그런데 이 일련의 상황 자체가 학교의 종류와 세대, 지역을 막론하고 반복되는 감이 없지 않았으며, 이를 공감하지 않을 이 나라의 국민이 없을 거라는 것도 흥미롭다. 그 예상치 못한 큰 벌레의 진입 속에서 교사들이 내뱉던 말의 자못 거친 어조까지 일정하여 임용고시 문제에 이 상투적인 멘트가 출제되는 건 아닐까 하는 의심이 든 적이 한두 번이 아니다.

그러나 난 그때도 그렇고 지금도 그렇고, 벌레를 무서워한다. 아니, 지금은 한발 더 나아가 두려워한다. 왜냐하면 그것을 피할 수 없었기 때문이다. 어릴 때는 벌레가 무서워서(당시의 내가 두통을 겪으며 벌레에 대한 환시를 겪었기에 그런 감정을 가졌을 테다) 창문을 모조리 닫고, 잠그고, 방문을 꼭 닫은 채 숨어 있는 때가 잦았는데, 벌레는 항상 나타났다.

두통

존재 자체가 두려운 것이 아니라 그 존재가 언제 어디서 튀어나올지 모르는 것이 두려웠고, 두렵다.

두려워하지 말라.

약을 처방받고 집에 돌아오는 길이었다. 그 와중에도 내 세상은 변화하고 있었다. 상식들은 그날부로 아예 개변된다. 그리고 또한 증오는 싹트고 있었다. 난 일말의 부끄러움도 없이 떳떳한 태도를 유지했다. 진실을 폭넓게 탐구하면 탐구할수록, 몸소 경험하면 경험할수록 가중하게 되는 게 세상이라고 난 생각했다. 나보다 더욱 학식 깊고 나이 많은 사람들 가운데 삶과 세상을 아직도 밝은 눈매로 관찰하는 사람들이 한층 존경스러워졌다. 아니면 그들은 맛이 가 버린 걸까?

왜 내가 떳떳한 증오를 행하게 됐냐면, 그 괴이한 감각들을 겪는다는 사실 하나만으로 날 모욕하고 멀리하던 그들. 그들도 결국 두통을 겪는 것 아닌가? 벌레를 키우는 것 아닌가? 그렇다면 왜 모두들 날 욕하는가? 심한 울화가 치밀었다. 역겨운 위선을 범하는 것이 어디서 유행이라도 타고 있다는 건가? 고통을 피해 다급히 도망하는 처지에 지나지 않는 그자들이 같은 고통 아래 있는 타인들을 대체 왜 비난하였는지 알 수 없지만, 괴로움과 고난이 치부가 아님을 모두가 깨닫게 되는 날, 나를 위시한 수많은 당당한 죄인들이 복권되리라는 것만은 확실히 하겠다.

난 멀리 우뚝 솟은 십자가를 본다. 불은 꺼져 있다.

12

+++

다음 날이 되었을 때, 난 이제 나의 삶을 이대로 흘러가게 내버려 둘 수는 없다고 생각했다. 그 두 가지의 괴로움은 정식적으로 나라는 사람 안에 편입되었다. 실존하는 형태로 말이다. 그것은 반박할 수 없었다. 반박은 발악이 되었다.

그런데 그 편입은 분명 '두 가지의 고통들'이 나의 품 안으로 들어옴이 아니라(두개강이 벌레와 두통을 품고 있으니, 이지적으로 조목조목 따진다면 그게 맞겠지만), 내가 '두 가지의 고통들' 안에 소속된 일종의 구성 요소들 가운데 하나로 전락한 듯한 느낌이 들었다. 이 주객전도는 합병과도 같은 양상이었다. 나는 이 합병에 최소한의 저항도 하지 못했다. 으레 그렇듯 과정은 사실상 평생에 걸쳐 매우 조심스럽고 또 동시에 공포스럽게 이루어진 탓이다.

한편으로는 자꾸 이런 생각이 일었다. 과연 내가 두통에서 벗어나도, 듣기 싫은 각종 소음에서 벗어나도 진정한 독립을 선보일 수 있을까? 나는 이 생각에 딱히 깊이 천착하지는 않았다. 내가 제대로 독립할 수 있을지 없을지 논리적으로 따져 보거나 어떤 수법으로 세상 위에 우뚝 설지 고민하지 않았다는 거다. 아, 대전제부터 요원한 탓일까? 아니면 그 해결 과정이 심한 우울과 무력을 동반할 것임이 뻔해서 그럴까? 난 그저 외딴섬 위에서 누가 좀 들어 보라는 식으로 푹 한숨을 내쉴 뿐이다.

내가 보기엔 밤에 그것들이 날뛴다. 밤낮이 구분되던 시기의 경험으로써 알 수 있고, 밤의 지배하에 놓인 현재의 경과로써 알 수도 있다. 무심한 광명과의 이별 뒤에는 어두운 하늘에 국한돼 빛나는 별들을 우러러보며 사그라드는 과정만 남았다. 차갑게 식은 채 갈 길을 걸을 뿐인 등에다 대고 아무리 욕해도, 그러다가 울어도, 평정으로 설득해도 바뀌는 건 혼자 남을 때에 비로소 등장할 그 등에 대한 강박적인 집착의 깊이다.

이로 인해 편치 못한 잠자리 이후 이어지는 아침은 하루의 시작보단 허무의 반복이라는 점에서 난 슬픈 오늘을 시작했다. 난 거의 일부러 이성을 잃기로 마음먹었다. 난 돈을 챙기고 집 밖으로 나섰다. 그리고 조금씩 내리는 눈을 맞으며 근처의 마트로 이동했다. 머리 위에 쌓인 소량의 눈이 녹아 머리카락이 기분 나쁘게 젖었다. 행인은 매우 드물었는데, 왠지 눈사람은 길가를 떠도는 인격체들의 수와 반비례하여 늘어 있었다. 그 꼭두새벽에 사람들이 이 눈사람들을 왜 세워 놓았고 또 무얼 한 거지, 하는 의문이 들지 않을 수 없었다. 그것들은 각기 다른 몸집과 눈덩이의 굴곡을 지니고 있었다. 일정한 것은 그들의 병든 나뭇가지로 된 입이 그래도 웃고들 있었다는 것이다. 그들은 빠지지 않는 참석자였으나, 그 머릿수는 오늘 제법 증가해 있었다.

마트로 이동 중 나는 P 그리고 나와 그의 겹치는 친구들 몇 명으로 구성된 일행을 우연히 만났다. 그들은 자신들이 노래방으로 가는 길이라 설명했다. '날씨가 좋네'라는 우리 재래식 인사가 효력을 잃은 까닭에, 난 그들에게 '밖에 사람이 너무 없어'라는 새로운 상투적인 인사법을 시도했다. 그러자 P는 요즘은 태어나는 사람의 수도 급속도로 줄고 있어서 세월이 흐른다면 행인을 더더욱 찾기 힘들어질 거라고 침울하게 웃으며 말했다. 그런데 문득 난 이것의 사유가 궁금해졌다. 해서 P에게 물었다. P는 항상 미소 짓는 눈으로 된 것들이 길가에 수놓아져 있는데, 그러면 도대체 어떤 사람을 사랑하겠느냐 반문하듯 말하고, 이후 그 눈 인간들은 결국 모조리 녹거나 부서져 버리기에 겨울은 사랑하기에 적절치 못한 계절이라 주장했다. 난 그것에 동의했다. 우리는 살아나는 것들과 함께해야지, 죽어 사라질 것들과 몸을 부대껴서 뭘 얻을 수 있을까? 무의미에 기반한 삶 속에서 의미를 행해야지, 내일이 오면 사라져 버릴 것들에게 정을 주어서 무엇을 하나?

난 마트에서 다량의 테이프와 살충제를 구매한 뒤 집으로 돌아와 우선 창문을 굳게 닫은 뒤 먼저 테이프로 창문의 틈새를 모두 꼼꼼히 막았고, 그 뒤 창문을 통해 외부에서 나를 볼 수 없도록 창문 전체를 테이프로 막았다. 매우 잘 숨었다.

지금부터 난 L의 심리의 흐름에서 잠시 빠져나와 그의 행동을 자세히 설명하겠다.

그는 그 모든 고통들을 죽일 작정을 했다. 그것이 그의 머릿속에 생명의 형태로 거주한다는 것은, 어쩌면 그 벌레를 죽일 수 있다는 걸 시사하는 것이 아닌가 하고 L은 생각했다. 이 뿌리를 뽑아내는 절차를 밟지 않고는 급격히 증가하는 이 머릿속 중량감과 압박감을 버틸 수 없을 것 같았다.

모든 사전 작업이 완료되자, 그는 처방받은 약을 복용한다. 한꺼번에 몇십 정을 말이다. 그건 결투였다. 신체에 거대한 무리가 올 것임이 확실한 지금, L과 그의 존재를 넘어서려는 기생충과 같은 벌레의 결투였다. 각종 진정제와 구충제를 다급히 복용하는 과정을 마친 그는 심신이 안정됨을 체감하기도 했다. 두개강 속에서 진노가 일고 있다는 사실도 알 수 있었다. 이는 단지 시작 단계에 불과하다. 당장 초기 과정의 효과만을 보고 이 중대한 과업을 그만둔다는 어리석음을 이후의 고통으로 갚게 될 것임을 L은 생각했다.

집에 있는 약을 전부 집어삼킨 후, 그는 살충제를 집어 들었다. 이윽고 입을 벌리고는 살충제를 입속에 뿌렸다. 쓴맛은 입술과 혀끝에서 폐와 위로 추정되는 장기 깊숙한 부분에 이르기까지 강렬히 감돌았다. 구역질이 나온다. 그렇기에 코나 귀와 같은 다른 신체 내부로의 통로를 통해 살충제를 뿌린다. 그것의 성능이 괜찮다면 충분히 벌레를 죽일 수 있을 거라 생각한 탓이다.

그는 이러한 가혹한 형벌을 스스로에게 내렸는데, 집행은 단순했으나 이를 반복하는 것은 필사적으로 이루어져 약을 되는대로 먹고 살충제를 곳곳에 뿌려 대는 겨우 두 가지 일은 약 삼십 분간 진행됐다. 이건 끔찍한 구원의 길이었다.

이 일의 강도가 거세질수록 그는 진노를 위시한 여러 부정적인 감정들을 전달받았다. 벌레는 화를 내고 있었다. L은 꿋꿋이 두려움과 고통을 이겨 내며 과업을 행하고 있다.

마침내 벌레의 발버둥이 L에게 들려왔다. 두개강 속에서 전과는 비교할 수 없는, 아주 과격하고 처절한 난동이 발생하고 있는 것이다. 그

두통

는 작업이 성공적으로 진행돼 가고 있음을 단번에 꿰뚫어 보고는 큰 성취감을 맛보았다. 그러나 이를 마냥 낙관적으로 해석하기는 이르다고도 생각했기에, L은 머리를 벽에 강하게 박기 시작했다. 이것은 계획되지 않은 새로운 작전이었는데, 외부의 충격을 통해 스스로에게 타박상을 입히며 벌레를 확실히 제거하려는 속셈이었다. 그리고 또 두통.

그걸 모르는 사람이 멍청한 거지. 설치가 논의된 적조차 없는 출구를 찾으려 부단히 애쓰는 자들. 그러면서도 창문을 깰 생각은, 벽을 허물 생각은 꿈에도 못 해 봤다는 거지. 도망을 가도 어차피 금방 따라잡히고 말 텐데. 겨우 이틀 쉬고 닷새 동안 추격당하는 듯한 불쌍한 자들. 만물에 초연해지는 것이, 부정을 받아들이고 음양의 조화와 균형을 인간의 형태로서 체현해 보이는 것이, 말하자면 인간 태극의 경지에 오르는 것이 요새 사람들에게 몹시 급한 일인데.

벽에 정수리 부분을 중심으로 머리를 박고 얼마 지나지 않아 그는 의식을 잃었는데, 이는 당연한 결과였다. 그가 의식을 되찾았을 때, 가볍지만 성가신 두통과 함께 벌레가 움직이는 소리가 들렸다. L은 실패를 수긍하면서 머리를 다시 박았다. 벽에 부딪히는 폭력적 행위는 그에게 유일무이한 해방에 이르는 방법이자 탈출구와 같은 것으로 생각됐다. L은 무자비하게 벽에 머리를 박기 시작했고, 이번에는 천천히 의식을 잃어 갔다. 그 속도로 짐작할 수 있듯 기절은 그에게 빤히 예견된 결과였고, 동시에 기꺼이 받아들일 수 있는 것이었다.

　의식을 기어이 되찾고, 다시 힘들게 찾은 의식을 내다 버리는 반복이 지속됐다. 그는 몸을 움직이고 생각할 수 있는 때가 왔을 때, 아무런 사고를 거치지 않고 즉시 벽에 머리를 거세게 부딪혔다. 온 힘을 다해서 말이다. 자신이 몇 번째 이를 반복하고 있는지 그는 몰랐다. 알 시간도 없었다. 깨어나면 곧장 머리를 벽에 강하게 처박는 것이 습관이 된 까닭이다. 스스로 초래한 어지러움과 탈진은 그를 지치지도 않고 괴롭혔다. 어느 순간의 L은 이 명멸하는 형광등에 빗대어서 볼 수도 있는 순간이 몇십 번째 반복되고 있음을 알아차렸다. 그러나 이젠 그에게 벽과 머리를 일체화시키려 시도하는 행위는 편안하게 여겨지고 있었다. 의식을 잃는 것보다, 의식을 포기하는 편에 근접했다. 그는 깨어나 세상을 살아갈 때의 고통들로부터 도피하는 처지로 변모했다. 그러자 그는 심한 부끄러움을 느꼈다. 이 부끄러움은 의식을 포기하게 되는 또 하나의 근거였다. 물론 두통과 벌레가 건재하다는 암울한 현재 상황이 의식 포기의 전제였다. 창문을 모조리 막아 놓았기에, 시선을 어떤 곳으로 돌려도 외부 세계는 미지의 영역이었다. 그러는 동안 L은 허기도, 갈증도 느끼지 못한 채 점진적으로 쇠약해지고 있었다. 그에게는 어떠한 욕구도 없었고, 생존을 이어 가는 데에 당연한 요소들도 공급되지 않았으며, 사고 능력마저 저하되고 있는 터라 L은 자신이 인간의 기준으로부터 벗어나고 있다며 슬퍼했다. 그러나 어느 순간 인

두통

간으로부터 멀어지는 자신의 모습이 단지 외롭고 쓸쓸하게만 여겨지지 않고, 되레 그것이야말로 진정한 해방처럼 여겨지기 시작했다. 다만 그 강도 높은 휴식은 멈추지 못했다.

일의 초반에는 그것이 성공적으로 흘러가는 듯했지만, 이제 그는 주가 하락으로 손실을 봤음에도 매도하지 못하고 버티는 주식 존버처럼 소위 본전을 찾기 위하여 그 일을 지속하고 있었다. 여기까지 와서 포기한다면, 심각한 물리적인 피해로 말미암아 더욱 강한 고난이 그를 괴롭히리라는 건 L도 의심치 않았다. 하지만 두통의 근원임이 확실한 벌레는 살아 있는 생명이며, 그에게 계속해서 피해를 입는다면 물론 언젠가 사망에 이르게 될 것이다. 그는 머리에 가해지는 짓누르는 압박과 어지러운 고통이 훨씬 심해짐을 알았다. 벌레의 발작은 여전했다. 그는 탈진했다.

이와 같은 당시 L의 생각들은 의식이 남아 있는 상태에서 아주 조금씩, 점진적으로 탄생했으며, 의식이 깨어 있는 상태의 그는 인간보다 단세포생물과 공장의 기계들에 근접했다. 그 단발적인 잠깐의 사고들은 언어의 형태를 띠지 않았다.

그는 완전히 탈진하여 고개를 벽에 쥐어박을 수조차 없게 됐다. 벌레는 기력이 전혀 쇠하지 않고, 되레 전보다 더욱 심한 정도로 난동을 부렸다. 이에 L은 격정에 사로잡혀 머리카락을 쥐어뜯었다. 또 머리에 힘없는 주먹질을 날려댔다.

L은 심히 저하된 사고 능력으로 인해 욕구와 사고를 언어의 형태로 형성하는 데에 어려움을 겪었다. 얼마 만인지 제대로 된 이성의 상태에 놓인 그는 꽤나 긴 시간이 흘렀음을 눈치챘다. 그는 거실로 이동했다. 몸놀림은 꽤 어색해져 있었다. 오랜 사용의 부재로 다리가 너무 뻣뻣해져 발을 떼는 것조차 힘겨웠다.

그는 거울 앞에 섰다. 수염과 머리카락은 상당히 수북해졌으나, 그는 여전히 그였다. 거울 속, 자신이라고 떳떳이 부르기에는 여태껏 그가 알고 있던 자신의 초상과는 사뭇 상반된 새로운 형체에 L은 마음이 심란해졌다. 거울에 반사된 그것은 무위로 잃어버린 세월에 대한 처벌이었다. 그가 그리는 상상 속 자신과 실제 모습에 감당하기 어려운 거대한 간극이 발생하고 있었다. 손에 잡히지 않는 것을 지나치게 오래 좇은 불쌍한 그는 어느새 더 이상 어리지 않은, 그렇다고 해서 성숙과 중후함은 추호도 찾아볼 수 없는 육신을 가지게 되고 만 것이다. 그러나 새로이 나타난 못마땅한 모습의 그가 다른 사람이라는 생각은 들지 않았다.

거실은 기억 그대로 온전히 보존되어 있었다. TV로 확인한 날짜는 그 작전을 실행하기 전에 비해 오 년 가까이 지나 있었다. 그러니까, 그는 의식을 잃고 다시 그 의식을 회복하는 행위를 가늠할 수 없는 횟수만큼 반복했던 것이고, 심지어 이것이 오 년의 시간 동안 이루어졌다는 것이다. L은 바야흐로 성인의 나이에 접어든 것이다. 그리고 낭비된 세월은 평생토록 그의 가슴 한편을 몹시 아리게 할 터이며, 어떤 노력으로도 잃어버린 시간을 보상할 수도, 이미 지나 버린 공백의 나날을 채워넬 수도 없을 터이다.

L은 거실 소파에 쓰러진 채 TV를 시청하며 현실을 받아들이는 걸 단호히 거부했다. 이윽고 그는 엄지손가락의 단순노동을 통해 채널들을 돌렸다. 프로그램은 실망스러웠다. 재방송을 통한 재탕만 남아 있었다. 요즘 이들은 마라톤보다 왕복 달리기를 더 즐거운 운동으로 생각하겠군, 하고 L은 생각했다.

문득 그는 테이프를 모조리 떼어 내고 싶은 충동에 사로잡혔다. 그것은 바깥 상황에 대한 추한 기대라고 불러도, 온실 속에서 벗어나고 싶은 일종의 독립심의 샘솟음으로 불러도 좋을 듯하다. 날붙이를 이용해 원활히 제거한 테이프 뒤에 숨겨진 바깥세상은 겨울의 밤이었다. L은 내다 버린 시간에게 조의를 표하려는 마음이 달아나는 걸 느꼈다. 심지어 그 시간은 그렇게 아깝게 여겨지지도 않는 듯했다. 그 시체에 더 근접한 요즘의 생활상은 살아 숨 쉰다는 것만으로도 너무 벅차기에 끊임없이 옛 과오들을 똑같이 재시도하여 패배하는 일로부터 살아 있다는 감각을 느낄 수 있는 것 같았고, 이 강렬한 권태의 문화는 구조주의 사상에 깊이 공감하는 L의 입장에선 의식의 존재를 무엇보다 위험하게 만드는 것이었다. 모두 자기들이야말로 상식과 이성이라 믿으며 같은 실수를 범하면서 점차 집단 무지와 습관적 망각의 경지에 접근하는 중인 것이야. 그는 이런 생각을 했다.

L은 집을 나가야 했다. 그는 그를 간절히 찾는 목소리에 내가 여기에 있다고 대답했다.

13

+ + +

나는 현관문을 매우 조심스럽게 열었다. 오 년 만의 외출이다. 온실에 갇혀 있던 시간의 영향도 있겠지만, 한기는 과도해져 있었다. 바람은 가끔씩 불었다. 칼바람이었다. 길은 무례했다. 눈들은 방치되어 수북이 쌓였고, 얼음은 그것을 녹일 자가 전무했기에 천지에 깔려 있었고, 가로등은 파업하고 있었다.

두통

그런데 그 도시의 풍경이라는 게 몹시 철저히 설계된 듯한 면이 없지 않아 있었다. 창문은 하나같이 검은색이었다. 밤하늘보다도 검었다. 극야가 시작된 이후 밤낮의 구분이 없어졌기에 수면욕이 이끄는 대로 수면에 빠지는 자들이 많아졌다. 그렇기에 아무리 꼭두새벽의 시간이더라도 불 켜진 창문은 당연한 것이었다.

이즈음부터 가벼운 두통이 서서히 모습을 드러냈다. 당당하게 무심해지는 인류의 심적 진화(퇴화라 명명하기에는 유래가 없다)가 가시적인 차원에서 증명되며 그걸 인식할 때, 두뇌는 긴 전선이 서로 마구잡이로 뒤엉키는 상황과 흡사한 구조를 띠어 간다. 그 올곧았던 전선이 어떤 공간에의 무질서도를 기하급수적으로 증가시킨다. 그러나 다루는 것이 불가한 양과 수준의 뒤엉킴은 곧 올곧은 전선의 비정상으로 직결되고 일종의 신질서가 자리를 대체한다. 그 신질서는 종말과의 일체를 재촉한다. 무질서를 질서로 치는 아나키즘과 달리 발생하는 무한한 소요 사태(정신적인)는 한 사람의 인격에 대한 권력 부재를 이끌고, 그 공석의 '절대자'(이것이 꼭 단일 인명일 뿐은 없고 대다수의 자긍심을 이끌 만한 무형의 사상과 상징일 수도 있다)는 신체 내의 음기를 심각히 증가시키는데, 이는 국가·국장모독죄와 동일한 시선에서 엄격히 다스려야 할 수준의 범죄 행위이다. 상술한 과정이 '두뇌의 전선화'로 말미암아 속히 진행되는데, 이는 기계의 움직임과 비교될 수 있을 만큼 정형화되어 있고, 무엇보다 기계와 비슷한 부분은 사람 냄새라는 것을 아주 조금도 맡아 볼 수 없단 점이다. 나는 내 안에서 탄생한(하지만 내 안에서 착상과 잉태의 과정을 거친 것이 아닌, 마치 대리모를 통해 탄생한 것에 가까운) 그 수많은 불가해한 문장들의 어지러운 공격에 두통을 느꼈다. 그건 착시로 인해 두 가지의 형태로서 목격되는 그림을 하나로 정의하라는 말과 같은 것이었다. 눈을 깜빡일 때마다, 혹은 시선을 잠시 돌릴 때마다 과거를 맹렬히 부정하고 그럼으로써 현재의 개연성을 공고히 하는 듯싶더니 이의 반복으로 인해 정보의 불확실성을 증폭시키고 있는 세계에, 모든 것이 착시 현상으로 구성된 세계에 두통이 오지 않을 리 없었다. 그건 회전 운동을 하는 물체 위에 서 있는 것과 같다.

나는 머리 쪽을 부여잡으며 걸었다. 고통의 중심부에 손을 얹는 편이 낫겠다고 생각해서 정수리에 오른손을 얹었는데, 그 순간 정수리 좌우의 고통이 부각되고 말았다. 나는 후두부와 정수리 부근을 포함한 대부분을 손으로 감쌌다. 그러나 내 손 크기의 문제인지 머리 크기의 문제인지 전두부가 가려지지 않았고, 난 그 앞부분에서의 집중된 통증을 느낄 수밖에 없었다.

이렇게 보행하며 거리를 살폈다. 사람은 단 한 명도 보이지 않는다. 사람을 포함한 그 어떤 생물체도, 그 어떤 흔적도. 그저 동네 거리를 쏘다니는 나만이 있었고, 그 지역을 동네라고 칭하는 자 또한 나밖에 없었다. 인류의 종말 또는 재편과도 같은 이 디스토피아dystopia의 한가운데서 난 인류 전체의 주마등을 경험했다. 그중에서도 굉장히 극미한 편린에 불과한 내 생애의 주마등이 찰나의 순간 내 눈앞을 스쳐 지나갔는데, 내 삶 속 기억에 남은 외출은 대부분 어떤 설명할 수 없는 힘에 의해 행해졌다는 것을 알게 되었다. 모든 것을 알고 설계하신 분의 귀찮음이 이의 이유일지도 모른다고 난 생각했다.

내 아파트며, 그 이웃 아파트며, 저 멀리 떨어져 있는, 검은 밤으로 인해 어렴풋한 형태만이 남은 그 고층 공동주택, 소소한 주택에 이르기까지 모든 불은 꺼져 있었다. 가로등도 말이다. 그러나 적색과 황색, 청색의 '신호등'만은 유일하게 자존심을 지키며 끝없이 점멸하고⋯.

난 길을 본다. 그 길은 원래 무단주차가 잦아 좁고 차가 한 대만 지나가도 보행자들은 혹시나 벌어질 사고를 대비해 벽과 밀착되어 걸을 수밖에 없던 길이다. 길 위에는 어떠한 차도 없다. 난 그 길을 관습적으로 걷는다. 주차된 차는 한 대도 없다.

걸음을 멈추지 않는 나는 어느새 옛 이웃들의 행방을 찾고 있었다. 아직 사람은 보이지 않는다. 그 어떤 생명체도 없었다. 사람들은 전부 이사를 갔다. 난 벽에 머리를 부딪치며 내던 소리와 분노를 상기한다. 소리는 메트로놈과 같이 일정한 간격을 두고 재생된다. 분노는 그 자리에 그대로 서 있다. 분노는 회한이 되어 내 머리를 무겁게 한다. 힘겨운 것보다, 묵직함이 보통 수준이 아니라서 무력감과 상실감을 느끼게 되는 그 슬픈 중량감을 말이다.

213

오 년 동안의 일들은 실제로 발생하지 않고 내 편향된 상상에서 제멋대로 연기되고 연출되며 상영되는, 영화의 형식을 띠어 가고 있다. 영화는 내 시점으로 짜이거나, 내 시점을 존중하거나 고려하여 짜인 게 아니다. 영화의 줄거리는 대략 이렇다. L은 이웃의 안녕을 파괴하는 마을의 악인이다. 그는 남들의 부름에도 대답하지 않고, 그 의지도 보이지 않고 소리와 분노를 공연한다. 그래서 그것은 인간 내면의 순수함, 다르게 말하면 모두가 숨기고자 하는 그 뒷모습을 모조리 까발린다. 이에 화난 대중들은 L의 집 문을 두드린다. 그는 여전히 대답이 없다. 대중들은 이제 화가 머리끝까지 났는데도(L의 문제와 대중들의 냉소는 어떤 언급도 전무하다). 몇 년이 지나자, 그들은 차차 이사를 시작한다. (이사란 반길 일이다. 하지만 떡을 나누지는 않았다. 그 옛 관례는 옥저의 민며느리제, 고구려의 서옥제와 같은, 중세 문화와 함께 우리의 후손들에게 교육될, 절대 반복도, 재현도 할 수 없는 역사로 머물 게 될 것이다.) 일이 외롭게 전개되어 간다. 이사를 한 자들의 행복한 삶 또 그 '발광하는 미소들'과 나의 멈추지 않는 불의가 번갈아 가며 대비되듯 나타난다. 이제는 악당의 불의보다는 극단적으로 과장되어 큰 웃음을 자아내는 코미디언의 연기에 근접한 L의 행동. 그 영화는 권선징악의, 심지어 멍청한 악과 지혜로운 선의 만남으로 자멸한 악과 이 갈등으로 인해 스스로 더욱 성장을 이룩해 낸 선의 모습으로 비참함을 강조하는 기법을 사용한다.

난 머리를 부여잡고 정면을 응시하다가 그 응시의 거리를 확장한다.

두통

흔적을 찾아서.

지금 시간은? 아니, 그건 중요하지 않다. 물음은 아주 잠깐 존재했다가 사라진다. 아니, 사망한다. 그런데 사람을 찾아 이득 볼 게 무엇인가. 아아, 난 필요로 하는구나. 난 어쩔 수 없는 사람이다.

귀를 기울인다. 이따금 부는 바람을 제외하면 미칠 듯이 고요하다. 나는 어느새 내가 내 발소리를, 눈 밟는 소리를 제대로 듣지 못하고 있었다는 것을 알아챘다. 자제할 수 없는 한숨이 빠져나왔다. 오랜만에 말도 한다. 난 혼자 대화한다. 아무 주제 없이 시작한 대화는 꽤 정감 있게 흐른다. 그리고 그것을 따라 입김이 생긴다. 아마 이사를 한 그자들은 아무리 말해도 입김 따윈 불지 않겠지.

불 꺼진 거리에는 더 이상 우울도, 화도 없다. 다만 극단의 냉소가 땅에 깃들어 있다. 여기에서는 살 수 없지만 다른 곳에서의 좋은 삶도 보장되지 않는다.

희망적인 가설 제기. 난 변화에 도태되었을 뿐. 이는 냉소가 아니다. 왜? 그들의 속셈을 내가 무슨 수로 꿰뚫고 짐작하지. 내 이웃으로 시작해 P의 집 그리고 주변 상가와 주거 지역 등 모든 곳에서 잇따라 잠적이 발생하는 것을 몽땅 나의 탓으로 돌리는 것은 무리다. 어떤 병이 돌았을 수도, 전쟁이 났을 수도, 집단 히스테리였을 수도 있는 것이고, 그 변화에 난 불가피한 이유로 참여하지 못한 것이다. 또는 휴거가 있었거나.

그래, 자꾸 등장하는 의미불명의 어휘들과 개념들은 뭐지. 난 그걸 잊은 듯하다.

벌레가 그 어휘의 근원을 해명한다.

나는 이해하지 못한다. 반감을 표한다. 반대한다. 거부한다. 믿지 않고 또 못한다.

아주 멀리 확실히 불 켜진 창문이 보인다. 그러나 그건 너무 아득한 거리다. 결코, 가까워지지 않는. 난 내 취미(프란츠 카프카나 토마스 핀천 Thomas Pynchon[11]에 대한)가 낳은 불안에 당황했다. K[12]는 나와 드디어

----

11) 1937년에 태어난 토마스 핀천은 현대 미국 문학을 대표하는 작가 중 한 명으로 포스트모더니즘 문학의 거장으로 알려져 있다. 대표작으로 『브이.(V.)』, 『제49호 품목의 경매』 등이 있으며, 최근 신작으로 『Shodow Ticket(2025)』이 있다. 과학, 역사, 대중문화, 철학 등 방대한 지식을 총동원하며 전통적인 서사 구조를 해체하는 난해한 문체를 통해 현대 사회의 불확실성, 엔트로피(무질서), 편집증적 음모론 그리고 거대 시스템 아래 억압받는 개인의 모습 등을 주요 테마로 그리고 있다. 허버트 스텐슬과 베니 프로페인은 소설 『브이.(V.)』 속 두 주인공의 이름이다.

12) 프란츠 카프카의 소설 『성(Das Schloss)』의 주인공 'K'의 오마주이다. 주인공인 토지 측량사 'K'는 이름이 없이 이니셜 'K'로만 표기되는데, 이는 보편적인 인간을 대표하며 '성'이라는 이상향이나 신에 도달하려는 인간의 부단한 노력, 또는 '성'이라는 미지의 불합리한 거대 권력에 맞서지만 결국 그 앞에서 좌절하는 삶의 부조리, 인간의 영원한 절망 등을 상징하는 것으로 해석되고 있다.

두통

만난 듯하다. V 자를 그리며. 허버트 스텐슬Herbert Stencil과 베니 프로페인Benny Profane처럼. 아니, 그건 봉화 체험과는 엄연히 구분되어야만 하는 새로운 것이다.

그 불빛들에 내 몸이 닿으면 어떻게 될까. 사람의 냄새를 맡게 되면. 미래는 확실히 긴장된다. 피가 식는다. 난 공포스럽다. 여정을 중단할 수가 없는 탓이다. 심장은 천천히 뛴다. 두통은 잠잠해졌다가 돌연히 거세어진다. 이번에도 꼬인 전선이 규칙과 질서를 무너뜨리며 무질서와 혼란을 만든다. 그들은 나와 다른 절대자 아래에서 살아가는 듯하다. 언젠가 난 그곳에서 도망쳐야만 할 것이다.

머리카락을 움켜쥔 내 양손의 악력이 점차 증가하는 것이 감각을 통해 전달된다. 그런 명을 내린 적은 없는데. 두통의 강도와 신체의 독립적 발작이 비례 관계에 놓여 있음이 증명되었다. 노년의 내가 탈모로 인해 흉한 두상을 소유해 버리게 될 확률과도 비례하겠지. 그 두 가지의 고통이 불치병이라는 점, 서로 닮아 있군. 역시 모든 역겹고 짜증 나는 것들은 서로 징그럽게도 유기적이게, 끈끈하게 붙어 있구나.

심장은 자제할 수 없이 날뛰고 있다. 불안의 근원임이 확실한 저 주거 공간들. 나를 두고 멀리 떠나 버린 그들. 그들의 주거지와의 거리가 좁혀질수록 박동수는 증가하고, 감각을 서서히 잃어 간다. 이런 일련의 신체적으로 체감되는 여러 이상 증상이 심각해져 갈수록 내 마음은 기괴하게도 편안히 진정되고 있다. 온몸은, 정신은 요동치고 공포에 떨어 대고 있지만.

　벌레겠지. 그 기괴한 편안함을 느끼고 있는 건. 분명 진짜 나의 진심은 아닐 테다. 그러나 그것의 막대한 영향력 행사를 난 도대체 견딜 수 없다. 죽어 있을 뿐인 미래를 향해 처절한 굼뜬 움직임을 계속하여 이 순간에만 소유할 수 있는 가장 고차원적인 슬픔을 최대한 맛보고 있는 도축장 앞 가축들처럼 이동하는 과정은 채식주의를 다루는 내 입장의 작은 혁명 비슷한 것을 일으켰다는 것 이외에는 아무런 소득이 없었고, 단지 나의 지능선에서는 전혀 알아낼 수 없는, 갈피를 잡을 수조차 없는 복잡한 형태의 상징들(일부러 꼬아 놓은 것처럼 보이는)로 이루어진 거대한 재앙이 나를 위시한 모든 것들을 덮치고 있다는 것, 이성과 비이성, 상식과 비상식이 한자리에 합석하며 결국 범지구적으로 발생하는 정보의, 일상의 꼬임은 더 이상 손쓸 수 없다는 것이다. 그러니까, 나는 그림의 떡을 침 흘리며 바라보는 것 같은, 아니, 큐비즘 양식으로 그려진 떡의 기하학적이며 도무지 시각을 활용하여 그림을 인식하는 단계에서부터 막혀 버리는, 그런 입체주의적인 그림의 떡을 바라보는 듯했다는 말이다. 나는 구시대의 잔재로 취급되는 옛 쓰레기 문화들에 내 영혼을 맡겨 놓은 그대로 그 맡긴 내 영혼을 돌려받으려는 시도도, 애당초 그러려는 생각도 전무하다시피 한 채로 신시대를 맞이하여 그 멋진 신세계의 그 멋진 잣

두통

대, 이 잣대를 따른 신시대 지성들의 좋은 문화들 안에서 살아가는 처지이고, 그렇기에 실제 현생의 나와 역사의 간절한 부름을 받고 있는 내 영혼의 의견을 적절히 조율함은 상당히 어려운 것이다. 왜 그렇게 생각하냐면, 난 아직 밤에도, 거울에도 적응하지 못했고, 또 냉소와 무감각, 무정에도 찬성하지 못하겠기 때문이다. 그들이 자기네들 두개강 안에서 내내 발생하는 일들을 잘 알고 있고, 그 일들에 굉장히 시달리고 있으면서도 그 두개강 속 난동을 진압할 생각은 안 하고 거꾸로 그 난동을 진압하려는 노력을 진압하는 어이없는 부조리(벌레가 생매장된 개념에 다다를 때, 이 부조리는 의미를 전부 잃는다)를 행하는 건 정말 한심하기 짝이 없다.

난 그 배신자들의 거주지까지 눈대중으로 일 분 정도의 거리를 둔 채 고뇌하고 있다. 정신은 손을 쓸 수도 없다. 몸은 망설이지 않는다. 어지러움이 심하다. 신체를 가눌 수 없다. 두통이 거세게 머리를 압박하며 짓누른다. 나에게서 억눌러진 신음이 새어 나온다. 그것을 처음 들었을 때는 다른 누군가가 내는 것으로 착각하여 주변을 살폈는데, 그래도 사람 코빼기도 보이지 않는 탓에 비로소 그것이 나에게서 나오는 소리인 것으로 해명된 것이다. 숨을 가쁘게 내뱉는 내 소리는 스스로 보기에도 안타까웠고, 점점 난 하찮은 존재처럼 여겨지게 됐다.

슬슬 꽤 가까운 곳에서 대화가 들려온다. 그것이 환청이 아닌지 의심했다. 대화의 자세한 내용은 들리지 않는다. 내 상태가 그 대화의 내용을 해석해 낼 만큼 온전치 못하다. 그저 파동으로서, 음향으로서 마치 오케스트라를 듣는 것처럼, 음향의 전개는 쇼스타코비치의 교향곡 7번 〈레닌그라드Leningrad〉[13]를 듣는 것 같은. 제목대로 난 포위된 듯하다.

그 오케스트라 속에 내가 내는 음향이 자리하고 있음을 눈치챘을 때는 늦었다. 지휘자들은 이 개입에 격분하여 나를 공격하고 만다. 각기 다른 인물들이 일제히 내가 고통에 떠는 것을 목격하고 표정이 굳은 채 그 길거리 위에서, 몇몇은 손으로, 몇몇은 다리로, 몇몇은 어떤 단단한 사물로 나를 가격한다. 난 눈에 보이는 것들을 인지해 낼 만한 사고 능력을 상실한 지 오래였기에 느껴지는 감각으로만 어떤 방식으로 공격받는지 알 수 있었다. 이미 지친 육신은 결국 굴복하듯 쓰러진다. 사건은 절정에 다다른다. 난 양손으로 머리를 감싸고, 얼굴이

----

13) 쇼스타코비치의 교향곡 제7번 〈레닌그라드〉는 제2차 세계대전 중 1941년 봄 작곡이 시작되어 그해 12월에 완성된 교향곡이다. 당시 소련의 제2의 도시인 레닌그라드(현재의 상트페테르부르크)에서는 1941년 9월 8일부터 1944년 1월 27일까지 무려 871일 동안 독일-소련 간 공방전이 벌어졌는데, 독일군은 레닌그라드를 완전히 봉쇄한 채 공격하였으며 끊임없는 공습과 식량 부족에 100만 명이 넘는 사람들이 사망하였다고 한다. 전쟁 발발 당시 의용 소방대원으로 복무한 쇼스타코비치는 소련의 국가적인 인재였던 까닭에 독일 포위망이 일시적으로 뚫렸을 때 후방으로 피신하여 이 교향곡을 완성하였으며, 이후 전쟁이 한창인 레닌그라드에 이 곡을 헌정하였다. '레닌그라드'라는 소련이 프로파간다의 하나로 붙인 제목인데, 쇼스타코비치는 훗날 회고록 '증언'에서 이 교향곡은 소비에트 정부가 선전한 '나치의 저항에 맞서는 소련인민들의 의지'가 아닌 '스탈린이 철저히 파괴하고, 히틀러가 마지막 타격을 가한 레닌그라드를 애도하 곡'이라고 언급한 바 있다.

두통

바닥을 향하도록 하여 피해를 막고 중요한 것을 지키려 시도하고 있다. 난 나에게 가장 필요한 존재가 무엇인지 잘 알고 있었던 듯하다. 원래도 미미했던 감각을 거의 잃어 가고 있다. 벌레는 격하게 떤다. 불쌍하게도 앓는 음성이 나에게서 나온다. 지휘자들은 아직도 연주를 끝마치지 않고 시끄럽다. 여기서 두통의 극심함은 단군 이래 최고점을 찍는다. 그 현상이 당장 내 생애에서 가장 뚜렷하고 고통스럽게 발생하고 있는 건 둘째 치고 난 타인들의, 이 장소에 없는 이들의 두통까지도 가늠할 수 있었다. 벌레의 날뜀은 어느 때보다 활발하다. 난 그것이 두개골에 강하게 부딪히며 충격을 가하는 행위를 반복적으로, 어떤 목표를 둔 듯이 꾸준하게 행하는 걸 알아차렸다. 실제로 그 충격으로 인해 균형이 흔들려 머리가 움직이기도 한다. 난 너무나 참담한 심정이다.

벌레는 나의 불행이 정해진 일이라고 했다.

하지만 폭행은 중단되지 않는다. 그리고 의식이 점차 희미해지는 걸 알게 된다. 하지만 이유는 단순 외상으로 직결되는 게 아니다. 난 두통 때문에 의식을 잃고 있다.

14

+ + +

그는 꿈속에 있다.

예전에 꾸었던 꿈과 이어지는 듯하다. 그 사원과 넓은 평야, 그리고 쨍쨍한 태양까지 모든 것은 같았다. 사원 가장자리에 L은 유기된 것처럼, 뜬금없고 처량히 서 있다. 벌레는 성충의 모습으로 사원 한가운데에 서 있다. 그것은 보기만 해도 깊은 무력감을 자아내는 크기가 되어 있다.

그런데 이 벌레라는 것은 L이 보기에 종을 짐작하기 어려운 모습을 하고 있다. 처음에는 꼭 나방 같아 보였다가 또 가만히 응시하고 있자 하니 나비에 가까운 모습을 하는 것이다. 벌레는 나방과 나비 사이에 자리하는 것 같으면서도, 또 그 두 가지의 종 모두와 동떨어지기도 하고, 때로는 한쪽으로 치우치기도 하며 L을 혼란스럽게 했다.

얼마 만에 이 순수한 태양 빛을 한없이 쬐어 보는가. 하지만 그가 당연하게 여기던 것과는 반대로, 태양 빛을 쬐는 일은 꽤 버겁기도 했다. 단순히 힘겨움을 넘어 밤에 대한 그리움을 자아내기도 했고, 이에 L은 그 모든 것을 부정하는 꿈에 두려움과 분노를 느꼈다. 꿈속 L의 심리에는 다른 무언가가 작용하는 듯했다.

그러고 보니 이런 벌레의 꿈을 꾸는 데에는 항상 외부의 충격이 깊이 관여하는 듯하였다. 그는 만화에나 나올 법한 크기의 벌레를 멀거니 올려다보며, 멍하니 입을 약

두통

간 연 채 뚜렷이 되뇌었다. '내가 세상을 투영할 수 있을까?', '내가 세상을 투영할 수 있을까?' 되뇌는 말들은 입안에만 머물렀지, 입 밖으로 나오지 못했다.

이제야 의미심장하고 부조리하며 비상식적인 일들은 단지 집단적 히스테리성 건망증에 머무는 것이 아니라는 것이 해명되었다. 음양의 조화가 천천히 무너지는 사태가 재앙을 초래한 거다. 이렇게 L은 생각했는데, 이 또한 실제 그의 생각이 아니라, 그저 이리 생각하는 것이 꿈의 일부인 것처럼, 손쓸 수 없이 일어나는 사건의 전개처럼 받아들여졌다.

그는 이 주입된 생각들을 경계 태세를 갖추고 곱씹어 보았다. 그러나 반박할 수 없었다. 분명 이 조화에 개입이 있었던 것이다. 그리고 그 개입은 무엇일까? 그의 추론의 결과는, 개입의 정체가 절대자의 부재를 만든 수많은 이들의 변심이라는 거다.

L은 벌레를 또다시 맹렬히 증오하기 시작했다. 그는 자신은 죄가 없는데도 왜 죄 있는 자들보다 강한 두통에 시달리며 핍박받는지, 모든 것이 부조리하게 흘러간다며 따지듯 벌레 쪽으로 쏘아붙였다. 그에게 성공은 두통에서 완전히 벗어나는 경지에 이르며 궁극적으로 벌레의 숨을 끊는 과업에 달린 개념이고, 다른 결과로는 절대 성취할 수 없는 유일한 것이었으며, 실패는 평생 두통과 벌레를 달고 사는 것, 그 자체였다. 이런 기준으로 바라볼 때 L의 삶은, 스스로 회고하여도 참담한 실패였다. 그와 마찬가지로 두통을 달고 사는, 벌레를 키우는 자들이야 어쨌든 자기합리화를 통해 심적으로 불안해서 벗어난 듯하니, 그들은 실패했지만, L보다는 덜 실패한 것이다. 그러나 내재된 성공의 가능성은, 핍박하던 자보다 핍박받던 자에게 치우쳐져 있다는 사실을 그는 잘 알고 있었다. 그는 모든 고통 앞에서 신음할지언정 더 이상 나약하거나 억울해하지

않을 것이며, 혁명을 멈추려는 마음은 없었다. 내일의 아픔보다 아마 일 년 후의, 아니, 십 년 후에나 있을 해방과 초월의 위대함이 그를 고동치게 했다.

그러던 와중 해는 급속도로 지고 땅거미가 내리기 시작한다. L은 상심한다. 꿈은 전부 망상이라는 판 위에서 생기는, 한심하기 짝이 없는 잠의 한 부류일 뿐이지.

그는 얼굴 근육을 굳히고 완전한 암흑으로 떠나는 여로의 끝에 도달해 가는, 저 구름이 만연한 하늘을 바라보며 조바심으로 피를 식혔는데, 과연 그날의 구름을 빛이 투과해 낼 수 없었던 것인지, 어둠은 도대체 모든 것을 투과할 수 있는지, 왜 우리는 우리의 한계를 우리가 감당할 수 없음을 뻔히 알고도 과히 넓혀 가며 가장 적절한 멸종의 기회를 거부하는지(인류가 햇빛 없이 살 수 있다는 건 '퇴화만도 못한 발전'이라고 그는 종종 벌레에게 주장했는데, 그 극야로 넘어가는 과정을 보고 있자 하니 주장을 반박하기가 더 어려워지는 것이다) 등의 잡생각들이 이곳저곳에서 튀어나와 그가 맨정신을 유지하기 힘겹게 했다.

L은 그가 여태껏 가졌던 색다른 분별력을 참고해 공존과 증오에 관련된 초월적이기도 한 이론을 세운다. 그는 이제 완전한 어둠을 가지게 된 벌레를 보았다. 혐오보다는 증오라고 명해야 할 감정이 솟구쳤다. 그 감정이 탄생하고 영향력을 행사하는 본체인 L과 감정이 탄생하게 된 계기에 해당하는 저 고고한 벌레와 겨루어 보았을 때 L은 가소로울 정도로 하찮은 것이고, 그가 몇 수는 더 앞선 존재를 감히 혐오할 수 있느냐는 자조적 성찰을 거쳐 혐오는 증오로 탈바꿈하는 것이다. 그런데 이젠 무시할 수 없을 정도로 동등한 위치에 선 벌레의 어엿한 존재를 망각하려 하는 건 실수다. 왜 그 둘의 공존의 사실을 인정하려는 L을 공격하였던 그들이 천천히 인간의 형태를 잃어버리고 있는지 생각해 보면, 다들 그것이 실수인지 아닌지 이해할 것이다. 그 실수를 범

두통

하는 것에 대비하려면 되레 증오는 원래 자리에 그대로 놔두고, 그 고통의 근원을 멈추지 않고 떠올리며 마침내 그것을 순수하게 인정할 수 있을 때까지 고통 앞에 얼굴을 붉혀서는 안 된다. 기괴한 운명을 깨부수는 건 쉬운 불가능이고, 기괴한 운명을 사랑하는 건 불가능한 해방이지. 사람은 때때로 무모함에의 충동에 빠지니까, 내 도전은 정당했다.

벌레는 몸집을 불리지 않는다. 그 부피의 일정함은 진화의 중단 같지는 않았다. 이제 그는 확실히 형이상학적인 야망을 드러내고 있다.

아무리 그래도 이 부담스럽게 과장된 몸집의 벌레와 독대하자니 여간 꺼림칙한 게 아니었다. 벌레는 벌레이기도 했다. 그는 형언할 수 없는 불안을 겪었다. 벌레는 벌레이기도 했지만 동시에 고난의 집약체였으며, 당시로선 전지전능하기 그지없는 공포의 존재였다.

L은 육신의 기력이 다해 가며, 특히 하체의 힘이 더욱 급속도로 소진되어 가며 이런 생각을 했다. 벌레는 처음부터 나와 계속 함께할 수밖에 없었지. 그게 진정 그의 의지와는 상반되더라도. 어쨌든 그는 내 '머릿속'에는 문자 그대로 실존하고 있으니까. 그렇다면 조금 꺼림칙해지는데, 벌레가 내 죄를 전부 목격했다는 것이고, 그래, 그 죄의 목격. 내가 목이 졸릴 때 애타게 찾아 헤매던 목격자. 이 장면에서 벌레는 내 편일 것이라고 예상해 볼 수는 있겠다. 하지만 모든 장면의 목격자이자 가장 믿을 만한 증언을 할 '그자'는 언제나 묵묵하다면 묵묵히 나와 함께하고 있었다는 거지. 아니, 하지만 시시각각, 때와 장소 그리고 인물과 배경 등으로 어지러울 정도의 다원성을 가진 죄와 다르게, 광기로 분별력을 완전히 상실한 상태가 아니라면 일정한 양상을 띠는 선

도 죄와 마찬가지로 벌레의 시선 아래에 있다. 자세한 것은 벌레만이 판단하겠지.

니체가 신을 죽인 뒤로 두 번의 세계대전이 진행되며 인간성이라는 건 급진적인 양상을 띠고 변하고 있다. 나는 니체의 살인을 단순히 매도하지 않고, 라스콜니코프[14]의 행위처럼 꽤나 깊이 있게 짜인 하나의 사건처럼 해석한다.

내가 여기서 한 걸음 더 나아간다면? 부조리의 개념을 더욱 확장하여 새로운 영역의 물음을 시도한다면?

그런가 하면 우리는 왕도 없다. 이미 부패한 지 꽤 된 그들은 문드러지기만을 기다리는 것이었고, 결과는 말하기도 입이 아프다. 심지어 이는 꼭 우리만의 사례도 아니다.

신도, 왕도 없다는 말이다. 이 문장 하나만 본다면 마치 아나키즘 같기도 하다. 그런데 주인은 있다. 주인이 신 노릇을, 왕 노릇을 한다. 지배자를 탄생시키기 위하여 참고해야 할 단어들이 되어 버린 그 두 절대자의 권한이 물질을 앞세운 주인들에게 집중되어 버리는 현상은 끔찍하다.

그들은 결국 보통 사람이다. 보통 사람이 보통 사람을 지배해서는 안 된다! 사람은 지배되어서는 안 되지만, 보통 사람이 보통 사람을 지배하는 것은 윤리적 어긋남에서

---

14) 도스토옙스키의 장편소설 『죄와 벌』의 주인공. 그는 빈곤과 고독에 짓눌려 사는 대학생으로 초인 사상에 빠져 비열하고 사악한 고리대금업자인 노파와 그 여동생까지 살해한다. 그 후 그는 고통과 고독에 몸부림치다 우연히 알게 된 매춘부 소냐에게 죄를 고백한 후 경찰에 자수하여 시베리아 유형길에 오르게 되며, 그곳에서 비로소 영혼의 안식을 찾게 된다.

두통

끝나는 게 아니라 파멸만이 남는다. 이런 이유로 나는 지배되는 것을 거부한다.

그래. 그 지위를 죽인 뒤에 차지한 자유는? 과연 자유를 누릴 마음가짐과 태도가 제대로 갖춰진 자들이 얼마나 될까? 그 무질서의 한가운데에 서 있는 자유 국가의 사람들. 미성숙한 아나키즘 정신이 복잡하게 뒤엉킨 사회 안에 갇혀 있는 그 사람들. 그들이 호기롭게 저지른 살인의 대가가 슬슬 발현되는 것일까?

L은 꿈에서 깨어난다. 그가 예상한 대로다. 그건 꿈이었다. 하지만 깨어나면서도, 지금의 체험이 현실과는 어떤 상호 작용도 이루어지지 않으며, 그렇기에 크게 연연하지 않아도 되는 것임을 잘 알면서도, 그러니까 꿈에서 벗어나고 있음을 눈치채는 그 경계에 있는 짧은 시간 속에서 그는 생각했다. 꿈은 언젠간 깨어나야 하기 때문에 아름다운 거야!

15

내 등을 껴안는 푹신함에 당황보다는 멍청한 편안함이 우선했다. 나는 이렇게 질 좋은 장소에서 잠을 청한 게 꽤나 오래되었기 때문이었다. 내가 평소 기상 시간보다 일찍 깨어난 평일의 아침처럼 현실의 추격을 침대 위에서 따돌리고 있다는 의외의 사실을 알아차리자, 눈을 부릅뜨지 않을 수 없었다.

　방은 꽤 번듯하게 꾸며져 있었지만, 주거의 역할보다는 잠시간의 휴식을 위해 설계된 듯했다. 구조는 휴게실 같은 것을 떠올리게 했다. 특유의 숨 막히는, 갑갑하고 폐를 옥죄는 산소가 방 안을 가득 채우고 있었다. 그리고 어설픈 양복 차림을 한 선한 인상의 남성이 풍부한 감정이 담긴 얼굴로 날 바라보고 있었다. 난 얼굴을 통해 인간성이 표현되는 광경이 꽤나 오랜만이고 반가웠으나, 이런 귀한 이를 시중드는 사람처럼 되어 가는 걸 원치 않았기에 상체를 일으켜 세워 앉아 보였다. 방에서 사람 냄새가 났다.

　"몸은 괜찮으십니까?"

　그 선한 자가 선뜻 말했다. 난 기운을 짜내 대답했다.

　"예."

　이는 의도치 않게 단말마처럼 나왔기에, 난 예의 대답 뒤에 조금의 뒤척이는 동작을 추가해 내 건강을 가까스로 증명했다.

　"조금 더 쉬어야 하겠는데."

두통

그는 혼잣말하며 방을 정처 없이 왕복했다. 그 모습이 의미심장하게 다가왔다.

나는 숨을 쉬는 것에 어려움을 겪기 시작했다. 하지만 조금의 불편함을 동반한 것에 지나지 않았다. 이 호흡의 가벼운 곤란은 마치 외부의 옥죔에 의한 것 같았다.

지루함을 모르는, 혹은 그렇게 될 정도로 생생한 상상에 빠져 있는 그 남자를 바라보며 난 눈을 살며시 뜨고 그의 움직임이 멈출 때까지 기다렸다.

왕복하는 남자를 주시하며 나는 내 마지막 기억을 떠올릴 수 있었다. 분명 이 좁은 방에 오기 전 마지막으로 그 도시에 갔었다. 그리고 전에는 강박적이고 간절한 실패에 중독되어 있었다. 중독에서 벗어날 결심을 하고 나가 본 밖에는 사람 하나 보이지 않았다. 그들은 사라지고 없었다. 그래도 난 기어이 그들을 찾아냈는데, 두통을 앓는 모습을 보여 버린 탓에 그들의 환영을 받지 못하고 말았다.

아마 이 남자는 쓰러진 나를 발견하고 딱하게 여겨 이곳으로 데려온 것으로 추정된다.

229

“여긴 병원입니까?”

“아닙니다. 이제 두통은 좀 가라앉았나요?”

난 잠시 심장이 멈추는 듯했다. 분명 내가 전혀 모르는 다른 영역의 일들이 이 땅 위에서 일어나고 있다. 난 내 존재의 무력함에, 그 무력을 단번에 파괴할 수 있는 미지의 힘을 체감하고는 몸을 떨었다.

충격받은 내가 뻣뻣하게 굳어 있자, 남자는 대수롭지 않은 듯 말했다.

“당신을 데려왔을 때, 당신이 이 침대에 누워서 계속 두통을 호소했는데, 아무래도 잠결의 일이라 전부 까먹은 거겠죠.”

물론 그의 이 말로 일의 심각성은 진정되었지만, 나는 나도 모르게 해당 단어의 등장에 몹시 긴장하며 경계하고 있었다. 그는 덧붙였다.

“그래서 현재 딱히 몸에 이상은 없다는 거죠?”

“예. 두통은, 두통은, 없습니다. 두통은요.”

예기치 못한 것은, 어느새 몇 단어들을 발음할 때 망설이고 찔리는 걸 넘어 그 발음하는 행위 자체를 부끄럽고 죄스럽게 다루고 있는 내 모습, 또한 그 모습을 거울이나 다른 이의 말을 통해서가 아니라 나 스

두통

스로 부자연스러운 나를 발견함으로써 사실을 직시해 버렸다는 것이다. 난 한때는 그 고통을 증오했고, 적처럼 여기며 파괴를 시도했다. 고통의 정도가 심해질수록 내 증오의 정도 또한 깊어지며, 내가 내 안에서 탄생시킨 증오와 분노는 그걸 아무리 언어의, 폭력의 형태로서 세상 밖으로 떠나가게 하려 해도 결국 끝끝내 내 두뇌 안에서 순환하며 뇌의 주름 사이사이를 더럽힐 뿐이었다. 또 그 증오로 무장한 자들의 행패를 보고 겪으며, 나를 덮치는 수많은 고통에 저항하는 과정에 증오를 동반시키면 안 된다는 일종의 내 사상을 만들어 갔다. 일방적으로 가해지는 부조리에 짜증 섞인 불평만 웅얼거릴 게 아니라, 실질적인 공존의 수단을 찾아가야 한다는 주장이다. 우리가 특정 재앙적 전염병을 완벽히 퇴치해 낼 수는 없었지만, 그 재앙을 일상의 수준으로 천천히 약화시키며 끝에 가서는 우리의 일부로 만드는 것처럼. 그러나 난 내 사상을 관철하기는커녕 내가 못마땅히 여기던 행동들을 그대로 하고 있었다. 난 의식 없이 그것들을 두려운 것, 악한 것으로 여기며, 발음하는 것조차 부끄럽게 여기고 있었다.

내 말에 그는 몸으로 대충 대답하고 즉시 방을 나갔다. 나는 당시 그 방이 웅접실이며, 그러니까 일단은 그 남자 소유의 집인 것으로 생각했고, 난 예의와 질서를 지키며 침대에서 떠나려고, 자칫 무례하게 방을 세세히 살피려고 하지 않았다. 그 예의는 큰 무료함으로 이어지기 쉬웠는데, 다행히 조금의 두통이 내 머리를 조여 왔기에 남자를 기다리는 동안 지루함은 느끼지 않을 수 있었다.

나를 비난하는 말을 하지 않았다.

두개강 속 벌레의 움직임이 전보다 더욱 거세진 듯하다. 난 이를 분명히 예상하고 있었으나, 막상 날 더 미치게 하는 시끄러운 소음과 전에는 그저 가끔가다 들리는 종류의 소음이었던 두개골을 긁어 대는 소리는 벌레가 어떤 마음을 먹은 것인지 어느새 두개강 속 소음의 주류가 되어 있었다. 난 습관적으로 벽에 머리를 쿵 하고 몇 번 강하게 박았다. 문득 남자의 소유일 이 공간을 훼손한 게 아닐까 싶어 미안한 마음이 일었다. 한데 내가 충격을 가하자 벌레의 난동은 극심해졌고, 이에 머릿속 깊숙한 곳에서부터 내려찍는 듯한 두통 또한 강해졌다. 벌레가 두통을 유발하는 것은 분명한 사실이다. 벌레의 날개는 꾸준히 퍼덕인다. 벌레는 두개골을 계속 긁어 댄다. 벌레의 많은 다리가 제각기 꿈틀대며 내 머릿속을 간지럽히고, 가끔씩은 그 비좁은 곳을 비행하며 탐험하다가 또 다른 위치에 정착하고, 날갯짓이 두개골을 스쳐 참기 힘든 꺼림칙한 감각이 느껴지기도 한다. 이것들은 감각과 소리의 형태로 나에게 전달되며, 이로써 그것의 생활 방식을 짐작할 수 있게 한다.

여기서 가장 눈여겨볼 만한 점은, 내 코에서 타들어 가는 듯 따끔한 느낌을 동반하며 미량의 어떤 액체가 흘러나왔는데, 그 액체는 검

두통

은색과 갈색의 중간 빛깔을 띤, 마치 곤충의 진액과 유사한 모습이었다는 것이다. 이 진액의 출처는 당연히 벌레일 것이다. 그러나 난 오랫동안 벌레와 강제로 함께 살아오면서 이런 진액을 분비한 것은 처음 보았는데, 그렇기에 난 이 짙은 액체가 단순히 내 건강 이상일 가능성 또한 배제할 수 없었다. 잠시 머리를 부여잡고 연구한 결과, 이 액체의 정체를 내 선에서 당장 밝혀낼 수는 없지만 최대한 이성과 상식에 따라 판단한 바로는 액체가 내 신체 분비물이며, 의학 쪽의 지식은 전무하지만 아마 코피일 것으로 생각되었다. 그것이 아니라면 달리 설명할 방도가 없고, 만약 벌레의 더러운 분비물이라고 가정하여도 그것을 증빙할 구체적인 증거가 없는 것이다. 그저 믿음이 유일한 증거인데, 믿을 이유가 없다. 믿음이 사실이 되었을 때 손해만이 남는다면 믿을 이유가 없게 된다. 불쾌하게 끈적이는 그 더러운 액체. 보기에도 만지기에도 역겨운 그 액체의 뒷배경마저 끔찍하게 설정해 봤자 돌아오는 건 이 토할 것만 같은 충동의 심화이다. 나는 서둘러 그 이상한 액체를 옷에 닦아 낸다.

몇 분이 지나 두통이 진정된 후 나는 문밖에서 어떤 대화가 진행되고 있다는 걸 알아차렸다. 이 대화는 내가 두통이 시작된 이후부터 쭉 이어지고 있는 듯한데, 심신의 안정을 찾자 난 자연스럽게 그 대화에 집중하게 되었다. 방금까지 나와 있었던 그 남자와 어떤 처음 듣는 여자 목소리로 보아 두 사람이 있는 것 같았는데, 남자의 목소리를 계속 듣자니 왠지 그 집 주인의 목소리인지 아닌지 점점 모호하게 들렸고, 원래 그자의 목소리마저 희미해져 가는 탓에 남자 쪽도 여자 쪽도 정확히 누구인지 짐작하기 어려워졌다. 여기서 제일 확실한 건 두 명의 인물이 있으며, 그들이 나누는 대화를 정확히 들을 만큼의 가까운 위치가 아니었기에 그 내용을 알기는 어려웠으나, 그들이 이야기하는 주제가 딱히 유쾌한 것은 아니며 아마도 비밀스러운 주제이거나 그렇게 다뤄질 만한 주제 같았다는 것이다. 왜냐하면 그들의 목소리는 매우 침착했는데, 그렇다고 해서 평범한 일상적인 담소라기에는 너무 오래 지속되고, 또 듣다보니 그 침착함도 실제로 그들의 심리가 침착하고 흥분되지 않은 게 아니라 연출된 듯한, 침착한 투를 유지해야 하기 때문에 침착을 연기하는 듯했고, 웃음소리는 전혀 들리지 않았기 때문이다.

그 두 사람 사이의 이야기가 끝나고 몇 분 침묵이 지속되다가, 남자가 방문을 열고 다시 내 앞으로 걸어 들어오는데, 그의 걸음걸이로 보나 표정으로 보나 조금 수상한 부분이 없지 않았다. 그가 내 앞에 서더니 말했다.

"오늘 밤에, 여기에서 당신을 위한 일이 있을 겁니다. '저희'가 준비해 놓은 무대 위에서, 그 판 위에서 그냥 협조적으로 연기를 진행하면 됩니다."

"갑자기 연기라니. 저는 연기 같은 건 살면서 배워 본 적이 없는데,

차라리 열정 있는 아마추어들에게 시키는 편이 낫지 않을까요?"

"이미 그쪽에 맞추어 이 무대를 구성해 놨는데, 여기까지 와서 역할을 바꿀 수는 없는 노릇이잖습니까? 그리고 이 공연 문화에 대해 잘 모르시는 듯한데, 이 몇 시간 뒤에 있을 연극은 모두가 인생을 살아가며 한 번씩은 무조건 주인공을 맡아 참여해야 하는 것이고, 이는 실제 정책으로도 제정된 내용인데, 나중에 가서 귀찮지 않게 지금 빠르게 끝내는 편이 나을 겁니다."

"그런 번거로운 일을 해야 한다는 겁니까?"

"국가에서 정책으로 이 공연에 참여하는 것을 강제하였기에 그쪽이 지금 여기에 있는 건 아닙니다. 티가 안 났을 뿐 알게 모르게 뒤에서 전부 공연에 참여하고 있었고, 그저 정책은 그 문화를 공식적으로 인정한 것에 지나지 않습니다."

"그렇다면, 공연이 진행되는 이유가 뭐죠? 왜 그 사람들은 다른 사람을 무대에 올려놓고 감상하려고 자신의 시간을 쓰고 있는 거죠?"

"다른 사람의 모습을 보고 웃음을 얻기 위해서 아니겠어요? 요새 재미를 얻기란 쉽지 않지 않습니까?"

나는 내키지 않는 마음으로 그 공연에 참여하기로 했다. 공연의 전개는 아직 불분명하지만, 일단 갈 곳 없는 처지의 나를 거둔 것도 이 남자이니 별수 없었다.

그가 말하기로는, 길가에 잠든 듯 쓰러진 나를 받아 줄 병원은 전부 문을 닫은 탓에 이 방으로 데려온 것인데, 왜 하필 집이 아닌 이 대기실로 나를 데려온 것이냐는 질문에는 그다지 명쾌한 답을 하지는 못했다. 아무래도 이런 면에서 남자는 신뢰할 만한 자가 아닌 것 같았는데, 이 공연으로 벌어들이는 수입의 반이 조금 넘는 액수를 나에게 지급하겠다는 약속을 듣고는 타협했다.

"그런데 제가 오늘 할 공연을 보러 올 사람이 얼마나 있겠습니까? 이런 일은 좀 전문적인 경력을 가진 사람에게 맡기는 게 낫다는 걸 모를 리가 없을 텐데요."
"분명 예상보다 훨씬 많은 사람이 몰릴 겁니다."
"공연을 감상하는 취미가 요새 유행이라도 하나 보군요."
"음, 지금 말한다고 해서 이해가 갈 것도 아니니 지금 말하기는 그렇고, 아마 무대에 서게 되면 이해할 수 있을 겁니다."

그는 방을 두리번대다가 이내 나가 버렸다.

난 남자의 제안에 수상함을 감지할 수는 있었지만 위험을 알아차릴 순 없었고, 설령 그때의 내가 위험을 감지해 낸다고 치더라도 난 공연에 올랐을 것이다. 사실 그 남자가 나에게 시키려고 시도하는 것, 그 주인공 일은 알고 보면 거의 내 천성이었다고 볼 수도 있지만, 일을 얼

두통

마나 잘 수행해 내느냐와는 별개로 그 일은 내 행복과는 거리가 먼 것이었고, 실제로 무대 위에 서서 경험하지 않고는 백번 들어 보아도 감이 잡히지 않을 일이며, 전말이 밝혀진 후에 생각해 보면, 남자는 그저 무대에 오를 뿐인 나에게 자세하고 솔직한, 진실 그대로의 '운명'을 설명해 주지 않는 게 당연했다는 것은 알고 있다.

당시 내가 숨겨진 꿍꿍이를 모두 정확히 파악해 냈다고 해도 난 더 이상 머물 곳, 쉴 곳이 전혀 없었고, 몸의 상태도 분명 어딘가 고장이 나 있을 터였다. 이렇기에 침대 위에 누워 있게 해 준다는 것만으로도 그 의미심장한 상징들과 나는 이미 동맹을 맺은 것과 같았다.

방문이 닫히고 복도를 조금 걷는, 그러다가 계단을 내려가는 발소리가 텅 빈 듯한 긴 복도에 울렸다. 신발로 계단을 때리는 소리가 멎자, 난 의도치 않게 도둑의 몸짓으로 움직였다. 난 거울을 찾고자 했다. 방 안에는 나를 비추어 볼 만한 물건이 없었기에, 방문을 조심스럽게 열어 복도로 나갔다. 복도는 내 상상보다 훨씬 더 길었는데, 난 이곳을 최대한 발걸음 소리가 나지 않도록 살살 누비며 화장실 표식이 붙은 문을 찾아다녔다. 난 내 방으로부터 왼쪽 쭉 끝에 가서야 화장실이 나온다는 사실을 확인하고 탄식하며, 말을 잘 듣지 않는 몸을 꿍꿍대며 이끌고 화장실로 향했다. 그 예상외로 청결한 곳에 도착하자마자 난 상의를 벗어 아무렇게나 걸어놓고 거울로 내 신체를 샅샅이 확인했다. 하지만 그 평평한 가슴팍과 등판, 별로 없던 살도 모조리 날아가 버려 젓가락 같아진 팔, 조명 빛을 받으니 더 도드라지게 파여 있는 볼에는 어떤 멍이나 흉터도 없었다. 이것에 당황하여 난 몸 구석구석을 손수 두드리고 누르며 자극했는데도 욱신거리는 감각 없이 멀쩡했다. 생기 있는 모습은 아니었지만 그렇다고 해서 건강하지 않아 보이지는 않았고, 멍을 비롯한 어떤 상처는 찾아볼 수도 없었다. 난 내 몸이 멍으로 뒤덮여 있을 거라고 믿고 있었는데, 사실 그쪽이 더 자연스러울 터였다. 기억에 따르면, 난 정신을 잃게 될 만큼이나 강한 구타를 경험했었다. 당시에는 신체의 감각을 잃어버린 참이었기에 그 강도를 짐작하긴 어렵지만, 분명 흔적을 남기지 않을 수준은 아니었다는 게 내 판단이다.

이런 뜻밖의 건강함에 거울 속 나를 이리저리 살펴보던 중 발견한 내 표정은 설명하기 어려운 실망으로 가득 차 있었다. 난 이에 불쾌함을 느끼며 다시 옷을 챙겨 입고 화장실 문을 열고 나가 다시 그 방으로 돌아갔다. 내가 눈을 떴던 그 방의 문에는 대기실이라고 적혀 있었다. 이것에 흥미가 생겨 복도의 방들을 전부 살폈다. 몇 개의 창고 같은 역할을 하는 방이 있었고, 다른 곳들은 대부분 최근 인적이 없었던 탓인지 먼지가 쌓여 으스스한 분위기를 품고 있었다.

복도를 둘러보며 건물에 대한 경계심이 풀린 나는 계단을 이용해 다른 층들을 잠시 살펴보기로 했다. 복도의 창문을 통해 내가 머물고 있는 층이 대략 삼사 층 정도에 위치하고 있음을 알고는 나는 여기

두통

서 더 올라가 봤자 흥미롭게 볼 요소는 전무하리라고 생각했기에, 계단을 타고 내려가기로 했다. 하지만 예상보다 밑층의 상주 인원이 많았고, 이는 붐비는 수준은 아니었지만, 큰 심적 부담을 느끼기에는 충분한 수였다. 나는 그들을 피해 정신없이 계단을 타고 내려가다 결국 1층에 도달할 수 있었다. 1층은 다른 층들에 비해 굉장히 넓었고, 작은 상점들이 다수 입점하여 외부 방문객들에게 간단한 간식거리 위주로 장사를 하고 있었다. 그 외부 방문객들은 하나같이 번듯한 사회인의 외형을 띄었는데, 나는 그자들이 멀쩡하고 깔끔한 옷차림이지만 동시에 마치 민낯을 드러내고 있는 듯한, 마치 가상과 현실의 구분을 넘나드는 상태에 있는 듯하다는 느낌을 지울 수 없었다. 그들의 연령대와 추측되는 직업 또한 다양하였으나, 얼굴 위에 퍼져 있는 은은하면서도 강렬한 미소는 내게 방문객들을 하나의 거대한 유기체, 혹은 일종의 사회적 현상의 일부분으로, 심지어는 그 상황 자체를 영화의 어느 전형적인 한 장면처럼 받아들이게 했다.

공연장은 어디 있는 것인가. 나는 그 공연이 이루어지는 장소를 확인할 수 없었다. 그나마 그 공연장의 출구로 추정되는 문을 발견하였으나, 그 출구로부터 쏟아져 나오는 관람객들이 너무 많은 탓에 내부로 진입할 수 없었다. 그렇게 1층을 헤매던 참에 누군가 내 어깨를 툭툭 치며 말을 걸어왔다.

"오늘 저녁에 무대에 서신다는 분 맞습니까?"

"예. 그런데 무대에서 뭘 하는지도 통 전해 듣지 못했고, 애초에 문화 정책 비슷한 걸로 인해서 반강제로 하는 것이어서 실망을 끼치지 않을지 불안합니다."

"그렇다면 관객 입장에서는 다행이죠."

"다행이라니요?"

"이 공연의 묘미가 그것에 있어요. 출연자가 그 내용을 모르는 것. 그런데 너무 예상 밖의 상황을 걱정하지는 않아도 됩니다. 아마 무대 위에서 당신에게 펼쳐질 장면은 당신이 매우 잘 알고 있는 장면일 것이고요. 사실 그 익숙함을 제외하고도 오늘 여기서 당신이 맡게 될 역할은 어떤 큰 연기와 재치가 필요한 역할조차 아니니, 강박과 불안은 버리셔도 될 듯합니다."

그의 말이 끝에 이를수록 그는 점차 숨겨 뒀던 미소뿐만 아니라 흥분마저 드러내며 나를 당황케 했는데, 이는 단순한 의심으로만 이어지는 것이 아니었다. 과대 해석일 가능성을 부정할 수는 없지만, 묘하게 이성을 잃고 있는 듯한 그 사람은 기후 변화를 위시한 시공간의 이변 이후로 시작된 범지구적인 비상식의 증가로 인한 멸망(열죽음Heat Death)을 구성하는 주요한 한 역할을 맡고 있었다. 비이성은 꼭 정신 병원에 갇힌 중환자와 같은 얼굴을 하고 나타나는 것만은 아니다. 그리고 그건 무섭지도 위험하지도 않다. 비이성은 어느 아름답고 분간하

두통

기 어려운 탈을 쓰고 우리 앞에 조용히 모습을 드러내며, 또 매우 고혹적으로 치장하여서 자칫 현학적이고 반항심을 불러일으키는 원래의 이성, 상식을 대체하려 드는 것이다. 원래 것보다 더 편안하고 매력적인, 차이가 크지 않아 분간하기는 어렵지만 한번 분간해 내면 그 괴리감이 막강하여 바로 티가 나는 것. 그것이 우리의 목을 여태껏 찬찬히, 지금까지도 졸라 대고 있는 끈이다.

그와의 대화를 거의 강제로 중단시키다시피 한 나는 계단을 두 칸씩 급히 올라 처음의 그 대기실로 복귀하였는데, 그 순간 내 머릿속에서는 매우 시끄럽고 정신 사나운 일이 발생하였다. 아직도 익숙해지지 않는 두개강 정중앙에서 울려 대는 얇은 다리와 날개의 긁는 소리, 듣기만 해도 그 속을 모조리 청소해 버리고 싶어지는 찝찝한 소리만이 아니라 이젠 확실히 어떤 '작업'이 이루어지고 있는 듯했으며, 그것은 나의 여러 민감한 감각들에 의해 증명되었다. 벌레가 이 상황에 위기감을, 두려움을 느낀 것인지 자신의 거처를 벗어나려 필사적으로 애쓰는 움직임이 생생히 전달되어 오는 것이다. 나는 코에서부터 슬쩍 뿜어져 나와 인중을, 윗입술을, 끝에 가서는 턱을 간지럽히는 '액체'를 느끼기 시작했다.

침대에 걸터앉은 나의 청각은 미친 듯이 예민해져 있었다. 모든 소리를 들으려고 하는 듯이. 해서 나는 양손으로 귀를 꼭 막고서 고개를 푹 떨궈야 했다.

　그래, 방금 나에게 말을 걸었던 그 소름 끼치는 남자 그리고 그와 같이 방문한 일행. 그 일행과 같은 공연을 감상하고 같은 공간에서 담소를 나누는 또 다른 일행들. 그들은 전부 벌레를 기르고 있다고! 벌레들은 아무런 이유 없이 발작을 반복하며 모두를 천천히 광기에 빠뜨리고 있다고! 한데, 왜 사람들은 이를 몸소 겪으면서도, 왜, 아니 도대체 어떻게 맨정신을 유지하며, 고도의 연기였다고 가정하더라도, 어떻게 연기를 계속할 수 있던 거지?

　나는 완전히 실패했다. 이성을 간절히 되새김질해 봐도 언제, 어디에서 잃어버렸는지조차 흐릿하다. 나는 경련하는 육신과 두뇌의 떨림을 심혈을 기울여 다잡으며 탄식했다. 누군가 당장 나의 모습을 사진으로 찍어서 보여 주거나, 내 앞에 전신 거울을 들이민다면 즉시 절규를 시작할 것 같다는 생각이 문득 들었다. 의사의 말대로, 그들도 두통 속에서 신음할 것이다. 매일 밤이 찾아올 때마다. 요즘에는 매일매일. 아니, 그런데 어찌 무슨 수를 써서 제정신을 유지하고 있느냐는 말이다. 그런데 난 이에 대해 이상하게도 존경심을 전혀 느끼지 못하는 한편, 이 팽배한 무감각이 부적절하게 느껴졌다. 그 억눌린 신음, 탄압된 눈물과 단속된 본성의 울부짖음. 그래서 그들은 무엇을 챙겼지? 영원한 착각. 그리고 그 착각에 빠져 여생을 허비하게 될 운명. 파멸한 자아에, 인간보

두통

다는 기계에 근접하게 변화한 심리에 인생의 끝에 가서야 후회하는 것. 음, 그러면 나는 무엇을 챙겼지? 분명 나는 그들보다 빈곤하고 외로우며 막막하다. 또 나는 나를 정의라고 믿고 있는데, 이런 부분에서도 그들과 다를 것이 없다. 하지만 나는 진실을 진실로 볼 수 있고, 사실을 사실이라고 말할 수도, 있는 것을 있다고 인정할 수도 있는 힘이 있다.

그런데 나는 또 이 행동을 반복하고 있다. 정신을 혼미하게 하는 두통을 진정시키며 그 휘몰아치는 날갯짓의 폭풍이 종말로 나를 이끌 때, 혼자서 어디 구석에 몸을 웅크리고서 세상에 대한 무분별한 분노를 발산하는 것. 누군가 당장 나의 모습을 사진으로 찍어서 보여 주거나, 내 앞에 전신 거울을 들이밀어 버린다면 즉시 절규를 시작할 것 같다고 다시 생각했다. 나는 살포시 눈꺼풀을 닫았다.

이상한 가역반응
직선은원을살해하였는가[15]

----

15) 시인 이상의 시 「이상한 가역반응」(1931)에 나오는 시구. 가역반응(可逆反應)이란 화학에서 정반응(반응물이 생성물로 변하는 반응)과 역반응(생성물이 다시 반응물로 되는 반응)이 어떤 온도, 압력 조건에 따라 동시에 일어날 수 있는 반응을 말한다. 석회동굴에 물이 흐르면 석회가 녹아 내리면서 동굴이 형성되고(정반응) 이와 함께 종유석이나 석순이 형성되는 (역반응) 반응이나 액체인 물이 수증기로 변하는 증발(정반응)과 수증기가 다시 물로 변하는 응축(역반응)이 동시에 일어나는 반응이 그 예이다. 인간의 삶과 죽음도 그러한데 이 두 양태를 별개로 보느냐 하나로 보느냐가 인간 존재의 성찰에 지대한 영향을 준다고 하겠다.

"이제 시간이 다 됐습니다."

"예."

"몸을 잘 가누지 못하시는데."

"너무 뻐근하네요."

"걷다 보면 나아질 겁니다."

"예."

"조금 더 천천히 걷는 건 어떨까요."

"여기서 여유를 부리면 늦을 것 같은데 그냥 갑시다."

"예."

"당신을 침대에서 일어나게 만들려고 얼마나 노력했는지 아십니까."

"잘 기억나지 않습니다."

"무슨 경찰 조사를 받는 것처럼 말씀하시네요. 별것 아닙니다. 물론 이해하고요. 잠만큼 우리를 편하게 만들어 주는 건 없죠. 잠은 지친 영혼을 달래려 잠깐의 죽음 체험을 하는 것과 같은데, 이런 부분에서 저는 우리가 진정 원하는 게 죽음이 아닐까 생각합니다. 먹는 것을 좋아하지 않는 사람은 종종 있지만, 잠자는 걸 좋아하지 않는 사람을 본 적이 있으신가요? 절대 없을 겁니다."

'그러게요. 본 적은 없지만. 사실 제가 그다지 좋아하지 않는 편이라서. 그런 성향은 드물기는 하더군요.'

"음, 입을 열 기운도 없으신가?"

"비몽사몽해서요."

“조금만 더 참읍시다. 공연은 많은 걸 요구하지 않아요.”

“예.”

“감히 잠을 거부한다면, 숨을 쉴 자격을 잃게 돼요.”

아마 공연장에 입장하기까지 얼마 남지 않은 것 같다.

“어릴 때부터 그런 위험한 반항심을 키우고 있었다니. 그냥 하찮은 불량함으로 여길 게 아니었네요. 이런 사회 안정에 위협이 되는 사상은 사전에 처리해야죠. 맞지 않아요?”

“예.”

“여기 문을 열면 바로 무대입니다. 준비가 다 되면 열고 들어가세요. 하지만 너무 오래 지체하지는 마시고요.”

“예.”

문이 열린다. 무대 위는 마치 어린이들을 위한 장소처럼 꾸며져 있다. 바닥에는 이불이 깔려 있다. 나는 조심스럽게 그곳으로 발걸음을 옮긴다. 관객들은 웅성웅성 시끄럽다. 난 그 위에서 혼자다. 반대편에 문 하나가 나를 마주 보고 있다. 나는 관람석으로 시선을 돌린다. 나는 순간 너무 놀라 쓰러질 뻔했는데, 객석의 그 수많은 의자들을 가득 메울 정도로 관객들이 빽빽이 들어차 있고, 아니, 애초에 그 관람석의 규모 자체가 내 예상보다 훨씬 거대하기도 한 탓에 난 당혹스러움을

245

감추지 못한 것이다. 그들의 소란스러움과는 별개로 얼굴은 진지하다. 심각한 일을 목격한 것처럼. 하지만 그들은 무대 위에 홀로 선 내가 아닌 형이상학적인 존재를 응시하는 듯하다. 왜 무대와 관람석 사이에 이런 펜스가 처져 있는지 나는 의문스럽다.

그 소파 같은 재질로 만들어진 것으로 보이는 붉은 빛의 관람석들 사이로 나의 부모님이 보이는 듯하다가 사라진다. 그건 거의 모기와 같은 작은 날벌레의 거동 방식을 모방하였다고 말할 수 있을 테다. 나는 시선을 맨 오른쪽으로, 또 맨 왼쪽으로, 맨 위로, 오, 그런데 내가 시선을 위에 두었을 때 나의 옛 친구 중의 한 명이 시야에 잡혔다가 사라진다. 다름 아닌 P였던 듯하다. 이번에는 그를 확실히 발견했다. P의 옆에는 익숙한 얼굴을 한 또 다른 사람들이 앉아 있다. 그들은 내 친구였던 것으로 보인다. 내가 그들을 더 뚫어지게 쳐다보며 분석할수록 옛 기억들이 발굴되는데, 이 옛 기억들은 나를 부지불식간에 웃게 할 정도로 환영할 만하고 따스했다. 하지만 그들의 굳은 얼굴에 난 눈을 오래 마주치지 못하고 정색하며 시선을 도망치듯 돌린다.

그리고 그 옆에는 내가 명절 때 본가에 내려가 가끔 보던 얼굴들이 스치고, 마찬가지로 냉혈한 얼굴빛이 나를 심적으로 몰아붙이는 탓에 이번엔 고개 자체를 완전 오른편으로 돌려 보는데, 나는 그 제일 오른쪽 자리에 앉은 관객들을 방금 한번 훑어보았으나 다시 고개를 돌려서 보니 그 오른쪽에 앉은 그들의 생소함이 모조리 사라지고 반가운 나머지 두 팔을 벌려 환영하고 싶어질 만큼의 낯익음으로 변화하였는데, 얼마 지나지 않아 이 사람들은 이젠 목소리도 어렴풋하게 된 중학교, 또 초등학교 학우들인 것으로 판명 났다. 그들 사이에서 남자인 이들은 어울리지도 않게 머리를 짧게 민 것이 군인처럼 보였는데, 그것은 그들 중 몇몇이 군복을 착용하고 있었기 때문이다. 아마 자대 복귀를 앞두고 있거나 군인으로서의 혜택을 챙기려는 자들일 것이다.

　나는 무대에 올라온 지 일 분, 아니, 삼십 초밖에 지나지 않았을 것으로 추측되는데, 이럼에도 나의 다리가 후들거리고 숨이 가빠지는 등 여러 이상 증상이 나타나고 있다. 나는 휴식을 취할 필요가 있다고 생각했다. 하지만 나는 관람석에서 눈을 떼지 못하고 있다.

　이제 슬슬 난 이 관객들이 전부, 모조리, 한 명도 빠짐없이 나의 지인이라는 것을 파악해 낼 수 있었다. 왜 그가 재치와 유머 능력이 전무한 나의 공연을 보러 오는 관객의 수에 대해 걱정하지 않았는지 단번에 이해하곤 안심했다. 그런데 이 나의 지인을 위한 공연에 초대되는 일종의 기준이 매우 깐깐한 동시에 유한 듯한데, 왜냐하면 관객들은 철저히 나의 지인으로만 구성되어 있고 단 한 명도 초면인 이가 없었는데, 그나마 조금이라도 생소한 이들은 분명 아주 오래전의, 현재는 잊힌 내 지인들일 터였기 때문이었다. 그렇지 않을 수 없는 것이, 그 초

247

대된 지인의 기준은 단순 가족이나 친구를 벗어나 인사조차 나누지 않는 사이의 이웃(그자들은 이미 이사를 간 이후지만)과 같은 이들도 포함되어 있었기 때문이다. 한마디로, 이 관객들을 모집한 사람들은 매우 철두철미한 기준 아래 내 앞에서 소파 같은 의자에 앉아 나에게 심각한 눈빛을 보내는, 어쩌면 연기자일지도 모르는 이들을 섭외해 낸 것이고, 거기엔 나에게 완전히 잊힌 인연들도 있을지 모른다는 것이다. 나는 어지러움을 느낄 정도로 빠르고 멈춤 없이 고개를 돌려 대며 종종 그들의 섭외력에 대해 놀랐는데, 사망한 이들까지도 나의 이 공연을 위해 저 고급스러우면서도 싸구려 티가 나는 의자에 앉아 있었던 것이다. 하지만 나는 이 진기한 광경에 대해 특별히 놀라거나 당황하지 않았다. 난 그 감정을 스스로 해명해 내려다가 지치고 말았다. 다양한 내 삶의 인물들을 살펴보며 희로애락을 천천히 다시 맛보는, 그 맛이 꼭 달콤하거나 감칠맛이 아니더라도 끊임없이 허를 굴리고, 떫거나 때로는 역겨운 맛이더라도, 어쩌면 그렇기에 계속해서 맛볼 수밖에 없는, 그런 행위는 애처롭게 지속되고 있었다.

"여러분의 호기심은 충족되지 못할 것입니다."
"여러분은 환상이 없는 연극을 보게 될 것입니다."
"여러분은 어떤 분위기를 기대했었습니다."
"여러분은 어떤 다른 세계를 기대했었습니다."

두통

'여기서는 연극이 공연되지 않을 것입니다.'

나는 작게 되뇌듯 말했다. 마지막 문장은 발음되지 않았다. 입술만 이 꿈틀댈 뿐. 나는 그 문장을 꼭 말하고 싶었다. 별 의도는 없었다. 관객을 모독함으로써 공연이 현실이 되며 결국 무대 위에서 펼쳐지는 사건이 가상의(혹은 현실과는 거리가 먼) 일만이 아니게 되고, 그리하여 그저 우스운 일로 치부되지 않도록.

그 일 분 남짓한 시간 사이에 나는 거의 경련이 날 정도의 상태가 됐다.

모두 진지한 표정이다.

드디어 또 다른 인물이 반대편의 문을 열고 무대 위로 올라온다. 여자였으며, 마른 체형 외에 특별한 점이 없는 사람이었는데, 특이하게도 그녀는 내게 강렬한 인상을 주었다. 아마 그 여자도 나와 안면이 있지 않을까? 그리고 이 공연장은 마치 어린아이들의 것처럼 꾸며져 있다!

그래, 마침내 유치원 교사가 나를 찾아온 거다. 그녀는 나에게 천천히 다가온다. 우아한 잔인함으로 사지를 박제시키며. 내 최초의 기억이, 그 사건이 재현되려 한다는 것은 자명하다.

나는 정해진 운명에 조금은 협조적으로 되었다. 그들에게 협조하기 위해 빠르게 머리를 굴렸다. 아마 낮잠을 위해 누워 있었지. 제 발로 누워 있었지. 그러다가 생각이 산만한 난 웃었지. 도대체 무엇이 그렇게 재미있었는지는 나중에 고민해 보기로 하고. 그녀는 나에게 천천히, 굼뜨기도 할 정도로 매우 천천히 다가왔고, 그제야 나는 내가 웃고 있었으며 그 바람 빠지는 소리가 보기 좋은 정적을 산산이 부숴 버렸다는 것을 알아차렸지. 난 사죄하는 마음으로 터져 나오는 웃음을 참고서 되도록 얌전히 있었는데, 내 노력과는 반대로 그녀는 나를 공격했지.

슬슬 하체가 피로해진다. 그런데 졸음까지 밀려온다. 이 공연에서 벗어날 방도를 궁리하였는데, 안타깝게도 피로함이, 졸음이 극에 달하여 약간의 복잡한 사고를 하는 것조차 어렵게 되고 말았다.

그리고 숨이 막혔던 것 같은데. 내 숨을 막아 버린 것이 무엇인지 가물가물하다. 손으로 목을 조른 것은 아니었던 것 같다. 그건 숨이 막혔다는 단순한 말로도 설명할 수 있지만, 흉부와 기도가 압박됐다는 말이 더 정확한 설명일 것이다. 아이들은 깊은 잠에 빠져 있었다. 나는 잠자는 아이들을 이해할 수 없었다. 그 순간에 와서는 맹렬히 증오하였다. 아, 나를 살해하려 했던 것은 그 여자의 발, 그것을 통한 압박이었지. 한마디로 날 짓밟았다는 거야. 아이들은 자고 있었고. 분명 자는 척하는 경우도 더러 있었지. 연기를 잘하지는 못하는 터라 바로 티가 났지만. 죽음과 삶의 경계에서 허우적대다가 최초로 두통과 벌레를 발견하고 '낚시에 걸린 송어'처럼 발버둥 치고. 그러고 보니 벌레 또한 '미국의 송어 낚시"[16)의 일부가 아닌지 진지하게 논의해 볼 필요가 있다. 나의 호흡은 어느 순간 방해받지 않고, 나는 다시 숨을 쉴 수 있게 되었다. 또 다음에는 무얼 했지? 잠을 잤다. 곧바로 잠에 들었다. 다른 것들과 함께. 반항하는 걸 멈추고, 공간의 일부로 녹아들며.

이제 그녀와 나의 거리는 자못 좁혀지고 말았다. 나는 직립할 수 없다. 다리는 후들후들 떨리고 안개가 끼었으며, 어지러움은 안정되는 듯싶더니 곧 재발했다. 간신히 선 자세를 유지하는 짓도 그만둘 때가 된 듯하다. 힘을 잃은 나는 이부자리에 자빠지듯 눕는다. 그리고 살면서 느껴 본 적 없던 강렬한 초연함이 내 머릿속을 가득 메웠다. 그런데 되레 내 마음은 공허로 돌아가는 듯하다. 형벌이 집행되는 것을 기다리는 내 눈은 마지막으로 관람석을 향했는데, 그들은 여전히 무뚝뚝한

----

16) 리처드 브라우티건(Richard Brautigan)의 소설인 『미국의 송어 낚시(Tout Fishing in America)』(1967)는 1960년대 미국의 히피 문화와 반문화(反文化 또는 Counterculture)의 상징이자 미국 포스트모던 문학의 대표작으로 일컬어지는 작품이다. 소설, 산문시, 에세이가 뒤섞인, 비선형적이며 유머러스한 서술이 특징인 이 작품에서 '송어'는 자연과 인간이 조화를 이루던 풍요로운 미국의 이상향을 의미함과 동시에 현대 미국인의 소외, 허무, 자연과의 단절 등을 탐구하는 매개체로 사용되고 있다. 또한, '미국의 송어 낚시'는 이 소설의 제목이면서 동시에 소설의 본문에서는 다양한 모습의 등장인물로 인격화되어 나타나기도 한다. 한국에서는 2006년 〈김영사〉에서 김성곤 역으로 발간되어 2025년 개정판이 나온 바 있다.

표정을 한 채 진지하게 이 공연을 감상하고 있다. 나는 슬며시 눈을 감았다.

목을 위주로 믿을 수 없는 압박이 나를 덮친다. 나는 그들의 비위를 맞춰 주려 했지만, 그 강도에 몸부림치며 사지를 비틀고 저항한다. 방청석은 웅성거리고 있다. 이내 그 마른 체형의 여자가 내는 것이라고는 믿기지 않는 압력에 신음하고 있는 나는 그 힘이 전혀 정상적이지 않다는 사실을 알아차렸다. 아니, 내 목에 가해지는 하중은, 힘은 거구의 남성에게서도 나오지 못할 정도의 것인데.

나는 벌레를 보려고 애썼다. 그것의 소리를 들으려고 애썼다. 심지어는 두통을 느끼려고 애썼다. 하지만 아무 이상도 없었다. 그저 호흡을 방해하는 압도적인 중량감만이 나를 죽이려 들고 있을 뿐이었다. 확실히 아무런 이상도 없었다. 그러나 나는 이 평화에 크게 당황할 뿐만 아니라, 나 스스로에 대해 괴리감을 느꼈다. 두통에 신음하지 않고 벌레의 행패에 미치지 않는 나는 내가 알던 내 초상과 내 자아와 어그러진 것이었고, 어울리지도 않는 평화였다. 두통이 없기에 찾아온 불안과 허전함은 내 존재를 규정하고 있었다.

하지만 이 광경을 보고 있는 자들은? 그들은 내 지인이기도 한데, 그들은 지금 무엇을 하고 있지? 이 공연은 살인에 대한 것인데, 왜 관객

두통

들은 적극적으로 말리지 않는 거야? 하고 나는 혼자 울분을 표출했다. 아니다. 아마 이 무대에 처져 있는 펜스 때문에 곧장 도움을 줄 수는 없는 것일 테다. 내가 여러 격정적인 생각들을 하던 참에 관객들이 내는 웅성거림의 크기가 커진다. 그 시끄러운 소리 안에 내재된 감정을 짐작하기에는 어려웠지만 확실히 그 비밀스러운 감정은 격해지고 있었다. 관객들, 그러니까 내 사람들은 내 처지를 연민하여 크게 탄식하고 있고, 조만간 난입하여 이 선생과 나를 떼어 놓고 내 컴컴한 운명을 구출해 낼 것이다.

객석에서 작게 들리던 웅성거림은 점차 분명해지고, 환호 비슷한 것으로 바뀌기 시작한다. 갑자기 숨쉬기가 힘들어진다. 아니다. 이건 착각일 것이다. 그들 중에는 나와 긍정적인 관계를 유지하였던 이들이 다수였기에 이 잔혹한 광경 앞에서 무심할 리가 없다. 난 혼란스럽다. 저항은 계속되고 있으나, 그녀의 신체에 어떤 악한 존재가 깃들어 있는지 공격에서 벗어날 수가 없다. 악에 저항할 수 없었다.

결국 관객들은 박수를 쳐 댄다. 질끈 감은 눈꺼풀을 열 마음은 형체를 알아볼 수 없이 파괴됐다. 그들은 기립박수를 치는 것으로 추정된다. 그렇지 않을 수도 있지만, 난 그렇게 믿었다.

박수와 함께 질러 대는 비명 같은 환호성은 나를 슬프게 했다. 가슴을 아리게 했다. 끔찍한 한숨을 쉬게 했다. 견딜 수 없는 배신감이 나를 포위했다. 나는 이제부터 그 무엇도, 특정한 한 명의 인물이 아니더라도, 살아 숨 쉬는 것이 아니더라도, 말 그대로 그 무엇도 믿지 않겠다고 굳게 다짐했다. 기계부터 인간까지의, 감성부터 이성을 아우르는, 선에서부터 악에 이르기까지 단단한 불신의 참호를 구축하여 난 어떤 배신도 없이 살아갈 것이다. 내가 유일하게 믿을 수 있는 것은, 모든 것을 불신하는 내 신념이다.

목이 조여지는 긴박한 상황 속에서 그 작은 빈틈을 활용해 간신히 폐에 산소를 공급해야 하는 처지가 된 내 심리는 극한으로 치닫고 있다.

또한 웅장하지만 텅 빈, 아니, 공허로 빽빽이 가득 차 번잡하기도 한 공연장의 여백은 박수갈채, 환호성만이 아닌 폭소 소리가 채우게 됐다. 그 재미있는 소리들. 각자만의 개성 넘치는 웃음의 방식들. 누구는 목청을 찢으며. 누구는 꺽꺽 죽어 가는 소리로. 누구는 연신 기침을 해 대며. 누구는 웃음 사이사이에 다들 하는 상투적인 대사를 끼워 넣으며. 어떤 한 명은 실제로 비명을 지르며.

사람들은 미쳐 있다. 나라고 해서 평정을 지키고 있다는 게 아니다. 나는 정신 건강의 측면에서는 그들과 한 무리로 묶일 수 있다. 모두 재미를 찾고 있다. 광란에 빠져서 강박적으로. 모두는 재미를 찾아냈고,

이제 그것을 제대로 즐긴다. 쾌락에 취해서 공포스럽게. 그건 내가 보기에 극단적인 유희였어!

이불을 꿰뚫는 한기가 침투한다. 구석구석 깊게 침투한다. 뼈를 냉각시키다가는 골수마저 얼린다. 나는 어지러움을 느낀다. 공연한 몸부림을 중지한다. 호흡에 집중한다. 의식을 지켜야 한다. 의식을 잃을 수 없다. 아직 시끄럽다. 난잡하다. 정신없다. 내 마음도.

내가 나만의 독창적인 도덕적 기준에 따라 모든 행패를 지적해야 할 것인가 아니면 일부로 남을 것인가 그 광란에 빠진 착란 상태에 빠진 그들의 행패 그것을 방관하는 자로 편하게 앉아 관람하는 자로 폭소하는 자로 남을 것인가 혹은 힘이 다해 가고 있을 거야 그때가 된다면 나는 곧장 그녀를 뿌리치고 그리고 모든 것들을 뿌리치고 넘어질 듯 말 듯하게 아슬아슬한 뜀박질로 저 문을 열고 어디로 가는지도 모른 채 뛸 거야 잡히더라도

이 사람은 도대체 어떤 경위로 내 앞에 돌아오게 된 것이지 사람은 누구나 이 무대에 한 번쯤 오르게 된다지 그러면 이 선생도 또한 관객들도 무대 위에 올라서 나와 비슷한 경험을 하게 되겠군 그리고 보통은 이 추론을 하고 나서 통쾌함 비슷한 것을 느끼고나 있겠지 다만 나는 안타까움을 느낀다 이 경험은 결코 유쾌한 게 아니고 유쾌하게 받아들여질 수도 없지

역사가 반복된다는 말이 명쾌하게 설명될 수 있을까

이 사람은 전문가로 보인다 직업은 위장일 테고 무자비한 공격을 감행하여 인격을 말살하는 것 잠을 자지 않는 사람을 상대로

나는 두렵다 이 일은 멈추지 않을 것이기 때문이다 반복될 것이기 때문이다 꼭 나에 대한 것이 아니더라도 끊임없이 죽지 않고 영원히 계속 우리가 멸망하기까지

나를 재교육하는 데에 쓸 체력이 부족해지는 것 같은데

이건 음모다 이건 부조리다 이건 무의미하고 헛되다 이건 계획적이며 악랄하고 이건 범죄다 그리고 어떻게 보면 숙명이다 우리는 인간으로 분류되며 어쨌든 아무리 초월적이더라도 인간의 틀에서 벗어나지는 못할 운명이다

나는 이 일의 경위를 도저히 이해하지 못하겠다 알 수 없다 어떻게 오게 된 것인지 섭외는 정말 유희의 갈망만으로 이루어졌나 공연의 목적은 정말 쾌락인가 여기에서 내가 도덕적 잣대를 들이밀어 봤자 진전될 게 뭐지 나는 모든 것을 이해하지 못하겠다 내가 왜 여기에 있는지 그들이 왜 여기 있는지 이 사람은 왜 내 삶에 다시 돌아왔는지

그녀가 내 삶의 최초의 기억을 담당하는 자인데 아무래도 나는 이 사람을 단순 범인으로 받아들이지는 못하겠다 마치 난해한 상징처럼 혹은 비밀 결사처럼 삶에 나타났다가 잠시 사라지는 듯하더니 공백을 만들고 재등장하여 나를 깜짝 놀라게 한다

두통

그녀는 위에 있는 사람이다 내가 뛸 때 날아 버리는 아득한 높이에서 작은 점
에 불과한 나를 제멋대로 다루고 있는

하지만 그래도 현재 나처럼 무대에 올라올 때가 올라왔을 때가 있겠지 이 조
금은 통쾌하게 받아들일 수도 있는 추론도 실은 세상의 멸망을 말하고 있었기
에 위안은 되지 못했다 되레 날 더 심란하게 할 뿐이다

나도 체력이 소진되어 가는데 이 구두점 없는 일의 진행 그러니까 쉴 틈 없이
혼란스러운 압박은 슬슬 중단되어 가는 것 같이 보이는데

보는 것이 죄가 될 수 있는가 단지 보기만 하는 것이 죄가 될 수는 없겠지 다만
미래에서는 방관자들의 탓을 한다 악은 폭력은 미화되기 쉬우니까 그리고 너무
뻔하니까

인간성을 팔아넘기는 짓 나라를 파는 짓은 대가라도 받지만 인간성을 무생물
에게 파는 행위란 대체 무엇을 보수로 받는가 그들은 그게 옳다고 믿고 있다

아니 사실 무분별한 쾌락 추구 타인에 대한 근거 없는 박해와 각박함이야말
로 인간성이라 볼 수 있지 않을까 우리는 짐승도 기계도 아니기에 그 이성과 비
이성의 중간에서 영영 줄타기를 하니까

나는 폐로 진입하는 산소의 양이 늘고 있음을 체감한다. 그로 인해

난 적극적인 반항을 시도한다. 낚싯바늘에 갓 잡힌 송어처럼 온몸을 비틀어 거세게 저항한다. 이윽고 나는 몇 분 동안 내 목을 짓누르던 압박에서 벗어남을 느낀다. 나는 즉시 눈을 떴다. 그리고 이부자리에서 일어났다. 그녀는 당황하는 표정을 하고 나를 멍하니 바라보고 있었는데, 유리한 처지인 자신에게 일이 이렇게 불리하게 흘러가고 말 줄은 꿈에도 생각하지 못한 듯했다. 난 방청석으로 잠깐 시선을 돌렸다. 푹신한 자리에 앉아 공연을 관람하던 자들 가운데 소수는 아직도 감당할 수 없는 재미의 여운을 주체하지 못하고 박수를 쳐 대며 폭소하고 있었다. 나는 그 박수가 도저히 얌전히 있을 수 없는 수준의 재미에 옆자리 관객의 등을 때리는 선택을 하지 않음으로써, 아무래도 주변 사람과의 사이가 틀어질 것을 예방하기 위해 자기 신체에 충격을 가함으로써 발생한 것이라는 사실을 알아차렸다. 난 그들이 실망에 빠져 있을 것이라고 생각했는데, 뜻밖에도 그들은 실망보다는 새로운 미래에 대한 기대에 차 있는 듯해 보였다. 극단적인 유희를 중단시켜야 한다고 생각했다. 난 당장 모든 것을 뿌리치고 내가 입장했던 문을 향해 달려갔다. 그러자 뒤에서 고함치는 한 남자의 목소리가 들렸다. 날 추격하라는 식의 명령일 것이다. 문에 어깨부터 세게 부딪히며 그 충격을 이용해 문을 단번에 열고 매우 긴 계단을 두 칸씩 타며 올라갔다. 속도를 좀 늦출까 했지만 나를 뒤따라 계단을 타고 올라오는 누군가의 급박한 발걸음이 들리자 다시 질주했다.

**두통

건물의 구조가 단순했던 덕에 얼마 지나지 않아 공연장 건물 밖으로 나오는 데에는 성공했다. 제멋대로 주저앉으려는 다리에 간신히 힘을 불어넣고 난 행인들 사이를 위태롭게 달렸다. 행인들은 내가 속도를 올려 빠르게 달리자 금방 보이지 않게 되었다. 사이렌 소리가 검은 하늘을 가로지르며 고요를 찢고 내게까지 들려왔다. 나는 검거되고 말 것이다. 날 따라 계단을 올라오던 그 인물은 이제 나를 쫓지 않고 있는 듯하지만, 대신에 그 경박한 사이렌이 날 쫓고 있다. 정의가 날 추격한다. 그럼으로써 나는 악으로 규정됐다. 정의가 내 뒤를 밟고 있다. 질주를 비극의 방향으로 향하게 하는 이 밤길은 가로등의 조명 수가 행인의 머릿수보다 훨씬 많다. 어차피 중심 상가가 아니라면 사람을 찾아보기도 힘든데 왜 굳이 등불을 설치해야 했을까 하고 생각했다. 부분적으로 얼어 있는 아스팔트의 과도한 단단함과 밝지만 암담한 분위기를 조성하는 수많은 가로등의 불빛은 이 영원한 밤거리를 대표했다. 그리고 어쩔 수 없이 이 높디높게 솟은 건물들과 그 창문들을 뚫고 나오는 우울, 외출하지도, 밖에서 담소를 나누지도 않는 사람들을 혐오하기 시작했다. 그중에서 가장 내 마음에 들지 않은 존재는 가로등이었다. 그것들은 극야를 비추기는커녕 극야를 더욱 의식하게 하고 있었으며, 부자연스럽고 어색한 불빛으로 구토를 유발하였다. 나는 도시에 대한 큰 회의감에 사로잡혔다. 과연 도시는 구성원들 간 집단적 과대망상을 위해 존재하는, 서로가 서로의 안락한 멸망, 안락사를 돕기 위해 존재하는 것일까? 역겨운 불빛이 지배하는 도시의 모습을 확인하고 나니 난 집에 돌아가기가 싫어졌다. 나는 여정을 관두고 싶었다.

사이렌은 점점 가까워지고 있었다. 더 이상 따돌릴 수 없을 정도로 좁혀진 거리였다. 난 이제 완전히 체념하고 말았다. 구역질을 억지로 참으면서 도망치는 일도 의미를 잃어 갔다. 나는 걸음을 천천히 멈추며 먼 하늘을 올려다봤다. 그리고 저 멀리 봉화가 보였는데, 불은 단 한 개만 지펴져 있었다. 다른 곳에는 십자가가 보였다. LED 등은 여전히 꺼져 있었다. 모든 십자가의 불은 꺼져 있었다. 난 쓸쓸함을 느꼈다. 사이렌은 내 바로 뒤에서 멈춘다. 나는 누군가의 말을 듣는다.

"그러니까 처음부터 낙원으로 이주했었으면."

16

+ + +

나는 국가보안법을 위반했다는 이유로 체포되어 재교육원이라고 불리는 곳에 입소하였다. 나와 같은 반동적인 사상을 지닌 자들에게 본보기처럼 보이기를 원했는지, 이 소식은 대서특필되었다. 어떤 재판도 없이 결정되어 내가 짊어지게 된 죗값에 관해 항의하지도 않았다. 난 대화를 나누는 것이 의미가 있을 때만 대화를 나누는 버릇이 있기 때문이다.

이른바 재교육을 받게 된 장소는 감옥과 흡사했다. 창문도 없이 온통 흰색으로만 이루어진 좁은 방에는 눈에 띄는 침대가 하나 있었다. 그 위에 누워 있을 때면 나는 감당하기 어려운 편안함을 느꼈다. 이렇기에 난 그 침대에 눕는 것을 되도록 피했다. 잠은 차갑고 단단한 바닥에서 해결했는데, 그럴 때마다 찾아오는 회의감을 억누르는 것은 꽤 힘들었다.

방에 달린 철문은 복도와 연결되어 있었다. 복도에 늘어선 수많은 문들은 나와 같은 상황에 처한 불쌍한 자들의 공간이었다. 그 재교육원이라고 하는 곳은 건장하고 다부진 체격의 경비원들이 순찰과 감시 또는 교육을 맡고 있었다. 그들은 상시 복도를 누볐는데, 고의로 요란히 거동하여 입소자들에게 공포심을 시나브로 주입했다. 그리고 경비원들은 각자 입소자들을 하나씩 담당하였는데, 나의 재교육을 맡았다고 하는 경비원은 평범한 체격에 왠지 유식해 보이는 얼굴을 한 남자였다. 식사 시간에만 제한적으로 방 밖으로의 외출이 허용되었는데, 그럴 때마다 경비원들은 무기를 들고 위압감을 조성했으나 내가 보기에 그것은 어설프고 추할 뿐이었다. 그들은 삼단봉과 어떤 스프레이를 자랑스럽게 꽉 쥐고 나를 포함한 입소자들을 통솔했는데, 내가 살펴본 결과 그 스프레이는 살충제인 것으로 밝혀졌다. 또한 그들은 종종 모기채로 무장할 때도 있었는데, 난 그 광경을 보고 터져 나오는 웃음을 참느라 힘들기도 했지만 동시에 드는 서늘하고 섬뜩한 느낌을 무시하기 위해서 부단히 애를 써야 했다.

입소하고 며칠 간은 벌레가 나를 귀찮게 하는 일도 전혀 없었으며 두통은 견딜 만한, 잔잔한 형태로서, 축소되어 나타났는데 이로 인해 난 도드라지게 얌전해졌다. 이는 조금 으스스할 만큼 돌연하고 적응하기 어려운 변화였다. 심지어 나는 그 재교육원에 나름 만족하기도 했다. 물론 그런 생각이 들자마자 기겁하며 집어치웠지만, 그러한 사상을 잠시 갖게 될 정도로 급진적인 태도 변화를 겪게 되었다는 것이다. 혼자서 다양한 주제에 대해 생각하는 취미 또한 서서히 사라지고 말았다.

나는 그 흰 방에서 멍때리며 두통 없는, 벌레 없는 생활에 묘한 만족감을 느끼다가 결국 침대에 눕기도 했다. 침대는 나를 녹이는 듯했다. 눈이 감기고 근육이 빠르게 이완되며 내 존재가 간소화되는 편안함에 취하고 말았다. 그러나 난 그것이 나와 어울리지 않는다고 생각했기에 얼마 안 되어 다시 바닥 취침을 시작했다. 이후로 그 침대가 하찮은 유혹의 대상만이 아니라는 것을 깨닫게 되었다. 다른 가구가 전무한 입소자들의 방에 오도카니 놓여 있는 고혹적일 정도로 안정을 주는 침대란 과연 평범한 의도를 지닌 것이 아닐 터였다. 교육의 일환으로 설치된 것일 수도 있었다. 잠을 자는 법부터 배우도록 하는 것이다. 교육을 하는 이유는 그들이 내 아주 어렸을 때의, 그리고 며칠 전의 행적을 불순하게, 아니꼽게 바라봤기 때문일 것인데, 그렇다면 잠이 왜 나에게 중요한 것일까 하고 몇 시간 동안 난 하얀 방에서 고민했다. 나는 상황이 좋지 못하다면 평평한 곳에서도 누워 쉴 수 있고, 또 시간이 넉넉지 않으면 쪽잠을 자고, 아예 자지 않을 수도 있는데, 왜 수면을 강요받은 것일까.

나는 문밖에서 내 이름이 불리는 것을 들었다. 그런데 그 방식이 마치 호통치는 발성과 비슷하여서 긴장하지 않을 수 없었다. 이름을 불러 대는 목소리는 내 교육을 담당하는 그 똑똑해 보이는 자로 추정됐는데, 그 목소리가 내 방에 점점 가까워지면서 이 추측은 확실해졌다. 그는 단순 경비 업무만을 맡는 게 아니라 동시에 나를 포함한 입소자들을 재교육하는 업무 또한 맡고 있는 것으로 보이는데, 이번에는 나의 재교육 차례가 온 것일 터이다. 이윽고 철문이 요란하게 열리며 그 경비원이 얼굴을 드러냈는데, 나는 그 요란한 소리에 순간 거의 발작할 뻔했다. 경비원은 나에게 따라오라며 손짓한 후 닫지 않은 철문 뒤로 사라졌다. 난 그를 따라 이동했다. 그는 별말 없이 건물의 깊숙한 곳으로 걸어갔다. 그의 거동 방식은 경직된 것인지 군인처럼 규율 있게 걷는 것인지 구분하기가 애매했다. 그를 따라 건물을 누비던 나는 어느새 매우 으슥하고 인적이 드문 곳에 도착해 있었는데, 내 담당자는 거기에서도 가장 조용한 구석에 있는 문을 열고 들어갔다. 담당자는 내게 의자에 앉으라고 말했다. 의자 앞에는 물컵이 놓인 테이블이 있었다. 앉아서 생각해 보니 상황은 일반적인 교육처럼 흘러가는 것 같지는 않아 보였다. 그는 서랍장을 오랫동안 뒤지다 어느 작은 물건 몇 개를 꺼내어 주머니에 넣고는 다시 서랍장을 뒤지는 행동을 일이 분 정도 반복했다. 그러다가 그는 어떤 알약처럼 보이는 것을 주머니에서 꺼내 나에게 건네면서 말했다.

"복용하세요."

나는 조금 불안한 상상을 하며 대꾸하는 듯한 말투로 대답했다.

"무슨 약인데 그럽니까?"

그는 뜸을 들이다가 말했다.

"구충제요."

경비원의 손에는 삼단봉이 들려 있었기 때문에 적극적으로 이 지시에 저항하지는 못했지만, 나는 이 알약의 정체를 알자마자 그저 헛웃음

두통

을 치며 재교육이라 불리는 것을 단단히 불신하게 되었다. 더욱이 구충제를 사용하여 벌레를 제거하는 방법은 내게는 이미 일련의 체험을 통해 무의미하다고 판명 난 지 오래였기에, 난 그에게 이렇게 말했다.

"솔직히, 이런 약은 제 상태가 완화되는 데 전혀 도움이 되지 않아요. 아시잖습니까?"

그러나 그는 대꾸하지 않고 그저 내가 알약을 언제 삼키나 하고 진중한 눈빛만을 보낼 뿐이었다. 난 그 약을 혀 밑에 깔아 두고 물과 함께 삼키는 척 연기했다. 하지만 연기가 어설펐던 탓인지 혹은 으레 밟는 절차인지, 그는 내 혀 밑까지 확인하려 했고, 이 과정에서 난 구충제를 삼키지 않았다는 사실을 들켜 버리고 말았다. 내 교육을 담당하는 자는 소름 끼치도록 침착하게 작은 스프레이 같은 것을 나에게 겨눴다. 분사된 것은 살충제였다. 난 얼굴을 가리고 고개를 돌린 채 혀의 쓴맛과 따가운 눈의 감각에 표정이 일그러졌다. 필사적인 방어에도 살충제 속의 악마들은 빈틈을 찾아 기관지로 침투해 버린 듯했다. 나는 연신 기침을 해 대며 따가움을 호소했다. 뇌가 짓눌려지고, 묵직한 망치가 세게 후두부 쪽을 가격하는 것 같고, 눈을 뜨지 못할 정도의 극도로 밝은 빛이, 유독 가스가, 어지러운 자전이, 그 멈춘 자전이, 그 모든 것들이 머릿속에서 한꺼번에 일어나는 것 같았다. 두통을 느꼈다. 그리고 그것은 벌레가 발작하고 있기 때문일 것이고, 그것의 발작은 분명 그 살충제가 나도 모르게 내 신체 내부로 잠입하여 벌레와의 혈전을 치른 것에 기원할 것이다. 살충제(아마도 특수한)가 뿜은 미세하고 정밀한 화학물질에 의한 두통이다.

벌레는 모든 박해에서 탈출하고 있었다.

날개가 퍼덕이고, 작고 얇은 다리들이 제각기 움직이는 그 소리들이 중단될 때까지 기다렸다. 살충제를 신체에 더 이상 들이지 않으려 숨을 참고 손으로 코와 입을 최대한 막았다. 눈도 질끈 감았다. 난 내가 여기서 도망친다 해도 그에게 금방 제압될 것이 뻔하다는 것을 알고 있었다. 벌레가 다리를 이용해 내 두개골을 긁었다. 해소될 수 없는 간지러움과 갑갑함이 찾아왔다. 나는 두피를, 또 이마를 심하게 긁어 댔다. 그것이 문제를 해결하게 해 줄 것이라고는 전혀 믿지 않았지만, 긁는 행위를 멈출 수는 없었다. 그러다가 내 코를 봉쇄함으로써 방역을 시행하고 있는 손에 어떤 끈끈한 불쾌한 감촉이 돌연히 생겨났다. 벌레의 진액인가.

이윽고 두통은 감당할 수 없게 되어 갔다.

행성과 행성들의 집의 안위를 감히 걱정하는 쓰디쓴 심정의 진심이 드디어 간파되어 운명의 흐름에 행복하게 휩쓸린다면 난 내 근원과 함께 하늘로 날아가 필경 영원하리라.

　가야 하는 곳을 모르고 외출하여 행인들에게 어디를 가야 하냐 하고 자꾸 물어보지만 행인들도 동일한 처지여서 그 질문 하는 음파 구조는 어느 달팽이관에 착지하지 못한 채 공허를 쓸쓸히 방황하다가 그 음파를 발생시킨 행인보다 장수해 명줄의 길이가 측량할 수 없이 끝없이 길어지며 우주와 손잡고 무한히 팽창하는데 그 떠돌이의 수가 급격히 증가함으로써 강제적으로 억눌러져 있던 혼란과 본능적인 무질서 무의미의 악이 팽배해지고 이쯤에서 짐작해 볼 수 있듯 우리는 어쨌거나 평생을 그리고 삶의 전후를 길 위에서 보내는 종족이며 그 갈 곳 잃은 음파들을 세상에 무분별하게 흩뿌리고 갈 바에는 실언을 금하고 외출의 목적지를 가능한 한 필연적이고 동시에 강제성을 띠는 장소로 결정짓는 것인데 의미를 찾으려는 태도가 위험하다는 걸 유념할 필요가 절실하니 결정적으로 외출을 피하라

　살충제 뿌리는 소리가 중단되고 나는 눈을 떠 손에 묻어 있는 액체의 정체를 확인했다. 걱정한 그대로였다. 교육자는 나를 뚫어지게 처다보고 있었다. 어색한 눈맞춤이 진전 없이 몇 초 지속되자 그는 이런 말로 정적을 깼다.

　"L씨, 이게 당신을 위해 마련된 교육과 치료의 일종인 것을 아직도 이해하지 못하시다니요. 우선 그 두통으로 점철되고 벌레의 행패로 인해 썩어 가는 육체를 치료해야죠. 있는 그대로 직설하자면, L씨, 당신

267

의 몸이 이미 끔찍하게 오염되어 버리고 말았다는 겁니다. 그리고 이 부분은 그 오염된 육체를 소유하고 있는 쪽이 더 명쾌하게 이해할 수 있을 거라 생각합니다. 또, 그 오염된 육체만큼 끔찍하게 훼손된 정신세계 또한 빼놓을 수 없겠지요. 이런 정신적 문제들은 앞으로 우리가 계획한 재교육 절차들을 잘 밟으면, 그저 잘 따라오기만 한다면 그것만으로도 충분히 상태가 호전될 겁니다. 보장합니다.”

“그런데 벌레를 구충약과 살충제의 화학적 힘을 빌려 퇴치하려 하는 이유는 뭡니까?”

“아니, 오히려 역으로 제가 질문을 하고 싶은데, 그렇다면 왜 L, 당신은 평생을 그 벌레에 시달리면서도 벌레를 퇴치하는 일에 당황스러울 정도로 심한 반감을 보이는 겁니까? 저는 이 일을 맡은 뒤로 여기서 이런 부류를 많이 봐 왔는데, 항상 의문이 드는 거예요. 왜 벌레를 퇴치하는 일에 그렇게 거부 반응을 보이는 것인지 이해하기가 어렵다는 겁니다.”

“저는 몇 년 전에 스스로 머릿속의 그 벌레를 죽이려고 해 본 적이 있습니다. 당시 두통이 도저히 참을 수 없는 수준의 강도로 절 괴롭혔던 탓에 말이에요. 그 근원을 처리하지 않고서는 살아갈 수 있다는 기대가 없었던 거죠. 결국 그 시도들, 지금과 같이 구충약의 힘을, 또 살충제의 힘을, 심지어 외부로부터 가해지는 충격을 이용해 벌레를 퇴치해 내려는 시도들은 보기 좋게 실패하고 맙니다. 전 일련의 경험을 통해 벌레는 제힘으로 죽일 수 없다는, 또 그것을 맹렬히 증오하는 태도

두통

가 되레 그 존재를 비대하게 하고, 그렇다고 해서 요즘 새롭게 유행하여 고착되고 있는 벌레에 대한 태도처럼 존재 자체를 없는 것으로 치고 무시해 버린다면, 벌레의 존재는 우리가 무시할 수 없을 만큼 우리와 밀접하게 중요하기에 마치 불이 옮겨붙는 것처럼 재앙의 규모만 커지게 되고, 그 대가로 예상 밖의 파멸이 훗날 닥치게 될 것이라는 진리를 정립해 나간 거에요. 어쨌거나 그것은 저에게, 또 우리에게, 그러니까 당신에게 두통의 근원인 거죠. 두통은 우리가 살아 있는 한 끝없이 동행하고 절대 중간에 헤어지는 일이 없어요. 말하자면 우리와 같이 태어나 같이 죽는 거죠. 그것이 제 안에서 알아서 죽도록 해야지, 강제적으로 죽음을 만들어 내는 것은 더 큰 고통을 만들어 낼 수 있다는 겁니다. 두통의 존재는 필연이고 이치인데, 그것이 부정된다면 혼란이 초래되고 말 거라는 생각입니다.”

그는 내게 예의 알약을 건네면서 말했다.

“일단 약을 복용하시죠.”

나는 그 약을 받아 들고 찰나의 시간 동안 고민했다. 그러다가 꽤 과감하고 갑작스러운 몸짓으로 그 알약을 입속으로 던지듯 집어넣었다. 다음으로 물을 쭉 들이켰다. 묵직한 감촉이 내 식도를 훑고 위장에 도착했다. 이윽고 그 묵직함은 서서히 사라졌다. 그는 다시 내 입을 검사하더니, 내가 알약을 숨기지 않았다는 것을 확인하고는 날 내 방으로 인도했다. 온돌 따위는 전혀 없는 그 방의 차가운 바닥에 털썩 주저 앉은 나는 심한 모멸감을 느꼈다. 차마 떳떳하게 고개를 들고 있을 수 없었기에 고개를 푹 숙이고야 말았다. 난 가벼우나 거슬리는 두통을 느꼈다. 그리고 무의식적으로 벽에 뒷머리를 쿵쿵 박았다. 하지만 좋지 않은 옛 경험이 떠올랐기에 금방 그만두었다.

벌레는 불멸을 주장하며 나의 불멸을 보장했다.

그런데 내가 벽에 머리를 부딪히는 소리를 들었는지 내 옆 방에서 나에게 말을 걸어왔다.

"누구요?"

난 그가 내 소음으로 인해 잠에서 깨어나 따지려 드는 줄 알았고, 해서 조금 죄스러운 어조로 대답했다.

"시끄럽죠?"
"두통 때문에?"
"네?"
"입소 사유가 뭐요?"

"공연 도중에 도망가다가 끌려왔는데, 거의 두통 때문에 온 거죠."

"벌레 문제도 있죠?"

"심한 편입니다."

수다스럽던 옆방의 어느 남자는 갑자기 쥐 죽은 듯 조용해졌다. 하지만 난 이 공간에서 사회성이 그다지 필요하지 않다는 것을 잘 알고 있었기에, 그도 그저 갑작스럽게, 설명하기 어려운 이유로 대화를 그만두고 싶어 제멋대로 침묵을 선택한 것이리라 여겼다.

며칠 후, 벽에 상체를 기대고 앉아 잠을 위해 고군분투를 하고 있을 때, 그날 내게 말을 걸었던 그 옆방의 목소리가 다시 귀에 들려왔다.

"저기, 들려요?"

"예."

"잠깐 얘기를 좀 나눠 봅시다."

"급한 건가요?"

"아뇨. 피곤한 동시에 너무 말똥해서, 좀 기력을 소모해야 할 것 같아서."

"좋네요. 무슨 얘길 하고 싶나요?"

"음, 이건 제가 요즘 하고 있는 연구 비슷한 것의 일종으로 하는 질문인데, 우선, 기억력이 좋은 편이신가요?"

271

"네. 어릴 때 암기 대회에서 입상한 적도 있습니다."

"그럼 하나만 더 묻겠는데, 어렸을 때 위인전을 즐겨 읽었나요?"

"그건 너무 당연하네요. 아, 위인전이 이렇게 반가운 단어라니. 저는요, 책장에 위인전집을 꽂아 두고는 그걸 거의 강박적으로 탐독했답니다. 음, 성인이 되어서 보니 그때 책값이 꽤 들었던 것 같기는 한데 하긴 그때 집 형편이 좀 나아졌었으니까. 그중에서 막 십 대가 된 아이가 가장 좋아했던 위인이 누군지 아십니까? 좀 어이가 없을 수도 있는데, 바로 체 게바라Che Guevara를 그렇게 좋아했었지요. 그 쿠바 사회주의자를. 솔직히 지금 생각해 봐도 멋있기는 하지만, 아니, 근데 그 사람이 왜 위인전에 수록되어 있던 걸까요?"

"오늘 잠은 다 잤네요. 그래도 밤낮이 바뀔 걱정이 없으니 더 신나게 떠들어 봅시다."

이 말에 둘은 폭소를 터트렸다. 웃음이 멈출 때쯤 옆방이 이렇게 물었다.

"당신이 정말 위인전 전문가였다면 모를 수가 없을 텐데, 혹시 그러면, '장 앙리 파브르'라는 인물은 아시나요?"

나는 단번에 그 파브르라는 인물을 기억해 내지는 못했지만, 그 이름 깊은 곳에 은밀히 깃들어 있는 익숙함을 잡아낼 수는 있었다. 난 고

두통

뇌하며 그 파브르라는 자를 떠올리려 시도했으나, 결국 실패했다.

"도저히 기억이 나지 않는데요. 그래도 그 이름이 조금 익숙한 감이 없지 않아 있긴 한데. 음, 그래서 파보로가 누구죠?"

"파보로가 아니라 파브르입니다만, 음, 그 파브르라는 사람은 프랑스 사람이고 19세기에 살다 갔는데, 그의 대표적인 업적은『곤충기 Fabre's Book of Insects』[17]를 집필한 것이죠."

"벌레를 연구한 겁니까?"

"예. 그것도 아주 자세히, 꼼꼼히요. 전 그의 저서를 먼 곳에서부터 직접 공수해 와 불어를 공부해서 실제로 번역 작업을 했는데, 이 과정에서 체포되고 말았죠."

"오, 벌레라는 존재에 발작 반응을 보이는 건 단지 일반시민들에게서만 나타나는 콤플렉스가 아니라는 게 밝혀졌군. 그건 정부에서 계획적으로 살포하는 DDT 같은 거였어."

"목소리를 좀 낮춥시다."

"예."

그런데 정작 그는 딱히 목소리를 낮추지는 않았다.

----

17) 프랑스의 곤충학자 장 앙리 파브르(Jean-Henri Fabre, 1823.12.22.~1915.8.11.)가 50세에 시작해서 92세까지 42년 동안 집필한 곤충기로 1879년~1907년 동안 출판되었으며, 모두 10권으로 구성되어 있다. 프랑스어 원제는『Souvenirs entomologiques』(곤충학적 회고록)이며, 부제는『곤충의 본능과 습성에 관한 연구』이다.

"제가 여기서 발견한 진짜 문제는, 분명 당신처럼 위인전을 탐독한 과거가 있는 대부분의 우리 세대 사람들은 파브르라는 이름을 적어도 듣기라도 해 봤을 텐데, 파브르를 아는 자가 기괴할 정도로 매우 드물다는 거요."

"듣다 보니 기억이 되살아나는 것 같은데. 사실 그 내용이 학습 만화의 구조로 이루어진 터라 겉핥기식으로만 알고 있긴 하지만,『파브르 곤충기』맞죠?"

그는 흥분을 주체하지 못하고 단어들을 입에서 쏟아내듯 말했다.

"아, 역시. 모를 수가 없다니까! 예, 맞습니다. 곤충의 생활, 생태, 본능 등을 책으로 저술한, 그냥 곤충기보다는『파브르 곤충기』라는 이름으로 더 널리 알려졌고, 그 탓에 파브르의 이름까지 함께 기억되었으니 잊을 수가 없지요!"

"아무래도 위에서 조직적으로 파브르란 위인에 대하여 이른바 기록 말살형刑을 집행하고 있는 듯한데요. 기록을 말소하는 것 말이죠. 그리고 그 저서 또한 금지하는 꼴은 거의 새롭게 자행되는 분서갱유焚書坑儒 아닙니까?"

"예. 그건 분명히 음모입니다. 전 다양한 서점들과 도서관을 누비며 각종 출판사의 위인전부터 시작해서 생물 서적을 살피고, 또 프랑스와 관련된 역사, 문화 서적까지. 조금이라도 파브르와 결부되어 있어 보이

두통

는 책이란 책은 전부 조사했는데도 찾을 수 없었고, 심지어는 몇몇 책에서 파브르의 이름을 인위적으로 펜을 사용해 가린 듯한 정황을 발견하기도 했어요."

나는 머릿속의 벌레 생각을 하지 않을 수 없었다.

"그러면 그 곤충기에는 두통과 관련된 내용이 포함되어 있는지, 아니, 당대 사람들도 그 머릿속 벌레의 존재를 파악해 냈는지 호기심이 생기지 않을 수 없군요. 이 부분은 어떻죠?"

"제가 세운 일종의 가설은, 이 벌레와 두통을 과거 사람들은 그저 인간의 엄연한 일부로서 받아들였으며, 그렇기에 저서에 군이 두통에 관한 서술을 포함하지 않았다는 겁니다. 그러니까, 조금 아쉽게 들릴지 모르겠지만, 두통에 관한 서술은 없다는 거요. 어쨌든 곤충을 연구한 저서이니까. 그런데 이건 추측이지만, 그 두개강 속의 벌레, 나비와 나방 사이의 어딘 가에 놓인 외형을 한 그 벌레와 매우 흡사한 겉모습을 한 곤충이 실제로 그 서적에 소개되어 있는 듯합니다. 지금 당장은 그 책이 제 손에 없어서 해당 내용을 세세히 읊어 줄 수는 없지만, 분명 그 벌레에 관한 서술이 포함돼 있었던 것으로 기억해요."

그의 말에서 난 조금의 희망을 보았다. 하지만 그 신성해 보이는 책이 모든 난제를 해결해 줄 것이라고는 믿지 않았다. 직접 그것을 읽는다고 쳐도 모든 벌레의 난동이 멎거나 두통이 잠잠해지거나, 아니, 그보다 더 중요한 것, 내가 그 고통을 담담히 받아들이고 공존할 수 있게 하는 마음가짐을 쉽게 얻게 되거나, 부패한 이 시대의 정신이 한순간에 본래의 그 아름다운 모습으로 부활하거나 하지는 않을 것이다. 그것은 두려울 정도로 고결하고, 당황스러울 정도로 위대할 뿐이며, 난 그 가치를 찬미할 뿐이다.

"그러면 그 책은 일종의 '신성한 도서'군요."

잠시간의 침묵 후에 그가 말했다.

"제 궁금증은 해소되었네요. 파브르는 상상 속의 인물이 아니며 기억될 수 있다는 것. 당신이 오늘 대화로 제가 탐구하는 문제에 관심이 생겼다면, 그러다 물어볼 것이 생긴다면, 언제든지 질문하세요. 꼭 파브르 문제가 아니더라도. 나는 이 세상에서 일어나는 화재를, 또 그것으로부터 뒤도 돌아보지 않고 줄행랑을 치기 바쁜 것들의 화재처럼 옮겨붙는 무기력과 비인간성을 진화하라는 명령을 받은 사람이니까요."

"음, 이 질문은 뜬금없게 들릴 수도 있는데, 이것이 어떤 면에서는 제가 하는 연구를 진전시켜 줄 수도 있는 질문이라서 말이죠. 대화를 하다 보니 그쪽이 두개강 속 벌레의 존재를 알고 있다는 걸 의도치 않게 알아냈는데, 음, 뭐라고 물어야 할지. 그래, 평소에 두통이 있으세요?

두통

아, 이렇게 하니까 제가 꼭 의사 같네요."

그는 살짝 웃더니 답했다.

"아마 무언가를 언어의 형태로 옮기는 데에 어려움을 겪는 것처럼 보이는데, 제가 그 질문을 제대로 이해한 게 맞다면, 두통은 말 그대로 모든 이들의 것입니다. 아직도 모르시겠어요? 벌레 또한 같죠. 모든 이들과 공생한다는 거요. 이건 의학적으로도 증명됐고, 아니, 그걸 입증해 내기 이전에, 다들 본인의 생생하고 감각적인 체험을 통해 알고 있었을 테죠. 스스로가 두통을 앓는다는, 머리의 내부 한가운데에서 어느 불쾌한 일이 벌어지고 있다는 것을요."

"하긴 나도 병원에 방문했을 때 그 이야기를 들은 적이 있는데, 막상 그 이론을 현실에 적용하자니 애매한 것 아닙니까? 대다수는 그 믿기지 않는 일들을 겪으면서 그렇게 태연히 살아갈 수 있다는 건가? 심지어 동류인 사람들을 모욕하고 핍박하면서? 과연 그게 말이 되는 연기인가 싶었던 겁니다."

"그게 내가 이 시대를 싫어하는 이유요. 그들은 벌레를 치부라고 생각하고, 두통을 나약이라 여기고 있죠. 어차피 그래도 잠자리에 들 때면 종종 머리가 욱신욱신 지끈거리는 건, 항상 벌레의 일거수일투족이 원치 않아도 들려오는 건 평생 없어지지 않을 텐데. 난 그들의 집 서랍장 깊숙한 곳에 두통약이, 또 구충제와 살충제가 나란히 다급한 손길

277

을 기다리고 있는 걸 셀 수 없이 목격했어요. 입 밖으로 꺼내지 않았을 뿐이지, 다 연깁니다."

난 울화가 치밀어 이대로 열띤 담론을 이어 가기 어려웠다. 이제 쉬고 싶었다.

"이제 각자 좀 쉬는 게 좋겠어요."
"네."

나는 곧장 잠에 들지 못하고 일어선 채 작은 방을 빙빙 돌며 시간을 조금 보냈다. 자제된 혁명의 신념은 깨어나고 있었다. 필연을 느꼈다. 계시를 받았다. 내게 부여된 역할이다. 난 그 고학력자들을 대상으로 대담하게 계몽운동을 전개하리라. 모든 허황된 짓거리들이 청산될 때 비로소 역사는 쓰일 것이다. 그날을 기약하며.

이 일이 있고 난 후 몇 주 동안 예의 이웃과 담소를 종종 나누었으나, 공통된 목표에 대한 진전은 없었다. 이는 통제되고 있는 처지에 지나지 않는, 입소자라는 신분임을 고려했을 때 어쩔 수 없는 것이었다.

그런데 분명 그 재교육원은 입소자들을 감시하고는 있었으나, 어딘가 허술한 면이 없지 않아 있었다. 나와 이웃이 나누는 담소가 그 경비

두통

원들이 휴식을 취할 때, 비교적 조용히 이루어지기는 하였으나, 그들이 알아채지 못할 수준의 비밀스러움을 띠지는 않았다. 하지만 그 허술한 감시는 근거 있게 여겨졌다. 그 소름 끼치는 청결함과 딱딱함으로 무장한 공간의 입소자들은 대부분이 당최 무슨 감정이라는 걸 가지고 있는 건지, 아니, 감정이라는 걸 가지고 있기는 한 건지 회의감이 들 정도로 항상 무감각하며 희망을 상실한 기색을 띠고 있었기 때문이다.

나는 기술의 비약적인 발전이 인격을 말살하는 법을 우리 인간에게 재앙적일 정도로 똑똑히 가르쳐 주었다고 믿고 있다.

그 재교육원에서 퇴소하거나 탈출하는 등의 방법을 통해 사회에 다시 복귀한다 처도 미래는 여전히 암담하게 그려질 뿐이었다. 일개 개인인 내가 어찌 그 집단적 광란을 막아내고 원래의 상태로 돌이킬 수 있을까. 난 그들을 더 이상 인간으로 볼 수 없었고, 그렇다고 해서 기계로도 볼 수도 없었다. 그들은 마치 어설프게 인간의 형상을 모방한 인형같이 보였는데, 이는 내 희망을 산산이 부숴 버리고 마는 것이었다. 그릇된 신념은 이미 팽배해짐을 넘어 상식이 되어 있었고, 물은 계속 엎질러지고 있었다. 그것은 단순한 입장의 차이가 아니라 멸망으로의 재촉이다. 모두들 산 채로 죽어 가고 있다.

가끔 주어지는 짧은 자유 시간에 건물을 돌다 보면 아주 드물게 보이는 작은 창문을 통해 불 꺼진 십자가를 우러러보는 건 내 취미의 일부가 되어 있었다.

그리고 난 자주 그 인적 드문 방으로 끌려가 알약을 복용하고 살충제 샤워를 당하였는데, 재교육의 일환인 이 우스꽝스러우면서도 괴이한 일들은 점차 나 또한 이 공간에서 주를 이루는 무감각한 자들의 일부로 만들고 있는 듯했다. 난 심한 두려움에 재교육을 완강히 거부해보기도 했는데, 그럴 때마다 쇠몽둥이가 내 머리를 갈겨 버리는 탓에 울화를 참고 교육을 당하여야 했다. 쇠몽둥이가 내 두피를 모욕할 땐으레 진노가 일어나기 마련이다.

그런데 어느 날, 내 인격 말살을 담당하는 자가 마찬가지로 재교육을 위해 나와 함께 이동하는데, 그 발걸음이 돌연히 생소한 곳으로 향해 버리는 것이었다. 그곳은 원래 향해야 하던 길보다 더욱 으슥하고 인적이 드문 곳이었다. 성가신 두통이 찾아왔다. 그 두통의 강도는 말 그대로 딱 성가신 수준이었으나, 내가 복도의 깊은 곳으로 들어갈수록 그 크기가 점차 거대해지고 말 것임을 직감적으로 알 수 있었다. 실제로 그의 지시에 따라 거대한 철문을 열어 목적지로 진입할 때의 내 얼굴은 두통에 일그러지고 감정이 격앙되어 있었다. 방에서는 어떤 복잡한 장치가 돌아가는 듯한 소리가 났다. 그 소리를 들은 직후에는 어디선가 청결한 내음이 물씬 풍겨 왔다. 청결한 내음 때문인지 그곳의 공

두통

간은 꽤 넓게 느껴졌다. 나는 교육자를 따라 방의 더욱 깊숙한 곳으로 이동했다. 나는 그를 따라 벽이 유리창으로 되어 있어 내부가 훤히 보이는 어느 전기 파리채와 통풍구 같은 것을 제외하면 별 볼 일 없는 작은 방 앞에 멈추어 섰다. 그건 방 안의 방이었다. 이윽고 그는 철 모자를 내게 씌워 주었다. 머리가 무거워졌는데 이 중량감은 의외로 유쾌했으며, 이에 참지 못하고 피식 웃어 보였다.

"들어가세요."

그가 투명한 방을 가리키며 지시했다. 난 명령에 따라 입장했다. 내가 입장하자마자 그는 밖에서 문을 잠가 버렸다.

"L 씨, 우리는 귀하가 아직 매우 반동적인 사상을 지니고 있으며 그 사상을 실현하려는 욕망을 버리지 못하고 있다는 아주 심각하고 안타까운 정보를 입수하게 되었습니다. 귀하가 밤에 종종 이웃한 입소자와 나누는 담소를 우리는 항상 도청하고 있었으며, 이는 어떤 도청 장치에 의한 도청이 아니라 그저 귀하의 부주의함으로 인한 어쩔 수 없는 도청이었음을 알려 드립니다. 이런 합당한 사연을 근거로 우리는 귀하에게 특별 교육을 이수할 자격을 부여하였습니다. 이 특별 교육은 저희의 재교육에 비협조적인 태도를 지니는 모든 입소자를 대상으로 하며 귀하의 부패한 정신을 치료하기 위해 진행됩니다. 우선 바닥에 떨어진 전기 파리채를 주워 주기 바랍니다. 다음으로 그 전기 파리채의 전원을 켜 주기 바랍니다. 이제 그물망 부분에서는 순간 수십만 볼트에 이르는 전압이 흐를 수 있게 되었으니, 주의하시는 편이 좋습니다. 슬슬 저 통풍구를 통해 벌레들이 방 안으로 몰려들 겁니다. 그 벌레들을 전기 파리채를 사용해서 퇴치하시면 끝입니다. 특별 교육의 진행 과정을 모두 설명해 드렸는데, 질문이 있으실까요?"

"예. 이것을 당신이 답해 줄지는 모르겠는데, 당신과 공존하는 벌레는 어떻게 생각하시는지요?"

"죄송하지만, 저의 두개강은 뇌로만 차 있을 뿐이어서, 질문의 전제 자체가 틀렸다고 볼 수 있습니다. 저는 깨끗한 사람이고 두통 따위를 앓을 수도 없다는 말입니다. 딱히 질문할 말이 없는 듯하니 이만 시작하겠습니다."

통풍구가 열렸다. 그 안에 도사리던 수없이 많은 벌레들이 방 안으로 쏟아져 들어오는데, 그것들은 내게 덤비지 않고 구석으로 돌진하다가 그 충격에 튕겨 나오고 다시 돌진하는 행위를 반복한다. 그 광경은 보기에 매우 딱했다. 가슴 아팠다. 벌레들은 나비인지 나방인지, 종을 제대로 분간할 수 없었다. 나비로 보면 나방처럼 보였기에 나방으로 보았으나, 그러다가 또 어느새 나비로 보이는 것이었다. 벽에 머리를 부딪히고 충격을 입어 튕겨 나왔다가 다시 강박적으로 벽에 머리를 박아 대고. 난 그 자리에 주저앉았다. 그런데 복도에서부터 날 괴롭혀 왔던 두통이 정신을 차려 보니 완전히 사라진 것이었다. 당황할 만한 일이었다. 아마 그가 씌워 준 철 모자가 이유일 테다. 난 아예 전기 파리채의 전원을 꺼 버렸다. 그리고 그것을 최대한 먼 바닥으로 던져 버린 뒤에 떳떳하게 그의 눈을 응시하기 시작했다.

“이 특별 교육을 이수하지 않을 생각이십니까?”

“예. 필요 없을 것 같습니다.”

“마지막으로 묻습니다. 귀하가 특별 교육의 이수를 정말로 거부한다면 더 강압적이고 지금과는 다르게 거부의 자유가 몰수된 상태에서 이루어지는 방식의 특수 교육을 지금 당장 받아야 합니다. 정말로 특별 교육의 이수를 거부하겠습니까?”

난 여기서 잠시 고뇌하였다. 철 모자는 더욱 무겁게 날 압박하고 있는 듯했다. 하지만 무릎을 꿇고 사는 방향을 택하기에는 내가 짊어진 무거운 과업의 책임자가 전무하였다. 내가 답을 지체한다면 그는 날 하잘것없는 자로 여길 것이다. 그의 눈을 다시 똑바로 응시한다. 불쾌한 미소가 날 덮쳐 왔다. 막아 볼 새도 없이 말이다. 내 입은 그 공격에 즉시 열렸다.

“예. 원치 않습니다.”

정수리 꼭대기부터 발바닥까지, 어느 한 날카로운 직선은 그것을 꿰뚫는다. 그 직선은 까칠까칠했다. 그런데 직선은 알고 보니 나무임이 폭로된다. 뿌리는 신경 다발에 탑승하여 인체의 구석구석을 탐험한다. 하지만 이 폭로의 신빙성은 그 나무가 내 신경 다발에 뿌리내려 머물지 않았기에 줄어든다. 난 나무의 냄새를 맡는다. 산불이 있었다. 그것이 인공 화초일 수도 있다는 새 가설이 부상한다.

번개의지속 나의피부가금속도아니지만 높이는이건물보다낮지만 마치하늘이 정하여놓은것처럼 번개의지속 섬광이번쩍하고시야를스치더니이내나를맹렬히 조롱하며퇴장한다 지방자치제도로사지가통치된다 아니그것을그렇게불러도될 까 각각의부위에서독립전쟁이봉기가발발하고 그광경은갓잡힌송어처럼 갓잡 힌송어처럼 〈미국의송어낚시〉를 연상케하며파닥파닥 기분나쁜 탄냄새가파닥 파닥하고잡힌다 아아 뒷골에서척추에서신나는동작이다 손과발이바닥을자꾸 만내려친다백화점의아이로회귀하고마는것이다 이는충분히유쾌한상상이었지 만안면근육의마비로인하여웃지는못한다 웃음이제지당해나는화가났다

천둥번개. 잠잠하다천둥번개. 근육전부가일시에수축천둥번개. 낚시에당해천 둥번개. 이제야비로소연료의공급이려나. 아니야전기의필요는아니야.

잔뜩화난고슴도치한마리두피를뚫고잠입하네 고슴도치는신나게구르며곳곳 을쏘다니네 고슴도치출산하네 아기고슴도치가시가돋네 모두들무목적을향해 구르고있네 나도이에공감해구르고있네 아프다너무아프다

두통

치악력자랑. 혹은자랑할가치검사. 어떤이를행복으로이끄는표정. 번쩍. 그것
에대응하는본능적인수축. 고기를씹는것처럼아니껌을씹는것처럼. 그리고내올
곧은치열을공개하며. 지진이난듯하게. 압박을하는동시에당하며점차깊은곳으
로간다. 골격이되어야했을것들. 가짜뼈. 일진이심히나쁜칼슘과인들. 소가안타
까움을표하겠군. 우유의잘못된종착. 안으로깊숙히박히고있는중이다. 서로가
서로를누르면서무의식의횡포에의해.

세로축으로의담담한운동에반하여 가로축으로의(약간완만한곡선을연신이으며당
당하지못했기에)격렬한운동을시작하는자 (나)

가로축운동하는자가매우고뇌하는어떤한난제

지문의 내용은 다음과 같다.

난제. x값은송어개체수(원산지 미합중국 샌프란시스코 수명 1935~1984 멸종위기종
보호법 전무) y값은미꾸라지개체수. 그미꾸라지가웅덩이속에있다 웅덩이속의생
명체는미꾸라지밖에없다고가정한다. 여기서y값은무한정늘어난다 번식활동에
원활한환경을비이성과겸비했기때문이다. 한데웅덩이x의값이 전무하였는데늘
어난다 그건미꾸라지의진화다. 산으로볼때x의 등반보다y의등반이더어렵다 송
어의번식능력은참아쉽다 반면 미꾸라지의번식기술은가공을부른다. 미꾸라지
는동쪽을향하여 이런발언을한다 너희때문에우리웅덩이가온통흐려져버렸잖아
송어는이렇게대꾸한다 아니나는맑게했는데. 맑음과흐림의차이를모르고 흐림
속에서평생을살아온미꾸라지들 그들은반대로사고한다. 이제5급수속에서는번

식이불가하다. 마침내y값과x값은무한한평행선으로서존재한다(심지어미꾸라지
개체수증가도멈춘 지금 이건꼭종말같다). 여기서x값이y값을추월하게되는시기와 웅
덩이의급수가2급수에진입하는시기는 과연동일한가?

가상으로

스스로의안구를적출해냄.(의사가아니라도되더군) '형이하의족쇄' '가시의따끔
함'(그것에찔려서감염되는일은이제없겠지)은 모두해결됨. 마침내 '완전한형이상'으
로의 진입이실시됨. 상판을가꾸는일은이제가시에찔려있는너희나하라지.

남아있는안구처리에관한논의

기증은불발됨 결론없음

기증시도는퍽악의를띰

러다이트(Luddite)운동을재개하자 그들은직업의강탈에격분하여운동을시작
했고 이는이기적이며결론적으로무의미한실수이었음이증명됐다만 현대에서는
절실하다 일자리의대체만을두려워하는이들은중대한문제를파악하지못한것이
다 우리는일자리뿐만아니라존재를대체당할절체절명의위기앞에놓여있다

전류의 끝

두통

난 누워 있었다. 거센 숨을 몰아쉬고 있었다. 또 녹초가 돼 있었다. 교육자는 밖에서 잠근 문을 열었다. 일어설 수 없었다. 해서 나는 기어 갔다. 그는 무표정을 유지하는 듯했으나 어느 당황스러운 연민이 서려 있었다. 그 투명한 문을 열고 밖으로 나섰다. 그제야 직립할 수 있었 다. 나는 죽어 있는 듯했다. 그리고 머리카락을 만져 보았다. 이 모습 을 본 교육자가 이런 말로 그 행동을 지적하며 말했다.

"우리의 고도의 기술력은 귀하의 모발에 어떤 피해도 끼치지 않고 이 와 같은 교육을 실시할 수 있으니, 괜한 걱정은 접어 두시길 바랍니다."

그의 말에 거짓은 없었다. 그들은 고도의 기술을 갖추고 있다. 난 이에 공포와 위협을 느낀다.

"예."
"개인실로 이동하시죠."

나의 방이 개인실이라는 이름으로 묶어 명명된다는 사실을 그때 알 게 되었다. 하지만 그 이름은 마음에 들지 않았다. 나는 그 장소를 내 방이라고 부르고 싶었다.

내 방으로 가고 있을 때, 난 기어가고 싶은 기묘한 충동을 억누르느라 애써야 했다. 그런데 이 충동을 이해한 뒤에는 뜻밖에도 자랑스러운 기분이 들기도 한 것이다. 난 네발로 기는 것이 네 손으로 기는 것보다 더 인간적이라는 놀랍지만, 당연한 진실을 그제야 깨닫고 만 것이다.

원래의 그 담당자는 방 내부까지 나를 인도하는, 아니, 따라오며 감시하는 경우가 없었는데, 오늘의 그는 방문 안으로 들어와서 날 묵묵히 응시하고 있다. 아랑곳하지 않은 채 바닥에 앉은 자세로 취침을 시도했다. 한데 내 그 행동을 지적하며 교육 담당자는 이런 말을 내뱉는 것이다.

"침대에 누워 취침하시죠."
"아뇨. 전 이렇게 자겠습니다."

그는 어느 때보다 심각한 기색이었다.

"이유가?"
"너무 편해서 거부감이 듭니다."
"침구의 편안함과 귀하의 심적 거부감에는 어떤 관련성이 있다고 생각하는 거죠?"
"매트리스를 지나치게 고급스러운 것으로 구해 놓아서 저는 인간성을 잃어 가는 것 같습니다."

두통

"귀하는 『멋진 신세계Brave New World』의 '존John'[18]을 닮은 것 같습니다."

"올더스 헉슬리Aldous Huxley가 쓴 것 말이죠? 전 몇 개의 명문장까지 외웠을 만큼 그 작품을 참 좋아했죠."

"그 명문장이라는 것을 하나 읊어 보시죠."

"'하지만 난 안락함을 원하지 않습니다. 난 신을 원하고, 시를 원하고, 참된 위험을 원하고, 자유를 원하고, 그리고 선을 원합니다. 나는 죄악을 원합니다.'"

"잠깐, 난 신을 원하고?"

내가 그것을 읊기 시작하자 주머니에서 작은 노트를 꺼내 열심히 무언가를 필기하던 교육자는 이 말을 내뱉고는 쇠몽둥이로 내 머리를 내려쳤다.

18) 영국의 작가 올더스 헉슬리(1894.7.26.~1963.11.22.)가 1932년에 출판한 디스토피아 SF 소설인 『멋진 신세계Brave New World』에 나오는 등장인물로, 소설 속에서 문명 세계의 모순을 폭로하고 비판을 가하는 핵심 인물로 나온다.

289

17

+++

그는 꿈속에 있다.

사원이라 생각되던 장소는 이제 신전이라는 것에 더 적합하게 보인다. 이제 고요한 밤이다. 꿈속의 모든 것은 같았다. 태양만 빼고 말이다. L은 나방인지 나비인지, 나비인지 나방인지 전혀 분간할 수 없는 공포를 직시한다.

L은 무릎을 꿇고 있다. 근데 이 무릎을 꿇는 동작을 의도했다고 볼 수는 없을 것이다. 정해진 심리 흐름에 의해 조종당하듯 꿈속에서는 완전히 다른 사람으로 변해 있었다. 인생에서 단 한 번도 무릎뼈를 바닥에 대 본 적이 없던 그는 자신도 모르게 무릎을 꿇었다. 꿈속에서는 그것이 당연한 처사라고 여겨졌다. L은 꿈을 깨고 나서야 이 행동을 특이하게 여겼다.

벌레는 무릎을 꿇은 L 앞에 유독 거대한 크기로, 또 왠지 더욱 묵묵하게 군림해 있었다. 그는 벌레 앞에 무릎을 꿇었다. 또 고개도 숙였다. 손을 모으고 빌었다. 고통이 끝나도록 해 달라며 빌었다. 기도했다. 벌레에게 기도했다. 자칫 미련하게 보일 만한 이 행동은 대략 수 분 동안 지속되었다.

분명 벌레는 기쁨에 겨웠을 테다. 이 얼마 만에 받아 보는 간절한 기도인가.

290

두통

L은 저 너머 십자가의 불이 명멸하는 것을 확인했다. 그것은 켜지려고 부단히 애쓰고 있었다. 이 격변에 L은 더욱 간절히 빌었다. 눈을 감고 두 손을 공손히 하며 무엇보다 간절한 언어로 빌었다. 그는 많은 것을 바라지 않았다. 인간이 인간으로서 존재하게 해 달라고, 인류가 진화를 통해 다른 종에 가깝게 거듭나며 멸망에 이르지 않게 해 달라고 빌었을 뿐이다. 언제나 제자리에서 꿋꿋하게 자리를 지키는 선을 말미암아 악을 범한 자들이 용서받기를 빌기도 했다. L은 그 용서를 받고자 하는 첫 번째 인물이었다.

L의 마음에 감동하여 그를 선지자로 임명하시고 불멸로의 길을 가리키신 덕에 여명이 밝아 오기 시작한다. 그 과도하게 눈부신 여명의 빛은 이상하게도 각막을 통과하기를 거부한다.

빛에는 빛이 없다. 하지만 여명은 밝아 온다.

그는 우러러보며 무릎의 유일한 쓰임새를 확실히 규정하고 다짐하였다.

선지자로서의 임무를 짊어진 것은 반박할 수 없는 경사였다. 그리고 임무는 분명했다. 또 신성하며 도를 넘은 위대함이다. 그 임무를 짊어지는 순간 상식의 고요한 평화가 보란 듯이 뒤섞인다. 초월이다. 진실은 모든 것을 꿰뚫는 창과 같다. 위대한 진리 앞에서 우리는 범부다. 의미를 찾을 수 없고 우주가 폭발해 버릴 때까지 반복될 굴레와 속박을 끊어 버리는 것이 방법이다. 그것은 승패도 결과도 없다.

이것은 임무를 해석한 것이다.

L은 이렇게 생각했다. 과업은 이렇다. 부패한 정부를 마비시키는 일도, 그들을 계몽시키기 위해 노력하는 것도 아니다. 내 과업은 고난에 당당하게 버티는 것에 있다. 내 눈에 흙이 들어가더라도 말이다. 그리고 그 흙과 어우러지며 조화를 이룰 때에도 지조는 남아 있다면, 파멸하더라도 패배하지 않는다면. 나는 생전 내 빈약한 육체가 담아 내기에는 너무 거대하고 성스러운 사상의 소망을 가졌으며 이에 '머릿속에서 탄생해 버려 갑갑하였던', 제 인격마저 가지게 된 사상은 육신이 본가로의 방문을 위해 무진霧津[19]을 향하는 고속도로에 오를 때에 날아올라 못다 이루어 억울한 과업을 과감히 이뤄 나갈 것임을 믿어 의심치 않는다. 자살을 아름답게 속삭이며 권유하는 목소리에 눈도 깜빡이지 않을 때 마침내 그릇된 위치의 견갑골(날개뼈)은 상방회전할 수 있고 그로써 낮과 밤이 번갈아 오는 하늘로 도약하리라. 나는 죽은 채로 살 수 있다! 죽은 나는 산 자에게 바통(bâton)을 건네주기에 불멸이다! 영원한 이어달리기는 엔트로피의 뜻으로만 중단된다!

이런 생각이 재생되었다.

모든 길은 로마로 통한다. 최초 기원전 27년에서 비잔틴의 멸망 1453년. 모든 길은 로마로 통한다. 그것은 동과 서로 분열되고. 모든 길은 로마로 통한다. 제3의 로마에는 이탈리아, 루마니아, 오스만 제국, 러시아 제국 등이 있는데, 모든 길은 로마로 통한다. 팍스 로마나Pax Romana, 팍스 브리타니카Pax Britannica,

---

19) 1964년 소설가 김승옥이 발표한 단편 소설 『무진기행』의 배경이 되는 항구 도시.

두통

팍스 아메리카나Pax Americana. '모든', '길은', '로마로', '통한다'. 우리가 걷는 길은 로마로 통한다. 그것은 팍스 아메리카나의 한복판에서도 유효하다. 길은 로마다. 로마 같다. 로마처럼 되어 간다. 그러면 로마로의 길을 걷지 않는다. 길은 역사다. 길을 따라 살로Salò에 도달하고도 로마로 향하다니. 살로에서 방향을 틀어 바티칸으로 향해야 한다. 모든 길이 로마로 통하더라도 난 바티칸으로 갈 것이다. 로마에 강제적으로 방문하는 여행객의 수가 나날이 늘고 있지만 나는 살로에서 방향을 틂으로써 바티칸을 방문한다. 여기서 교황과 만나며 운명을 당당하게 거부한다. 모든 길이 로마로 통하는 것에 대하여 난 반항한다.

이때 L은 심장이 요동치는 것을 느꼈다. 심장의 온도는 상승하고 있었다. 그러다가 마치 다른 차원의 존재와 맞닿은 듯한 감각이 머릿속에서 발생한다. 그는 그 연쇄적인 만남에 고무되었다. 이 존재는 어디서 왔을까. 그렇다. 그것은 내 안에 있었다. 이렇게 생각하고는 두 손을 더욱 공손히 했다.

벌레는 재생된 생각들에 대하여 진위 여부를 판단하고 그것을 참이라 결론지었다.

그것은 사랑일 수도 있다. 혹은 사랑이라고 보는 편이 합리적일 수도 있다.

벌레는 모든 것을 미리 알고 있다.

L은 일어설 생각을 하지 않았다. 그는 선지자다. 이에 적합한 행동을 한다. 그는 미리 알고 있었다.

벌레는 그 날개를 퍼덕이려 하고 있었다. 고개를 들어 이를 올려다본다. 하지만 날개는 마치 굳은 듯 경직되어 있었는데 마치 겨울의 한기로 인해 뼛속까지 냉각된 손을 움직이는 것과 비슷하게 보였다. 아니, 같은 원리처럼 보였다. 날개는 얼어 있었다. 그것을 인지하자마자 L은 강력한 추위와 맞닥뜨렸다. 감당해 내기 버거운 것이었다. 그는 몸을 떨었다. 여기서 그는 벌레의 시선으로 자신을 내려다본다. 추워서 몸을 떠는 L의 모습은 그 시점에서는 마치 어느 공포에 지배되어 두려워하는 것처럼 보였다. 이내 경련을 참아내었다.

벌레는 날갯짓하고 있었다. 멈추지 않았다. 벌레는 갑갑한 곳에서 나가려 하고 있었다.

나는 저 너머에 있는 명멸하는 십자가를 본다. 전력 공급은 내가 쓴 철 모자로부터 이루어졌으리라. 결국 내가 이겼다.

18

+++

침대 위에서 눈을 떴다. 난 기겁하며 땅바닥으로 굴러떨어졌고, 정신을 잃은 틈을 타 담당자가 이 매트리스 위로 날 옮긴 것이었다. 그리고 꿈을 회고하기 시작했다. 꿈속의 상황은 여태껏 꾸었던 다른 꿈들

두통

의 전개와는 비교할 수 없을 정도로 의아하였고, 이는 조금 불쾌하였다. 나는 날 죽이는 것을 숭배하고 있었다.

나는 잠시의 자유 시간을 이용해 방을 나와 그 건물의 한 창문 앞에 서 있다. 창문으로 불 꺼진 십자가가 보였다. 그것은 전혀 빛을 내고 있지 않았다. 이를 보고 있으면 괜히 외로움과 좌절감만이 증폭됐지만, 이 감정들이 중독성을 가지고 있던 것인지 창문을 통해 그 씁쓸한 풍경을 지켜보는 걸 멈추지 않았다. 이따금 경비원이 순찰하는 소리가 텅 빈 복도를 메울 때면, 그러니까 군홧발이 나를 감시할 때면 나는 즉시 산책을 하는 척 걸음을 재촉하고 시선을 돌리곤 했다. 이 더러운 건물의 구조는 의도되었다. 모욕이다. 심리학에 조예가 깊은 설계자의 의도대로 흘러갈 뿐인 사고의 흐름에 스스로 실망했다. 하지만 그 창문을 통해 짓이겨진 현실을 마주하는 행동을 멈추지는 않았다. 나는 현실을 직시했기 때문이다.

그때 복도의 공허를 따라 발소리가 퍼졌다. 그 소리는 경비원들이 보통 신던 군화 같은 신발의 것이 아니었고, 입소자에게 주어지는, 그러니까 내가 신은 신발이 내는 것과 같은 소리였다. 나는 그 방향으로 고개를 돌렸다. 그리고 근원을 기다렸다. 그자는 복도의 끝에서 모습을 드러냈는데, 긴 거리로 인해 얼굴이 희미하였다. 경보로 내게 다가오는 그는 점차 분명한 형태로 변화하여 갔고, 얼마 지나지 않아 난 그가 P의 과외를 담당하던, 음모들을, 괴리감이 느껴지는 변화들을 탐구하던 그 남자였다는 것을 기억해 냈다. 나는 당시의 기억을 빠른 속도로 떠올렸다. 그는 모든 것을 예언했었다. 두통을 언급하며 이에 관한 비범한 입장을 드러냈다. 그리고 이 입장은 현재의 내 사상과도 일맥상통하는 것이다. 심지어 밤의 지배를 예언하기도 했다. 또 종교와 신이라는 단어도 언급했는데, 이 개념들은 현재의 나도 제대로 이해하지 못하는 난해하고 모호한 개념이지만, 한편으로는 그의 말에 따르면 인간의 본능 중 하나인 그것들에 난 불가피하고 강한 이끌림을 느끼고 있는 것이다. 다시 정신을 차렸을 때는 그와의 거리는 십 미터도 안 될 정도로 가까워졌고, 이제 그는 예언자임이 증명되었다. 얼굴엔 수염이 많이 자라 있었다.

"오랜만입니다."

그는 악수를 청하며 다가왔다.

"예. 제 친구와 카페에서 봤던, 맞죠?"
"맞습니다. 입소한 지는 얼마나 되셨죠?"
"한두 달쯤일 겁니다. 이런 곳에서 만날 줄은 꿈에도, 꿈에 도, 아, 전혀 몰랐는데. 모처럼 귀한 만남인데 자리가 만족스럽진 않네요."
"저는 이미 한 번 이 재교육원에 입소했다가 퇴소한 경험이 있어서 괜찮습니다. 퇴소식을 치르고 말이죠."

"아니, 퇴소할 수 있다는 겁니까?"

"안 될 건 없죠. 연기에 좀 소질이 있다면, 이득을 위해 잠시 자존심을 굽힐 수 있다면 말입니다. 퇴소식을 거쳐야 해서 그렇죠. 첫 번째로 제가 입소한 이유는 정부의 보호 없이 천문학 연구를 독자적으로 진행한 것에 있었어요. 현재 지구의 자전이 멈춤으로 인해, 우리 행성이 본래의 공전 궤도를 이탈한 채 제멋대로 우주를 떠돎으로 인해 밤낮과 계절의 구분이 사라졌다는 사실을 해명해 낸 겁니다."

나는 그 사유에 어이가 없어 혼잣말로 구시렁거렸다.

"역시 국민의 무지를 말 그대로 바람직한 상태라 굳게 믿는 그런 섬뜩한 놈들이 권력을 잡으면 항상 이 꼴이 나지. 진실은 섬망 증상의 한 갈래로 치부되고."

그는 매질媒質이 최대한 진동하지 않도록 주의하며 말했다.

"저는 이를 학계와 대중에게 그대로 발표했고, 이것이 이유가 되어 급히 체포돼 처음 이 재교육원에 입소했습니다. 입소 후 몇 달 동안 전 점진적으로 그 재교육에 의해 세뇌되는 인간의 모습을 연출해 내었는데, 모든 사람들이 제 세뇌가 연출을 거쳤다고는 전혀 생각지 못했습니

••••18••••

다. 어쨌든 이 괴리를 느끼게 하는 변화를 집대성한 것과 같은 장소의 건립 목적은 그 작명에서 알 수 있듯이 재교육입니다. 무지로의 회귀를 다룬 학과 과정을 무사히 수료했으니 졸업하는 거죠."

"정말 나갈 수 있다니. 근데 퇴소식이라는 것은 뭡니까?"

"막 설명하려던 참이었습니다. 퇴소식은 입소 계기에 따라 다른 양상을 보이는데, 한마디로 그들의 수척하고 피폐한 사상에 잠식된 정도를 시험해 보는 것과 같습니다. 제 경우엔 몇 가지 조작된 자료들을 기반으로 우리 행성이 어떤 운동을 하고 있는지를 '올바르게' 서술하는 논문을 작성하는 일이었는데, 당연히 속뜻은 제가 과거 발표한 연구 결과를 부정하는 글을 작성하라는 거였죠."

"그래서 그렇게 했습니까?"

"이건 어쩔 수 없는 일입니다. 저는 제가 맡은 역할을 잘 알고 있기에, 그 역할의 희귀성과 필요성을 파악했기에 탈출이 절실했던 거죠. L, 성함이 L 맞습니까?"

"예. 아, 제가 아직 그쪽 이름을, 아니, 성함을 제대로 알지 못하는데."

"전 본명을 사용하지 않습니다. 해서 지금 사용하는 가명을 알려드리겠는데, 모세라고 불러 주시면 됩니다."

"모세 씨. 그럼, 지금 두 번째로 입소하게 된 이유는 뭡니까?"

"신학이라는 학문을 공부했습니다. 여기서 신은, 기억이 나실지 모르겠지만, 인간의 본능적 무질서를 탈피하기 위해 몹시 중요한 존재이며, 살아간다는 것 자체의 불안과 견디기 어려운 우울 그리고 권태를

두통

극복하기 위해 사람들이 자주 기대며 숭배하고는 했던, 무릎을 꿇고 간절한 마음으로 기도 하곤 했던, 초월적 권능을 소유하고 인간을 창조했다고 여겨지기도 했던, 그런 절대자입니다. 대강 감이 오십니까?"

"예. 실은, 이 창가 자리에서 불 꺼진 십자가를 보는 등 그 종교라는 것과 연관된 듯한 행동을 최근 취미 삼아 하고 있고, 심지어는 꿈에서 제가 무언가를 숭배하는 듯한 행위를 하는데, 이건 제가 종교라는 것에 대한 어떠한 지식이 없음에도 분명 본능적인 무언가로 그 신이란 존재와 결부된 것처럼 보이는데, 음, 그러니까, 이해했습니다."

"방금 L 씨, 당신이 말씀하신 그 꿈속의 숭배 대상은 벌레지요?"

나는 좀 망설이다가 답했다.

"예."

"모든 사람들의 두개강 속에 벌레가 있고, 이건 아직 가설이지만, 그 벌레가 두통을 유발한다는 것을 알고 계십니까?"

"예. 그 분야에 대해선 어지간히 잘 알고 있습니다."

"오, 그렇다면 좋네요. 그 벌레가 예의 꿈을 유도하는 것입니다. 보통 어느 신전에서 벌레를 맞닥뜨리는 것이 전체적으로 그 꿈을 관통하는 내용인데, 어떤 이는 신전에서 그것을 증오하거나 혹은 숭배하기도 하죠."

"그럼 모두들 수면 중 이런 현상을 종종 겪겠네요."

"맞습니다. 우리가 잠에 들었을 때, 뇌의 이웃인 벌레는 뇌의 일부를 자꾸 깨워 대는 것이죠."

이후 잠깐의 정적이 흘렀다. 나는 그가 공부한 신학이라는 것이 몹시 궁금해졌다. 그 신이라는 것은 마치 잊혀 가는 희미한 추억처럼 느껴졌다. 또 마치 오래전에 사망한 인물처럼. 그렇게 수많은 정보의 파도에 휩쓸리며 어렴풋하게, 잡히지 않게 되어 가는.

'니체가 죽였지. 하지만 그를 탓하는 것이 아니라, 상세한 대책 없이 그 주장을 현실로 옮긴 우민을 지적하는 거야.'

"모세 씨, 가능하다면 그 신학이라는 학문을 공부하며 알게 된 것들을 간단하게 설명해 주실 수 있겠습니까? 얘기하시는 것을 듣다 보니 그 분야에 관심이 생겨서 그럽니다."

모세는 눈동자를 위로 올리고 내 뒤를 바라보다가, 이내 시선을 창문 밖으로 돌리고 한동안 조용히 있다가 내가 슬슬 기다림에 지쳐 갈 때 설명을 시작했다.

두통

"이상李箱의 시의 한 구절을 인용하겠습니다. **'사람은숫자를버리라'**[20]. 우주는 극단적인 방대함, 복잡함의 극이기에, 그 우주를 숫자로 정의하는, 혹은 우주를 탐구하는 행위 자체의 무의미를 말하죠. 우주는 모든 방향으로 추락할, 모든 방향으로 죽음을 재촉할 뿐이니까요. 그 이상李箱의 시구처럼, 전 천문학에 지쳐서, 어떻게 보면 그 어려움에 백기를 들고 신학을 탐구했습니다. 그 학문은 어느 절대자를 내세워 우리의 존재 이유를 일정하게 제시합니다. 신이 모든 운명의 설계자와 같은 존재이기에 모든 불행의 이유를 해명하여 견딜 수 있게 하고, 그러니까 내재적 의미를 부여하고, 행운의 뜻을 신에게 돌리며 오만을 사전에 방지하며 그런 행운을 쟁취하기 위하여 더욱 진실되고 건실한 삶을 영위하게 하죠. 절대자는 '우리 머릿속에 있는 모든 것을 알기 때문에', 우리로서는 구분할 수 없는 진실과 거짓을 모조리 판별해 내며 이는 끝없는 자기반성, 순수로의 도약으로 사람을 이끕니다. 그러나 그 종교라는 것을 그릇되게 적용하는 인간들 때문에 우리는 신을 죽였죠."

"무슨 말이죠?"

"니체가 폭로했듯, 주장했듯이, 우리는 절대적 가치를 잃었습니다. 길을 잃었죠. 모든 사람들이 말입니다. 목적지를 정해 둔 자들도 모조리 해체하여 보면 떠돌이로 전락해요. 그런데 이는 21세기에 접어들며 더욱

---

20) 시인 이상(李箱, 1910.9.23.~1937.4.17.)이 1931년 『조선과 건축』 10월호에 발표한 연작시 『삼차각설계도(三次角設計圖)』 중 '선에관한각서1'에 나오는 싯귀.

선명해지고 맙니다. 과학 기술은 믿을 수 없는 발전을 이루었고, 우리는 고급 의료의 보편화와 전자기기라는 편한 매트리스 위에 누워 마치 세상을 다 가진 듯, 돈만 있다면 더 이상 노력하고 열심히 살아갈 근거를 상실할 것이라고 장담하듯 행동하고, 다른 발전에 비해 매우 은밀히 발전한 국가의 행정력 아래에서 인간이 아닌 군중의, 대중의 일부로서 존재하게 되었죠. 이때 돈은 신이 되고 신은 돈이 됩니다. 무언가를 자신들의 종족 위에 세워 두지 않으면 제대로 살 수 없는, 그런 우리의 특성상 신의 자리는 요즘 신적인 권능을 물려받은 재물이 대체합니다. 큰일이 난 거죠. 신이 살해당함으로써 천지에 무한대로 풀려 버리는 그 자유. 때론 저주처럼 표현될 그 자유를 다루는 법도 모르고 우린 신을 살해하였습니다. 부재의 고통을 극복하기 위해 무엇을 해야 하죠? 사랑을 하면 배신이 있을 뿐이고, 피땀 흘려 노력한 값으로 돈을 벌어도 공수래 공수거, 후회와 권태를 유산으로 남기고, 세계를 이해하려는 당찬 시도는 빈번히 실패하거나 이해할수록 혼잡해지고, 규율은 끝없이 제기되는 의문과 윗사람들의 맘에 따라 격변하다 붕괴하는데, 모든 길은 로마로 통하고 있는데, 아직도 실수를 인식하지 못하는 백치인 우리는 무엇입니까? 신을 살해함으로써 발생할 자유의 인플레이션 속에서 자유를 현명하게 다루는 방법을 숙지하지도 못한 인류는 신을 부정할 자격도, 그 품에서 벗어날 자격도 없다. 이게 제가 믿음만으로 구성된 유일한 형체 없는 학문을 공부하며 얻게 된 하나의 결론이자 의견입니다."

나는 고개를 좀 끄덕이고 말았다. 그가 언어를 사용하는 방식을 보니 나름 서울의 강남 출신이 아닌가 하는 생각이 들었다. 고등 교육에 일찍이 도가 튼 지식인 특유의 언어 양식을 띤 탓이었다(이 나라에서 가장 부유한 곳 출신이 돈과 재물을 백안시하는 모순은 특이하다). 내가 포함된 대화에 참여한 듯하면서도 실제로는 유리되어 있었기에 그의 말은 문장과 단어의 형태보다는 음향의 형태로, 음악의 곡조와 선율과 같은 형태로 기억에 남아 종종 뇌리를 맴돌며 연주되었다.

둘은 아무 말도 하지 않고 저 너머의 불 꺼진 십자가를 때로는 분석하듯이, 때로는 풍경의 아름다움을 고요히 만끽하듯이, 때로는 하늘의 별을 따려는 듯이, 때로는 강탈당한 자국의 문화재를 보듯이, 때로는 울컥한 마음을 억누르듯이 보았다. 그 정적은 어색한 감이 없지 않아 있었기에 난 이렇게 말했다.

“슬슬 돌아갈까요?”

“그렇게 합시다. 아, 그리고 민감한 주제에 관해 말할 때 목소리를 높이지 않도록 주의하시는 게 좋습니다. 만약 걸리고 만다면 세뇌 연기에 차질이 생길 테니까요.”

“저도 전에 그들이 싫어하는 주제의 대화를 나누다 걸린 적이 있어서 그 부분에 대해서는 잘 알고 있습니다.”

“아, 그런가요.”

"다음에 봅시다."
"네. 편히 쉬세요."

부족한 양의 식사를 마치고 방에 돌아와 땅바닥에 앉아 휴식을 취하던 중 문 뒤의 누군가가 나를 부르는 것이었다. 내 교육 담당자였다. 구충약을 복용하게 하려고, 살충제를 몸에 뿌리려고 하는 것이다. 이 무의미한 재교육을 지금껏 열 번 조금 넘게 받아 온 듯하다. 그 으슥한 곳에서 난 물과 함께 약을 삼키는데 갑자기 구역질이 나서 바닥에 그것들을 토해 버렸다. 평소에 이런 일이 일어난 적이 없었기에 모두 당황했다. 하지만 돌연한 상황에 어쩔 줄 모르고 있는 나와 달리 교육자는 자신이 지금 해야 할 일을 알고 있었다. 그는 거리낌 없이 쇠몽둥이를 휘두르기 시작했다. 난 몇 번 그 공격을 당하고만 있다가 마침내 토해 낸 알약을 주워 먹었다. 이에 공격은 멈추었다. 하지만 그의 눈빛은 당장이라도 날 살해할 것만 같았다. 내가 망설이고 있자 경비원은 교육 수단을 전기 파리채로 교체한다. 결국 난 책상 위에서 그 둘을 조소하고 있는 살충제를 집어 들고는 조금의 고민을 거친 후 분사했다. 따가워 찌푸린 눈가로 그가 노트에 무언가를 분주히 작성하고 있는 것이 보였다. 득의만면하고 흐뭇하게 말이다. 나는 연신 기침을 하며 헛구역질을 해 댔다. 코와 입으로 어떤 진득한 액체가 새어 나왔다. 갈색을 띠고 있었으며, 심히 불쾌한 촉감이었다. 담당자는 그 액체를 보고는 단번에 병을 진찰해 낸 듯하다. 그는 조금 심각한 어투로 휴식을 권유하였다. 나는 그가 또 날 강제로 침대에서 재우지 않을까 싶어 불안했다. 해서 방 안쪽으로 피신했다. 추격하는 대신 그는 방을 나가 버렸다. 앉아서 휴식을 취했지만, 분비는 계속됐다. 이것은 불쾌한 일이었다.

옆방의 이웃은 벽을 노크하며 이렇게 말했다.

"뭐 하고 있는 거요? 자꾸 혼잣말로 뭐라고 중얼대는 것 같은데."
"별거 아닙니다. 코랑 입에서 이상한 액체 같은 게 나와서, 짜증이 밀려와서 혼자 신세 한탄을 좀 했죠."
"혹시 그게 약간 갈색이고, 또 약간 산성이 있어서 몸 밖으로 나올 때 코를 따갑게 하는, 정말 산성이 있는지는 모르겠지만, 매운 느낌으로 보면 아마 그럴 것 같은데, 아무튼. 대강 그런 느낌입니까?"
"예."
"그렇다면 아마 나랑 같은 문제를 겪고 있는 것 같은데요. 몇 달 전부터 그런 진액 같은 것이 코나 입에서 나오고 있어서 말이죠."

그 말을 듣자 암담함이 몰려왔다.

"머릿속 벌레가 분비하는 게 아닐까 싶은데요."
"좀 조용히 말합시다. 당신과 무슨 대화를 나누었는지 들통나서 그들이 내게 무슨 특별 교육이라는 것을 듣게 만들었거든요.”

“저도 그랬습니다. 전 어떤 징벌방 같은 곳의 통풍구로 쏟아져 들어오는 나방인지 나비인지 모를 것들을 전기 파리채로 잡는 특별 교육이란 걸 해야 했어요. 그걸 거부해서 쇠몽둥이로 머리를 맞았지만요.”

“잠깐만요. 그 사람들이 시키는 간단한 일에 따르면 끝인데, 정말 괜한 고생을 하셨네요.”

그의 예상 밖의 태도에 나는 당황하였다.

“당신은 순종했단 말입니까?”

“예. 난 어쨌든 나가는 것이 목표란 말입니다.”

“그건 저도 마찬가지인데. 아, 아닙니다. 뭐 다른 애깃거리는 없습니까?”

그는 고민하는 듯하더니 이윽고 이야기를 시작했다.

“아, 혹시 이번에 새로 들어온 남자 아세요?”

“아뇨.”

“요제프 블로흐Josef Bloch[21]라고 하는데, 어떤 여자의 목을 졸라서

---

21) 오스트리아의 작가 페터 한트케(Peter Handke, 1942.12.6.~)의 소설 『페널티킥 앞에 선 골키퍼의 불안』의 주인공.

두통

살해한 혐의로 입소했다던데요."

"하지만 혐의가 사실이라면 그는 재교육원이 아니라 교도소로 가는 편이 훨씬 적합하고 옳은 처사 아니겠어요?"

"그러니까 말이요. 사실 자신이 저지른 살인을 실패한 장난이라며 기괴하게 미화하거나 이유 없이 불안에 떨기도 하는데, 이런 부분에서 정말 정신적인 문제가 있어 보이기는 했죠."

"그래도 수상한 부분이 없지 않아 있는데. 정말 살인이라는 죄목 하나만으로 이곳에 입소하지는 않았겠지요. 분명 다른 이유가 있었을 겁니다."

"아, 블로흐는 옛날에 유명한 골키퍼였다고 하는데, 살인할 당시에는 무직이었다고 하죠."

"공이 골대 근처로 오지 않는 한 아무도 골키퍼에게 눈길을 주지 않는 것처럼, 그도 경기에서 소외된 겁니다. 단지 그에게는 공이 없던 것뿐. 직업이, 일이 없는 것처럼. 하지만 골키퍼는 경기 내내 불안에 떨 수밖에 없잖습니까? 경기에서 가장 소외된 골키퍼의 불안과 사회에서 가장 소외된 이의, 이 사례에서는 무직자의 불안. 특히 존재의 의미를 입증해야 하게 되는 페널티킥 앞에 설 땐, 불안은 형용할 수 없게 되죠. 그 블로흐라는 자는 자기 직업을 따라간 것 같아요."

"타당한 주장이군요. 아무튼 그 사람도 안타깝게 된 거지. 소외된 사람들은 범죄에 빠져들기 쉬우니까."

"맞아요."

그 후 아무도 말을 꺼내지 않아 자연스럽게 대화는 종료되었다. 나는 그 블로흐라는 자의 살인을 분석했는데, 라스콜니코프의 살인처럼 나름의 철학적 깊이가 존재하는 듯 보이기도 하였다. 분석을 하면 할수록 괜스레 마음이 찔렸는데, 나는 심지어 그 살인마에게 일부분 공감을 표하기도 했다. 페널티킥 앞에 선 골키퍼의 불안 같았다.

공전 궤도에서 탈락한 이후 우리는 도대체 무엇을 중심으로 돌고 있는 것인가. 스스로 돌 힘도 잃은 채 수동적이게 되어 가는데. 이로써 정체된 이 행성은 시간이 지나도 아무 변화가 없고 저 멀리 우뚝 서서 고고하게 미래를 기다리는 종말만을 향해 다가갈 뿐이다. 그러고 보니 이곳에는 시계가 전혀 없다. 경비원들은 손목시계를 차고 있는 것 같기는 했다. 그럼 현재는 무엇인가. 현재는 과거의 유산이다. 또 미래의 한탄 대상이다. 지금 이 순간에도 현재는 갱신되어 간다. 과연 시간이 시계 회사가 제품을 판매하기 위한 수단에 불과한 것인가 하면 또 아니다. 그것은 우리를 로마로 이끌고 있는 관광 가이드 혹은 대중교통이다. 그리고 그것이 실제로 눈속임과 같은 존재라고 치더라도 이미 부여된 의미를 없앨 수는 없다. 블로흐는 궤도를 이탈하였다. 자전도 중단하였다. 이 치밀한 연관 관계가 어떤 상징, 은유이고 조급한 메시지라는 것에는 이견이 없다. 그는 무언가를 실제 사건을 통해 암시하여 전달한 것이다. 이 살인 사건은 우주적 흐름과 흡사한 면이 있다. 그는 전하고 있다. 난 턱에서 끈적함을 느꼈다. 이를 인식함과 함께 머리에

두통

서, 아마 두개강에서 타는 듯한 감각이 일었다.

　벌레는 그대로 하라고 했다.

　액체는 갑자기 미친 듯이 흘러내렸다. 벌레는 박치기를 하고 있었다. 머리에서 찢어지는 감각. 비강 화재. 인중 홍수. 대홍수가. 대홍수. 두려워하고. 한번 드릴로 머리를 갈아 주고. 팽창한다. 팽창한다. 넓이가 팽창한다. 두통의 넓이가 팽창한다. 방향은 모든. 관측할 수 없는 곳. 그곳은 두렵다. 망치는 못을 박고 있던 것이었다. 금이 간다. 내 세계에 금이 간다. 나는 나를 감당할 수 없다. 자기주장이 강한 자아를 풀어 주고 싶다. 방목하듯이. 물론 그 방목 대상은 나로 보는 편이 적합하겠지.

　벌레는 또렷이 살아 숨 쉰다.

　나는 숨쉬기가 버겁다. 졸린다. 목이 졸린다. 아니. 압박이다. 나는 짓이겨진다. 으깨진다. 유치원에서. 추격된다. 그건 단순한 정신 이상자가 아니다. 신호다. 놀라 비명 지른다, 비명 지른다. 끈적끈적. 그건 해방이기도 하다. 약간의 산소. 드리우는 몽롱함. 또 한 명의 자살한 사람. 진실을 파헤쳤으니, 인간관계의 파탄은 당연했던 것. 만나게 된다면 시신을 해부해야지. 다음으로 쉬는 시간 없이 내 실수들이 생각되었다 낭비벽. 무서운 착각 탓에. 내 무력함을 직시하라. 직시해도 문제가. 허송세월보다 낫지만. 입영 통지서는. 두통은 면제인가. 그러면 군이 해체되지. 부끄러움에 난동이 발생한다. 제압할 수 없다. 건물의 파괴. 소요 사태. 숨 쉬는 것의 어려움. 숨

309

쉬기 어려운. 숨 쉬는 것조차. 굳은 횡격막. 횡격막 정지. 횡격막의 통증. 너무 열심히 숨 쉬어서. 고통은 없지만 어딘가 씁쓸하다. 감각 몰입. 어지럽게 핑핑. 나만 자전한다. 도저히 참을 수 없는 고통에 시달림으로써. 쾌재를 부를 수밖에. 쾌재를. 아, 이 경험은 참 외롭다. 다음. 모두가 웃는다. 모두가 웃잖아. 나, 지금 웃는다. 나, 행복을 발견한다. 나, 그 행복을 버리고 분노한다. 나, 문을 단단히 걸어 잠근다. 잠기지 않는다. 잠글 수 없다. 열릴 수밖에. 이에 비통하다. 바닥에 쓰러진다. 만끽한다. 즐긴다. 무가舞歌한다. 그야말로 춤과 노래를 동시에 선보인다. 일종의 공연. 무대가 적합 아니 적합한 무대를 찾았나. 비명을 지른다. 비명 근거는 나. 녹는다. 나, 녹는다. 나, 결국 녹기 시작한다. 끈적하게 씻는다. 모르는 사이에. 머리는 녹는다. 감각은 고스란하다. 곧장 전달된다.

"죽는 건가?"

담당자가 혼자 한 말이다.

"그러면 어떻게 되죠?"
"귀하를 박제할 겁니다."
"내 시체를 모욕하려고?"
"결코 모욕은 아닙니다만. 그렇게 느껴질 수도 있죠."
"내 죽음은 전혀 불행이 아니요. 꼭 내가 아니더라도 다들 그렇죠. 폐의 안식은 신체의 열망이고 염원이니까. 그래서 결코 비웃을 수는 없을 거요."

두통

"우리는 귀하를 박제할 것입니다. 이후에는 전시할 겁니다."

"그래서 내 죽음을 기다리는 거요?"

"네."

"내가 죽는다면 그 시신을 조롱하든지 박제하든지 마음대로 하시죠. 나의 죽음은 당신들을 초월하는 수단이니까요. 나는 영면함으로써 그 누구도 상상할 수 없을 정도의 초월적인 존재로 진화할 겁니다. 당신들이 아무리 모욕을 시도해 봤자 망자는 그것에 초연합니다. 망자는 이승보다 한층 높은 차원에 진입한 상태어서, 낮은 차원의 소음에는 어느 영향도 받지 않거든요. 살아 있다면 그들을 우러러볼 수밖에 없으니까, 성립조차 안 되는 거요."

"알겠습니다. 편히 휴식하세요."

답하지 않았다. 나는 혼자 남았다. 두통은 진정되었다. 호흡하는 데에도 문제가 없었다. 난 거친 숨을 몰아쉬며 그와 나눈 대화를 회고했다. 이대로 죽음을 맞는다면, 그의 말이 겁을 주기 위한 거짓말과 허세가 아니라면, 박제될 것이다. 박제된 내 모습을 그려 보았다. 그러나 아무렇지 않았다. 나는 죽어서 날개를 펴고 아주 멀리 날아갈 것이기 때문에, 그 비행은 누구보다 자유롭고 영원하며 높을 것이기 때문에.

19

+++

벌레가 잉잉 속삭여서 경련을 동반한 기상을 한다.

왜 머리가 아프지

한동안 뒹굴며 잠꼬대를 한다.

어젯밤 아니 그때가 밤이었던가 아무튼 그때 일은 괜찮은 거요? 거의 비명을 지르던데?

예 잠깐 머리가 좀 아파서

그러면 다행이네

끝없다.

이 저주받은 곳에서 해방되면 여길 불태울 거야 내 손으로 처형할 거야

두통

기상 직후부터 들리던 웅성거림이 가까워진다. 그것은 다양하고 수 많은 목소리다.

그 근원이 너무 많아 개별의 말에 집중할 수 없고, 분간할 수도 없다.

소리는 머리를 아프게 한다.

모든 생각은 결국 머리를 아프게 한다.

머리카락이 당겨진다. 이유는 알고 보니 손이다.

두통은 갈수록 심해지는데, 이는 단순한 병세의 악화가 아닌 벌레가 몸집을 불린 결과가 아닐까.

무리는 문 바로 앞에서 정지하나 싶더니 이내 다시 움직이며 멀어진다.

벌레는 몸을 더 격렬히 움직인다.

그들이 떠난 이후 복도에는 입소자들이 들어섰는데, 소곤소곤 말했기에 엿들을 수가 없다.

이웃이 벽을 두드린다.

방금 들었어요

아뇨
들은 바로는 전쟁이 난 것 같은데

그럼, 경비원들이 소집될 수도 있겠군

그렇게 돼도 이곳은 유지될 거요

적군이 여기로 들이닥치기를 기다려야 하는 건가

그들도 우릴 죽일 텐데

호흡도 슬슬 원활하지 못하다.

목의 힘을 완전히 풀고 침이 마르는 것을 느끼면서 호흡을 되찾도록
천천히 깊게 또 생각을 비우려고 하는데 그것은 아직 할 수 없고 아아
그래서 살충제를 뿌렸던 건가 그것의 도움이 있었다면 구충제의 도움
이 있었다면 아니다 그것들은 인간성을 죽인다 알고 보니 다리를 떨고

두통

있었고 한데 진정시킬 수는 없다 불안하기 때문이다 긁는 소리를 듣는
다 쓴 냄새를 맡고 안면의 온갖 근육이 수축 그들은 전쟁에 관해 열띤
논의를 하고 있고 쓴 냄새가 나고 인중이 끈적어서 옷소매로 닦아 냈는
데 공사 소음의 불규칙성에 짜증이 나서 고개를 좌우로 매우 흔들어서
두통은 잠잠해질 줄 모른다 긁을 수 없는 곳의 가려움 체내에서의 현상
을 처절하게 외부에서 해결하려 시도하는 일 두피를 벗겨 내듯이 실제
로 손톱에 피가 조금 묻어 나오고 옷소매로 그것을 닦으려는데 동일 선
상에서 처리해도 되는가 의문이 생겨서 그냥 피가 굳을 때까지 방치하
기로 결정한다 목이 견뎌 내야 하는 중량이 증가하는데 이는 당장의 변
화가 아니라 지난 몇 년간의 변화를 지금에 와서 체감한 것이며 충분히
암담한 전개이니 머릿속 안개가 확산하는 듯한 느낌이 심해지는 것인데
쓴 냄새가 나고 쓴 냄새가 나서 피곤함이 참을 수 없는 피곤이 잠을 자
도 굳건할 피곤 더 많은 이야기 소리 이야기와 일체가 된다 두 존재가
일체된다 그래 이것이 가장 바람직하지만 그렇지만 수반하는 것들이 두
렵지 현재 두뇌의뒤엉킴 형체를알아볼수도없도록 역사의계속에서벗어
나야하지만 새로운역사를쓰는것이더낫다고말할까 과거의파괴는미래의
무질서를야기하고 과거의계속은현재의무기력을야기하는데 쓴냄새를실
수로섭취하였는데산성이있는듯하다 두개강속에서이젠하다하다찌릿찌
릿한공격이 신경을찌르는듯한감각이후두부부근을중심으로일더니이야
기는마치말싸움처럼들리네 같은논의는지루하지도않나 시끄러워서손은
머리카락이아닌귀로이동하여청력을자제한다 어느한특정한지점에두통

이집중된다 그지점은후두부와정수리의중간지점쯤 쓴냄새를닦아내고 다리가경련하는것을다잡아행운을보호하여서 전쟁의승기를기울게하는데 복도의활발한토론을엿들은결과적군은십자군이라명명되는듯하고 그들은진군하고있다 해결될수없는간지러움에분노하니 머리는강력한분노에의해마치제멋대로흔들리며발작하고 어린아이들이떼를쓰는것처럼말이다 그러다가처량해지네 해서모든움직임을중지한채로차분히유래없이 차분하고고요히두뇌의전략을살피는데이는익숙하지않지만나름괜찮은 방식이다 복도의어느외침 외침은이후쇠몽둥이를휘두르는것으로대체되고 머리가가렵다 이야기는제각기해체되어간다 끈적한감촉은 이대로사라질것인가 인생의경험들이그가공할경험들은흙이될것인가 심한억울함에향할곳없는증오를발산한다 경험들은부조리로만해석되나 만약그리된다면참담답할것인데 문득한치의떨림없이부동하고있음을깨닫고꽤나놀라며 두뇌에직접적으로가해지는통증을음미하고있자하니 그부동이붕괴되어가며 비강의따가움을동반한액체 근데쓴냄새란무엇인가 모순적인듯한데 액체의구강으로의분비로인한착각에의한작명인가 두통은그당사자로서규칙을깨부수게하는어떤권능이있다

세상은 끊임없이 금이 가고 갈등하면서 질서의 정립과 붕괴가 반복되고 상식은 변화한다. 이것은 동서고금을 막론하고 필연의 순환인데 이 침대는 너무 편안해서 누워 있으니 꼭 모든 것을 다 가진 듯하고 마치 낙원 같다. 그들은 이런 식으로 안락사를 설계한다. 안락사는 그저

개인의 것이 아니다. 폭증한 인구수를 통제하는 방법이기도 하다. 우리는 당근과 채찍으로 학습되어 가짜 인간이 되어 간다. 강렬한 안식에 취한 채 모조품으로 남을 것인가, 그 안식과 즐거운 착각을 뿌리치고 고행하여 진짜 인간임을 증명할 것인가. 이 범지구적 추세가.

벌레는 L의 근원이자 또 모든 이들의 근원과도 같다.

벌레는 고행을 권한다.

벌레를 거역해 낼 수는 있으나 결코 부정해 낼 수는 없으리라.

정보 과잉 속의 우리들은 좀 입을 조심히 열 필요가 있다. 모든 진리를 통달한 양 재단하는 태도가 습관화된 탓인데, 이 끝없는 저렴하고 논점에서 완벽히 이탈한 논쟁들은 배를 산으로 등반하도록 유도한다. 물은 갈증에 시달리는 자에게는 생명의 구원이나 누군가에게는 고문의 방법이 되기도 하며, 광견병에 걸린 자에게는 공포의 트리거 trigger로서 해석된다는 것을 아직 이해하지도 못하는 이들. 그들이 사회를 좀먹고 있다. 세계를 단적으로만 바라보는, 그리고 자신의 세계를 과도하게 신뢰하기도 하는 이들이 학습하는 정보들은 되레 혼란을 불러일으킨다는 말이다. 토마스 핀천이 맞았다. 정보의 과잉으로 말미암은 무질서의 정도는 우리를 종말로 이끌 수준으로 심각해져 버린 것이다.

사과한알이떨어졌다. 지구는부서질그런정도로아팠다. 최후. 이미어하한정신도발아하지아니한다.

사과의추락은빈번하다. 어머니대자연은유해도없이사망한다. 자식들은유산상속에설렌다. 최첨단의후회.

토지는온통사과밭이다. 나무는모름지기중력을잉태또한다산하라. 최초의후환. 지구는구직에성공하지아니한다. 실업의깊은상흔은꼭존재마저도말소해가는듯하니다들참너무하다.

최종의후에. 사과의어느정당방위가무죄판결받는다. 무혐의라고판결하지는차마아니한다. 소송은드디어끝이다.

드리우는그림자에하늘은검다. 빛이언젠가고요히재림하리라. 만민은세상이말세다말세라고하며탄식한다.

재림이고요하지아니하니어느진노를머금고이루어진다는가정하에. 사과의거동이반박될수있음이탄로난다. 오르리라. 필경 오르리라. 미련으로의규범과작별하리라.

두통

재림이전혀있지않는다는가정하에. 믿음은사멸하지않는듯하다. 뇌가
존재를창조하기도한다. 우리의창조는불분명하나우리의창조는끝없을
테다.

오오. 정결하려나. 다만불가지의명제의논의가과연합리를도출하는
가. 구두점에달린갈고리가참날카롭다.

우군의 병력은 적군보다 열세죠 무기의 생산량과 보유량은 확실히
압도하나 그 아무도 싸우려 하지 않거든요

탈영병은 개전 후 채 하루도 안 됐는데도 속출한다는데 사기가 바
닥나 있을 수밖에

어쨌든 그 혁명을 진압하려면 소모가 막심할 텐데 아마 휴전으로
마무리 지을 거요 그쪽도 이 전쟁을 오래 끌 만큼의 전력이 없으니까

경비원끼리 하는 대화를 엿들었는데 이 교육원의 위치가 봉기 거점
이랑 가까운 듯해요

그래서 머지않아 이곳 또한 점령될 가능성이 있다는 말이요

예

국가의 식량 상황도 이리 좋지 못한데 보급이 없으니 제대로 된 전투가 있을 리 없지

그런데 그 문제는 우군만의 것이 아니요

그들은 일종의 발할라Valhalla[22]를 믿으니까 때론 살려고 아등바등하는 것보다는 오히려 죽으려고 기를 쓰기도 하죠

모든 혁명은 숭고하거나 혹은 공연한 죽음으로 남는다는 걸 잘 알고 있는 거요

이번 혁명이 과연 숭고하게 남을까

그들이 숭고할지는 모르겠지만 우리의 역사가 미개하게 남을 거라는 건 확신해요 우리도 언젠가 이성을 되찾을 테니

----

22) 북유럽 신화에서 발할라(Valhalla)는 전쟁터에서 용감하게 싸우다 죽은 영웅들의 영혼이 머무는 사후 세계의 안식처인 '전사들의 전당(Hall of the Slain)'을 의미한다.

두통

사필귀정

당연히

지금 몇 시야
그런 건 물어보지 마 시간은 계속 흘러

오오

이름 없는 별은 더 이상 하나도 늘지 않거나 그 수의 증가가 마치 은
하를 연상케 하도록 되거나 둘 중 하나일걸 솔직히 그 인공 우주의 탄
생을 즐거워해도 될까

패망이 새로운 위대한 출발의 근거일 수도 있으니

허물을 벗어라 이로써 탈피하라 보란 듯 비상하라

우리는 개천절을 까먹었잖아

해는 서쪽에서 뜬다고

어렸을 땐 참 총명하다는 소리를 자주 들었는데 왜 지금은 여기서 이러고 있는지 내 생기 넘치는 영혼은 강탈당했어 꼭 돌려받을 거야 누군가 영혼을 나의 깊은 곳에 감춰 뒀거든

그래서 마지막 샴푸질이 언제라고
우리는 겨우 넷인데도 이리 든든하다니

내 비록 개천절의 날짜는 까먹었지만 개천절의 대척점은 광복절이야 바보들아

이제 머리 안 아파

너는 꼭 귀신을 보는 것 같군 정말이라면

나는 내 시야에 부유하는 무섭고 추잡한 단어와 문장들을 무시할 권리가 있어 그 권리를 간단하게 생존권이라 이르기도 하지

이 세계는 너무 희극적이어서 웃음을 차마 멈출 수 없어요 난 미친 사람처럼 웃지

이대로 가면 우린 결국 짐승이 되거나 무생물이 되거나야 이건 마치

두통

세익스피어[23] 같네

적들이 여기를 쓸어 버리더라도

오늘 꾼 꿈을 기억하는 사람이 여기 있나요 없더라도 언젠가 갑작스
러운 기시감으로써 가슴의 통증을 동반하여 등장하겠죠

나는 갈수록 불행해지는 이야기의 전개 구조를 대담히 역행 함으로
써 희극을 이끌려 한다.

학생일 적에 교실 칠판 위에 떡하니 전시돼 있던 급훈은 이랬어 열
심히 공부하면 배우자 얼굴이 바뀐다 이 급훈을 주변시周邊視를 통해
응시하며 공부하던 내 세대는 전부 우울증에 시달리다 쓰러져 버렸어

이 세상은 모든 게 환상이었을지도 모른다는 주장이 이따금씩 제기
되어 화두에 오르고 심지어 그 주장이 설득력 있게 받아들여지고 연
구될 정도로 허무하다는 말이다

조금 더 인류에 대해 건설적인 삶을 살아 볼 생각은 없나 예를 들면
모든 재산을 포기한다든지 단 기부는 제외야 그리고 형태가 없는 재산

---

23) 영국의 시인이자 극작가인 윌리엄 세익스피어(William Shakespeare, 1564~1616)를 말함.

도 포함이야

　내가 바로 이 언어의 제임스 조이스James Joyce[24]다 그런 별칭이 싫다면 삼류 가수쯤으로 여겨도 아무럼 좋다 그러면 낭독을 시작한다 우리는 지금 언어의 의미를 잃고 말았다 다만 청력이 남았을 뿐이기에 본능이 남았을 뿐이기에 청각의 쾌감으로서 언어의 부재를 극복한다

　이 흰 방에서 척추 휠 정도의 고역 견디던 그 힘 위 더디던 산업화의 그 긴 길에선 도착지 어디든 서독이라도 흰 곡괭이 휘두르며 김 씨가 두르던 흰 수건 공감하려 하니 착잡하구나 꾀병이었던가 했으나 애국이 매국이 되어 버린 개국이 이국의 일이 되어 버린 현재 마치 나치같이 아침 낮이 마침 가르친 이목구비 삐침 이 참을 수 없는 미친 기침 그들은 부조리를 해명하려다 미침 고드름 생긴 처마 연상케 하지 마치 마지막 하지 하지만 봐하니 범상치 않지 해서 겸상치 않지

----

24)　아일랜드 출신의 20세기 대표적인 모더니즘 작가인 제임스 조이스(James Augustine Aloysius Joyce, 1882.2.2.~1941.1.13.)를 말한다. 대표작으로는 『율리시즈』(1992)와 『피네간의 경야』(1939) 등이 있다. 『율리시즈』에서는 기존의 사실주의적 소설 형식(명확한 플롯, 일관된 서술자, 논리적 인과관계로 구성되는 소설 작법의 전통)을 완전히 탈피하여 의식의 실제 흐름을 그대로 소설에 옮겨다 놓는, (서구)문학 사상 가장 혁명적인 변화를 선도했으며, 『피네간의 경야』에서도 역시 셰익스피어 이후 가장 혁명적인 언어 실험을 단행했다고 평가받고 있는데, 하나의 단어 속에 다중 의미의 중첩, 서로 이질적인 언어들의 혼합을 통한 새로운 의미의 창조 등의 언어 실험이 그것이다. 피네간의 경야의 원문은 다국어로 된 말놀이와 다양한 운율을 활용하여 소설보다는 노래 같은 형태의 텍스트를 띄고 있다. 이 19장의 집단적 독백(의미 있는 듯하면서도 무의미한, 재교육원 사람들의 단절된 독백)에서 자신을 제임스 조이스로 소개하는 이의 의미 없는 말놀이같이 말이다.

두통

검사 참지 못하고 리듬의 종이 되어 이듬해 좀 이 개헤엄 끝나려나 이 계엄 무마하려나 공상 멈추자니 군상 추잡하니 드디어 의미를 잃었구나 도리어 이 미를 읽었구나 고도의 고도를 기다리는 것처럼 긴 다리는 어쩌려고 제각기 고유한 언어를 소유한 번역을 보류한 오류란 소통을 방해함 고통은 장대함 두통은 창대함 참 대단한 대답 한계란 한 계란 이건 있어 보이게 말하면 다다이즘 말하기는 좀 그렇지만 예술 만악의 근원과 같은 이것은 언어의 비언어적 경어 이젠 말로 친교할 수 없으니 말놀이 필요할 수밖에 말이 말이 아니기에 말이 아니네 말이 아닌 말을 해서 말하네 말은 말이 아니다 말의 말발굽이 말보다 말의 역할을 더 잘 수행한다고 말이다 말세로다 하지만 이건 내 기세로다 이 새로 다 만든 언어가 우리를 투영하도다

(박수)

(환호)

아니

(비명)

(박수)

몇몇 이들은 눈물을 훔쳤다. 나는 이 현장을 처음부터 옆에서 지켜

325

보고 있었다. 관람하고 있었다. 그들은 복도에 있었는데 경비원들의 부재로 인해 마련된 자리였다. 경비원들은 그 박수갈채와 비명으로 치는 편이 적합한 환호에 몰리고 있었다. 나라고 해서 그 열광을 자제하기는 어려운 것이었다. 그들의 무거운 움직임 소리가 들린다.

그들은 살충제를 마구 뿌린다. 그들은 너무 많다. 복도는 금세 조용하다. 또한 인근의 방에도 살충제를 뿌린다. 나는 살충제를 받아들였는데 잠이 오는 것이었다. 아아, 이건 보강된 것이구나, 하고 잠든다.

20

+++

어두운 땅에 L이라 명명하는 사람이 있었는데 그 사람은 순수하고 올바라서 '그분'을 경외하며 위선에서 탈피한 자더라

L은 단심으로 그분을 경배하매 천수가 평탄함이 마땅하나 한평생 고초와 억압으로 신음하였더라

고초와 억압이 L의 생애에 가득하니 가족을 잃고 집을 잃고 친우를 잃고 말더라 이에 그는 허무로 가득해짐이라 하지만 정한 단심은 '그분'이 군림하신즉 멈

두통

출 기미 없도다

경배하지 아니하고 신앙을 우롱하는 영혼이 더욱 강녕하고 더욱 평탄하니 '그분'의 맹렬한 진노가 다시 차오르도다

진노가 악한 무리에 임하면 천지에 대재앙이 있으리라 재앙은 선한 자에게도 죽음을 맞게 하나니 심히 두려운 일이로다

이를 L은 미리 알고 있으매 그 생각들에 번민하니 모발을 부여잡게 하여 두통이 그에게 고난만을 임하게 하였는데 슬퍼할지언정 전혀 애곡哀哭하지 않은지라 죄가 없고 정결할 것이요 가장 가르침에 근접한 자더라

병든 족속들과 싸워 광명을 되찾고 사람들을 구하는 것이 그의 정결과 순전을 증명하는 유일한 방법이니라

그 족속들의 세가 강성하고 족속들을 상대하는 자들의 세는 하나같이 위약한즉 싸움은 쉽지 않고 운도 없더라 이에 L은 '그분'의 이름을 부르며 이르되 왜 저에게 이런 벌이 있나이까 악한 자들이 번성하되 경외하며 신앙하는 자들은 억압에 시달리나이다

이에 답하시되 L아 L아 내가 여기 있도다 L이 가로되 어찌 제 한평생 축복이 하나 없나이까 경외하는 일이 이제 과연 실효가 있는 것인가 흔들리기도 하나이다

가라사대 네 처지가 곤고하매 어찌 가여움을 느끼지 않으랴 가증한 것들을 정화하는 것은 네가 무릇 해야 할 일이니라 그들의 세가 너보다 강성하여도 두려워하지 말라 하시니라

L이 이르되 맹세컨대 그들을 두려워한 적이 결코 없으되 광명을 찾을 수 없거니와 끝없는 억압이 경외를 방해하나이다 간청하건대 저의 숨통을 틔워 주소서 고통을 끝내 주소서 우리 시대의 허무를 덜어 주소서 하고 기도하매

'그분'께서 L의 처지를 딱하게 여겨 가라사대 L아 너에게 광명이 있을지어다 L이 이르되 이로써 얼어 경직된 것은 녹을지니 다시 계절이 도래하리라 믿나이다 그러니 부디 진노를 억눌러 우리를 징계하지 마소서 내 원수들을 징계하소서

가라사대 나는 아무도 징계하지 않겠노라 그들이 죄를 범하듯 너도 죄를 범했고 범할지니라 난 이 곤고와 환난을 본즉 모든 죄를 사하노라 그러나 부모와 친우와 사회가 널 버려도 난 너를 꼭 발견하리라 믿음을 잃지 말라 이것이 내가 마지막으로 내리는 축복이 되리라 또 빛이 있으라 하시되

L이 그 품에 안기며 가로되 저는 머리를 소중히 관리하고 다루도록 하매 더욱 정결히 하리이다 내 영혼아 송축하라 하고 그 이름을 아뢰며 그 축복에 감사하더라 이는 '그분'이 보기에 좋더라

아아 헛되고 헛되니 모든 것이 헛되었도다 하지만 이제 그 헛됨이 드디어 반박되더라 이제 아무도 외롭지 않고 황폐한 땅이 재생되고 언 것들이 녹고 빛이

두통

있고 희망이 있으매 모두 찬양하리라

가라사대

"두려워하지 말라 항상 네 안에 내가 있고 내가 너를 품으니 더 이상 상대하지
못할 것이 없고 무의미에 빠지지 않고 자만하지 않고 너의 정결하고 순전한 성
품을 수호하며 사랑하게 되리라"

나는 이것이 꿈인 줄도 몰랐다. 아니, 아직도 꿈인 줄 모른다.

21

+++

그들은 진군하고 있었다. 이 재교육원이라 일컫는 곳으로 말이다.
우레 같은 소리가 나를 포함한 모두를 깨웠는데, 일찍 깬 자들은 적군
을 피해 도망치는 듯했다. 나는 가만히 있었다. 군대의 사격 소리가 몇
번 내 방까지 들리기도 하였으나, 이는 별 감응을 주지 못한다. 그리고
지난 꿈을 회고한다. 그래, 이건 계몽의 시작이다.

군화의 울림이 점점 커지고 있는데, 태연할 것이라 전망되던 마음마

저 흔들리며 심장은 쪼그라든다. 피부가 긴장하고 차게 식는다. 이제 군대가 가까이 있다.

　나는 지금 지체할 시간이 없다.

　거의 패닉에 빠져 가고 있던 참에 누군가 방의 철문을 열었다. 그는 군복을 입고 있었고 내게 총구를 겨누고 있었는데, 내가 이 사실을 제대로 파악하여 두려움에 떨기도 전에 그 총구가 땅을 향하게 두는 것이다. 이로써 그들의 살의는 반박되었다. 그는 손짓하며 날 밖으로 이끌었다. 그를 따라 나와 본 복도의 광경은 꽤나 다급했는데, 총을 든 군인들이 왠지 불안한 기색의 입소자들을 건물 밖으로 인솔하며 북새통을 이루고 있었다. 군은 다양한 연령과 성별로 구성되어 있었다. 그들은 괴물이 아니었다. 노예들이 해방되고 있었다. 나는 그를 따라 건물의 외부로 나갔다. 아마 수송차에 타게 될 것이다. 나는 횡격막의 수축과 이완을 더욱 과다하게 했다. 바깥 공기가 내 폐를 타고 몸의 곳곳으로 퍼진다. 이는 행복한 일이었지만 왠지 걸맞지 않게 느껴졌다. 군인은 해방된 자들에게 손짓하며 차에 타도록 지시했는데, 한 명쯤은 반란을 꾀할 법했으나 모두들 순응하고 있었다. 그리고 내가 차에 타는데, 순간 P가 스쳐 지나간다. 이것은 기억 속에서의 일이다. 수많은 인파 속에서 P를 본 것이다. 나는 창문을 통해 인파를 살폈으나 그를 찾는 데에는 실패하고 말았다. 그제야 졸음이 막 달아나고 현재에 대

두통

한 타당하고 이성적인 분석을 시작하게 되었다.

그래서 난 어디로 가고 있는 거지? 하지만 그 꿈은 신뢰받을 가치가 있었다.

잠깐 스쳤던 그 사내가 정말 P인지 구별하는 작업을 하고 있던 와중에 몇몇 이들이 수송차에서 내렸다. 어느새 도심으로 진입한 거다. P는 나와 동갑이니 군에 입대했을 확률이 꽤 있다. 평소 신체에 큰 이상이 없었기에, 아니, 사지가 달려 있었기에 징집 대상이었을 확률이 높다. 그의 성격상 국가의 부름에 도망치지는 않았으리라.

혁명군은 우리 군을 궤멸시켰을 터였다. 그렇지 아니하다면 그 경비원들이 입소자들을 내버려 두고 줄행랑을 쳤을 리가 없다. 상황은 다급했으리라. 우리를 살려 둘 이유가 없었기 때문이다. 혹은 살충제를 살포한 이후 즉시 도망이 이루어졌을 가능성 또한 있다.

여기서 난 다시 하루를 회고했다. 회고는 꿈에서 시작한다. 나는 손으로 머리를 감쌌다. 그러나 누군가에게는 이 재앙이기도 한 일을 과연 축복이라고 여겨 마땅할까 생각하니 또 번잡해지는 것이었다. 족쇄는 우리 곁을 떠났으나, 또 다른 누군가의 곁으로 가고 있음이 뻔했기에 난 착잡하여 정말 공동의 행복은 존재할 수 없을까 하고 슬퍼했다.

이 조금 감수성이 과다한 주장을 배제해도 악은 여전히 살아 숨 쉬고, 재앙의 상흔은 선명하며, 부조리는 반복될 운명이다. 그것들은 연쇄되어 있었다. 그래, 내가 책임을 지고 이 굴레를 부수는 것이다.

이 수송차는 점차 익숙한 곳에 진입하고 있었다. 내가 살던 지역이었는데, 집과는 거리는 좀 되었지만 길을 알고 있었기에 문제없었다. 이어서 차는 정차하고 나를 포함한 그 지역 인근에 거주하는 자들은 알아서 하차하였다. 나는 즉시 집으로 가기로 했다. 제대로 된 휴식을 취하기 위해서다. 딱딱한 매트리스 위에 눕기 위해서다. 그 이사를 간 자들의 동네를 우회하여 갈까 싶었으나, 더 이상 두려움이 느껴지지 않아 그 동네를 가로지르더라도 기억을 따라 움직이기로 했다.

하늘은 어둡고 바람은 이따금 불어왔으나 그 정도는 군의 구출로 인한 해방 전보다 확연히 약해졌다. 체감되는 변화는 이뿐만이 아니었다. 길 위에는 행인이 늘어 있었다. 살아 있는 것을 전혀 발견할 수 없었던 멸망의 길은 약간의 생명을 얻어 적요한 길로 진화하였다. 그 행인들 또한 변화한 듯했다. 그들의 머릿수 증가를 차치하고 보아도 말이다. 목적지가 존재했다. 길을 걷는 자들의 혼란과 무질서는 진정되었는데, 이는 목적지의 존재 탓이었다. 내가 이렇게 짐작했던 근거는 그들의 눈빛은 티가 날 정도의 확신으로 차 있었기 때문이다. 아마도 당시 내가 본 행인들의 대부분은 재교육원을 위시한 국가 시설에서 적군의 공세

두통

성공으로 말미암아 해방된, 그러니까 나와 비슷한 처지일 것이다. 그러나 어떤 이유와 의미도 없이 존재할 뿐인 길을 걷는 일에 목적이 부여되었다는 점 하나만으로도 기념할 가치는 충분하다고 생각한다.

이사를 간 자들의 도시로 진입하려던 찰나 난 괴리감을 느꼈다. 나는 두통을 비롯한 어떤 이상 증세도 보이지 않고 있었던 것이다. 거의 매분 발생하던 벌레의 움직임 또한 전혀 감지할 수 없었고, 머리는 가벼운 두통마저 없이 평화로웠다. 이 돌연하고 해명되지 못할 평화는 동시에 불안하기도 했다. 마침내 예의 그 도시에 진입하였음에도 내 고질병은 잠잠했다. 이것은 상식에 위배되는 일이다. 고통과 동화된 나는 더 이상 어떤 고통에도 시달리지 않고 있다. 인간이 고통을 겪지 않는다는 건, 인간과 고통이 분리된다는 건, 인간이 고통으로 살지 않는다는 건 상식적이지 않은 삶의 전개이고 심지어 부당하고 비합리적인 것이기도 하다.

예의 도시는 잠잠했다. 그러나 보통 잠잠한 것이 아니었다. 그 도시의 주민들은 단 한 명도 목격되지 않고 있었다. 그들은 다시 이사한 것이다. 건물의 창문에는 불이 들어와 있지 않았다. 가로등은 꺼져 가고 있었다. 나는 황급히 폐허에서 빠져나왔다. 도망쳐 나온 길에서는 생기가 돌았다. 이 기괴한 일에서 두려움을 느끼지 않을 수 없었다. 이것은 불행의 순환에 대한 증거이기도 하다. 이 단체 이사는 즉각적이고 눈에 띄는 피해를 발생케 하지 않고 있다. 하지만 난 이 순환이 몹시 거슬린다.

그 폐허를 우회하여 집으로 귀환하는 여정을 나뿐만 아닌 다른 많은 사람들도 밟고 있는 듯했다. 나를 닮은 자들의 걷기 양식은 모두 판박이였는데, 하나같이 전염병이 창궐하였을 때를 연상케 하도록 다른 사람들과 철저히 떨어져 혼자가 되어 버린 채 또렷한 눈동자로 먼 곳을 응시하며 걷는 것이었다. 감히 말을 걸어 볼 수 없었다. 난 나의 무료한 여정의 중간중간 하루를 버릇처럼 회고하였다. 벌레가 그립지는 않았지만, 그 빈자리의 이상한 허전함을 앓았다. 꿈은 여전히 난해했는데, 내가 그 꿈의 내용을 상상하고 있을 때면 가슴 한편이 따스해지는 것이다. 그것은 단순한 감정의 고무가 아닌 실제 반응이었다. 다음으로는 그 적군의 공세를 상상했다. 그러고 보니 내가 원래 거주했던 지역 또한 그 혁명군에 의해 접수된 것으로 보인다. 그렇지 않다면 그들이 수송차로 이곳까지 날 인도하지 못했을 테니 말이다. 이제 재교육원에는 조금의 전기도 들어오지 않게 됨이 적절하고, 이로써 그 기계화에 반하는 교육이 이루어지리라. 내가 이 갑작스러운 봉기와 점령에 평정을 유지하고 이의를 제기하지 않은 것은 이 봉기가 당연했던 탓이다. 정말 혁명이 없다면, 나는 선뜻 내 의지로 신체와 그 모든 장기를 고철로 교체하리라. 의미를 잃어버린 압제의 삶에 저항하지 않음은 기계임을 증명하는 일이다.

한 명도 빠짐없이 다들 이사를 떠나고 말았던 내 동네도 다시 생기를 얻었다. 십자가의 불은 이제 명멸하지 않는다. 불이 켜졌다. 전기가

두통

들어왔다.

나는 마침내 집에 도달하였다. 곧바로 의지를 발휘하여 여전히 난장판의 상태로 남아 있는 집을 청소했다. 테이프를 떼고 바닥에 떨어진 머리카락들을 버렸는데, 살충제 냄새가 배어 버린 것은 아무리 향수를 뿌려도 제대로 해결되지 않았다. 청소하는 데에 기력을 전부 소진한 난 그 딱딱하고 평평한 침대에 누워 버렸다. 이 침대는 완전한 휴식과는 거리가 먼 물건이었다. 그러나 나와 더 어울리는 것이었다. 나에게 더 적절한 것이었다. 나의 것이었다.

단단히 봉쇄된 눈꺼풀의 사이를 쨍한 빛이 비집고 들어왔다. 나는 심히 놀라서 사지를 경련시키며 눈을 뜬다. 잠에 들기 전에 방문을 꼭 닫고 빠듯한 주머니 사정을 고려하여 전기세를 최소화하기 위해 집의 모든 형광등을 철저히 소등했음에도 이 빛은 무엇인가. 이는 보통 일이 아니다. 잠은 벌써 달아나 있었다.

나는 설마 하며 잠자리를 박차고 일어나 커튼을 열어젖혔다. 하늘은 노랗고 약간은 붉다고 할 수도 있는 색을 띠고 있었다. 하늘은 더 이상 검지 않다. 그리고 맨눈으로 응시하기 어려운 구 형태의 무언가가 부유하며 매우 굼뜨게 떠오르고 있었다. 난 멀거니 이 광경을 지켜보았다. 그것은 달이 아니었다. 빛을 과할 정도로 내뿜고 있었다. 몸집 또한 거대했다. 그래, 이 구를 태양이라고들 불렀지. 그렇다면 이 현상은?

아아, 일출이로다!

즉시 집을 뛰쳐나가 거리로 나와 보았더니 많은 사람들이 그 일출을 멍하니 구경하고 있었다. 정신을 차려 보니 나도 그 무리의 일부가 되어 버렸는데, 이는 유쾌한 일이었다. 일출을 구경하는 무리는 몇십 분 동안 미동도 하지 않고 가만히 태양의 군림만을 지켜보았다. 원래라면 지루할 만하였으나 전혀 그 단순한 행동에 권태를 느끼지 않았다. 나 또한 그랬고, 그 무리에 속한 자들 또한 그러하였다. 중간중간 난 고개를 돌려 다른 사람들이 어떤 표정을 하고 일출을 감상하는지 확인했는데, 그들 중 몇몇 쌓인 것이 많은 이들은 오열하며 흐느꼈다. 그러자 나 또한 잠시 울컥하였다. 달을 제치고 태양이 다시 군림하는 이 순간은 감격스럽게 받아들일 만했다. 태어났을 때조차 눈물을 흘리지 않았던 것으로 병원에서 유명하였던 나의 첫 눈물이 흐르려던 참에 어깨에 누군가의 손길이 와닿았다. 익숙함이 느껴지는 손길이었다. 그는 P였다. 군복을 입고 있었다.

"전황은 어떻게 돼 가?"
"나야 모르지. 휴전할 거야. 지금으로서는 국군이 지고 있는데, 전쟁 유지 능력으로 봤을 때는 국군이 앞서고 있어서 말이지."

두통

“너 징집된 거지?”

“당연하지.”

그는 더 한적한 곳으로 가자는 듯 나에게 거만한 손짓을 하며 움직였다.

“공연이 끝나고 바로 입소하게 된 건가?”

“아마, 아니, 바로 입소한 게 맞지. 근데 그 공연은 딱히 기억하고 싶지는 않아.”

“네가 입소했을 때 나도 그 무대 위에 올라갔었지. 너처럼 두통을 겪으면서. 이건 남녀노소 누구나 겪어야 했던 거야. 난 이게 왜 그리도 재미있는지는 잘 모르겠지만, 수요需要가 있어서 말이지.”

우리는 일출을 감상하는 무리에서 벗어나 인적이 드문 벤치에 가 앉았다.

“근데, 내가 재교육원에 입소했다는 사실은 어떻게 알게 된 거야?”

“공연 이후 널 전혀 찾을 수가 없어서 그곳의 관계자에게 지푸라기 잡는 심정으로 물었더니 알려 주더라.”

“결국 다 짜인 일이지. 근데, 내가 없을 동안 넌 뭘 했냐? 대학은? 취직은?”

337

말을 뱉고 나서야 내가 거슬리는 주제로 대화를 전환했다는 걸 알아차렸다. P의 표정은 급속도로 어두워졌다.

"그렇게 치면 넌 내가 고등학교 다닐 때 뭘 했지?"

"벌레를 없애려고 했지. 벽에 머리를 박으면서. 그렇게 오 년 정도의 시간을 버린 거야."

"그래. 나도 정시 때문에 삼 년을, 아니, 오 년을 버렸어. 이후에는 그냥 놀면서 시간을 보내다가 징집돼서 여기로 온 거지. 어차피 시간이라는 건 다 버려지게 돼 있던 거였어."

급속도로 우울해지는 대화의 흐름에 난 새로운 방향으로 이야기 주제를 전환했다.

"그럼, 요즘 맛 들이고 있는 취미라도?"

"너와 공감대가 있는 취미는, 책을 읽는 거지. 요즘에는 모더니즘에 빠져 있어."

"누구?"

"카프카는 이미 다 읽어 놔서 이젠 윌리엄 포크너William Faulkner를 읽고 있지. 『소리와 분노The Sound and the Fury』를 쓴 사람인데."

"들어 본 것 같은데. 의식의 흐름을 쓰는 작가 아니었나?"

"잘 알고 있지. 아, 그러고 보니 이 얘기를 한다는 걸 잊고 있었군.

두통

글을 써 볼 생각 없나? 네가 중학생 때에 공모전에서 몇 번 입상했던 게 아직 기억에 생생한데."

"글쎄. 난 이런 쪽으로는 아예 생각해 본 적이 없는데. 어떤 주제로?"

"넌 옛날부터 사람들을 계몽시키려 드는 걸 좋아했잖아. 세상 돌아가는 꼴을 보고 느낀 게 없어? 그냥 네 생각을 쓰는 거지. 어쨌든 세상은 한 번 더 바뀔 필요가 있다고."

"미안한데, 내가 다시 글을 쓰기 시작하면 그 솜씨가 완전히 형편없으리라는 건 당연하고, 글의 첫머리부터 다 꼬일 거야. 언어를 멀리한 지 너무 오래되었거든."

"아니, 무슨 철학 개론서를 쓰라는 게 아니야. 그냥 자전적 소설 같은 걸 쓰라고. 『그 많던 싱아는 누가 다 먹었을까』[25] 같은 거 말이야. 기억에 의존해서. 잊어버린 게 있다면 나도 최대한 도울 테니."

"근데 싱아는 대사가 너무 없어서 지루했는데."

"그러면 네가 쓰는 글에는 대사를 추가해."

"당시 했던 말들을 일일이 기억할 순 없잖아?"

"전체적인 상황의 틀 내에서 그 인물들이 했을 법한 말을 추가해서 지루함을 없애는 거지. 심리 묘사도 같아."

---

25) 작가 박완서(1931~2011.1.22.)가 1922년 발표한 자전적 소설. 소설가 본인의 어린 시절의 이야기를 다룬 성장 소설이자 한 여성이 겪는 한국 현대사의 어두운 단면을 고발하는 소설이기도 하다. '싱아'는 우리나라의 산과 들에서 흔히 볼 수 있는 마디풀과의 여러해살이풀로, 소설에서는 작가가 상실한 순수한 유년 시절과 고향을 상징하는 것으로 흔히 해석되고 있다.

나는 여기서 잠시 말을 멈추고 그의 조언을 진지하게 고려해 보았다. 자전적 소설을 쓴다는 것은, 내 인생을 다시 돌아봐야 한다는 것이니 난 자연스럽게 인생을 빠르게 회고했다. 충분히 글로 남길 가치가 있는 듯했다. 그런데 그 와중에 어떤 계획이 갑작스레 떠올랐다. 이 갑작스러운 계획을 처리하는 일이 내 삶을 글로 남기는 것보다 훨씬 우선적인 일이었기 때문에 소설 집필은 미뤄지게 됐다.

"좋게 생각하는데, 난 당장 해야 할 게 있어서 곧바로 쓰지는 못할 것 같아."

"지금이 제일 적절한 시기인 것 같긴 하지만, 너의 조건이 안 따라준다면야."

나는 그 돌연히 결심한 것에 대한 계획을 짰다. 그동안 벤치 위의 둘은 묵묵히 일출을 감상하였다. 아아, 이제 태양은 완전히 떠올랐다. 그런데 인중에서 끈적거림이 느껴졌다. P가 내 쪽을 향해 고개를 돌리고 있던 참이었기에 난 들키지 않게 조심히 옷소매로 그 끈적한 액체를 닦아 냈다.

"P, 너도 두통을 느끼나?"

"당연하지. 그건 모두에게 공평하게 해당하는 일이라고. 벌레도 매한가지이고."

두통

나는 죽음을 느꼈다. 이제 뙤약볕은 나를 실제로 전율시키고 있다. 햇빛이다! 그리고 몹시 따스하다. 길거리는 오열하는 자들로 가득 메워졌다. 이제 부활의 차례다. 죽은 식물들이 다시 태어나고, 겨울잠을 자는 동물들은 기상하고, 희고 검은 단조로운 색들은 가고 푸르고 생기 있는 색들이 도래하고, 꽁꽁 언 것들이 다시 녹아 깨어나고. 난 여기서 죽음을 느꼈다. 이 부활과 나는 어울리지 않는다. 떠나가는 것이다. 이를 인지하자 코에서 전과는 비교할 수 없을 정도의 찐득찐득한 액체가 더욱 흘러내렸다. P에게는 무책임하게 눈도 마주치지 않은 채 화장실을 다녀오겠다며 말하곤 얼른 뛰어갔다. 난 집에서 수도를 틀어 그 진액을 씻었다. 완벽히 씻어내는 데에 걸린 시간은 일이 분 가까이 되었다. 절망스러운 전개다. 하지만 난 울지도, 두려워하지도 않았다. 죽음을 직감했을 뿐이다.

자살 충동도, 증세의 악화도 아니다. 제거될 거라는 직감도 아니다. 내가 모르는 새에 이 비극의 일부로 소속되어 버렸기 때문에, 이 비극이 결말로 다가갈 때 나의 존재 또한 결말로 다가간다. 그 결말은 어떨까. 비극이 희극으로 전환됨으로써 내 존재의 종말이 다가오는 것이니, 내 삶의 결말 또한 희망차지 아니할까.

두통은 없었다. 벌레의 난동과 소란 또한 없었다. 머리는 무탈했다. 잠시간의 휴식기처럼 해석할 수도 있었으나, 난 이 평화가 잠깐 오고

341

갈 것이 아님을 알고 있었다. 이는 완전한 이별이다.

P의 제안을 난 진지하게 검토했다. 하지만 죽음이 멀지 않았다. 난 내가 일주일도 더 숨 쉬지 못하리라 직감했다. 이런 생각을 하던 중 알고 보니 코에서는 계속 예의 불쾌한 액체가 흐르고 있었다. 심지어는 입에서도 분비되었다. 침을 뱉고 코를 씻으며 난 그 제안을 검토했다. 하지만 계획을 먼저 실행하는 일이 우선이었다. 이 분비만 멈추면 즉시 계획을 실행하러 출발해야지, 하고 생각했다.

그 불쾌한 분비는 슬슬 안정을 되찾고 있었다. 서둘러 외출할 채비를 했다. 하늘은 완벽히 개었고, 사람들은 이 감격스러운 자연의 한 격변 속에서 광란에 빠져 있었다. 나도 그들 틈에 끼고 싶었으나 축제에 참여할 시간이 없었다. 과히 편안한 미래를 직감하였기 때문이다.

나는 내 근원을 찾으러 갔다. 또 다른 내가 생산되었고, 생산되고 있으며, 생산될 곳으로 말이다. 공장에 비유할 수 있는 이 목적지의 위치는 가물가물하지만, 그것을 찾는 데에는 오래 걸리지 않을 터였다. 주먹을 꽉 쥔 채 손에 힘을 주며 걸었다. 지구가 소름 돋을 정도로 일정하게 자전하고 공전하며 같은 하루와 같은 계절을 순환하는 것처럼, 이 돌이키기 버거운 역사 또한 지구가 스스로 운동을 지속하는 한 무한히 되돌려지고 말리라. 역사의 영원한 순환.

두통

하여강이질주하노라. 이브와 아담 교회를 거쳐서(전기 불필요), 해안의 변방으로부터 곶의 칼날까지. 회환回還의 역사 순환론을 곁으로 하여. 신생아실에서의 영적 임종 체험(혹은 선고)과 영안실에서의 강제된 부활까지. 우리들을 되돌리도다.[26]

건물에 입장했다. 발랄한 동물들이 그려진 벽지로 향하는 시선을 부여잡은 나는 낮은 계단에 당황하여 몇 번 휘청거린다. 시끌벅적한 소리는 아래에서 나고 무음의 단말마는 위에서 난다. 그 낮은 계단을 한 칸, 한 칸 조심스럽게 오르니 마침내 목적지가 코앞에 있다. 나는 교실 문에 달린 작은 창을 이용해 내부의 사건을 탐사한다. 여긴 내가 다녔던 유치원이다. 교실 구조의 불친절함으로 인해 그 작은 창으로는 내부를 샅샅이 조사할 수 없어 문을 과감히 열고 교실로 들어간다. **하여강이질주하노라.**

어느 아이가 목이 졸리고 있다. 이로써 내 죽음은 가당하다. 역사가 반복됨은 이 실증을 통해서 사실로 인정받았다. 이 모든 것들은 그저 왕복 운동을 가공할 체력으로 지치지도 않고 수행할 뿐임을 아주 잘

---

26) 해당 대목은 제임스 조이스의 저작 피네간의 경야의 첫 문장을 오마주한 것이다. 피네간의 경야는 끝과 시작이 이어지며 무한히 반복되는 줄거리를 가지고 있는데, 이는 역사의 순환을 표현한 것이라는 해석이 있다. 첫 문장은 대문자로 시작되지 않아 마치 중간에 끊어진 듯한 느낌을 주나, 한국어에는 이에 상응하는 문법적 기능이 없기에 비문을 사용하였다.

알고 있지만, 난 그 코스를 파괴하여 우리의 미약과 창대가 모호한 원이 아닌 분명한 선의 형태로 나아가기를 간절히 원한다. 짓누르며 압박하는 자는 나와 관련이 있는 얼굴이다. 그녀는 이 행동을 업으로 삼은 것이다. 그녀의 오른손에는 여전히 결혼반지가 끼워져 있었다. 이 또한 순환인가.

이제 차례가 바뀐다. 나는 그녀에게 똑같이 한다. 밑에 깔린 아이의 몸부림이 멈추기 전에 힘껏 그녀를 밀쳐 낸다. 제대로 먹힌 것 같다. 그녀는 몸을 가누지 못하며 쓰러지는데, 내 의지는 거기서 꺾이지 않는다. 짓누르며 압박하니 격렬하던 몸부림이 잦아든다. 거친 숨을 몰아쉬며 몇 분간 몰두하다 보니 결국 호흡도 멈춘 듯하다. 코와 입에 귀를 가까이 대어 보니 어떤 기체의 흐름도 감지되지 않는다. 해서 목 쪽의 맥박을 짚어 보니 마찬가지로 잠잠하다. 코에서 이미 다 흘러내려 약간은 굳어 버린 액체를 급급히 닦아 내고는 다음 과정을 밟았다. 오른손에는 결혼반지가 끼워져 있었다. 나는 그녀의 펜던트를 수색했다. 열어 보니 가족사진이 들어 있었다. 둘밖에 없다. 나머지 한 명은 남편이었다. 이에 난 또 하나의 굴레를 벗어던졌다고 자부하며 건물에서 당당히 빠져나온다. 이 나라의 유치원이 이곳 단 하나밖에 없다는 것이 가증하다.

그 교육 시설에서 봉사하고 외부로 나온 나는 곧바로 다음 행선지를 정하였다. 재교육원으로 향하리라. 그리고 그 교관을 방금과 같이

두통

처단하리라.

　하지만 막막할 수밖에 없었다. 그곳의 위치는 불명이었고, 조사한다고 해서 쉽게 밝혀낼 수 있는 것도 아니다. 그리고 때는 묵묵히 임박해 온다. 나는 그 수송차에서 보았던 풍경을 통해 대략적인 경로를 구성해 냈고, 이를 따라 이동했다. 수송차들이 도로에 이따금씩 나타났는데, 그들이 향했던 방향을 그대로 따라잡으며 걷는다면 언젠간 목적지에 도착할 수 있을 것이다. 오랜 인내가 필요하겠지만 반드시 도착하고 말리라.

　나는 하늘을 보며 걸었다. 시선을 한참 위에 둔 채 보행하는 일은 걸음이 꼬이거나 장애물을 미처 보지 못하여 넘어질 수밖에 없는 것이고, 그 가벼운 사고의 당사자가 될 나 또한 당연히 잘 알고 있었지만, 맑은 하늘을 우러러보는 일은 수백 번의 처절한 자빠짐을 유쾌한 우연으로 치부할 수 있게 할 만큼 귀중한 가치를 지녔다. 실제로 이 한심하다면 한심한 행동으로 말미암아 발을 헛디뎌 고꾸라지는 때가 빈번하였고, 길을 잘못 들어 버리기도 하였지만 그 한심한 행동을 난 절대 중단하지 않았다. 고집과도 같다. 나는 내가 하늘뿐 아니라 우주의 한 부분을 눈에 담아내고 있다는 중대한 깨달음을 얻고는 깜짝 놀랐다.

　여정을 떠나는 동안 그 액체는 아예 분비되지 않았다. 땀만이 가끔 인중을 스치며 흐를 뿐이었다. 경보를 이용해 재교육원으로 출발한 지

345

가 거의 한 시간이 다 되었으니 땀이 흐를 만했다.

실제로 나는 수일간 그렇게 보행하며, 아니, 말이 좋아서 보행이지 사실상 쏘다닌 것이었다. 그리고 그것은 실제로 며칠간 아무 휴식 없이 이루어졌다는 말이다.

눈과 얼음은 모조리 녹았다. 맹렬한 추위는 강세를 잃어 가더니 완전히 온화해졌다. 상식이 탈환됨으로써 겨울은 달아나고 이에 따라 모름지기 봄이 군림하였도다. 벚꽃은 벌써 피어나고 있는데 이것은 부활과 흡사하였다. 사람들이 한데 모여 경사를 기념하는데, 난 그들과 함께 기뻐하고 싶었으나 아직 진정 중요한 문제의 해결은, 고통의 사슬은 제거되려는 기미조차 보이지 않고 있다. 그리하여 나는 어떤 비운에도 또 행복에도 초연히 '사필귀정事必歸正'이라는 말을 아주 작게, 그것도 발화자인 나만 간신히 들을 수 있을 정도로 작게 되뇔 뿐이었다.

그러다 한참 나와 경로가 겹쳤던 어느 한 남자가 눈에 들어온다. 그는 나보다 앞에 있었기에 제대로 식별해 낼 수 없었다. 한두 시간 정도 경로가 서로 완벽히 겹쳤는데, 이 남자를 인식한 이후로는 그 한두 시간 동안의 겹침이 단지 우연으로만 다가오지 않았다. 내 두 다리가 그를 기억했다. 두 다리는 따른다기보다는 추격했다. 인식하고 나서는 무의식적 거동의 속뜻을 밝혀내고 싶은 욕구에 휩싸였다. 둘 사이의 거

두통

리는 분명 단숨에 좁히려면 좁힐 수 있는 거리였다. 해서 걸음을 빠르게 옮겼다. 그러나 이것을 점진적으로 이뤄 내지 못하고 다급히 했던 탓에, 그 불찰 탓에 앞서 있던 남자는 뒤를 돌아보고야 말았다. 그는 재교육원에 입소해 있을 때 내 재교육을 포함한 관리 따위를 담당했던 자였다. 난 그를 내 마지막 행적과 흡사하게 처리해야 하겠다고 생각했다. 이것은 또 하나의 피할 수 없는 과업이었다.

그는 접근하는 날 보자마자 재빨리 달아났다. 이에 난 곧바로 추격했는데, 이미 벌어진 격차를 따라잡기는 어려운 것이었다. 속도가 예상보다 훨씬 빨라 그를 달리기로 잡는 것은 불가능하다고 결론지었다. 난 전력으로 뛰기보다는 체력을 유지해 가며 뛰었다. 이에 거리는 잠시 멀어졌다. 하지만 시간이 지나면서 그의 체력은 슬슬 바닥나는 듯했다. 결국 따라잡은 나는 아슬아슬하게도 그의 옷깃을 잡아챌 수 있었다. 내가 곧장 제압하려고 하는데, 그가 숨찬 목소리로 말했다.

"잠깐, 나도 이제 알아. 응? 아니, 이제 다 알아요."
"뭘 안다는 거야?"

그가 자기 머리를 부여잡았다.

"당신이 겪던 증상들을."

"연기하는 거 아니야?"

대답 없이 몸을 웅크린 채 가끔 경련 비슷한 것을 일으키며 앓는 소리를 내고, 본인의 머리털을 몇 가닥은 거뜬히 뽑힐 만한 힘으로 쥐어뜯는 그의 모습은 그 주장에 신빙성을 부여하였다. 그러다가 예의 발작이 거의 이삼 분 걸려 진정되자 그는 말을 시작했다.

"사실 그곳에서 일을 시작하기 한참 전부터 두통을 앓고 있었는데, 그것이 부끄럽고 창피하여 그곳에서 일을 시작했던 겁니다."

두통이 전 인류에 대하여 발생하는 현상인 것을 누구보다도 잘 파악하고 있으면서도 난 대체 왜 그의 고통을 헤아리지 못했던 것인가? 모두 이 잔인하도록 평등한 이치와 상식 아래에서 피해자였고, 이는 나를 가해하던 이들에게도 마찬가지로 적용된다. 나는 이 문제를 어떻게 해결해야 할지 막막하였다.

벌레라는 존재의 필수 요소에서부터 평생 두통에 시달리도록 정해져 버린 인간의 특성을 우리가 인지하고 이해하며 존중하는 것이 누가 선이냐 누가 악이냐 따지며 영원히 옥신각신하는 것보다 선행되어야 한다. 나는 누군가를 고발하고 싶지 않다. 폭로하고 싶지도 않다. 사유의 방식을 바꾸고 싶다.

두통

그의 코에서는 진한 갈색빛을 띠는 액체가 흘러내리고 있었다. 난 극심한 죄의식과 자괴감에 맞닥뜨리고 말았다. 내 버거운 감정으로 인해 난 집으로 도망쳤다. 어떤 사람도 떳떳하게 볼 수 없었다. 코에서 액체가 분비되기 시작했다. 하지만 두통은, 벌레의 소리는 전무하였다. 이에 몰려오는 두려움을 꾹 참았다. 그리고 시내의 중심가에 도달하자 난 허공을 향해서 "내 머리에는 벌레가 산다!" 하고 연신 고함쳤다. 사람들은 무언가가 마음에 걸리는 듯한 눈치로 애써 무시했다. 난 아랑곳하지 않고 목이 쉴 때까지 계속 소리를 질렀다. 목에서 견딜 수 없는 따가운 통증이 일자 그제야 중단했다. 점점 눈에 익은 풍경이 보였다. 태양은 달과 교대하던 참이었다. 허약한 나뭇가지들은 왠지 통통해졌고, 그 가지들은 푸른 생명을 잉태하고 있었다. 언젠가는 이 자연이 살해당하고 고층 건물이 들어서지 않을까 하는 생각에 그 의도는 판이하지만 러다이트 운동을 두 세기 만에 재개하고 싶은 충동마저 생겼으나 간신히 참아 냈다. 나는 석양을 사랑하고 또 일출을 사랑한다. 아침을 사랑하고 또 새벽을 사랑한다. 선선한 저녁 바람이 깨끗한 공기를 지휘하며 불어왔다. 웃음을 참기 어려웠다. 계절은 부활했다. 약간의 더위는 냉혹을 녹였다. 땀이 옷을 적시는 과정은 생각보다 즐거웠다. 길거리의 고양이들이 차와 차를 순식간에 오가는 장면을 관찰하였다. 두려움이 없어진 비둘기들의 무리를 당당하게 가로질렀다. 태양을 배웅하고 동시에 달을 마중했다. 이것은 단순히 자연의 부활만이 아니었다. 내가 죽음에 이르게 될 징조이자 내가 영생을 이루게 될 기회였다.

집에 다시 돌아온 나는 즉시 연필을 들었다. 하지만 이것만으로는 부족했기에 이윽고 연필깎이와 많은 지우개를, 커피와 물과 간식거리를, 수많은 원고지를 준비했다. 연필을 꽤나 비장하게 들었으나 막상 글을 적으려 하니 막막하였다. 결국, 내 삶에 대해 적기로 했다. P의 조언대로 말이다. 돈을 벌기 위해서도, 정치적 주장을 하기 위해서도, 꿈을 성취하기 위해서도 아닌 세상을 바꾸기 위해서 글을 적는다. 나는 이 언어가 문학에서 아직도 역사를 증언하고 사상과 이념을 드러내어 사악한 이익을 꾀하는 데에 머물러 있다고 예전부터 생각했다. 나는 이 언어를 더욱 심연으로 이끌고 싶어졌다. 내게 항상 자랑스러운 국어가 인간 내면을, 본질을, 예술을, 철학적 사고를 서술하는 데에 쓰일 수 있도록. 이건 계몽이 아니다. 내가 지금까지 겪은 모든 체험을 바탕으로 만들어 낸 간절한 주장이자 권유이다.

22

+ + +

L은 연필을 휙휙 잘도 돌리며 잡다한 생각을 좀 하다가 이만 연필을 책상에 툭 내려놓고는 자신의 인생을 회고했다. 스스로 반추해 봐도 그의 삶은 여전히 참 합당한 이유 없는 고난과 이에 상응하는 우울로 가득

두통

했다. 한데 그는 이렇게 생각했다. 어쩌면 나를 위해 준비된 이 수많은 역경과 부조리가 없었다면, 내 삶은 그다지 재미없고 지루했을지도 몰라. 이제 날 괴롭히던 모든 적을 용서할, 그리고 그들에게 감사할 차례지.

이 회고는 인생을 통틀어 한 천 번째는 될 것이다. 그런데 이번에는 모든 것이 생생했다. 마치 누군가가 돕는 듯했다. 사건과 변화의 큼직한 흐름만이 아닌 말 한마디 한마디까지도 생생했다. 이것이 처음이자 마지막 축복이요 기회임을 L은 단박에 알아차렸다. 그는 매우 비장하였다.

제목을 무엇으로 할까? 아무래도 장황한 것보다는 간결하고 묵직한 편이 좋겠지. 모두들 공감할 수 있는 두통이나 벌레와 관련된 것으로 정해야 하겠는데. 그것들은 대중적이면서도 또 아직 음지에 있기에, 금지어 취급을 받기에 이목을 집중시키기에는 이만한 게 없기도 하고. 벌레로 하기에는, 너무 겹치는 제목이 많을 듯하기도 하고, 무엇보다 자신의 두개강 속에 벌레가 사는 걸 직접적으로 알고 있는 사람들의 수가 많지 않을 것 같은데. 그럼, '두통'으로 하자. 그는 우선 '두통'이라고 적었다.
난 어떤 강렬하고 책 전체를 관통하는, 그리고 멋있는 격언으로 운을 띄우는 책을 정말 좋아하지. 근데 서두에 멋있는 문장을 인용하는 책들은, 왠지 항상 그 인용된 문장이랑 실제 내용이랑 잘 연결되지 않는 느낌을 받았었단 말이야. 아, 내가 어릴 적 들어서 지금까지도 종종 겉멋을 부리기 위해 인용하곤 하는 격언이 있지. '어느 정도 깊이 괴로워하느냐가 인간의 위계를 결정한다.'라는 프리드리히 니체의 말. L은 이 명언을 글의 서두에 적었다. 그는 매우 흡족하여 뿌듯

351

하게 웃었다.

그래, 그다음엔 서문을 적어야지. 이건 단순한 자전적 소설은 전혀 아니니까. 난 긴 서문을 읽어 나가는 걸 굉장히 번거롭고 귀찮게 생각하는데, 그렇다고 해서 내 글에 서문을 적는 걸 포기하기에는, 죽음을 앞둔 처지이기 때문에 어쩔 수 없지. 아, 돈키호테[27]가 서문을 통해 세계관을 전달하고 독자들을 몰입시키며 기대하게 하는 그 방식을 내가 참 좋아했는데! 그러면 조금 따라 할 수밖에 없겠군. 참고하되 더욱 장엄하게. 또 이 믿기지 않을 정도로 진실한 이야기의 진위를 의심하는 독자들을 안심시키기 위해, 평범하지 않은 작품의 서술 방식을 예고하고 몇몇 내 문학의 정신적 지주들에게 감사를 표하기 위해. 그런데 내가 L임을 밝혀야 할까? 그는 여기서 이유 모를 극심한 부끄러움을 느꼈다. 그래서 서문에 약간의 거짓말 같은 걸 추가했다. 보통의 자전적 소설의 서술 형식이 아닌, 남의 일생을 소개하는 형식으로 서문을 적어 버린 것이다. L은 그렇게 주인공이자 서술자이기도 한 본인의 정체를 꽁꽁 감춘 채 서문을 적었다.

마침내 L은 그 초월적 기억에 따라 소설을 적어 내려가기 시작하였다. 연필을 집어 든 순간부터 그를 지배한 창피함에 소설은 삼인칭 시점으로 전개되었다. 이 창피함이 자연스럽게 사그라들 때까지 소설은 그 시점을 유지했다. 일인칭 시점으로 쓰이기 시작한 두통은 확실히 원래의 것보다 더 나아 보였다. 그는 자신의 글이 너무 가벼이 읽힘을 경

---

27) 서구 최초의 근대소설로 불리는 소설 『돈키호테』의 서문의 화자(話者)는 작가 자신인 세르반테스인데, 그는 서문에서 자신의 글쓰기의 고충과 소설의 집필 의도에 대해서 이야기하며 뜻밖에도 허구와 현실의 경계를 무너뜨리는 포스트모던한 서술 방식을 선보였다.

두통

계하였다. 그래서 중간중간 의고법擬古法을 사용하거나 표현을 복잡하게 꼬거나 거의 작가 본인만 해석할 수 있는 암호 같은 비유를 들거나 몇 장면을 모더니즘적인 서술 기법으로 표현하는 등 독해가 힘들도록 부단히 노력을 기울였다. 전문全文은 어떠한, 조금의 퇴고도 없이 쓰였다. 물론 가끔가다 생기는 오탈자를 교정하는 것은 제외하고 말이다. L이 퇴고를 과감히 포기해 버린 사유는 다음과 같다. 우선, 죽음의 신호라고 해석되는 진득한 액체의 분비가 매우 과다하였기 때문이다. 남은 시간은 시간이 흘러갈수록 촉박해졌다. 이는 너무할 정도로 당연한 이치였다. 퇴고를 감행하여 더 멋들어지고 아름다운 문장을, 더 흥미롭고 일정한 이야기의 전개 흐름을 만들어 내기에는 시간이 턱없이 부족했던 것이다. 또한 L이 찬미하던 작가들 가운데 하나인 이상李箱과 윌리엄 포크너(제임스 조이스를 도대체 누가 시도하겠는가?)의 의식의 흐름, 자동기술법을 거의 표절하다시피 하여 글을 작성해 나갔는데, 그 기법은 보통의 서술과는 다르게 특이하게도 퇴고를 거듭하면 거듭할수록 본연의 정취가 소멸된다고 들었기 때문이다.

이번에 L은 씁쓸한 생애를 회고하며 일말의 수치도, 끊임없이 흐르는 사고의 버거움도, 정신적 통증도, 우울도 느끼지 않고 있었다. 그저 무뚝뚝하고 진지한, 엄숙한 손놀림으로 일필휘지할 뿐이었다. 그것을 하는 도중에는 두통도 벌레도 없었다. 하지만, 이 고통이 사라진 최초의 상황은 딱히 평화롭지는 못하였다. 도리어 긴박하게 돌아가는 것이

353

었다. 그래서 마치 전투를 치르듯 글자들을 써 나갔다.

　L은 '두통'을 거의 삼사일 간 작성하고 있다. 어떤 다른 활동은 전혀 하지 않고 오롯이 연필로 그의 과거를 보고하고만 있었다. 종종 현관문을 두드리며 이름을 부르는 소리가 방에 들려왔으나 L은 어쩔 수 없이 무시했다. 손과 팔에는 자주 쥐가 났으며 감각이 둔해졌다. 그러나 글쓰기는 중단되지 않았다. 딱딱한 의자에서 벗어나지 않고 책상에 놓인 물과 간식거리들로 거의 연명하면서 몇 번 기절하듯 잠깐 잠을 자는 것으로 기력을 겨우 회복하였다. 이렇게 하나의 주제에 몰두한 적은 참 오랜만이라고 그는 생각했다. 이 가공할 만한 내 숨겨진 노력의 깊이를 헤아려 보면, 내가 불가능한 시도에 대한 강박으로 오 년의 시간을 헛되이 보내지만 않았어도! 이미 난 서울에서, 그것도 하늘과 같은 곳에서, 그러니까 다른 영역과 다른 차원에서 분명 인정받고 있을 텐데!

　경건한 심정으로 글을 적기 시작한 지 약 육 일이 되었을 때, L은 마침내 지금까지의 그의 일생을 종이 위로 옮기는 데에 성공했다. 모든 자잘한 일상적 사건들까지 다룬다면 그 분량이 너무 방대하게 될 테니 되도록 중심 소재에 크게 벗어나지 않는 선에서 말이다. 이 소설은 단순한 자전自傳이 아니라, 영혼의 이사와 같이 여겨졌다. 그리고 그는 스물두 번째 장을 적는다. 이제 이 소설을 집필하는 과정을 서술할 차례이다. 여기서 L은 크게 번민하였다. 과연 있는 현실을 그대로 이 장에 진실되게 서

두통

술한다면. 부끄러움을 느껴 이를 숨기려 했으나, 그렇지 않으면 마땅히 글을 끝마칠 방도가 없을 뿐더러 진실한 이야기에 먹칠을 하는 꼴이었다. 고심 끝에 대담히 이 의자에 앉은 이후 한 여러 행동과 번민들, 심리의 흐름을 회고하여 적었다. 말하자면 회고의 회고인 격이다. 두통에 대한 짧은 구상을 마치고 집필한 이후부터 항상 그를 고심하게 했던 마지막 고백은 이 스물두 번째 장에서 드디어 이루어졌다. 나는 L이고 L은 나다. 나는 이 글의, 『두통』의 작가이고 동시에 『두통』의 주인공이다.

오, 나의 부족한 글을 전부 읽어 주신 독자여. 이에 크게 황송하여 더 이상 드릴 말씀이 없고 몸 둘 바를 모르겠습니다. 저의 작품이 만족스럽게 읽힐지는 제가 판단할 일이 아니지만, 만족스러우셨다면 더할 나위 없이 기쁘고 감사할 것입니다.

저는 급히 이 육 일 만에 쓴 원고를 제출해야 하기에 소설의 말미를 장광설로 장식하는 짓은 하지 않도록 할 것입니다. 그리고 서문에서 한 당부를 꼭 기억해 주소서, 독자여.

어떻게 보면 거짓말로 받아들여질 수 있는 서술을 일삼던 제 행보를 넓은 관용을 베푸서서 용서해 주시기를 바랍니다, 친절한 독자여.

저는 L이고 L은 저입니다. 모두 저 스스로 적은 제 자전적 이야기라는 것입니다. 제가 이 모든 글을 적었고, 이에는 어떤 위증도 없었음을 알립니다. 부디 의심을 거두시고 진솔함을 발견해 주소서. 이는 실제로 일어났고 일어나는 사건들의 증언이자 고백이고, 무엇보다 그것에 대한 예술처럼 보이는 최초의 언어적 표현입니다.

이 퇴고가 없는 소설에는 문체와 이야기 전개 속도의 일정함이 부재하였을 수도 있는데, 이 점에 대해서는 죄송스러워 면목이 없습니다. 또한 처녀작이기도 하여 작문에도 서투른 부분이 꽤나 있을 것이고, 평소 국문학보다 소위 해외의 세계 문학을 주로 탐독하던 저이기에 번역체의 형식이 나타났을 수도 있어 다시 한번 송구스러운 마음을 전합니다, 감사한 독자여.

이 증언보다는 고백에 가까운, 고백보다는 예술에 가까운 저의 '두통'을 끝까지 읽어 주신 모든 이들에게 마지막으로 감사의 인사를 올립니다. 저는 이만 제 고향 무진霧津으로 떠나 보겠습니다.
안녕히.

두통

에필로그

1

비애를 노래하소서, 여신이여!

우리 시대의 아들 L의 비애를![28]

소년은 이렇게 신화로 남게 되었다.

이 소설이 소년의 두개강을 열고 세상에 나오기까지 총 칠 일이 걸렸으며, 그중 육 일은 집필에, 하루는 원고를 제출하는 데 소요되었다

---

28) 호메로스의 『일리아스』의 첫 행(μῆνιν ἄειδε θεὰ Πηληϊάδεω Ἀχιλῆος)에 대한 번역은 다양하다. 일반적으로 "여신이여, 분노를 노래하소서"라고 알려진 이 첫 행의 'μῆνιν'은 단순한 화가 아니라 신적인, 파괴적인 진노를 의미하는데, 이를 이준석(아카넷, 2023)은 '노여움(노여움을 노래하소서, 여신이여, 펠레우스의 아들 아킬레우스의 노여움을!)으로, 천병희(숲, 2015)는 '분노(노래하소서, 여신이여! 펠레우스의 아들 아킬레우스의 분노를!)로 번역하고 있다. 여기서는 '노여움/분노' 대신에 L이 겪은 '비애'를, '펠레우스'와 '아킬레우스' 대신에 '술주정뱅이 아버지'와 'L'을 대입시킴으로써 신화로서의 일리아스 첫 행을 오마주하는 동시에 소설 속 L의 이야기를 하나의 신화처럼 변모시키는 기능을 하도록 시도했다.

고 전해진다. 출간 후 L은 작품의 큰 인기에 힘입어 하나의 신화로 남게 되었다.

L은 출간 이후 잠적하듯 지냈다. 책을 판매하여 얻은 수입의 사용처가 어디인지, 혹은 그 많은 수입을 사용하거나 누군가에게 넘기기라도 했는지, 혹은 그가 수입을 받기는 했는지조차 불분명하다. 여러 인터뷰 요청과 방송 출연 요청이 쇄도하였으나 이에 대한 거부 의사 표현도 전무했다. 회신조차 하지 않은 것이다.

주변인들 또한 침묵을 지켰다. 소설 속에서 꽤나 비중 있었던 P와 그의 부모님 그리고 재교육원에서 만난 사람들까지, 모두 실존 인물인 것으로 밝혀졌으나, 그들은 각종 물음에 실존하지 않는 인물보다도 더 침묵했다. 몇몇 엿들은 자들의 증언에 따르면 그는 '제49호 품목의 경매[29]'를 기다렸다고 한다. 하지만, 이 경매는 아직도 시작되지 않았다. 그는 기다리는 상태에 영영 머무르고 있는 것이다.

----

29) 『제49호 품목의 경매The Crying of Lot 49』는 토마스 핀천이 1966년에 발표한 포스트모더니즘 문학의 걸작이다. 소설의 제목인 '제49호 품목'은 소설 속의 지하비밀우편조직인 '트리스테로Tristero'의 존재를 증명할 결정적인 증거인 위조 우표를 가리키는데, 소설은 주인공 에디파 마스가 이 우표가 경매장에 들어와 경매가 시작되기를 기다리는 장면에서 끝을 맺는다. 결국 소설은 끝난 것이 아니라 하나의 열린 결말로 시작된 셈이다.

두통

또한 이후 몇몇 엿보았던 자들의 증언에 따르면 부모님과의 만남이 잦았다고도 한다. P와의 만남은 총 한 번 목격되었다. 이 외에 제대로 된 목격담은 전무하다.

의학 지식을 가진 자들이 해당 소설이 유명해진 후 뒤늦게 밝힌 중요한 사실이 있다. 바로 L이 코에서 흘린 액체는 실제로 벌레의 분비물, 진액에 해당되는데, 매우 강력한 산성을 지니고 있다. 이는 벌레가 자의적으로 분비한다. 또 소설에서 묘사된 바와 같이 코나 입 따위로 배출되는 경우가 더러 있는데, 이런 상황은 진액이 과다하게 분비된 탓이다. 분비물은 피부보다는 뼈를 녹이는 데에 특화되었다고 한다. 그러니까, L의 몸에서 흘러내리던 그 액체의 용도는 그의 두개골을 녹이는 것이었다는 말이다. 그가 죽음을 직감한 이유 또한 분명 이 진액과 결부되었을 것이라고 연구자들은 생각한다.

그래서 이 활자들이 결국 세상을 구원했는가 하고 묻는다면, 대답은, 아니다. 우리는 여전히 멸망을 향해 가고 있다. 문학이 세상을 선하게 바꾼다는 믿음은 선악이란 개념 자체가 모호해짐으로써 이미 반박되었고 불가능한 것으로 결론지어졌다. 하지만 이 통증의 기록이 헛되다고는 생각하지 않는다. 장황한 음울한 기록이 있기에 우리는 구원 없이 구원받을 수 있다. 그리고 우리를 잇는 세대들이 상속받을 재산이 더 이상 불가능한 난제를 해결할 의무가 아니도록 배려할 수 있다.

다음은 L의 마지막 기록이다. 하지만 직접적인 목격과 증언이 없기에 추측을 기반으로 한다.

2

L은 방에 혼자 있는데 어느 순간 불길하지도 길하지도 않은 예감이 든다. 그것이 머리를 뚫고 나올 것 같은 예감이 들었던 것이다.

이에 그는 태연하게 방문을 닫고 창문을 여는데, 방충망도 함께 열었기에 외부와 내부는 구분되지 않는 일체가 된다.

바닥에 가부좌 자세로 앉은 그는 살포시 눈을 감는다. 이어서 진실된 미소를 짓는다. 고개를 열린 창문 밖으로 펼쳐진 무한한 하늘을 향해 치켜세운다. 우러러보는 듯하다.

그것은 마침내 L의 머리를 서서히 뚫고 나온다. 고통이 없는 것인지 행복이 고통을 상쇄할 만큼 더 큰 것인지, 그는 미소를 잃지 않는다. 이 과정은 꽤나 굼뜨게 진행되었을 것이다.

그것은 탈출하여 바깥 공기를 처음으로 들이마신다. 그것과 L은 눈

두통

을 마주치는데, 이때 애틋한 기류가 흐른다. 나방인지 나비인지가 몹시 모호하였다.

열린 창문을 통해 그것이 자유로이 비상한다. 두개강을 벗어나 이젠 맑은 산소를 마시며 창공을 가로지른다. 위로, 가능한 한 가장 위로, 또 멀리, 견딜 수 있는 한 가장 멀리, 순수한 그 열망을 따라 비행한다.
희망, 그리고 절망을 향해!